문체 연구 방법의 이론과 실제

푸른사상 현대문학연구총서 **20**

Theory and Practice of Stylistic Research Methods

문체 연구 방법의 이론과 실제

정해성

본 책의 목적은 한국 소설의 내용과 형식과의 상관 관계를 분석할 새로운 문체 연구의 방법론을 확립하고, 박상륭과 조세희의 소설에 적용하여 텍스트를 분석함으로써 그 유용성 및 가능성을 검증하는 것에 있다. 이를 통해 문체 연구의 구체적이고 통합적인 방법론을 제시하고, 체계적이고 독자적인 학문인 문체론의 위상을 재확립하는 것에 그 궁극적인 목표가 있다.

한국 문학계에서 문학적 문체론은 이태준, 정한모, 이인모, 김상태, 김정자, 우한용 등에 의해 그 방법과 연구가 축적되어 상당한 학문적 성과와 발전을 이루었다. 그러나 아직 국내에서의 문체론은 연구가 산발적이고, 독일이나 프랑스 문체론의 개별적 이론이나 방법론을 소개하는 차원에서 그치고 있기에 학문적으로서의 체계를 완전히 갖추었다고 보기 힘들다는 평을 받고 있다. 뿐만 아니라 문학적 문체론은 '주관적 인상주의, 서투른 미적 평가의 수준에 머물러 있어 오히려 언어학적 문체론을 방해한다'는 혹평까지 받고 있는 실정이다. 따라서 문학적 문체론이 학문적 체계와 위상을 갖추기 위해서는 방향전환 및 새로운 연구 방법론의 필요가 절박하다고 할 수 있다. 새로운 문체 연구 방법이 기존 문체 연구를 통합·극복·지양하기 위해서는 ①기존 문체론의 주된 연구 방법이었던 미시적 문체 연구 방법을 지양하여 담론으로서의 문체를 연구할 수 있는 미시적 문체 연구 방법과 거시적 문체 연구 방법을 결합한 문체 연구 방법의 확립과 ②내용과 형식의 상호 관계를 규명할 수 있는 문체 연구 방법의 확립이 필수적이라 할 수 있다.

문체론은 '한 편의 텍스트의 의미'와 '그 의미들이 명시되는 언어적 특성들' 사이의 관계를 연구하는 학문, 내용과 형식 간의 긴밀한 상호 관계를 연구하는 학문이다. 문체는 단순히 수사학적인 의미나 재능의 의미를 넘어서 모든 대상에 대한 작가의 투철한 인식에서 출발하여 의식의 내면과 정서적 경험의 추출을 의미'한다. 따라서 문체론을 연구할 때엔 형식적 특징을 내용과 연관시켜야 한다. 때문에 텍스트에 나타난 언어적 특성을 통해 작가의 세계관 및 주제와의 유기성 및 상관 관계를 설명하는 체계적인 방법론의 확립이 절실히 요구된다. 더 나아가 시대와 문체와의 상동 관계 역시 규명할 수 있는 담론으로서의 문체 연구가 또한 구체적 방법론을 확립하여 심화될 필요가 있다. 이는 주로 문장의 구성성분 및 품사, 문장, 길이 등의 주로 미시적 문체론의 방법에 의존해 온 기존 문체론 연구 방법 또한 지양할 수 있는 방법론이다. 미시적 문체론은 언어예술로서의 텍스트가 갖는 예술성이나 형상성 등을 규명하는 것에 도움이 되지만, 해당 텍스트가 가지는 세계와의 대응 관계를 간과하게 되는 결과를 초래하게 된다. 이러한 미시적 문체론의 한계를 지양 극복하기 위해서는 문학 텍스트의 문체 분석은 거시적 차원까지 확대되어 궁극적으로 텍스트의 이데올로기성이나 세계관의 제시 또는 현실 대응력의 방향을 드러내는 담론의 차원에까지 도달해야만 한다.

이 책에서는 새로운 문체 연구 방법론의 설정을 위해 우선 사회적·문화적 현상과의 역동성을 고찰할 수 있는 '이념소(idéologème)'의 개념을 도입한다. '이념소'는 줄리아 크리스테바의 개념으로 '텍스트 속에서 사회·역사적 관계를 드러내는 요소'로 규정된다. 특히 소설 텍스트 내에서 '죽음'이란 '이념소'는 하나의 요소 및 사건에 집약된 사회의 지배적 사고방식을 추출함으로써 작가의 주제의식을 파악하게 한다. 뿐만 아니라 '이념소'는 사회의 다양한 초언어적 실천과 결합하여, 창작 시기 및 해석 시기의 역사 및 사회적 좌표를 규정한다. 따라서 소설의 '이념소'를 분석하는 것은 텍스트의 내용과 형식의 상관 관계를 고찰하는 방법론 중 하나라고 할 수 있다. 또한 '이념소'가 텍스트 형식에 미치는 영향을 미시적이고 거시적 문체 차원에서 그 상관 관계를 살펴 볼 수 있는 방법론을 구축하고, 박상륭과 조세희의 텍스트 분석을 통해 그 유용성을 검증해 보았다. 이러한 문체 연구 방법이 개별 문학 작품을 명료하게 해석하는 또 하나의 방법론이 될 뿐만 아니라, 한 작가의 소설 세계를 보다 포괄적으로 이해하고, 나아가 그 문학사적 의의를 가늠하고 평가하는 데에 하나의 근거가 될 수 있기를 바란다.

시상식 소감이나 책 머리말 마지막에 꼭 등장하는 것이 '감사'의 말이다. 인간은 유기적인 사회속에 더불어 살아가는 존재이기에, 아무리 탁월한 개인이라 할지라도 혼자의 힘으로는 아무것도 이룰 수 없다. 각고의 노력과 오랜 세월의 결실이 될 수 있는 시상식과 책 출판은 언제나 한 세계의 끝인 동시에, 새로운 전의를 다지는 계기가 되기에 감회가 새롭고, 고마운 이름들이 생각나는 것은 인지상정이다. 그럼에도 불구하고 내겐 도움을 준 그 모든 분들 일일이 언급하는 것은 여러 가지 이유로 불가능하다. 이 책이 나오기까지 사랑과 격려를 아끼지 않은 모든 분들께 진심으로 감사드린다. 그 분들이야말로 이 책의 진정한 저자들이고, 수많은 모습으로 내 안에서 함께 살아가는 또 하나의 '나'들이다. 이 짧은 몇 마디 초라하지만 진심어린 언어로 가족, 배움의 인연, 친구 그리고 푸른사상 출판사분들…… 그 수많은 얼굴과 이름들에게 고마움을 전한다.

2012. 2.
정 해 성

제Ⅲ장 통과제의적 죽음의 문체론적 특성

제IV장 사회적 죽음의 문체론적 특성
-조세희 연작 『난장이가 쏘아올린 작은 공』

제V장 결론

제 I 장
기존 문체 연구 방법론의 성과와 진단

1. 기존 문체 연구 성과와 진단

    문체론은 흔히 '글의 문체, 즉 글의 형식적 특징 및 기능을 체계적으로 연구하는 학문', '언어의 선택과 질서화 또는 단어 배열의 의미를 연구하는 학문'으로 정의된다.[1] 문체론의 일반적 정의를 구성하는 '표현 기법의 특이성이나 언어미학 내지 문체의 특이성'이라 일컫는 사실들은 문학 작품의 내용과 형식이라는 문제로 구별해 보자면 이른바 모두 형식의 범주에 속하게 된다. 이 책은 이와 같은 문체와 문체론에 관한 기존 인식에 대한 비판적 고찰을 그 출발점으로 한다.

    물론 문체론의 출발점은 언어에 대한 관심이나 언어학의 도움, 즉 주로 글의 형식적 측면에 관한 관심이다. 문학은 언어를 통한 형상적 사유이기에, 문학의 문학다움은 문학의 언어적 조건을 바탕으로 논의하여야 하는 것은 당연하다. 그러나 문체 연구를 통해서 궁극적으로 해명하고자 하는

---

1) 구인환, 「문체와 주제의 설정방법」, 『창조문예』 100, 2005. 5, 125쪽.

것은 문학 작품의 세계, 즉 주제이다. 또한 이러한 주제는 문체를 통해 언어적으로 형상화되기에 문체와 주제는 밀접한 상관성을 지닌다.

만일 소설 연구가 주제 및 주제의식에만 치우치게 된다면, 소설은 역사나 철학으로 환원되며, 만일 언어의 형상성만을 내세우게 되면 소설은 이미지의 세계로 확산된다.[2] 따라서 소설에서의 문체 연구는 주제와 형상성, 즉 내용과 형식적 요소를 통합할 수 있는 새로운 방법론을 지향해야만 한다. 또한 소설의 언어는 자율성을 띤 유기체라기보다는, 현실에 대한 문학적 대응이다. 따라서 문체론의 연구는 작품에 나타난 언어현상뿐만 아니라, 구성 및 시점 등 거시적 문체 영역을 포괄하면서 그것을 사회과학적인 분석과 비평으로 해명하고자 노력해야만 한다.[3]

현대 문체론은 연구 대상과 방법에 따라 두 개의 커다란 유파로 분류된다. 하나는 개별 문체론으로 발생론적 연구, 즉 개인 언어적 차원의 파롤(parole)을 대상으로 하는 문체론으로 일종의 문예 비평이라 할 수 있는 응용 문체론으로서의 문학적 문체론이다. 또 다른 하나는 표현 문체론으로 실증적, 기술적 연구를 하는 사회 언어적 차원의 랑그(langue)를 다루는 문체론으로 순수한 언어학적 문체론이다. 문학적 문체론과 언어학적 문체론은 협의적으로 보면 다같이 문학 작품의 문체를 연구하는 학문이지만, 그 연구의 목적이 같지 않고 거기에 쓰이는 연구 방법이 각각 다르다.

언어학적 문체론의 선구자는 바이이(Bally)이다. 그는 문학 작품의 내용

---

2) 우한용, 『한국현대소설담론연구』, 삼지원, 1996, 38쪽.
3) 김정자, 『한국근대소설의 문체론적 연구』, 삼지원, 1985, 21쪽.

에는 특별한 관심을 두지 않고 그것에서 나타나는 총체적인 한 언어의 표현적 특성을 기술하는 '표현 문체론'에 관심을 두었다. 이후 소쉬르는 연구 대상을 문자 언어 그 자체로 한정시키고, 접근 방식 역시 구조적, 즉 언어 형식적 방법을 취함으로써 '언어학적 문체론'을 확립시킨다.[4]

이와는 대조적으로 문학적 문체론은 스피처(L. Spitzer)에 의해 그 기초가 형성된다. 그는 '개인 문체론'의 방법으로 발생론적 관점에서 작가의 문체를 연구함으로써 작가 정신 및 시대 정신에 이르고자 한다. 이후 독자의 관점에서 독자를 주목하게 만드는 언어와 문체적 특질 즉 특징인 문체 사실을 연구하는 리파테르(Riffaterre)의 '일탈 문체론' 등에서 작품의 내용, 주제, 작가의 관점, 미학적 요소 등을 다룬다. 그러나 문학적 문체론과 언어학적 문체론은 결코 상호 배제적 관계에 있는 것이 아니며, 여러 가지 점에서 매우 상보적이다. 일반적으로 문학적 문체론은 문학 연구 방법론의 한 분야로, 문체는 문학 작품의 표현 방식으로 규정된다. 이러한 경향은 카이저(W. Kayser)와 슈타이거(E. Staiger)의 '작품 내재적 해석'이 문학 구성의 결정적인 요인으로 강조되면서, 문학 연구 방법으로서 문체의 위상은 더욱더 확고해졌다.

바이이(Bally)를 중심으로 하여 이루어진 언어학적 문체론은 구조주의적 관점에서 문체를 연구함으로써 문체론의 학문적 체계를 확립시킨다.

그러나 이후 언어학적 문체론은 문학 작품의 내용과 형식을 확연하게 양분함으로써, 문체론이란 다만 작가의 작품에 나타나는 언어 형식의 특

---

4) 김상태, 『문체의 이론과 해석』, 새문사, 1982, 50쪽.

성만을 검토하는 것으로 오인하게 하는 등의 논란의 여지를 남긴다.

물론 소설은 '언어'라는 형식을 통해서 이루어진다. 그러나 예이츠(W. B. Yeats)의 지적처럼 소설에서 형식과 내용이란 마치 육체와 영혼과도 같이 분리될 수 없는 것이어서, '무엇을 말하고 있는가' 하는 것은 결국 '어떻게 말하고 있는가'의 문제가 될 수밖에 없다. 카이저(W. Kayser)는 '작품의 소재에 대한 태도가 결정되면 표현 기법이 선택될 것이고, 이 표현 기법은 작가 자신의 살과 피로 옮겨진 것이므로 문체를 결정하는 핵심적 요인이 된다.'[5]고 하였다. 다시 말해 카이저는 표현 기법이 문체를 결정하는 핵심적 요인이기는 하지만, 표현 기법이 선택되는 것에는 작품의 소재에 대한 태도, 즉 주제 및 주제의식이라고 주장한다. 뿐만 아니라 주제 및 내용 역시 형식에 의해 결정된다.[6] 즉 언어가 지향하는 의미는 "누가 누구에게 어떤 형식으로 어떤 의도를 가지고 말하는가" 하는 데에 따라 결정된다. 이를 통해 볼 때 문학 텍스트를 해석하고 평가하는 데에는 작품의 내용과 형식과의 상호 관계를 규명하는 문체론이 필수적으로 선행하는 연구 방법임을 알 수 있다.

---

5) Wolfgang Kayser, *Das Sprachliche Kunstwerk*, (Bern/München Francke Verlag), 1965, p.271.

6) 우한용, 『한국현대소설담론연구』, 앞의 책, 34쪽.

2. 한국 문학의 문체론 연구 역사

　우리나라에서 문체론 연구는 이광수, 김동인, 이태준 등에 의한 소박한 개념의 문체론에서 출발한다.[7] 이후 이인모와 정한모는 문체소 분석을 통

---

7)　김동인은 신소설과 이 이전의 문체를 극복하는 새로운 문체를 형성하기 위한 '개척자의 고통'을 언급하면서 근대적 문체의 필요조건으로 '구어체' 사용을 주장한다. 또한 한국어에 없었던 3인칭 대명사를 만들 것, 과거형의 사용에 대해 고심하였다. 그 결과 그는 새로운 자신의 문체를 형성함으로써 이광수 문체의 전근대적 성격을 극복하였다고 자부심을 갖는다. 이후 김동인은 「소설작법」에서 서술자의 시점을 문체 요소의 하나로 인식하여, 서술 시점에 따라 '일원묘사체', '다원묘사체', '순객관적 묘사체'를 구분하고, 이에 관해 자세히 설명하고 있다. 김동인의 이러한 시점에 관한 인식은 당시로서는 선구적인 것으로 보여진다.

　춘원 이광수는 그의 소설 『무정』에서 순한글체 문장을 사용하면서 스스로 커다란 문체 변화를 시도한다. 또한 춘원은 1935년 「文學과 文士와 文章」이라는 글에서 '글은 사람', '문장은 곧 인격'이라는 말을 그의 '개인적 문체'에 대한 인식으로써 피력하고 있다.

　이태준은 1939년 「문장강화」에서 '문체의 발생', '문체의 종별'등의 장을 마련하여 문체에 대한 구체적 설명을 한다. 그는 여기서 공시적 문체, 통시적 문체, 개인적 문체를 구분하면서, 현대의 문체론은 개인적 문체론을 연구대상으로 함을 명시한다. 그리고 개인적 문체의 유형으로 간결체, 만연체, 강건체, 우유체, 건조체, 화려체의 여섯 유형을 들었는

해 작가의 성격을 규명함으로써 문체론 연구 방법론의 새롭고 구체적인 틀을 구축한다. 이는 문체론이 문학 연구의 한 방법론으로서의 가능성을 제기한 것에서 그 성과를 찾아볼 수 있으나,[8] 이들의 연구는 작가 연구 혹은 작가의 성격 대비 연구를 위한 방법론으로 문체론을 활용한 것에 불과할 뿐 아니라, 그 후속 연구가 이어지지 않음으로써 한국 문체론 연구의 맥락이 단절된다.

이후 이기문과 권영민 등은 개화기 전후의 텍스트를 고찰하여 시대적 문체 및 유형적 문체에 관한 연구를 제시함으로써 문체론의 새로운 방법론을 개척하기도 한다. 이러한 다각적인 문체론 연구에도 불구하고, 이들에게 문체론이란 형식의 문제로 국한되어 있다. 이로 인해 문체론은 형식과 기법 연구에 치중하는 편협한 학문의 분야로 오인될 수 있는 여지를 갖게 된다.

우리나라에서 '문체론을 문학 작품의 연구 방법 중 하나'라며 문체론의 위상을 공언한 것으로는 구인환의 주장을 들 수 있으나, 그 구체적인 실천은 김상태(1982)와 김정자(1984)에 의해 본격적으로 시작된다. 이들에

데, 이는 당시 일본에서 유행하던 문체 연구의 한 방법으로 그 연원은 서양의 고대 수사법에 있다. 이 같은 이태준의 여섯 가지 분류법은 지금도 중·고등학교에서 교육되고 있으며, 지금도 대학 초학년의 '문장론'이나 작문 교과서 등에서 흔히 채택되기도 한다. 그러나 이러한 분류 기준에 있어서 객관적 잣대 없이 주관적 인상에 의존할 수밖에 없다는 것, 그리고 그 가운데서 '간결체가 가장 무난한 문체'라고 말함으로써 그의 문체 인식이 매우 소박한 것임을 알 수 있다.

김동인, 「나의 소설」, 『동인 전집』 8권, 홍우출판사, 1968, 47~486쪽 참고.

이태준, 『증보 문장강화』, 문장사, 1940, 213~311쪽 참고.

8) 구인환, 『한국문학, 그 영상과 지표』, 삼영사, 1982, 98~155쪽.

의해서 문학 작품은 '내용의 넘쳐흐름'으로서의 형식과 '형식의 넘쳐흐름'으로서의 내용이라는 문제를 문체론에 실천하여 적용하고 있으며 문체론 연구의 새로운 가능성을 제시해 주었다. 이후 문체론은 이재선, 이동희, 권영민, 소두영에 의해 간헐적으로 이루어졌으나, 문학 연구에서 그 실적이 산발적이어서 현재까지 문체론은 학문으로서의 체계를 완전히 갖추지 못하고 있는 실정이다.

담론으로서의 문체 연구는 이병헌, 이상신, 우한용 등에 의해 90년대 이후 구조주의, 기호학, 텍스트 언어학 등 다양한 분야와 통합하여 보다 다각화된 방법으로 진행된다. 그러나 다른 문학 연구 분야에 비해 문체론 연구의 지속적 맥락이 이어지지 않음으로써, 독자적이고 체계적인 학문의 한 분야를 이루고 있지 못하고 있다.

이 책은 현대 문체 연구가 지향하고자 하는 바, 내용과 형식과의 연결 접점을 모색하고, 언어학적 방법론에 국한된 미시적 문체론을 극복 지양하여 거시적 문체론의 차원의 새로운 방법론을 확립하고자 한다. 또한 문체와 시대적 상황과의 상동 관계를 규명함으로서, 기존 담론으로서의 문체 연구를 보다 심화시켜 문체론의 새로운 연구의 장을 확립하고자 한다.

1) 미시적 문체론의 확립 — 통계의 활용 및 언어학적 문체론

정한모와 이인모는 새로운 이론과 방법론으로 작품을 분석하는 등 문체 연구에 있어 비교적 본격적이고 체계적인 면모를 보인다. 이들은 일본의 문장 심리학자 波多野完治와 小林英夫 등의 방법론을 수용하여 문장 길이, 구문 비교 등 미시적 문체론의 방법을 사용하여 여러 항목을 분석 대비시킴으로써 작가의 성격을 규명해 낸다.

정한모는 「문체로 본 동인과 효석」[9]에서 문체론이 '작품에 나타난 언어 예술의 등 뒤에서 그것을 배열하고 지령한 정신 또는 예지, 생활 감정, 이러한 모든 것이 가져오는 개별적 특이성을 살펴보는 것'이라 하여 문체론의 궁극적인 목적이 작품을 구성하고 있는 문장과 표현 방법 속에 내재해 있는 작가의 개별성을 구명하는 데 있다는 점을 분명히 하였다. 그는 문체론이 보편적인 문장 유형이 아니라 그 편차로서 제시되는 개인적인 문체를 연구하는 것이라는 점을 강조하고, 문체론 연구에서 언어학적 구명은 일차적으로 요청되는 것이지만 문체를 살피는 본격적인 작업은 어디까지나 문학적이라고 주장하면서 문학적 문체론의 위상을 확립한다. 정한모는 미시적 문체론과 언어학적 문체론 연구 방법론을 수용하여 문장의 길이를 계산하고 주어의 생략 여부, 문장 개수, 대화자 수 등의 통계적 방법 등 기존의 연구 방법을 동원하기도 한다. 전반적으로 그의 연구는 인상적인 방법에 의해 작가의 문장 습관이나 감각 표현, 비유, 방언처리 등의 문체소를 추출하면서 그것을 작가의 성격적 특질과 결부시키는 방식으로 이루어졌는데, 이는 전 연구에 비해 진일보적인 양상을 띤 것이라 할 수 있다. 그러나 그 이후 정한모는 문체론에 관한 연구를 더 이상 진행

---

9) 정한모, 「문체로 본 동인과 효석」, 『문학예술』, 1956~1956, 12. 『현대작가연구』, 범조사, 1959, 79~179쪽

하지 않았고, 다른 연구자들도 문체론 연구에 관심을 갖지 않아 한국 문체론의 맥락이 단절된다.

이인모는 문체론을 '본질적으로 문학 작품에서 작가의 개인문체를 정밀히 고구(考究)하여, 그 원인인 성격을 판단하는 학문'으로 규정한다.[10] 이런 입장에서 그는 김동인의 「狂公子」와 염상섭의 「굴레」를 텍스트로 삼고, 단문과 복합문의 선호 여부, 색채어 선호 여부, 품사 사용의 빈도, 접속 어미와 접속사의 사용, 음상 등 수많은 문체소를 대비한다. 그리하여 이인모는 '염상섭은 세밀하고 치밀한 성격의 소유자'이며, '김동인은 대범하고 호방한 성격의 소유자'라는 결론을 이끌어 낸다.

정한모와 이인모의 문체론은 이론의 기계적 적용과 예리한 분석력의 결여로 인해 후진들에게 큰 반응을 불러일으키지 못한 것으로 평가된다.[11] 더구나 이인모는 문체론 연구 방법론을 설정함에 있어 '문체의 인상이 대조적인 두 작가'를 선정하여, 각각의 '문체상의 특징'을 분석한 후, 결론적으로 두 작가의 문체는 대조적이라는 결론을 도출해 내었기에 순환론적 방법론이라는 혐의를 가지게 된다. 그럼에도 불구하고 미시적 문체 연구는 한 작가 개인의 문체적 특질을 연구하는 데에는 뚜렷한 성과를 보여 이후 문체론 연구자들에게 많은 영향을 끼치게 된다.

---

10) 이인모, 『문체론』, 동화문화사, 1960, 11쪽.
11) 김상태, 『문체의 이론과 해석』, 새문사, 1982, 21쪽.

2) 미시적 문체론의 심화─작가 연구 방법으로서의 개인
   적 문체론

정한모와 이인모의 미시적 문체론은 이후 박갑수, 심재기, 박철희, 김
상태, 황도경 등에 의해 지속적으로 그 연구의 맥이 이어진다. 박갑수는
「현대시에 반영된 색채어 연구」, 「현대 소설의 구상적 표현 연구」, 「현대
소설 문장의 품사적 영향」, 「청록집의 어휘고」 등[12]의 논문을 통해 표현론
적 문체 연구를 진행시켰다. 박갑수는 이인모와 정한모의 통계적 방법에
의한 미시적 문체 연구를 진행시킴으로써 울만(Ulmann)에 의해 지적된
여러 가지 한계[13]를 보이기도 하지만, 이전 연구와는 달리 체계적인 연구

---

12) 이상의 논문은 이후 지속적인 연구 결과와 함께 단행본으로 출간된다.
    박갑수, 『현대문학의 문체와 표현』, 세운문화사, 1977.
13) 울만은 통계적 분석 방법의 위험과 한계점으로 다음을 제시한다. 첫째, 통계적인 방법
    은 문체의 민감한 뉘앙스를 붙잡기엔 너무 거칠다. 둘째, 수치는 이러한 처리를 인정하기
    에는 너무나 복잡하고 유동적이라서 데이터에 대하여 일종의 허위의 정확성을 줄지도 모
    른다. 셋째, 이른바 문체론의 통계적 방법은 결정적으로 문체 분석에 중요한 문맥의 영향
    의 기제에 대하여 어떠한 대비책도 세워놓고 있지 않다는 점이다. 넷째, 질과 양에 의하여
    압도당할 위험이 내재하며 다양한 요소가 피상적인 동질성의 바탕에서 함부로 분류당한
    다는 위험이 있다. 다섯째, 제시할 필요도 없이 뻔히 아는 결과를 산출해 낼 때가 있다. 이
    러한 약점에도 불구하고 울만은 다음과 같은 세 가지 이점을 제시한다. 첫째, 문체의 통계
    적 분석은 때때로 문학의 외곽적 해결에 도움을 줄 수 있다. 즉 익명의 작품에 대한 저작자
    를 밝힐 수도 있고, 작품의 통일성을 파악하는 데 도움을 줄 수 있으며, 같은 저자의 작품
    연대를 결정하는 데 도움을 줄 수 있다. 둘째, 특정한 장치에 대한 대체적인 빈도나 밀도를
    표시해 둠으로써 작품해석에 큰 도움을 받을 수 있다. 셋째, 통계적 수치에 의하여 문체적
    요소의 이상분포를 제시해 줌으로써 미학적 해석에 중요한 문제를 제기해 줄 수도 있다는
    것이다. 즉 통계적 방법은 이를 어떻게 해석하며 어떻게 활용되느냐에 따라 통계적 방법
    의 효용성이 결정된다고 할 수 있을 것이다.

를 지속적으로 진행시켰다는 것에 연구 의의를 찾아 볼 수 있다.

심재기는 한용운의 문체 변화 과정을 연구한다. 이는 개인 문체의 통시적 연구이다. 당시 시대적 문체의 변이 과정을 한 개인의 문체 변이 과정에 적용함으로써 그 상관성을 고찰한 것이다. 결론적으로 당시 시대적 문체의 경향이었던 한문체에서 국문체로의 이행이 한용운의 문체 변화 과정에도 그대로 적용됨을 밝혔다. 이들의 연구는 국어학 전공자들의 연구로 문장의 평균 길이, 어휘와 분포 등 국어의 문체적 규범을 명시화하였다는 점에서 그 의의를 찾을 수 있다.

박철희는 「문체와 인식의 방법」(『문학사상』 7호, 1973년 4월)에서 작가의 인식과 문체와의 상관 관계를 규명하고자 한다. 박철희는 현진건의 「불」과 김동인의 「광염소나타」에서 동일한 대상인 '불'을 형상화하는 문체상의 차이를 규명한다. 이를 통해 현진건의 문체를 '현실성과 박진감이 넘치는 문체'로, 김동인의 문체를 '평면적이고 관념적인 문체'로 각각 규명한다. 나아가 이러한 차이를 보이는 것은 작가의 인식의 차에서 기인한다는 결론을 내린다. 이는 문체와 작가의식과의 상관 관계를 규명한 연구로서 문체론이 새로운 방법을 시도한 것으로 그 의미를 가진다.

김상태는 기존 동·서양의 문체론 연구 역사를 개괄한 이후, 형식과 내용의 유기체적 견해를 모순 없이 수용하기 위해 문체의 형성요인을 다음 네 가지로 분류한다. 문체는 ①언어환경, ②주제 및 기타 형식, ③ 수신자나 상황, ④작가의 품성이라는 이 네 가지 요인에 의해 형성되며,

---

김상태, 『문체의 이론과 해석』, 앞의 책, 92~93쪽 참고.

이 가운데서 작가의 품성에 의한 문체론 연구가 문체론 연구의 본령임을 명시한다. 그러나 김상태는 자신의 연구를 작가의 품성에 의해 형성된 문체 연구에만 국한시키지 않는다. 연구 대상과 목적에 따라 한국 근대 소설문체의 일반적 특성은 '언어환경'에 주목하여 고대 소설의 그것과 대비하여 규명하였고, 이광수, 이상, 이효석, 김유정 등 네 작가의 작품은 '작가의 품성'에 주목하여 그 개별적 문체 특징을 규명함으로써 연구 방법의 유연성을 보인다. 이를 통해 김상태는 문체론이 문학의 본질적 연구 방법으로서 조금도 손색이 없는 연구 방법임을 입증하였고, 이후 언어학적 방법과 연계함으로써 문체론의 새로운 장을 열어야 함을 역설한다.

황도경은 『문체로 읽는 소설』에서 문체 연구란 '언어를 통해 작품의 주제나 작가의 개성에 접근하려는 연구 방법'[14]이라는 점을 전제한다. 소설을 '잘 빚어진 항아리'에 비유하면서, '항아리 안에서의 언어들이 부딪치고 섞이면서 고유한 울림과 향기를 만들어 낸' 것이 문학 작품이라고 규정한다. 그리하여 문체론 연구란 '고유한 울림과 향기를 만들어 내'는 '언어'적 특성을 미시적 문체론의 입장에서 정치하게 분석한다. 그리고 문체론 연구가 도달하는 것이 결국 작가의 세계관 및 주제임을 주장하여 문체 연구가 단순히 언어의 표면적 현상에 대한 연구가 아니라, 언어와 작가의 세계관 사이의 유기적 연결을 검토하는 작업임을 분명히 함으로써 문체론의 연구 방향을 구체적으로 설정한다.

---

14) 황도경, 『문체로 읽는 소설』, 소명출판사, 2002, 28쪽.

언어학적 문체론의 방법 및 통계적 방법을 원용한 미시적 문체론은 오늘날에 이르기까지 지속적 연구를 거듭하면서 문학 연구 방법론으로서의 그 위상을 확립하려 한다. 미시적 문체론은 작가 개인의 표현 특성과 개성을 넘어서 작가의식 및 작가의 세계관 및 주제를 파악하여 언어와 작가의 세계관 사이의 연관성을 검토해야 한다는 구체적 연구 방향을 설정함으로써 문체론의 구체적 방법론을 확립한다. 그러나 문학 연구 방법론으로서의 문체론을 언어 배열 순서나 어구 및 언사의 특징적 분석을 통한 작가 개인 연구와 개별 텍스트 주제 파악에만 한정시키는 것은 오히려 문체론의 위상을 위축시키는 결과를 초래하게 된다. 그리하여 미시적 문체론의 한계를 지양하기 위해 이후 많은 문체론 연구자들은 방향전환을 모색해 왔고, 그 결과 거시적 문체론의 방법론이 확립된다.

3) 거시적 문체론의 확립 — 시대 문체와 기법으로서의 문체

거시적 문체론은 음운, 어휘, 통사, 의미 등 언어학적 원리와 지식을 문학 텍스트에 직접 적용하는 미시적 문체론의 영역을 확장하고자 한다. 거시적 문체론은 문체론의 영역을 텍스트 언어학, 예술 기호학 등과 접목해서 문학 작품을 해석하고 그 문학적 가치를 평가하는 데까지 확장한다. 거시적 문체론은 구조주의적 방법으로 텍스트를 분석하거나, 시대 문체의 특질을 규명하려 하고, 텍스트에 사용된 기법 일체를 문체적 특질로 보는 방법 등의 방법으로 소두영, 김완진, 이기문, 김영민, 권영민, 김정자 등 국내 연구가들에 의해 이루어지고 있다.

소두영의 문체 연구[15]는 구조주의적 방법이 특징이다. 그는 이효석의 「메밀꽃 필 무렵」이 구성적으로 서정적 산문시라는 결론을 내린다.

김완진은 훈민정음 창제 이전부터 현대에 이르기까지 문체를 각 시대별로 고찰하였다. 한글 창제 이전의 문체는 문학과 역사 등에 두루 쓰이던 한문체와, 한자의 음과 훈을 빌어 우리말을 적는 향찰 표기의 국문체 문장, 체언과 용언의 어간은 한문투로 적고 조사와 어미, 부사 등은 우리말로 표현하는 절충식 문체인 이두문의 직해체(直解體) 문장으로 구분함으로써 국문체의 개념을 확대시킨다. 한글 창제 이후의 문체는 한글이 표기에 어떻게 사용되었는가를 살펴봄으로써 문체의 형성이 글쓰는 이에 의해서만이 아니라 글을 읽는 독자에 의해서도 결정될 수 있음을 밝힌다. 또한 문체를 결정하는 요소로 모방과 창조의 두 가지 요소가 있으며, 한 개인의 문체 형성은 그가 받은 교육과 밀접한 관련이 있음을 주장한다. 이러한 사실은 현대의 문체가 일본어와 영어 등의 영향을 받은 근거가 될 뿐만 아니라, 통시적 관점에서 문체 변화의 근거가 될 수 있다는 점에서 그 의의를 찾아볼 수 있다.

이기문은 『개화기의 국문 연구』(일조각, 1970)에서 개화기를 전후로 한 문체의 변화 양상, 즉 한문체에서 국한문체로 이행과정을 살펴봄으로써 통시적 방법론을 제시한다. 뿐만 아니라 그는 전통 사회의 문체를 한문체, 언문체, 이두문체, 언한문체로 분류하고, 이들 문체의 차이점과 문체 사

---

15) 소두영, 「이효석의 문체 연구－「메밀꽃 필 무렵」의 구조분석」, 『숙명여대 논문집』 17, 1977.

용 계층 간의 관계를 규명한다.

권영민은 「개화기 소설의 문체 연구」(『현대문학연구 14집』, 1975)에서 신소설 전반의 문체적 특질을 분석함으로써 공시적 문체 연구를 통해 시대 문체를 연구하는 방법론을 제시한다. 그는 신소설의 문체를 개별적 작가에 따라 설명하는 것이 아니라, 신소설 전반에 나타나는 문체상의 특질을 규명하는 것을 목표로 하여 신소설의 사용 문자, 문장 길이, 문장 유형, 시제의 처리 방법 등을 세밀하게 분석한다. 이를 통해 권영민은 개화기 소설의 문체상의 특질을 ①고대 소설의 율문체의 극복, ②'-더라'의 고대 소설의 종결어미에서 '-한다', '-이다'로의 이행, ③전지적 작가 서술에서 작가 관찰자 서술로의 이행, ④대화와 지문의 확연한 구분, ⑤대화에 나타나는 경어법의 파격 등으로 결론을 맺는다.

김영민은 「한국 소설의 문체와 근대성의 발현」[16]에서 조선 후기부터 1930년대까지의 문체 변화의 역사를 통시적으로 고찰한다. 그에 따르면 조선 후기 한문 위주의 문장은 대부분 근대 계몽기로 들어서면서 국한문 혼용체로 대체된다. 1910년대에 들어서 이광수는 신문이라는 매체에 적응하고 수용자 중심의 문체인 한글을 전용함으로써 시대적 한계를 극복하는 개인적 문체를 시도하였고, 김동인은 완전한 구어체의 확립, 새로운 어휘 개발, 과거형 어미를 사용하였고, 채만식 역시 반어, 장르 패러디적 언어, 풍자 등의 문체소를 사용함으로써 개성적 문체로 발전되었음을 밝

---

16) 김영민, 「한국 소설의 문체와 근대성의 발현」, 『梅芝論叢』 16, 연세대 매지학술연구소, 1999. 2.

힌다. 이는 문학 근대성과 문체와의 상관 관계를 통시적으로 고찰함으로써 문체 연구가 문학사 연구의 한 방법이 될 수 있음을 규명한 연구라는 점에서 그 의의를 찾아볼 수 있다.

김정자는 『한국근대소설의 문체론적 연구』[17]에서 문체론이 소설 기법의 영역임을 전제하고, 소설 기법의 중핵 요소인 '시간 기법'을 문체 분석의 새로운 방법론으로 제안한다. 제라르 쥬네뜨의 시간 이론인 순서, 지속, 빈도를 중심으로 이광수, 김동인, 염상섭, 김유정, 이효석, 이상 등의 소설을 분석하고, 이를 통해 각 작가의 문체론적 특징들을 규정함으로써 근대 소설 문체의 공시적 특성을 밝힌다. 김정자는 작품 내의 문학 작품은 기법을 통해 그 예술적 가치를 획득할 수 있고, 이 기법으로 작가의 사상이나 감성이 작가의 개성과 잘 융합되어 작품 속에 용해되어 있는 것을 검토해 나가는 문체 연구야말로 문학 연구의 본령임을 역설한다. 이러한 연구는 문장과 어휘를 중점적으로 연구하는 기존의 미시적 문체론 및 언어학적 문체론과의 차별성을 보인 것으로, 문체론의 영역을 '기법'이라는 거시적 문체론의 영역까지 확장함으로써 문학적 문체론의 새로운 영역을 개척하였을 뿐 아니라, 문학 연구에 있어서 문체론이 입지를 확고히 확립한 점에서 그 의의를 찾아볼 수 있다.

---

17) 김정자, 『한국근대소설의 문체론적 연구』, 앞의 책.

4) 거시적 문체론의 심화－담론으로서의 문체 연구

90년대 이후 거시적 문체론 연구는 이병헌, 이상신, 우한용 등에 의해 보다 다각화된 방법으로 진행된다. 특히 이들의 연구는 다성성, 구조주의, 기호학, 텍스트 언어학 등의 다양한 분야와 통합함으로써 개별 연구자 나름대로 포괄적이고 보편적인 문체 분석의 방법론을 확립하려 한다.

이병헌은 「한국 현대소설의 문체 분류 시론」에서 그동안의 문체 연구가 개별 작품이나 개별 작가의 문체를 규명하는 것 혹은 일정 시대 특히 개화기에 한정되어 있다는 점을 기존 문체 연구의 한계로 지적한다. 즉 방향성과 중심축의 부재로 인해 문체 연구가 혼돈 상태를 지속하게 될 우려를 표명하면서, 그 대안으로 미시적 분석과 거시적 분류의 두 방식을 병행할 것을 주장한다.[18] 그 구체적 방법으로 이병헌은 텍스트 언어학의 도움을 받아 문장의 기능에 따라 '제시와 표현', 주제 취급의 양태에 따라 '절제와 발산'이라는 두 층위의 기준을 설정한다. 이러한 네 종류 문체의 특성을 10편에 해당하는 소설을 통해 분석한 이후, 어느 작품이라도 실제로는 두 층위의 문체적 특성을 가지고 있음을 주장한다. 그러나 그가 규명한 '제시'의 방법은 '서술', '표현'의 묘사에 다름 아니다. '절제' 역시 관찰자의 시점, '발산'은 작가 개입이 드러나는 전지적 혹은 주인공 시점의 다른 이름일 뿐이다. 이 방법이 향후 문체 연구의 중심축으로서의 방향성

---

18) 이병헌, 「한국 현대소설의 문체 분류 시론」, 『한국문학연구』 3호, 고려대 민족문화연구원 한국문학연구소, 2002, 204쪽.

을 제시할 수 있을까에 대한 의문이 남을 뿐 아니라, 텍스트 분석 역시 세밀하지 못하다는 아쉬움을 남기고 있다.

이상신은 「김정한의 문체연구」[19]에서 문체론을 텍스트의 '언어적 특징들'과 그 '의미' 사이의 관계를 연구하는 학문으로 규정함으로써, 문체론과 기호학을 연관시켜 새로운 방법론을 제시하고자 한다. 그는 문체론 연구를 '언어'에 중점을 둠으로써 시작되는 문학 연구 방법이라는 전제하에 텍스트에서 사용된 언어들의 어휘적 특성, 문법적 특성, 비유적 특성, 문맥적 특성 등 네 가지 항목에 의해 각 텍스트를 분석한다. 물론 소설은 언어적 산물이라는 점에서 소설의 형상성을 연구할 때는 언어적 조건을 반드시 고려해야 함은 소설 연구의 본질적 조건이라고 할 수 있다.

그러나 소설의 언어를 '그 자체로 자율성을 띠는 유기체'로만 규정할 경우, 소설 연구는 현실 대응력을 간과한 채 자폐성을 드러냄으로써 소설의 본질과는 멀어질 수밖에 없다. 이에 이상신은 「소설 문체의 다성성과 이야기 구조의 다원논리」[20]에서 이효석 「豚」의 문체를 분석하면서, 기호론적 방법을 지양하고, 사회·이념적 상황에 따라 변모되는 양상을 추적한다. 그는 바흐친의 언어관을 수용하여, 언어야말로 가장 탁월한 '이데올로기적 현상'으로 '내면의식과 내적발화'를 표현하는 중요한 매개체이기 때문에 언어 행위는 결코 '개인적 현상'이 아니라 '사회적 현상'임을 분명히 한다. 따라서 소설 속의 문체 분석은 당연히 '구체적이고 생동감

---

19) 이상신, 「김정한의 문체연구」, 『이화어문논집』 9호, 1987, 99~125쪽.
20) 이상신, 「소설 문체의 다성성과 이야기 구조의 다원논리」, 『외국문학』 22, 열음사, 1990.
   9, 69~91쪽.

있는 실제적인 발화 상황에서의 언어'를 분석함으로써, 소설이 '본질적으로 사회적이며 대화적'인 장르의 특성을 규명해야 함을 주장한다. 그리하여 그는 인용 어법, 표현 기법, 이야기 구조 등의 세 가지 언술의 층위에 근거를 두고 「豚」에 나타난 문체의 전이적(轉移的) 특성을 밝히고, 이러한 문체 변모의 이면에는 당대 사회·이념적 상황에 그 원인이 있음을 밝힌다. 이러한 이상신의 시도는 우한용에 이르러 한층 더 심화되어 나타난다.

우한용은 『채만식 소설 담론의 시학』(개문사, 1992)과 『한국 현대소설 담론연구』(삼지원, 1996) 등에서 소설의 언어를 '담론'의 측면에서 연구하는데, 이 담론은 넓은 의미의 문체 개념과 상응한다고 규정함으로써 담론 연구가 문체론의 새로운 방법임을 주장한다. 그는 소설의 언어가 텍스트 상으로는 '이질 언어적'으로 구축되어 있으며, 언어의 운용 측면에서 본다면 대화적으로 소통을 수행한다는 점, 따라서 소설 언어의 주체와 세계 사이의 역동적 상호 작용 양상을 소설 언어의 기본 속성으로 전제한 방법론이다. 이론 발화 주체에 의해 역동화된 언어, 대화화된 언어, 발화적 언어 등에 관심을 표명한 것으로, 소설 언어의 다성성에 주목함으로써 문체론 연구의 폐쇄성을 극복한 것에 그 의의가 있다.

거시적 문체론 연구는 90년대 이후보다 다각화된 방법으로 진행되었음을 알 수 있다. 특히 언어학 문체론에서 행해졌던 미시적 문체론을 극복 지양하여 다성성·구조주의·기호학·텍스트 언어학 등의 다양한 분야와 통합하여 담론으로서의 문체론을 확립했다는 것에 큰 의의가 있다. 문학 연구에 있어서 문체론이 도달해야 하는 기점은 작가가 전달하고자 하는 세계관 및 인생관, 의미 등이 형상적으로 전환되는 과정을 해명하는 것이라고 할 수 있다. 한 문학 작품이 지니는 총체적인 의미는 미시적, 거시적 문체소들이 유기적으로 엮어져 일관성을 유지할 때 자연스럽게 표출되고 전달된다. 즉 문학에서 문체 연구는 작품의 해석과 이해에 전체적 틀을 제시하는 것이기에, 거시적 문체론 연구는 지속적으로 행해져야 하며, 그 영역을 확대해나가야 할 것이다.

이상에서 살펴본 바와 같이 한국 문학계에서 문체론은 이태준, 정한모, 이인모, 김상태, 김정자, 우한용 등에 의해 그 방법과 연구가 축적되어 상당한 학문적 성과와 발전을 이루었다. 그러나 아직 국내에서의 문체론은 독일이나 프랑스 문체론의 개별적 이론이나 방법론을 소개하는 차원에서 그치고 있고, 학문적 위상이나 발전과정 역시 산발적이어서 학문적으로서의 체계를 완전히 갖추었다고 보기 힘들다는 평을 받고 있다. 뿐만 아니라 문학적 문체론은 '주관적 인상주의, 서투른 미적 평가의 수준에 머물러 있어 언어학적 문체론을 방해한다'[21]는 혹평까지 받고 있는 실정이다. 문학적 문체론이 학문적 체계성과 위상을 갖추기 위해서 새로운 방향 전환이 필요한 이유는 여기에 있다. 그 구체적 방법으로는 ①기존 문체론의 주된 연구 방법이었던 미시적 문체 연구 방법을 지양하여 담론으로서의 문체를 연구할 수 있는 미시적 문체 연구 방법과 거시적 문체 연구 방법을 결합한 문체론 연구 방법의 확립과, ②내용과 형식의 상호 관

---

21) 이종오, 『문체론』, 살림, 2006, 4쪽.

계를 규명할 수 있는 구체적 문체론 연구 방법의 확립이 필수적이라 할 수 있다.

문체론은 '한 편의 텍스트의 의미'와 '그 의미들이 명시되는 언어적 특성들' 사이의 관계를 연구하는 학문[22], 즉 내용과 형식 간의 긴밀한 상호 관계를 연구하는 학문이다. '빛나는 문체라든가 좋은 문체는 단순히 수사학적인 의미를 넘어서 그리고 단순한 재능의 의미를 넘어서 모든 대상에 대한 작가의 투철한 인식에서 출발하여 의식의 내면과 정서적 경험의 추출을 의미'[23]하므로 문체론을 연구할 때엔 형식적 특징을 내용과 연관시켜야 한다. 즉 문학 연구 방법으로서의 문체론은 그 위상과 체계를 확립하기 위해 텍스트에 나타난 언어적 특성을 통해 작가의 세계관 및 주제와의 유기성 및 상관 관계를 설명하는 체계적인 방법론의 확립이 절실히 요구된다. 또한 나아가 시대와 문체와의 상동 관계 역시 규명할 수 있는 담론으로서의 문체 연구가 또한 구체적 방법론을 확립하여 심화될 필요가 있다.

본 책에서는 한국 소설의 문체와 주제, 내용과 형식과의 상관 관계를 분석할 새로운 문체론적 방법론을 확립하고, 이를 통해 박상륭과 조세희의 소설에 적용하여 각 텍스트를 분석함으로써 그 가능성을 검증하고자 한다. 이를 통해 문체론이 체계적이고 독자적인 학문적 위상을 확립하고, 문체론의 연구에 있어 구체적이고 통합적인 하나의 방법론을 제공하

---

22) 이상신, 「소설 문체의 다성성과 이야기 구조의 다원논리」, 앞의 글, 100쪽.
23) 김치수, 「문체의 특징 – 한국 소설 문체의 세 가지 전형」, 『월간문학』 22, 1969. 2, 141쪽.

고자 하는 데 그 궁극적인 목표가 있다. 이러한 작업은 박상륭과 조세희 소설 등 개별 작품을 명료하게 해석하는 또 하나의 방법론을 제시할 뿐만 아니라, 한 작가의 소설 세계를 보다 포괄적으로 이해하고, 나아가 그 문학사적 의의를 가늠하고 평가하는 데에 중요한 근거를 제공할 수 있을 것이다.

제Ⅱ장
문체 연구의 새로운 방법론

1. 연구 방법론의 전제들

1) 내용과 형식의 상호 관계를 규명할 수 있는 문체 연구 방법

헤겔은 내용과 형식, 양자의 변증법적 통일을 본격적으로 전개한다. 헤겔에 의하면 내용은 의례적으로 반성될 때에만 형식으로부터 분리될 뿐이지, 실제로는 어떠한 내용도 무형식적이거나 무규정적일 수는 없다. 즉 구체적 내용은 자체적으로 형식으로 이행되며, 형식은 구체적 내용의 내적인 생성[24]이기에, 내용은 곧 형식이 된다. 또한 헤겔은 항상적이고 자립적인 것을 내적 형식(internal form), 그리고 끊임없이 변천하는 비자립적인 것을 외적 형식(external form)으로 규정한 후, '내용이란 다름 아닌 형식

---

24) 蘇坂眞 외 편저, 권오길 역, 『헤겔 논리학 입문』, 한마당, 1983, 30쪽.

의 내용으로의 전화이며, 형식은 다름 아닌 내용의 형식으로의 전화이다'
라는 명제로 양자 간의 관계를 규정한다.[25]

김정자는 카이저(W. Kayser)의 '작품의 소재에 대한 태도가 결정되면 표현
기법이 선택될 것이고, 이 표현 기법은 작가 자신의 살과 피로 옮겨진 것이
므로 문체를 결정하는 핵심적 요인이 된다'는 말을 인용하면서, 문체는 결
국 문학의 형식 범주에 속하는 문제이고, 기법과 기법의 총합적인 결과가
곧 문체라고 규정한다. 이어 김정자는 문체론이란 어떠한 내용이 흘러넘쳐
서 형식의 영역으로 범람하였으며 어떠한 형식이 넘쳐서 내용을 형상화하
게 되었는가 즉 '형식과 내용의 상호 범람적인 문제'를 분석하고 해명하려
는 학문이어야 함을 주장함으로써, 문체론 연구의 당위적 방향을 설정한다.

우한용 역시 소설의 담론이 기호론적 구조를 이룬다는 점에서 논리가
문제되고, 그것이 소설이라는 점에서 형상성이 문제시된 점을 지적한다.
따라서 소설의 담론은 논리와 형상성을 동시에 구현하는 것이 본질적 국
면이기에, 소설 연구는 논리와 형상성 즉 내용과 형식의 측면을 동시에
추구하는 담론 연구를 지향해야 함을 역설한다. 나아가 내용과 형식 측면
을 사회적 조건과 연관하여 고려함으로써 소설의 현실 대응력을 규명할
수 있음을 역설한다.[26]

쇼레어는 형식을 '달성된 내용(achieved contents)'이라고 규정하였고, 이
러한 지적은 작품의 형식과 내용과의 관계를 가장 정확하고 명료하게 규

---

25) 한국철학사상연구회 편, 『철학대사전』, 동녘, 1989, 1945쪽.
26) 우한용, 『한국현대소설담론연구』, 앞의 책, 69쪽.

명한 것으로 평가되어진다. 즉 형식이라고 하는 것은 내용인 '주제의식'이 기법화하여 나타난 것이고, 이 기법이 바로 문체소를 형성하여 한 작품 혹은 작가의 문체적 특질을 형성시키기에 '문체는 곧 주제'라는 명제에 도달하게 된다. 즉 작가의 사상이나 정서 또는 예민한 감수성 및 현실에 대한 태도나 인간 존재에 대한 해명의 태도가 문학 작품의 내용을 이루게 되고, 이 태도는 형식이라는 미적 효과로 형상화의 과정을 겪게 된다는 주장이다.[27]

이상의 논의를 종합해 볼 때 문체 연구의 대상은 표현 기법의 총체이며, 문체 연구가 지향해야 할 방향은 표현 기법과 주제와의 상관성을 규명해야 함을 추론해 낼 수 있다. 그러나 지금까지 문체론의 연구는 지속적인 연구와 노력에도 불구하고, 그 연결고리에 관한 구체적 방법론은 아직 제시되지 못하고 있는 실정이다. 문학 연구 방법론에 있어서 근본적인 틀이나 객관적 기준을 마련하는 것은 가능하지도 바람직하지도 않지만, 도식적이라는 비판을 두려워하여 아무런 이론적 토대와 기준을 마련하지 못하는 것도 문체론 연구에서 지양해야 할 태도일 것이다.

2) 미시적 문체와 거시적 문체를 결합한 문체 연구 방법

현대 문학적 문체론은 음운, 어휘, 통사, 의미 등을 언어학의 원리와 지

---

27) M. Schorer, *20th Century Literary Criticism*, London, 1972, p.387.
　　김정자, 『한국근대소설의 문체론적 연구』, 앞의 책, 17~20쪽 참고.

식을 문학 작품에 직접 적용하는 미시적 연구 방법(미시 문체론)의 영역뿐만 아니라, 텍스트 언어학, 예술 기호학에 접목해서 문학 작품의 해석 및 가치를 평가하는 거시적 연구 방법(거시 문체론) 등으로 확장되어야 할 필요가 있다.[28] 빌헬름 쉴러(Wilhelm Scherer)는 『시학(Poetik)』(1888)에서 "문체는 외적 형식과 내적 형식에 이르는 전체 소재의 연속체를 포함하는 것으로, 전체 문학적 과정이 훑어져야 하고, 전체에서 독특성이 찾아지고 증명되어야 한다"고 주장한다. 이는 거시 문체론(Makrostilistik)과 미시 문체론(Mikrostilstik)의 개념을 모두 포함하고 있는 포괄적 의미로서의 문체를 정의한 것이다.[29] 문체란 항상 텍스트 관련적이어야 하고, 비교적 큰 텍스트 단위들에서만 문체로 인식된다는 것으로 거시 문체론의 입장을 도입한 것이라 할 수 있다.

물론 개별 단어의 변이 현상이나 문장의 변이 현상에만 국한시켰던 미시 문체론은 하나의 특정한 개인적 문체의 특성을 명백하게 파악할 수 있는 장점을 가지고 있다. 그러나 이것만을 통해서는 문체의 일관된 특성과

---

28) 조빈스키(B. Sowinski)는 문학(문예학)에서 체계적인 문체론이 성립될 수 없었던 원인을 다음 두 가지로 제시한다. 첫째는 다양한 문체론의 측면과 범주들을 하나의 중심적 생각으로 통합하고 포괄할 수 있는 폭넓은 문예학적 문체 이론의 부재이고, 둘째는 문체에 관한 이론 자체가 다원주의적 경향을 가지기 때문이라고 지적한다. 그리고 이에 대한 해결 방안으로는 지금까지 문체론의 작업 영역을 확대하여 문학적 구조 연구 등의 미시 문체론의 전통적 영역을 넘어서는 복합적 문체 현상들을 기술할 수 있는 거시 문체론적 작업으로 나아가야 함을 주장한다.

　　Sowinski, 이덕호 역, 『문체론』, 한신문화사, 1999, 19쪽 참고.

29) Linn. M. L.: *Studien zur Deutschen Rhetorik und Stilstik im 19. Jahrhundert*, Marburg, 1963. p.61. Sowinski, 위의 책, 37쪽 재인용.

기능을 파악하기 어렵다. 거시 문체론은 이에 대한 보완으로 최근에 와서 독일의 문체론자를 중심으로 그 필요성이 강력하게 제기되고 있다. 카이저(W. Kayser)는 『언어 예술 작품론』(1848)의 「문체론장」에서 수사학적 문체 수단이 문장에 매인 협의성을 비판하고, 문장을 초월하는 문체론을 요구한다.[30] 로만 인가르덴(Roman Ingarden) 역시 작품을 구성하는 층위를 네 가지로 설정했는데, ⓐ음성과 음운 등의 언어 층위, ⓑ의미단위 층위 ⓒ지속적이고 연속적으로 조직화된 각 구조적 층위 ⓓ텍스트가 가지는 하나의 대상을 재현하는 목적으로 결집되어 재현되어진 대상성의 층위가 그것이다. 또한 첫 번째 언어의 층은 다른 층위를 지탱할 수 있도록 하는 고정적인 틀로 작용하며, 의미 단위의 층은 네 개의 층위들 가운데서 가장 중심이 되는 것으로 각 층위의 국면을 상호 일치감 있게 결집시킨다고 말하는데, 이 역시 거시적 방법론과 미시적 방법론의 결합을 지향한다고 할 수 있다.[31]

거시 문체론과 미시 문체론의 분화는 1975년 이래 처음에 리젤(E.

---

30) 카이저는 "창조적인 힘을 규정하고, 그 힘들의 합동 작용을 이해하고 그리고 개별 작품의 전체성을 투명하게 만드는 것"이 자신의 연구의 가장 시급한 관심사라고 밝히고 있다. 이 관심사를 실행하기 위해 내용, 시구, 언어 그리고 구조 등 네 층위에서 발견되는 기본 현상을 묘사한 뒤, 이 현상들을 내용, 리듬, 문체 그리고 장르라는 합명제적 중심 힘들과 연관시킨다.

이러한 방법론은 미시적 문체론 방법과 거시적 문체론의 방법을 유기적으로 결합한 것으로, 그가 문체를 "개별적인 것들의 통일적 표현"이라고 규정한 것과 상통하는 것이다.

Kayser. W., *Das sprachiliche Kunstwerk, Einführung in die Literaturwissenschaft*, Bern und München, 1978, p.5 · p.281 참고.

31) Ingarden R. *The Literary Work of Art*, Northwestern Univ. Press, 1973, p.30.

Riesel)에 의해 대표된다. 그는 기능 문체, 문맥, 구성, 언어 문체 수단의 구성적 기능, 서술 종류, 이야기 퍼스펙티브, 화법의 서술, 언어초상, 묘사 등에 관한 이론을 구체화시킴으로써 문체론의 분석대상을 단어와 문장을 초월하여 서술시점 및 구성 등에 이르기까지 확대시킨다. 조빈스키(Sowinski) 역시 문체론 연구 대상을 의사소통 방법, 이야기 구조, 이야기 방법, 이야기 태도, 이야기 자세, 텍스트의 종류와 장르 등으로 규정함으로서 보완 확대한다.[32] 특히 채트먼(S. Chatman)과 쉴러(W. Scherer)에 의해 각 텍스트의 문체적 미시 구조는 그를 지배하는 거시 구조에 의하여 영향을 받는다는 사실이 다시 주장됨으로써 문체론의 한 방법으로 문학의 구조 연구가 이룩해 낸 인식들도 문체론 연구에 포함되어야 할 것이 증명되었다.[33]

그동안 문체론 연구 방법은 주로 문장의 구성 성분 및 품사, 문장, 길이 등의 주로 미시적 문체론의 방법에 의존해 왔다. 이는 언어예술로서의 텍스트가 갖는 예술성이나 형상성 등을 규명하는 것에 도움이 되지만, 해당 텍스트가 가지는 세계와의 대응 관계를 간과하게 되는 결과를 초래하게 된다. 이러한 미시적 문체론의 한계를 극복하기 위해서는 문학 텍스트의 문체 분석이 궁극적으로 텍스트의 이데올로기성이나 세계관의 제시 또는 현실 대응력의 방향을 드러내는 담론의 차원에까지 도달해야만 한다.

그 구체적 방법으로서는 우선 시공간 및 시점 분석을 통한 거시적 문체

---

32) Sowinski, 『문체론』, 앞의 책, 32~41쪽 참고.

33) Sowinski, 위의 책, 107~109쪽 참고.

론의 방법론과 언어 예술로서의 형상성 및 예술성을 동시에 포착할 수 있는 미시적 방법론을 통합한 새로운 문체론의 방법론이 확립되어야 할 것이다. 뿐만 아니라 텍스트의 각 문체 요소들을 텍스트 안에 갇힌 존재로 파악하기보다는, 텍스트가 이념의 대화적 · 사회적 실천의 측면임을 고려하여 각 문체 요소들을 파악하고 해석함으로써 텍스트의 본질적 의미 및 기능을 규명해야만 할 것이다.

2. 문체 연구의 새로운 방법론
죽음의 문체론적 연구

1) 내용/형식의 상호 관계 규명을 위한 방법 – '이념소'로 서의 죽음 연구

소설 텍스트들은 여러 가지의 '모티프(motif)'[34]들을 유기적으로 결합하여 하나의 텍스트를 형성한다. 여러 가지 모티프 중에서 주제 형성에 직접적으로 참여하는 모티프를 음악 용어를 빌려와 '라이트모티프(leit-

---

34) 모티프(motif)는 문학 텍스트에 자주 반복되어 나타나는 특정한 요소로 가장 작은 서사적 단위, 낱말, 문구, 사건, 기법, 공식 등을 가리킨다. 모티프는 러시아 형식주의자들이나 구조주의자들, 그리고 신화–원형 이론을 다루는 이론가들에 의해 주로 연구되어 왔다. 모티프는 개별적이고 구체적으로 규정된 사물이나 사건의 성격을 가지는 소재와는 달리 애증, 복수, 한탄, 연민, 민족애 등과 같이 추상적인 성격을 지닌다는 점에서 소재와 구별된다.

한용한, 『소설학사전』, 고려원, 1992, 138~141쪽.

motif)'라고 한다.[35] 라이트모티프는 주제를 형성하는 과정에서 단순한 사건과 이미지의 반복·재현의 과정뿐만 아니라 텍스트의 구조 전체를 지배하기도 한다. 따라서 소설 텍스트의 라이트모티프를 분석하는 것은 형식과 내용과의 상관 관계를 고찰하는 데 중요한 방법론 중 하나가 될 수 있다. 그러나 라이트모티프의 분석은 텍스트가 생산되고 해석되는 과정에서 당대 사회적·문화적 현상과의 역동성을 고찰하지 못하는 한계를 지닌다. 따라서 이 책에서는 라이트모티프의 한계를 보완하기 위해 '이념소(idéologème)'를 도입하고자 한다.

'이념소'는 줄리아 크리스테바의 개념으로 '텍스트 속에서 사회·역사적 관계를 드러내는 요소'로 규정된다. 소설 텍스트 내에서 '이념소'는 하나의 요소 및 사건에 사회의 지배적 사고방식을 집약함으로써 작가의 주제를 형성하는 것으로, 사회의 다양한 초언어적 실천과 연결되며, 창작 및 해석되는 당대의 역사 및 사회적 좌표를 드러낸다.[36] 따라서 한 작가의 주제 및 주제의식뿐만 아니라 당대 지배 담론 및 저항 담론의 이데올로기를 형성하는 '이념소'를 분석하는 것은 텍스트의 내용과 형식의 상관 관계를 고찰하는 방법론 중 하나라고 할 수 있다. 특히 소설에서 한 개인 생애의 과정에서 가장 중요한 계기가 되는 통과제의적 성장 및 타인과 자아의 죽음 등은 중요한 '이념소'가 된다. 통과제의와 죽음은 텍스트의 주제를 드러내는 '라이트모티프'일 뿐만 아니라, 장 보드리야르(J. Baudrillard)의 견해에 의하

---

35) 한용한, 위의 책, 138~141쪽.

36) 김인환, 「줄리아 크리스테바의 기호학 : 기호와 텍스트 개념을 중심으로」, 『한국문화연구원논총』 66권 1호, 이화여대, 1995. 11, 89~110쪽 참고.

면 사회의 지배 담론과 저항 담론을 구성하는 '이념소'가 될 수 있다.

장 보드리야르는 통과제의란 대상자의 개인적 성장을 위한 의식이 아닌 대상자를 사회적으로 연결시키기 위한 의식이라고 규정한다. 특히 통과제의의 세 과정인 '해체－죽음－재탄생' 중 두 번째 과정인 '죽음'의 과정은 '통과제의적 죽음'이다. 대상자는 이 통과제의적 죽음을 통해서 죽음이 자연적 현상이고, 인간은 죽음을 역행할 수 없는 존재임을 깨닫게 된다. 그리하여 대상자는 사회의 기존 질서에 순응하는, 진정한 사회적 존재로 재탄생된다는 것이다. 따라서 통과의례는 한 개인이 죽음에 맞선 투쟁을 통해, 주체적 존재로서의 자아의 정체성을 형성하는 것이 아니라, 기존 질서에 순응함으로써 사회화된다. 따라서 장 보드리야르는 통과제의란 지배 이데올로기의 수단 중 하나라고 주장한다. 소설 속에 형상화된 통과제의의 속성엔 지배 담론이 교묘하게 작동하고 있을 뿐만 아니라, 귀결이 어떠하든 지배 담론에 저항하는 저항 담론 또한 형상화되고 있기에 통과제의는 '이념소'가 될 수 있다.

죽음은 성장, 사랑과 함께 문학의 핵심적 주제로 거의 모든 소설에서 다루어지고 있다. 각 소설 속에 형상화된 죽음의 속성을 분석하고 그 의미를 추적함으로써, 우리는 작가의 죽음에 대한 관념 나아가 인생관과 세계관을 추론해 낼 수 있고, 이는 주제와 밀접한 관계를 형성한다. 내용과 형식의 일원론을 주장한 헤겔과 위의 여러 학자들의 견해에 의하면, 이러한 '내용'은 '형식'을 통해서 구체적으로 형상화된다. 즉 죽음이라는 양상과 그 의미, 그리고 죽음이 생산되는 사회적 기제 등은 문학 작품 속에서 문장, 시공간, 구성 방식 등 다양한 문체적 요소들을 통해 비로소 그 의미가 달성되는 것이다. 이렇게 볼 때 죽음은 단순히 '모티프(motif)'의 차원을 넘어서 텍스트의 구성원리로 작용되기도 한다고 할 수 있을 것이다. 즉 작품의 결말 내지 인물의 운명이 죽음으로 귀결된다면, 그 '죽음'은 서술자의 어조 및 공간적, 시간적 배경, 그리고 등장인물의 어휘 선택 및 소설의 모든 구성요소에 걸쳐 영향을 끼칠 수밖에 없다. 이를 통해 볼 때 '죽음'이라는 것은 단순히 내용에만 한정되는 주제적 요소임을 넘어서 텍스트의 언어 운용 방식을 결정하는 중핵이라고 할 수 있다.

뿐만 아니라 '죽음'에 관한 연구는 텍스트가 생산되는 사회적 상황 및 작가의 이데올로기를 살펴볼 수 있는 중요한 계기, 즉 '이념소'가 된다. 오늘날 죽음에 관한 연구는 그것이 단순한 자연적 사실이거나, 형이상학적 개념이라는 기존의 장(場)을 지양하여 죽음을 담론과 관련시켜 보다 혁신적 방향으로 진행되고 있다. 마르쿠제는 각 개인의 삶은 노동하거나 여가를 이용할 때에도 이미 태어날 때부터 사회에 의해 확정된, 사회가 요구하는 활동의 사슬에 매여 있다고 규정한다. 마르쿠제는 죽음 또한 개인의 자유로운 선택이 아니라 사회적인 것으로, 종교 및 학문 · 예술이 결탁하여 조성된 사회의 지배 이데올로기로, 사회는 죽음을 통해 각 개인의 자유 및 삶을 구속한다고 규정한다. 따라서 각 개인은 사회에 의해 규정된 죽음에 대한 공포 및 금기를 스스로 극복하고 죽음을 현실적으로 자기의 것으로 돌이킬 때, 인간은 진정한 자유 및 해방을 획득하게 될 것이라고 규정한다.[37] 장 보드리야르 역시 사회적 이슈가 되는 자살 · 테러 · 살인

---

37) Marcuse, H., 「죽음의 이데올로기」, 이인석 역, 『죽음의 철학』, 청람, 1986, 177~187쪽.

등의 사회적 죽음을 '상연'함으로써, 자연사를 통해 권력을 유지해온 지배 체제를 전복할 것을 주장하기도 한다.[38]

이상에서 볼 때 마르쿠제나 장 보드리야르의 '죽음', '통과의례'에 관한 혁신적 주장들은 '죽음'과 '통과의례'에 관한 연구가 '이념소'로서 텍스트를 담론적으로 연구될 수 있는 이론적 토대를 마련하였다는 점에서 그 의의를 찾아볼 수 있다. 따라서 텍스트에 형상화된 죽음 또는 '통과의례' 등의 '이념소'를 분석하는 것은 내용과 형식, 즉 주제와 그 형상화와의 상관관계를 논의할 수 있는 하나의 방법론일 뿐만 아니라, 언어적 이념의 실천으로서의 소설[39]의 담론을 고찰하는 방법론이 될 수 있다.

2) 미시적 문체/거시적 문체의 결합을 위한 방법 — 언어/ 시공간/시점 분석

이 책에서는 죽음의 문체론적 연구를 고찰하기 위해 미시적 문체론과 거시적 문체론의 방법을 통합하여 분석의 틀을 다음과 같이 설정한다. 첫째는 미시적 문체론의 방법에 따른 분석이고, 둘째는 거시적 문체론의 방법에 따른 분석(1) — 시공간 기법 분석, 셋째는 거시적 문체론의 방법에 따른 분석(2) — 시점 기법이 그것이다. 이는 문학적 문체론의 연구 방법으로 거시적 문체론을 주장하고 있는 카이저(W. Kayser)가 산문 텍스트의 문체

---

38) 장 보드리야르, 정연복 역, 『섹스의 황도』, 솔, 1993.
39) 우한용, 『한국현대소설담론연구』, 앞의 책, 34쪽.

분석 요소로 제시하고 있는 '이야기하는 사람, 이야기하는 태도, 자세, 공간과 시간의 관찰 형식, 모든 언어적 수단'에 기초한 방법론이다.

(1) 미시적 문체론의 방법에 따른 분석 – 언어 분석

미시적 관점에서 텍스트의 문체를 분석하고자 할 때, 하나의 텍스트는 용언, 문장의 두 층위에서 분석할 수 있다. 용언 층위에서의 분석 요소로는 모티프의 성격과 시제 또는 상(相)으로 두 가지를 들 수 있다. 모티프로는 동태적 모티프와 정태적 모티프가 있다. 동태적 모티프는 상황을 바꾸는 모티프로 품사로는 주로 '동사'가 이에 해당하며, 정태적 모티프는 상황을 바꾸지 않는 모티프로 품사로는 주로 '형용사'가 이에 해당한다.[40] 형용사적 설명어들은 서술동작에 앞선 것으로 주어지는 내용을 알려 주는 것이라고 한다면, 동사적 설명어들은 서술 동작과 동시적으로 나타나는 내용을 알려주는 것이다. 사피어(Sapir)의 표현을 빈다면, 전자는 '이미 있는 것(existant)'이고, 후자는 '일어나는 것(occurrent)'이다.[41] 시제와 상은 서로 다른 영역이지만, 모두 시간 개념 속에서 파악되는 것이기에 서로 밀접한 관련을 맺고 있다. 그러나 시제는 상황 외적 시간을 지시하는 데 반해, 상(相)은 상황 내적 시간을 지시하는 것으로 지속, 완결을 지시한다. 시제와 상은 시간부사나 부사절 혹은 문장과 문장 상호 간의 지배 관계에 의해서 나타나기도 하지만, 주로 용언의 활용에 의해 드러나므로 여기서

---

40) 박진, 『서사학과 텍스트이론 : 토도로프에서 데리다까지』, 랜덤하우스중앙, 2005, 24쪽.
41) Todorov, 곽광수 역, 『구조시학』, 문학과지성사, 1977, 93쪽.

는 용언의 층위에서 이를 분석하기로 한다.

 문장의 층위에서는 문장의 길이 및 종류 등을 통해 그 문체적 성격을 규명하는 기존의 방법론을 수용하여 분석하기로 한다. 이인모는『문체론』에서 구분법 조사를 위해 ①單語文/複語文, ②單文/重文/複文/混合文, ③ 正置文/倒置文, ④主辭內顯文/主辭外顯文, ⑤並列文/多列文, ⑥體言構造/用語構造의 기준을 제시한다. 이를 크게 보면 문장의 종류 및 구조에 관한 것이라 할 수 있다.[42] 독일의 문체론자 B. 조빈스키 역시 문장의 길이와 종류를 미시적 문체소의 하나로 지정한다. 그는 문장의 길이를 대조시키면서 짧은 문장은 긴 문장과 대조적으로 정보를 빠르게 전달하고, 크게 감명을 불러 일으킬 목적으로 선호되기도 한다고 설명한다. 이어 문자의 종류를 서술문, 감탄문, 요구문, 의문문 등으로 분류하여 이들 문장의 의도와 가능을 상세히 설명한다.[43] 이 책에서는 미시적 문체와 죽음과의 상

---

42) 이인모,『문체론』, 앞의 책, 14쪽 참고.

43) B. 조빈스키는『문체론』에서 문장의 종류에 따른 의도 및 기능을 아래와 같이 설명한다. 서술문은 모든 문장들 중 그 사용 영역이 가장 광범하다. 이 문장의 유형은 사실적이고 냉철한 확인을 표현하는 데 적절할 뿐 아니라, 감정적으로 충만한 느낌을 표현하는 데, 논리적 결론을 표현하는 데 적절하며, (요구 문장을 사용하지 않는 한) 사업상의 요청 사항을 표현하는 데도 적절하다. 감탄문은 형식상으로는 서술문과 유사하다. 그러나 이 문장 유형은 비교적 높은 정도의 감정을 나타낸다. 감정의 정도에 따라 문장 형식이 변화되고, 생략, 동격, 명령법을 통하여 문장이 단축되는 일이 흔히 있게 되며, 말을 거는 호칭이나 감탄사의 사용을 통해서도 문장이 단축되는 일이 흔히 있게 되며, 말을 거는 호칭이나 감탄사의 사용을 통해서도 문장 단축에 이르기도 한다. 서술문과는 달리 감탄문은 서정시, 대화, 편지 등에 국한되어 쓰이므로 사용영역이 제한되어 있다. 요구문은 통사론적으로 동일한 자질을 가지고 있다는 점에서, 요망문, 희망문, 명령문도 포함된다. 예를 들어 명령적 표현이나 권고적 표현은 기대되는 사항과 특정한 대화 상대자에게 희망이나 명령을 행한다. 요구문의 표현 형식들은 여기에서 요구의 예의와 긴박성의 정도에 따라 문체론적으로

관 관계를 고찰하기 위해 우선 '죽음'과 관련되어 기술된 문장의 용언의 활용형 및 문장 길이 종류 및 문장 배치 기법 등을 상세히 분석한 이후, 이 요소들과 '죽음'과의 상관 관계를 살펴보고자 한다.

(2) 거시적 문체론에 따른 분석 1 — 시공간 기법

일반적으로 시간은 과학의 차원, 종교의 차원, 철학의 차원에서 연구되어진다. 과학적 차원으로서의 시간은 우주적 시간 또는 자연적 시간 등을 다루며, 종교적 차원에서의 시간은 부활, 득도, 성불 등 각 여러 가지 초월화의 장치 등을 다룬다. 철학적 차원에서는 시간의 본질, 인식, 양상, 시간과 영원과의 관계, 시간의 근원 등에 관한 연구를 진행하고 있다.[44]

또한 이러한 시간은 우리 사회 구성원들의 삶을 구체적으로 형성하고 있는 요소라는 점에 입각하여 사회학적 차원에서도 시간은 중요한 연구 대상 중 하나로 부각되고 있다. 사회적 시간이란 근대 이후 사회적 차원에서 형성하고 작동하는 삶의 리듬으로, 자연적 주기에 기초한 시간과는 달리 하나의 사회 안에서도 계층 및 집단에 따라 다양한 형태로 뒤섞이고 병존한다. 학교나 사무실, 공장 등의 근대적 공간에서는 인위적으로 정의된 시간표가 하루의 삶을 규정하며, 직위 및 계층에 따른 각각의 시간 층

변화할 수 있다. 의문문은, 그것이 의문사로 유도되는 보완 의문문의 형식을 취하든 혹은 대부분 동사 형식을 선행시키는 결정 의문문이든 간에, 질문된 정보를 통하여 설명되어야 하는 하나의 열린 상황을 언제나 전제하고 있다. 모든 의문문에 결합되어 있는 긴장요소는 대부분 특별한 문체론적 관여성을 가지고 있다.

Sowinski, 『문체론』, 앞의 책, 153~154쪽 참고.

44) 소광희, 『시간의 철학적 성찰』, 문예출판사, 2001, 8~10쪽.

위가 서로 공존하며, 교차하기도 하고, 서로 결합되거나 중첩되기도 하며, 각 구성원들의 무의식적이고 자연스러운 삶의 질서를 형성하고 있다. 이러한 점에서 근대 사회에서의 시간은 사회적 인간의 삶을 조직하는 '내적인 형식'이라고 말할 수 있다.[45]

칸트는 『순수이성비판』의 1부 '선험적 감성론'에서 시간과 공간을 감각적 소여들로부터 표상을 만들어내는 감성의 직관형식으로 규정한다. 경험세계로부터 주어진 감각적 소요는 공간을 통해 가지런히 정렬되고 병존됨으로써 질서화되고, 시간에 의해 선후 관계적 질서가 부여된다는 것이다. 여기서 시간과 공간은 선천적 형식이기에 경험세계에 존재하는 현상에 의해 교란될 수 없는, 보편타당하고 필연적 요소가 된다. 이러한 칸트의 관점은 시공간을 경험세계로부터 독립된 순수의식의 초월적 형식으로 간주된다는 점에서 근본적으로 관념론적 한계를 가진다. 이후 칸트의 시공간론의 한계에 대한 비판은 현상학과 사회학을 통해 비판된다.

베르그송의 시간에 관한 현상학적 관점에서 논의되는 시공간은 칸트의 시공간론처럼 보편적 추상적인 시공간이 아니라 특정한 '지향작용'과 관련된 '체험된 시공간'이다. 시간에 대한 베르그송의 논의는 물리적 추상적 시간과 심리적 시간이라는 두 가지 차원에서 진행된다. 베르그송에게 진정한 시간이란 오직 심리적 시간, 즉 '지속'이다. 베르그송에 따르면 '지속'이란 체험 주체에 따라 각각 고유한 리듬과 기억이 두께를 가지고 있기에 결코 평균화되거나 동질화될 수 없다고 지적한다. 즉 시간은 개인적

---

45) 이진경, 『근대적 시공간의 탄생』, 푸른숲, 2002, 23~76쪽.

체험에 의해 지배되는 '상대적'인 것이다. 반면 공간은 시간과 달리 동질적인 것으로 간주한다.

시간에 관한 사회학적 연구는 뒤르켐, 마르크스, 베버, 엘리아스, 휘트로, 톰슨, 아담, 래리, 어리, 푸코, 기든스, 하비 등 다양한 사회학자에 의해 진행되어 왔다. 뒤르켐은 절대적이고 보편적인 시공간 개념을 거부하고 사회적이고 역사적으로 가변적인 체계로서의 시공간론을 펼친다.[46] 그는 시공간을 감성의 직관 형식으로 규정하던 칸트와는 달리 인간의 모든 지적인 삶을 지배하는 기본적인 관념 및 '범주'[47]로 간주하고 사회적 제도로 존재하는 사회적 산물임을 지적한다. 따라서 뒤르켐에게 시공간은 '나' 즉 '개인적' 시공간이 아닌, 동일한 문화를 가진 모든 사람들에 의해 '객관적'으로 인지되는 시공간으로 규정한다.

마르크스는 자본주의 사회에서 상품의 교환가치를 결정하는 것은 상품 생산에 투입된 사회적 필요 노동 시간의 양이라고 보았다. 사용자는 노동 시간의 체계적 관리 및 공간적 재구성을 통해 자본을 축척해간다. 이러한 마르크스의 분석은 시공간의 효율적 관리 통제가 생산력의 핵심 변수로 전환되는 자본주의 사회의 특징을 한층 명확하게 제시한다. 마르크스는 추상적·보편적 시공간이 사회적 삶의 보편적 척도로 등장하게 된 배경

---

46) 미케 발에 의하면 궁극적으로 시간과 공간은 분리된 두 개의 범주가 아니라 주장한다. 왜냐하면 우리가 일상에서 경험하는 시간은 항상 특정한 공간상의 시간이기 때문이다. 이 외에도 바흐친을 비롯한 많은 학자들에 의해 시공간은 하나의 용어로 정착한다. 이 글에서는 이러한 견해들을 수용하여 시간과 공간의 개념을 뚜렷하게 구별하여 사용하지 않는다.

47) 뒤르켐이 인간의 지적인 삶을 지배하는 기본적 관념으로서의 '범주'로 설정한 것에는 시공간, 유(類), 수, 원인, 실체, 인성 등이 있다.

과 함께, 합리적 시공간 관리의 중요성이 증대할 수밖에 없는 이유를 생산 패러다임의 수준에서 설명한다. 베버 역시 시간을 합리적으로 운용하는 생활태도가 자본주의적 삶을 영위하는 데 있어서 필수적으로 요청되는 사항이라고 규정한다.

엘리아스는 시간 관념을 제도적 측면과 개인의 체험이라는 두 가지 관점에서 연구하였고, 휘트로는 시간 개념 및 시공간에 대한 사회적 규약이 교육이라는 사회화 과정을 통해 전수됨으로써, 사회의 합리적 재조직화 과정을 설명한다. 이후 톰슨과 아담은 '시계'의 발명과 보편화에 의해 근대의 시공간이 표준화된 삶의 코드로 작동함을 지적한다. 래리와 어리는 이러한 논의를 더욱 심화시켜 시공간이 단순히 사회적 활동에 의해 구조화되는 수동적 차원을 넘어서, 사회적 활동을 조직하는 핵심적 매체임을 지적한다.

마르크스로부터 시작된 통제와 관리 수단으로서의 시공간 개념은 푸코에 의해 종합적으로 제시된다. 푸코는 시공간이란 근대적 권력이 행사되는 방식 중 하나임을 지적한다. 근대적 권력은 신체에 대한 지배를 확대하고, 생산성을 증대시키기 위해 시공간을 분할하는 방식을 취한다. 푸코가 공간 분할의 구체적 사례로 들고 있는 것은 폐쇄적 공간의 창출, 공간의 재분할, 기능적 공간 배치 등이다. 한편 시간 분할의 사례로는 시간표의 작성, 행위에 대한 분 초 단위의 시간 계산, 시간의 철저한 소비 등을 지적하고 있다. 이러한 공간 분할 및 시간 분할은 보다 많은 이용 가능한 순간, 매순간 보다 많은 유효 노동력을 착취하려는 근대적 규율의 메커니즘이라는 것이 푸코의 주장이다. 즉 푸코에게 시공간은 권력의 작동에 의해 생성

변화하는 통제 메커니즘이자 규율이 행사되는 매개체로 규정된다.[48]

　서사 문학에서 시간과 공간은 하나의 구성적 범주로, 각 서사물은 시간적·공간적 연관성을 통해 구성된다. 미케 발 역시 두 개 이상의 사건이 발생하는 경우, 이 두 사건은 필연적으로 시간적 공간적 관계를 맺을 수밖에 없다고 지적함으로써 서사물에서 시공간의 중요성을 언급한다. 채트먼은 서사를 서사 행위와 서사 대상이라는 두 가지 층위에서 조망한다. 그리하여 서술자는 서사 대상을 변형에 의해 회상, 예상 등을 동원해 순서를 역전시키는 서사 행위를 한다. 서사를 읽는 피화자 역시 일상적인 삶과 예술적 경험을 통해 얻어진 지식을 토대로 다시금 이야기 순서를 유추해 내거나 실제 이야기와 전달된 이야기 사이의 틈새를 메워나가기 때문에 소통에 특별한 장애는 존재하지 않는다. 이러한 변형과정을 채트먼은 '담화'라고 칭한다. 쥬네뜨는 서사를 이야기, 서사물, 서사 행위의 세 가지 차원으로 구별한다. 그리고 순서, 지속, 빈도 등의 시간 기법을 이용해 시공간

---

48) 기든스는 교통과 통신 수단의 발달로 인해 시공간을 근대성의 역동적 특질로 간주하며, 하비는 이러한 시공간 개념의 변동은 세계화에 따른 결과로, 이로 인해 축적체계의 근본적 변동이 일어난다고 주장한다. 인간의 실존은 근본적으로 시간의 존재이기 때문에, 인간의 행동은 시공간의 장벽에 의해 규정된다. 그러나 후기 근대 사회의 교통과 통신의 발달로 인해 인간 행위를 규정하던 장벽에 중대한 변화가 발생한다. '시공간의 거리화'라는 개념은 이러한 상황을 지칭한다. 시공간 경험의 위기는 계몽사상의 미학적 쌍생아인 리얼리즘적 재현체계의 위기를 초래하고, 결과적으로 새로운 시공간 경험 양식으로 인한 문화적 모더니즘이 등장하게 된다고 주장한다. 그러나 기든스와 하비의 이러한 논의는 후기 근대 사회의 시공간 개념 변동 및 문화적 상황을 논의한 것으로 조세희의 『난장이가 쏘아 올린 작은 공』을 논의하기엔 적절하지 않으므로 이 글에서는 다루지 않는다.
　최병두, 『근대적 공간의 한계』, 삼인, 2002, 15~29쪽 참고.

적 인과적 연관성을 형성함으로써 서사 대상의 시공간을 구성해간다.

채트먼, 토도로프, 쥬네뜨의 서사적 시공간에 사회적 시공간의 개념을 첨가시킨 사람은 바르뜨와 야콥슨이다. 바르뜨와 야콥슨은 모든 담화엔 담화의 생산자와 수요자 사이에 사회의 규약 및 코드, 서사의 독특한 사회적 맥락성이 존재한다고 밝힌다. 이 코드로는 언어에 대한 사회적 규약 및 문화적 코드 및 이데올로기 등이 있다고 밝힌다. 맨딜로우와 바흐친은 서사적 구성법의 사회적·역사적 성격을 강조하는 논의를 지속해간다. 맨딜로우는 현대 소설의 시간적 관계 범주가 20세기 시간 경험과 밀접한 관련을 맺고 있다고 본다. 그는 20세기를 '시간 강박 관념'의 시대로 규정한다. 생활 속도의 가속화, 급격한 사회 경제적 변화의 속도와 같은 요인들이 안정된 시간 체험에 균열을 가져옴으로써 시간에 대한 강박 관념을 낳게 한다는 것이다. 맨딜로우는 시간의식의 변화가 예술적 표현형식, 무엇보다도 시간예술인 소설의 형식에 영향을 끼쳤다고 주장한다. 20세기의 일상 체계가 파편화되고 삶의 방향이 상실됨에 따라 오늘날의 소설가들은 근대적 삶의 양상에 완벽하고 균형잡힌 플롯을 구성하지 못하게 된다는 것이다. 그리하여 등장한 개념이 바흐친의 '크로노토프'의 개념이다. 바흐친은 특정 역사적 현실에서의 시공간(크로노토프)이 장르와 장르적 차이점을 결성하는 문학의 형식적 구성범주로 규정[49]하며, 특히 서사

---

49) 시련의 모험소설은 모험적 시공간을, 일상생활의 모험소설은 일상생활의 모험적 시간을, 전기적 소설은 전기적 시간을 가지고 있다는 것이다. 즉 각 장르는 크로노토프에 의해 지배된다는 것으로, 이는 크로노토프가 장르와 장르적 차이점을 결정하는 요인이자 문학의 형식적 구성 범주임을 나타낸다.

물에 있어서는 소재적 사건들을 조직하여 플롯으로 전환시키는 '형상화의 원리'로 간주된다. 따라서 서사물의 시공간 분석은 궁극적으로 사회적 역사적 시공간을 고찰하기 위한 매개로 작용된다는 것이다.

이 책에서는 시공간에 따른 각 이론가들의 이론을 종합하여 일차적으로 각 텍스트의 시공간을 쥬네뜨의 시간, 지속, 빈도에 의해 담화를 분석한다. 이후 그 시공간의 형상화의 근원을 담화 이면에 숨겨진 사회적 규약, 문화적 코드, 이데올로기 및 그 역사적 시공간을 이념소인 죽음의 양상과 관련시켜 추적하고자 한다. 이는 사회적 생산물인 텍스트의 사회적 · 역사적 의미와 의의를 고찰할 수 있는 계기가 될 수 있을 것이다.

(3) 거시적 문체론에 따른 분석 2-시점 기법

서술 이론은 고대 그리스의 플라톤이 '작가 담론(디에게시스)'과 '인물 모방적 담론(미메시스)'을 구별한 것에서부터 기본적 개념 및 이론이 도출된다. 이후 아리스토텔레스는 '작가 담론'은 모방도 예술도 아니라고 하여, '인물 모방적 담론'의 극적 이상에 예술적 담론으로서의 가치를 부여한다. 이후 19세기에서 20세기 초에는 리얼리즘 개념과 소설의 서술 양식을 결부시켜 '현실 생활의 환영을 소설에다 창조하는 것', 즉 소설 양식에다 드라마적 기준을 적용시킨다. 이로 인해 극적 환상에 방해되는 전지, 1인칭, 서한체 형식은 '시대에 뒤진' 서술 방식으로 인식되는 반면 '간접적인' 서술 방식은 우월한 방식으로 믿게 된다. 이로 인해 작가, 화자, 인물, 청중 사이의 관계에 관한 연구로서의 서술 이론은 거의 빛을 상실한다. 이러한 경향은 '현실의 환영'을 재구성해야 한다는 리얼리즘의 요구를 절박하게 드러낸 것으로도 해석되지만, 다른 한편으로는 소설의 서술에 대해 이데올로기적이며 구조적인 통제를 감행한 것으로도 볼 수 있다.

서술 행위는 필연적으로 발화하는 자(화자)와 그것을 인지하는 자(피화자)의 존재성을 전제한다. 이들 사이의 관계는 태도, 자격, 개성, 이데올로기의 양상에 따라 구성되는 다층적 관계이다. 이들 다층적 관계는 '텍스트 내부에 비밀히 감추어져 있는 것이 아니라, 형식화' 즉 작품 속에 형상화되어 존재한다. 즉 화자의 발화 행위는 이데올로기적으로 중요한 함의를 가지고 있고, 이는 서술 구조나 장치를 통해 형식화되어 있기에, 서사 구조를 분석하는 것은 한 소설을 문학적 · 사회적 · 이데올로기적 맥락을 밝혀내는 중요한 전략이 된다. 바흐친 역시 "언어는 양면적인 행위이다. 언어는 그것이 누구의 말이며 누구를 향해 사용되었느냐에 따라 그 의미가 결정된다. 어떤 하나의 말은 발신인과 수신인, 화자나 청자의 두 사람에 의해 공유되는 영역이다."[50]라고 말함으로써, 화자와 청자와의 관계를 분석하는 것이 텍스트의 이데올로기적 맥락의 중요한 수단임을 밝힌 바 있다. 수잔 랜서는 이러한 점에 입각하여 '관계의 시학'을 주장한다.

수잔 랜서는 '시점은 이데올로기 그 자체와 텍스트와의 관계를 조정하는 것'이라는 존 구드의 '담론으로서의 시점 이론'을 수용하여, 시점을 이데올로기를 형식화하는 하나의 방법적 수단으로 확장시킨다.[51] 수잔 랜서는 우선 화자가 맺는 '언화 행위', '서술된 세계', '청중'과의 관계를 각각

---

50) Voloshinov V. N. · Bakhtin M., 송기한 역, 『마르크스주의와 언어철학』, 한겨레, 1988, 86쪽.
51) 수잔 스나이더 랜서, 김형민 역, 『시점의 시학』, 좋은날, 1998, 20쪽.

'자격', '입장', '접촉'으로 규정하여 분석한다. 여기에 '화자'와 '피화자'를 '중국 상자'의 개념을 빌어 '초점(피)화자─사적(피)화자─공적(피)화자─ 허구 외적 작가(독자)─역사적 작가(독자)'로 중층적으로 세분화시킨다. 이는 기존 채트먼이 '내포작가'와 '작가'를 완벽하게 분리함으로써 '작가' 의 이데올로기를 텍스트 해석으로부터 제외시킨 것을 지양한 이론이라 할 수 있을 것이다. 이어 수잔 랜서는 각각 층위의 화자들의 '자격'과 '입 장', 그리고 피화자와의 '접촉'을 분석함으로써 텍스트의 표층 구조를 분 석할 틀을 완성시킨다.

화자의 '자격'은 다시 '진술적 권위'와 '모방적 권위'의 분석을 통해 그 정도가 결정된다. 화자의 진술적 권위는 화자와 작가 사이의 상동성 및 인칭, 제한 혹은 전지적 특권의 소유여부 및 대상의 서술 방식(보고/창 조)등의 요소를 종합하여 결정되는 '작가적 권위 부여'와 직업 · 성차 · 국 적 · 혼인 상황 · 교육 · 종족 · 사회 경제적 계급 등으로 결정되는 '사회적 정체'를 통해 확립된다. '모방적 권위'는 화자의 서술에 관한 정직성 · 신 뢰성 · 서술 능력의 소유 여부와 관련되어 확립된다.

'접촉'은 화자가 텍스트의 독자층과 수립하는 접촉 방식의 종류(직접/ 간접)와 화자가 허구적 인물과 사건에 대해 취하는 태도에 의하여 결정되 고 조건화된다. 그리고 피화자의 정체성, 즉 피화자의 사회적 성격, 스토 리에 대한 관계, 서술자에 대한 믿음, 태도, 지식 경험 등을 통해 형성되 는 피화자의 정체성 역시 '접촉'의 정도를 결정하는 데 중요한 요소이다. 1인칭 화자는 직접적 평가를 언급하고, 그렇지 않은 서술자는 더 구체화 된 시점을 통해서 전달된다. 랜서는 이러한 접촉, 그 자체가 이데올로기적 심리적 혹은 문화적 입장을 반영할 수 있다고 규정함으로써 시점을 단순히 담화 차원이 아니라 이데올로기를 전달하는 담론의 차원으로 확대시킨다. 그리고 공적이고 허구적인 수준에서 화자와 피화자 간의 직접 접촉은 역사적 작가와 텍스트가 전달되는 청중 사이의 상동적 반영을 제공해 준다고 함으로써 담론으로서의 시점의 효용성을 규정한다.

'입장'은 4가지 평면에 대한 우스펜스키의 기본적 골격을 수용하여, 어법적·시공간적·심리적·이데올로기적 입장으로 세분화된다. '어법적' 입장은 화자의 담론과 인물의 담론, 간접적 '부가'와 '자유' 담론의 네 단계 스펙트럼으로 분류를 한 이후, 이러한 어법적 입장이 명백히 순수한 문법적 문제만은 아니라, '대단히 명확한 심리적 효과와 이데올로기적 가능성을 남긴다'고 주장한다. 시간, 공간적 어법과 입장 역시 화자의 총체적인 시점을 구조화하여 주고 심리적·이데올로기적 관계의 중요한 색인이 된다고 밝힘으로써 '담론'으로서의 시점 이론의 분석틀을 확립한다. 이 분석틀을 도표화시키면 아래와 같다.

자격	진술적 권위	작가적 권위 부여	작가적 상동성
			재현(이종서술 對 자종서술)
			특권(제한 對 전지)
			지시물(보고 對 창조)
		사회적 정체	性差
			종족
			계급
			기타
	모방적 권위		정직
			신뢰성
			능력

접촉	방식(직접 對 멸시)		
	태도	자의식	
		자기확신	
		복종 對 멸시	
		형식 對 친밀	
	피화자 정체성(零度의 수동적 피화자 對 개체화된 능동적 피화자)		
입장	어법적	진술 對 모방	
	공간적	화자의 공간지점(열린개관 對 고정된 동시발생)	
		장면 對 요약	
		사전 對 사후 시간성	
	심리적	정보	양
			성격(주관적 對 객관적)
		초점화	내적 對 외적 시각
			심층 對 표층 시각
			고정 對 자유 초점화
		태도(긍정 對 부정)	
	이데올로기적	표현	명시적 對 암시적
			축어적 對 비유적
			내부적 對 외부적
		문화 관계	일치 對 대립
			결정적 對 지엽적
		작가권위	고립된 對 강화된
			지배적 對 종속적

그러나 랜서는 자신이 고안한 표층 구조를 분석하는 틀 자체가 가진 한계—자격, 접촉, 입장은 단지 인위적 분리일 뿐 아니라, 작의적이고 도식적인 틀에 끼워 맞추려면 어느 정도의 임의성은 불가피한 것—를 스스로 지적한다. 이를 보완하기 위해 랜서는 골드만의 상동성 개념[52]에 관한 테

---

52) 루시앙 골드만은 예술 구조와 사회적 삶 사이의 상동체를 설치하여 그 개념을 '발생 구조주의'라고 칭한다.

리 이글턴의 비판적 견해[53]를 받아들여, 상동성을 단순한 일치나 전이가 아닌 공통적 근원으로부터 퍼져 나가는 유사성으로 해석하여 이를 시점 이론에 적용시킨다. 즉 각 텍스트의 표층 구조인 시점은 단순히 작가의 이데올로기를 근원으로 해서 드러난 형식일 뿐만 아니라, 그 당시 시대가 가지는 지배 이데올로기 및 저항 이데올로기의 차원이라는 근원이 되어서 형성되었다고 하는 것이다. 수잔 랜서는 작가의 이데올로기와 물질적 환경을 '심층 구조'라고 칭한다. 랜서는 표층 구조를 통해 중층 구조와 심층 구조를 규명하는 구체적 방법으로 '부재에 대한 연구'와 '인과에 대한 연구'를 제안한다.

'부재에 대한 연구'란 말해지는 정보 이면에 은폐되고 사장되는, 즉 '부재'하는 정보를 추정하는 연구이다. 즉 무엇이 말하여지지 않는지, 무엇이 보여지지 않는지, 어떤 시점이나 서술적 가능성이 나타나지 않는지에 관한 연구이다. 어떤 작중 인물을 통하여 서술을 한다는 행위는 결국 다른 입장이나 계층, 성, 이데올로기를 가진 다른 인물을 소외시키고 침묵하게 한다는 것이다. 랜서는 이러한 분석을 '부재의 연구'라고 칭한다. 텍스트가 부재하는 목소리를 은폐함에도 불구하고 가치중립적 이데올로기를 가진 것으로 보이게 하는 것이 바로 사회의 물질적 환경, 즉 '텍스트의 심층 구조'임을 주장한다. 랜서는 이 방법이야말로 실제로 이데올로기와 시점의 구조화를 통한 기교 사이의 관련성을 가장 극명하게 드러낼 수 있는

---

53) 테리 이글턴은 골드만의 상동성 개념을 '이데올로기와 미학적 산물이라는 양식은 상동성과 모순이라는 복잡한 특정 관련성이 가능한 유별나게 복합적인 구성물'이라 하여, 골드만의 단순한 일치 및 전이로서의 상동성을 비판한다.

방법이라고 주장한다.

'인과성과 연원에 대한 연구'란 '고안된 환상'인 형식적 측면을 통해 '근본적으로 지향하는 어떤 효과' 즉 작가의 주제의식에 관한 연구로, 환상을 창조하고 피화자의 반응을 조종하는 도구로서의 시점 연구 방법을 말한다. 결국 랜서의 시점 이론은 '표층 구조'인 시점의 분석을 통해 '중층 구조'와 '심층 구조'를 규명하는 것, 즉 서술적 목소리와 저술 행위의 물질적 · 사회적 · 심리적 맥락 사이의 관련 및 이데올로기와 기교 사이의 관련을 규명하는 것에 그 목적이 있다. 이는 텍스트의 이데올로기적인 담론과 미학적 형식 사이의 관계, 즉 내용과 형식 간의 상호 관계를 규명하는 작업이라고 할 수 있다.

언어 활동은 그 말을 하는 주체의 결단이 포함된 일종의 실천 행위이다. 그리고 그 행위는 말하는 이의 개인적인 심리, 사회적 신분, 이데올로기 나아가 원형적 체험 등을 포함한다. 또한 피화자의 수용태도, 개인적인 성향, 사회적인 지위나 신분, 이데올로기 등에 의해 영향을 받지 않을 수 없다. 또한 언어는 사회적인 현상이기 때문에 작가나 발언자 개인의 속성이나 주관적 심리를 반영할 뿐만 아니라 나아가 당시 정치 · 사회적 상황을 반영한다.[54] 또한 소설은 장르의 특성상 다양한 계층의 언어가 통합적으로 수용되는 이질적 언어 및 대화적 언어로 이루어져 있기에, 화자와 피화자 간의 소통 구조 즉 시점을 분석하는 것이 텍스트를 구성하는 사회적 상황 및 독자 그리고 작가가 처한 상황을 이해하는 것에 필수적

---

54) 우한용, 『한국현대소설담론연구』, 앞의 책, 34쪽.

요소이다.

이 책에서는 각 텍스트의 '죽음'과 관련된 내용을 전달하는 화자 및 청자와의 관계를 시점 연구를 담론의 차원까지 확대시킨 랜서의 분석 방법을 통해 고찰해 보고자 한다. 이는 '죽음'과 관련된 작가의 이데올로기적인 담론이 서술 방식인 시점 형식 속에 어떠한 방식으로 반영되어 있는가를 살펴볼 수 있는 계기가 될 수 있을 것이다.

3) 새로운 문체 연구 방법의 의의와 전망

이 책에서는 '죽음'이 '문체소'이자 '이념소'인 소설 텍스트를 선정하여 구체적으로 분석해 봄으로써 문체 연구의 새로운 방법론인 '죽음의 문체론적 연구'의 유용성을 검증해 보고자 한다. 소설은 의사소통을 전제로 언어 및 여러 가지 기법으로 구성된다. 여기서 언어와 기법은 단순히 텍스트를 구성하는 구성요소를 넘어, 작가의 의도 및 이데올로기를 전달하는 하나의 도구로 활용된다. 소설을 단순히 미적(美的)인 구조로만 보는 입장에서 보면, 언어나 기법 자체가 가치 판단이 개입되지 않은, 무색투명한 대상으로 여겨질 수도 있다. 그러나 이러한 논의는 사실 언어의 한 측면만을 중시한 결과이다.

문학에서 언어는 의사소통에 의한 실천이 전제되어 있다. 그렇기 때문에 문학은 이질적인 언어들이 상호 교섭하면서 다양한 의미를 생성해 내는 담론의 장이다. 그렇다고 소설을 담론적 측면만을 부각하여 해석하게 된다면, 이 또한 극단적 이데올로기적 추상성을 벗어나지 못한다는 비판에 직면하게 된다. 따라서 소설의 해석 및 평가는 기법과 담론 양자의 통합과 지양을 모색하지 않을 수 없다.[55]

이런 관점에서 볼 때 이 책에서 새롭게 제시한 죽음의 문체론적 연구는 미시적 문체론에 국한되어 있던 기존 문체론의 방법을 지양하고, '달성된 내용'인 형식의 실체를 검증할 수 있을 뿐 아니라, 사회적 실천의 장(場)으로서의 소설 장르의 본질을 규명할 수 있는 계기가 될 수 있을 것이다.

---

55) 우한용, 위의 책, 30~34쪽 참고.

3. 문체 연구 실제의 범위

　박상륭 소설은 '죽음'이라는 화두에 집중되어 있다. 박상륭의 데뷔작인
「아겔다마」에 나타난 노파와 유다의 죽음을 비롯해 60년대 초기 단편, 70
년대 「죽음의 한 연구」를 거쳐 90년대 중반에 발표된 연작 소설 「세상 이
야기 한자리」의 미스 앤더슨과 로이 그리고 월튼씨 부인의 죽음에 이르
기까지 그의 모든 소설 속에 갖가지 죽음의 형태가 나타난다. 박상륭 문
학 대부분이 삶과 죽음, 존재의 궁극적 비의(秘意)를 드러내는 데 바쳐지
고 있다는 것은 이미 자타가 공인하는 명백한 사실[56]이며, 박상륭 역시 평
생 노쇠하고 병약한 어머니를 통해 죽음의 공포를 지고 살아 왔고, 화현
된 세계에 있어서 단 하나의 리얼리티는 죽음밖에 없음을 스스로 천명한
다.[57] 이를 통해 볼 때, 한국 문학사에서 '죽음'을 논의할 때 박상륭 소설

---

56)　김사인 엮음, 『박상륭 깊이 읽기』, 문학과지성사, 2001, 21쪽.
57)　김사인, 위의 책, 22쪽.

은 절대적 지위를 차지한다고 할 수 있다.

한국 문학에 있어서 죽음의 문제에 관한 기존 연구는 크게 세 가지 경향으로 구분할 수 있다. 첫 번째 경향은 시대 상황과의 상동성으로서의 죽음 연구이고, 두 번째 경향은 죽음을 문학사적 측면에서 살펴본 연구이고, 세 번째 경향은 텍스트에 나타난 죽음의 모티프를 분석하고 여러 가지 방법론을 통해 그 의미를 분석하는 것이다.

첫 번째 경향은 시대 상황과의 상동성으로서의 죽음 연구로 이재선의 「현대소설과 타나톱시스의 문제」[58]와 우남득의 「한국현대소설의 죽음과 갈등에 대한 고찰」[59]이 있다. 이재선은 1920년대 소설에 나타난 죽음의 사례를 밝힌 후, 1920년대 소설에서 죽음이 현저하게 드러난 원인을 그 당시 사회적 불균형과 궁핍, 정신적 불안과 허무라고 규명함으로써 시대 상황과 죽음과의 상동성을 밝힌다. 우남득은 1920, 30년대 죽음의 문제를 당시 시대적 상황뿐만 아니라 서구 문학 특히 낭만주의와의 영향 관계에서 고찰함으로써 당대 상황 및 문단 경향과 죽음과의 상관 관계를 밝힌다.

두 번째 경향은 죽음을 문학사적 측면에서 살펴 본 것으로 이인복의 「한국문학에 나타난 죽음의식의 사적연구」와 이재선의 「죽음에의 인력과 견제력」[60]이 있다. 이인복은 고전 문학의 시가와 산문에서부터 1970년대 시와 소설에 이르기까지 방대한 작품들을 기독교적인 관점에서 죽음을

---

58) 이재선, 「현대소설과 타나톱시스의 문제」, 『한국단편소설연구』, 일조각, 1975, 188~225 쪽.

59) 우남득, 「한국현대소설의 죽음과 갈등에 대한 고찰」, 이화여대 석사학위논문, 1977.

60) 이재선, 「죽음에의 인력과 견제력」, 『한국현대소설사』, 홍성사, 1981, 248~264쪽.

고찰함으로써 죽음이라는 일관된 주제를 통해 문학사를 규명하려 한다. 이재선은 1920년대 소설에 나타난 죽음의 낭비 현상 및 사건의 결말 구조의 요소에 머무른 경향을 소설사적 측면에서 비판한다.

세 번째 경향은 문학 텍스트에 나타난 죽음의 모티프 유형 분석 및 그 의미를 고찰한 것이다. 이유식은 「1920년대 한국소설의 죽음의 결말 연구」[61]에서 1920년대 단편 대다수가 죽음의 모티프로 끝나고 있음을 지적하고, 그 원인을 규명하려 한다. 한용환은 「한국소설에 표현된 죽음의 사상」[62]에서 김동리, 김성한, 장용학의 소설에 나타난 죽음이 모티프를 실존주의의 잣대를 통해 분석하면서, 그 의미를 밝힌다. 장백일은 「김동인 문학의 폭력적 죽음 문제 연구」[63]에서 죽음의 모티프가 갈등 해소 및 초자아로 지향하는 장치로 사용되었다는 의미를 밝히고, 이광풍은 「죽음의식과 구원에 대한 상념」에서 오탁번, 최상규, 김동리, 이청준, 유주현 등의 소설에 나타난 죽음의 모티프를 신화적 측면에서 논의한다. 최근에는 박태상이 『한국 문학과 죽음』[64]에서 신화와 설화 등의 고전 문학에서부터 1990년대 박일문 소설에 이르기까지 방대한 작품에 나타난 죽음 모티프를 분석하여 한국인이 지니고 있는 죽음에 대한 인식태도와 내세관을 규명하고 있다.

---

61) 이유식, 「1920년대 한국소설의 죽음의 결말 연구」, 한양대 석사학위논문, 1983.
62) 한용환, 「한국소설에 표현된 죽음의 사상」, 『한국소설의 반성』, 이우출판사, 1984, 267~252쪽.
63) 장백일, 「김동인 문학의 폭력적 죽음 문제 연구」, 『어문학』 3집, 국민대 어문학연구소, 1984, 107~252쪽.
64) 박태상, 『한국 문학과 죽음』, 문학과지성사, 1993.

그동안 한국 문학에 나타난 죽음에 대한 기존 연구들을 살펴볼 때 연구 대상이 대부분 1950년대 이전 작품으로 한정되어 있을 뿐만 아니라, 죽음을 시대와의 상동성의 측면에서 살펴본 연구라 할지라도 그 근거가 막연한 유추 및 연상의 결과에 불과한 한계를 가진다. 본 책에서는 '죽음'과 관련된 작가의 이데올로기적인 담론이 미시적 문체소(文體素)[65] 및 시공간 그리고 시점 등의 형식 속에 어떠한 방식으로 반영되어 있는가를 고찰하고자 한다. 이를 위해서는 죽음이 단순한 '모티프'의 차원에서 제시된 텍스트를 넘어서 '담론'의 차원까지 규명할 수 있는 텍스트가 요구된다. 따라서 '죽음'이 창작의 원동력이자 중핵인 박상륭의 텍스트가 분석이 되는 것은 필연적이고 당위적 결과라 할 수 있다.

그런데 여기서 주목할 점은 박상륭 소설의 죽음의 형태가 시기별로 각각 다양성을 띠며 변이된다는 것이다. 60년대 소설에 나타난 죽음은 주체의 권력을 해체하기 위한 '동일자 해체를 위한 죽음'이고[66], 70년대 소설

---

65) 문체소(文體素)라는 용어는 스피처(Leo Spitzer)가 그의 「언어 예술과 언어학」이라는 논문에서 최초로 사용한 명칭으로 엔크비스트(Enkvist)가 'style marker'로 칭하는 것도 바로 여기에 해당하는 용어이다. 문체소란 어떤 특정한 문학 작품에서 미적 효과를 발휘하는 언어요소를 말함인데, 이 언어요소들에 의해서 문체라는 것이 구성된다. 하나의 문학 작품 속에 나타나는 모든 문체소는 고도의 긴밀성을 가지고 결합되어 있으며, 그것들 상호간에 내적법칙을 가지면서 유기적으로 종합되어 있다. 즉 내용을 표현하기 위한 다양한 표현 기법 가운데서 작가의 자유 의지에 의해 선택되어진 표현 기법의 '문체소'라고 한다.
    김정자, 『한국근대소설의 문체론적 연구』, 앞의 책, 22~28쪽 참고.
66) 박상륭은 70년대 「죽음의 한 연구」(1975)를 창작하기 전 삼십여 편의 중·단편을 창작한다. 그 모든 작품에 '죽음'은 텍스트 전체를 지배하는 주요 모티프로 등장한다. 「2월 30일」에서 병자인 A는 자기의 병을 고쳐 줄 치유자이자 구원자인 신을 기다린다. 그러나 A는 그 다음날 죽고 만다. 박상륭은 신의 구원을 갈망하는 A를 죽임으로써, 주체인 '신'을 해체한다.

「죽음의 한 연구」에 나타난 6조 촌장의 죽음은 '재생을 위한 구도적 죽음'
이고, 90년대 소설에 나타난 죽음은 유한적 존재인 자아가 타자와의 관계
및 유대감을 기초로 한 '연대성 회복을 위한 죽음'이라고 할 수 있다. 이
죽음의 과정을 요약해 보면 '기존 질서 및 세계의 해체 — 구도적 죽음 — 새
로운 세계로의 진입'의 세 단계로, 이는 결국 '통과제의'의 과정에 일치한
다고 할 수 있다. 결국 박상륭 소설의 죽음의 속성은 '통과제의적 죽음'이
변이된 형태라고 할 수 있다.[67]

박상륭 소설의 통과제의적 죽음 속성은 그의 60년대 연작 소설 「뙤약
볕」(1, 2, 3)에서 집약되어 형상화된다. 「뙤약볕」(1)에서 죽음은 마을의 수
호신이자 통치자인 '말'의 허위성과 인위성을 폭로한다. 「뙤약볕」(2)에서

「시인 일가네 겨울」에서 홍선은 늙고 비천한 영감을 죽인다. 그 이유는 '너가 나를 지배'
해온 신, 즉 '나'를 지배함으로써 내가 '나'의 정체성을 상실하였기 때문이다. 홍선이 신을
'늙고 비천한 존재'로, '이 세상 모든 그늘과 악마'로 묘사한 점, 그리고 그를 죽임으로써 인
간이 자신이 새로운 구원자로 등장함을 주장한 점은 모두 '주체'를 해체한 것이라고 할 수
있다.

「열명길」에서는 종교적 주체인 '신' 뿐 아니라 정치적 주체인 '왕'의 권위 및 실체 역시
해체된다. 황폐화된 왕국, 무질서의 혼돈에 있는 왕국을 효과적으로 통치하기 위해 왕은
'신'을 만들어 낸다. 여기서 '신'은 인간을 지배하는 절대적 존재일 뿐 아니라, 인간의 피를
희생물로 요구하는 절대적 폭력을 상징하는 존재이다. 그 '신'의 권위는 통치자인 왕과 대
목수라 불리우는 제사장에 의해 유지되어 진다. 여기서 종교는 정치와 결합하여, 백성들
을 효과적으로 지배하기 위한 수단임을 드러낸다.

이외 「아겔다마」에서 예수에 대한 유다의 항변, 「강남견문록」에서 '황금시대'를 상실케
한 신과 정치에 대한 비판, 「장끼전」에서 '태주할미 예언'의 허위성 등에 관한 기술은 모두
'주체' 해체의 양성을 극명하게 보여준다.

결론적으로 박상륭의 중·단편의 죽음 양상은 다양하게 제시되나, 그 모든 양상들의 귀
착점은 '주체' 해체의 죽음이라고 할 수 있다.

67) 정해성, 「박상륭 소설의 '죽음' 변이 양상 연구」, 부산대 석사학위논문, 1999.

죽음은 '말'을 해체한 사람들이 자신들 스스로 통치자가 되어 '새로운 땅'을 개척하려 하나 실패할 수밖에 없는 과정을 보여준다. 「뙤약볕」(3)에서의 죽음은 점쇠가 '말'의 새로운 실체를 파악하기까지의 도구로 활용된다. 이 과정을 종합해 볼 때, 연작 「뙤약볕」에서는 '기존 질서 및 세계의 해체─구도적 죽음─새로운 세계로의 진입'이라는 통과제의적 과정을 잘 보여줄 뿐 아니라, 이는 박상륭 소설의 죽음의 변이적 속성과 일치함을 알 수 있다.

이 책의 목적은 한 작가의 소설 세계를 조명하는 것에 있지 않고, 한국 소설의 문체와 주제와의 상관 관계를 분석할 문체론의 연구 방법론을 확립하고, 그를 통해 구체적 텍스트를 분석함으로써 방법론의 유용성 및 가능성을 검증하는 것에 있다. 따라서 박상륭 전체 작품을 대상 텍스트로 삼는 것은 방대한 작업일 뿐만 아니라, 이 책의 목적에도 적합하지 않는 방법으로 판단된다.[68] 따라서 이 책에서는 박상륭 소설의 통과제의적 죽음 속성이 집약적으로 형상화된 「뙤약볕」(1, 2, 3)에 형상화된 죽음과 문체와의 상관 관계를 분석하고자 한다. 이는 죽음의 속성이 변이될 때, 그에 따른 시점 및 시공간, 미시적 문체소의 변모 양상을 고찰할 수 있는 실례가 될 것이다. 또한 작가 박상륭은 연작 「뙤약볕」이 1960년대 사회·정치적 상황과 긴장 관계에 있음을 스스로 밝히고 있다. 따라서 연작 「뙤약볕」의 죽음과 문체의 분석은 당시 시대적 상황에 대한 작가의 이데올로기를 고찰할 수 있는 '담론'으로서의 죽음과 문체와의 상관 관계를 연구하는

---

68) 김사인, 『박상륭 깊이 읽기』, 앞의 책, 23쪽.

한 방법이 될 수 있을 것이다.

조세희 연작 『난장이가 쏘아올린 작은 공』은 70년대 한국 사회의 구조적 모순에 대한 문학적 대응으로, 이에 대한 연구자들의 관심은 개별 작품들이 발표되기 시작한 70년대 중반부터 지금에 이르기까지 지속되고 있다. 『난장이가 쏘아올린 작은 공』에 관한 기존의 연구 동향들은 크게 두 가지로 양분된다. 하나는 1970년대 사회사적 맥락 속에서 현실 인식과 주제의식에 드러난 리얼리즘적 성취를 중심으로 한 연구가 그것이고, 다른 하나는 우화적이고 실험적인 기법 및 문체상의 특징 등 주로 모더니즘적 관점에서 텍스트의 형식·기법적 측면에 관한 연구가 그것이다. 1990년대 이후 연구자들은 리얼리즘/모더니즘이나 내용/형식의 이분법에서 벗어나고자 하는 균형있는 시각에 의한 연구가 부분적으로 행해지고 있지만, 미시적 문체소의 특징 연구나 표층적인 서사 구조 차원의 연구 성과로서는 텍스트의 주제의식과 문체와의 상관 관계까지 나아가지 못하는 등의 한계를 지니고 있다.

조세희 연작 『난장이가 쏘아올린 작은 공』에서는 70년대 한국 사회의 유신 독재 및 개발 독재로 인한 사회 구조적 모순에 대한 문학적 대응이다. 작가는 무허가집 철거로 인한 도시 빈민의 주거 문제 및 신흥 공업 지역의 도시 빈민 노동자의 빈곤 문제 및 그에 대한 저항을 연작 『난장이가 쏘아올린 작은 공』을 통해 심층적으로 해부하고 있다.

1970년대에 들어와 세계 자본주의 체제의 위기에 따라 외자에 의해 건설된 수출산업 분야의 많은 기업들이 수출 부진과 유가 인상, 원리금 상환 압박에 시달리고 있었다. 게다가 경영 부실 등으로 도산의 위기에 직면하게 됨으로써 자본 축적의 기반 자체가 흔들리고 있었다. 유신체제는 경공업 중심의 한국 경제를 노동집약적인 중화학공업으로 변화시키면서 노동자에 대한 통제를 강화하고, 외국자본에 의한 부의 유출로 말미암은 모순을 국내의 노동자·농민·중산층에 전가시켰으며, 집권 세력은 이에 반대하는 모든 세력을 긴급조치로써 억압하였다. 노동자에 대한 유신 체제의 억압은 일반 노동자에 대한 통제를 강화하고 노동조합을 무력화시키는 정책으로 구체화된다. 유신체제하에서의 노동관계법 개정은 노동 3권의 핵심인 단체행동권을 전면적으로 부정하고 노사 관계에 대한 국가의 개입을 강화하여 초보적 노동조합 운동조차 부정하는 것으로써 노동자에 대한 탄압을 제도화한다. 또한 경찰과 중앙정보부를 통해 노동 운동을 직접 억압하고 통제한다. 더욱이 한국노총은 10월 유신이 선포된 이후이에 대한 지지성명을 발표하고 이를 적극 실현시키기 위해 노력하는 충실한 정권의 시녀가 된다. 몇 차례의 노동관계법 개악, 단체행동권 봉쇄로 노동자들이 완전한 무권리 상태에서 온갖 비인간적 대우를 받고 갖은 착취를 당하고 있음에도 불구하고 노총은 노동자들의 생활개선과 인간적인 삶의 회복을 위해 싸우기를 포기하고 오히려 노동자들을 통제하고 독재 권력의 노동자 탄압 정책에 앞장선다.

이러한 여건 속에서 새로 형성된 공장이나 공단의 노동자들은 시간이 지남에 따라 노동자 의식의 성장과 단결의 중요성을 인식하고 투쟁의 대열에 점차 나서게 된다. 특히 주목할 점은 전태일 분신자살 사건, 김진수 타살 사건, YH무역 김경숙의 의문사 등 갖가지 사회적 죽음이 발생한 점이다. 이들의 죽음들은 사회적 이류를 형성하게 되어 노동자들에게 계급적 각성을 촉구하고 계급적 노동 운동을 태동시킴으로써 구체적 실천으로 발전해간다. 뿐만 아니라 잇단 노동자들의 죽음은 많은 지식인들의 노동 운동에의 구체적이고 적극적 참여를 촉발시킴으로써 이후 노동 운동의 발전에 기여하게 되는 중대한 계기로 작동한다.[69]

70년대 암울한 시대에 노동자의 비극적 현실을 형상화한 조세희 연작 『난장이가 쏘아올린 작은 공』에서는 다양한 죽음이 존재한다. 부동산업자(「뫼비우스의 띠」), 은강 창업주(「궤도회전」), 난장이(「난장이가 쏘아올린 작은 공」), 명희(「난장이가 쏘아올린 작은 공」), 은강그룹 경영주 동생(「내 그물로 오는 가시고기」), 노동자 부부(「잘못은 신에게도 있다」), 영수(「에필로그」), 꼽추(「에필로그」)의 죽음이 그것이다. 이들 죽음의 속성에서 특이한 부분은 자연사는 존재하지 않는다는 것과, 죽은 사람들은 자본주의 사회에서 재산 소유 여부에 따라 '가진 자'와 '못 가진 자', 즉 경제적 주체 및 타자로 뚜렷하게 양분된다는 것이다. 이러한 죽음의 이분법적 속성은 「작가의 말」을 통해서 전달되는 작가의 세계관 및 문학적 지향점과 동일하다. 작가는 유신 독재라는 암울하고 억압적인 시대에 '무슨 일이 있어도 파괴를 견디고 따뜻한 사랑과 고통받는 피의 이야기를 독자들에게 전달'하고자 하는 절박감에 난장이 연작을 썼다고 밝힌다. 이 연작이 분열된 힘을 가진 개체이지만, 책을 통해 통합을 시도하고, 혁명을 겪지 못해 성장하지 못한 세대들에게 실제로 목격한 상황을 서술한다고 밝힘으로써 스스로 이분법적 세계관과 저항과 고발로서의 문학이라는 문학관을 선명하게 밝힌다.

---

69) 강만길 외, 『자주·민주·통일을 향하여』, 한길사, 1994, 97~104쪽 참고.

저항과 고발을 모토로 하는 조세희 연작 『난장이가 쏘아올린 작은 공』에서 죽음은 이와 같은 작가의 세계관과 문학적 지향점을 드러내는 중대한 요소이다. 뿐만 아니라 텍스트 내에 형상화되는 죽음의 속성이 사회적 죽음의 성격을 가지는 바, 이는 앞서 기술한 당시 1970년대 유신정권하의 억압의 시대적 양상에서 실제로 존재했던 수많은 사회적 죽음들과 상동 관계를 지니기에 '담론'으로서의 죽음과 문체와의 의미를 고찰하는 데 상당한 의의를 지니고 있다. 따라서 이 책에서는 조세희 연작 『난장이가 쏘아올린 작은 공』에 나타난 죽음의 속성 및 문체의 특질을 고찰함으로써 그 상관 관계를 연구하고자 한다. 이는 죽음의 속성이 고정되어 있는 텍스트의 시점 및 시공간, 미시적 문체소의 양상을 고찰할 수 있는 실례가 될 것이다.

그런데 이 책의 분석 대상인 박상륭 연작 「뙤약볕」과 조세희 연작 『난장이가 쏘아올린 작은 공』은 연작 소설이라는 동일한 장르임에도 불구하고, 구조의 차이에 의해 각각 다른 유형에 속한다. 따라서 각 텍스트에 나타난 죽음의 문체론적 연구를 분석할 이 책에서도 각 텍스트의 구조에 따라 각기 다른 서술 형태를 가질 수밖에 없다.

2장에서는 박상륭의 연작 「뙤약볕」의 죽음 속성과 그 문체적 형상화를 고찰하고자 한다. 연작 「뙤약볕」은 연작 소설 중에서도 일정한 주제를 반복적으로 되풀이하는 주제지향형으로, 환형(環形) 구조이다.[70] 환형(環形)

---

70) 연작 소설은 연결되는 서사 구조들의 연관성을 중심으로 볼 때 중심 사건에 다른 사건들이 종속되는 시간성에 의존하는 결말지향형과, 각 편의 연결 원리가 대등한 관계에 놓이는 공간적 원리를 따르는 상황중심형, 각 편은 일정한 주제를 반복적으로 되풀이하는

구조에서 각 단편의 모티프는 단편 상호 간 사건의 중심 문제를 공유하고, 그 중심 문제는 전체 구조에서도 반복된다. 따라서 각 단편의 갈등과 해결은 다른 단편들에서도 반복되며, 소설 전체는 탐색의 구조를 갖게 된다. 이러한 환형 구조의 연작 소설은 현실적인 해결이나 화해가 정신적인 차원에서 이루어지게 되며, 형이상학적 주제들의 경우에 해당한다. 연작「뙤약볕」은 각 단편에서 통과제의적 죽음의 속성을 통해「말」의 실체를 탐색한다. 따라서 죽음의 모티프들은 각 단편에서 반복되며,「말」의 실체를 둘러싼 갖가지 죽음들이 소설 속에서 갈등과 그 해결의 중핵이 된다. 결국「뙤약볕」(3)에서 점쇠는 통과제의적 죽음과 구도적 살해를 통해「말」의 실체를 깨닫게 됨으로써, 연작「뙤약볕」의 주된 갈등이 정신적 차원에서 해소된다. 따라서 이 책에서는 각 단편별로 반복되는 죽음의 속성을 살펴보고, 죽음의 속성과 문체와의 상관 관계를 살펴볼 것이다.

3장에서는 조세희 연작 『난장이가 쏘아올린 작은 공』의 죽음 속성과 그 문체적 형상화를 고찰하고자 한다. 연작 『난장이가 쏘아올린 작은 공』은 텍스트 전체가 커다란 한 편의 액자 구성을 하고 있다. 마지막에「에필로그」를 배치하여 첫 단편인「뫼비우스의 띠」와 조응하게 함으로써 외부 액자를 형성하며, 나머지 열 편의 단편은 각각 내부 액자를 구성하고 있다. 이들 각 단편들은 난장이 가족을 둘러싼 일련의 중심 사건에 다른 인물들

주제지향형으로 볼 수 있다. 이 서사 구조들은 각각 선형(線形) 구조, 편형(扁形) 구조, 환형(環形) 구조로 유형화할 수 있기에 주제지향형이고, 환형 구조에 해당한다고 할 수 있다.

권영민, 『소설의 시대를 위하여』, 이우출판사, 1983, 79쪽.

김주희, 「한국현대연작 소설연구」, 청주대 박사학위논문, 1995, 16~26쪽.

의 사건이 종속되기에, 연작 『난장이가 쏘아올린 작은 공』은 결말지향적인 선형 구조에 해당한다. 선형 구조는 각 편이 연결되는 원리가 대등한 관계에 의한 것이라기보다는 중심 사건에 다른 사건이 종속된다. 작중 세계는 각 단편이 시간적으로 지속되는 동안 계기성과 인과적 과정을 드러내어 스토리 라인이 단절되지 않고 지속된다. 이런 선형 구조는 첫 단편이 문제를 제기하는 성격을 띠고, 다음 편에서 그 문제에 대한 여러 방식의 해결이 모색되거나, 문제가 심화되었다가 마지막 편에서 결말을 맺는 구성 방식이 도입된다. 연작 『난장이가 쏘아올린 작은 공』은 선형 구조의 대표적 작품이다.[71] 각 단편은 완결된 상태이면서도, 에피소드 형식으로 다음 편에서 지속되면서 문제의식을 심화시켜 개개의 연속체들이 서로 연결되어 하나의 전체적 이야기를 형성한다. 특히 죽음의 측면에서 본다면, 죽음이 전 단편에 걸쳐 고른 분포로 등장하기보다는 6개의 단편에서 주로 다루어지며, 나머지 단편들은 죽음의 원인을 제공하거나 주변 정황 및 죽음의 결과 등을 전달하고 있다. 따라서 3장에서는 연작 『난장이가 쏘아올린 작은 공』이 결말 지향적인 선형 구조라는 점, 죽음의 측면에서 볼 때 전 단편을 아우르는 하나의 큰 구조에서 파악해야 한다는 점을 고려하여, 개별 단편을 전체 중심 구조에 종속시켜 하나의 큰 총괄적 텍스트로 파악하여, 죽음의 문체론적 형상화를 규명하고자 한다. 이는 환형 구조를 지닌 박상륭 연작 「뙤약볕」의 죽음과 문체와의 상관 관계를 기술한 2장의 기술 방법과는 뚜렷이 구별된다. 이는 상호 다른 죽음의 속성을 지닌 두

---

71) 김주희, 위의 글, 29쪽.

텍스트의 문체적 특질을 고찰함으로써 '달성된 내용으로서의 형식'의 실재성과 그 유용성의 가치를 검증하고 한다. 이를 통해 문체론이 체계적이고 독자적인 학문적 위상을 확립하는 데에 하나의 구체적 방법론을 제공하는 것이 이 책의 궁극적 목적이다.

제Ⅲ장
통과제의적 죽음의 문체론적 특성

1. 중세적 지배 이데올로기의 허상을 폭로하는 죽음과 문체와의 상관 관계
「뙤약볕」(1)

1) 지배 이데올로기를 해체하는 죽음

  박상륭은 「뙤약볕」(1)의 공간을 현대 사회와 단절된 신화적 · 종교적 공간인 '섬'과 '사당'으로 설정한다. '섬'은 고질성, 폐쇄성, 사회 현실과의 단절, 먼 우주 공간, 바다 한가운데 고립되어 있는 공간으로 비일상적이고 탈사회적인 공간이다.[72] 탈사회적이고 유토피아적 공간인 섬은 현실 시간의 영역 밖에 존재한다.[73] 이 섬을 둘러싸고 있는 바다 역시 탄생과 죽음 그리고 재생의 원형이다.[74] 그러나 낙원과 재생의 '섬'과 '바다'라는 신화적 공간 속에서 살아가는 사람들은 섬의 낙원성을 상실한 채 살아간

---

72) 우남득, 「「뙤약볕」의 기호론적 공간 분석」, 『소설 읽기의 새로움』, 이가출판사, 1993.
73) 아지자 · 올리비에리 · 스크트릭, 장영수 역, 『문학의 상징 · 주제사전』, 청하, 1989, 191
    ~194쪽.
74) Bachlard, 이가림 역, 『물과 꿈』, 문예출판사, 1992, 24쪽.

다. 그 원인은 신적 존재이자 마을의 통치자인 동일자 〈말〉 때문이다. 박상륭 초기 소설은 상당 부분 기독교적 세계관에서 원용된다.[75] 기독교적 관점에서 본다면 〈말〉은 만물이 신이 '말씀'에 의해 창조되었다고 하는 서구의 기독교적 세계관과 상통한다고 할 수 있을 것이다. 또한 〈말〉에 의한 섬의 통치가 이루어진다는 설정 역시 기독교적 세계관과 가치관이 지배 이데올로기였던 중세 서양 사회의 모습과도 일치한다.

섬사람들은 '말'을 '어떤 족장 하나가 〈말〉을 그런 모습으로 생각했다'는 이유 하나만으로 '문도 창도 없는 오각 입체의 돌집'의 사당을 짓고 그들의 삶을 주관하게 한다. 여기서 '다섯'이라는 수는 주역의 절대적인 숫자로 신격을 나타내고, 사당의 재료인 돌은 견고성·밀폐성의 속성을 가짐으로써 사당 자체를 외부에서는 볼 수 없는 신성하고 내밀한 공간, 금기시되어 있는 신전으로 만든다. 그런데 중요한 것은 섬사람들은 〈말〉이 어떻게 생겨났고, 이후 어떻게 '사당에 입성' 하였으며, 자신들의 모든 생활을 관장하는 신이 되었는지 알지 못할 뿐 아니라, 생각할 필요조차 느끼지 못한다는 것이다. 여기서 우리는 〈말〉의 출현은 서구의 기독교를 비롯한 제 종교와 마찬가지로 지배 이데올로기의 수단, 즉 '동일자'의 통치 수단에 불과한 것이며, 이 〈말〉로 인해 섬사람들은 자기 자신의 본질로부터 소외당하고 있는 '타자'임을 알 수 있다.

이 〈말〉과 섬사람들을 이어주는 역할을 하는 사람이 바로 '당굴'이라는 사당지기이다. 이 당굴은 〈말〉의 '말'을 전하는 사람으로 〈말〉의 대리

---

75) 김명신, 「말씀의 우주에서 마음의 우주로의 편력」, 『박상륭 깊이 읽기』, 앞의 책, 61쪽.

자이다. 당굴은 〈말〉의 입술이며, 섬의 혼령이며, 사람들의 한 의지이다. 따라서 당굴은 섬사람들과 구별되는 생활을 한다. 당굴은 마을 소년들 가운데서 선임자에 의해 선택된다. 당굴은 자신이 스스로 〈말〉의 사제가 되기를 자원한 것이 아니라, 자기 의지와는 무관하게 선임자에 의해 선택되어진 존재이다. 이를 거부하면 그는 추방 혹은 사형을 당하게 된다. 당굴은 종교와 관습에 의해 평생 고독과 허위 속에서 살아야만 하는 존재이다.

그런데 이 소설의 발단은 현당굴의 '불안한 존재'에서 시작된다. 그는 출생부터가 일탈적이다. 석달 열흘 강풍에 남편을 잃은 청상과부가 어떤 사형수의 최후 소원을 들어주고 낳은 자식이 바로 현당굴이다. 그는 스승인 당굴에 의해 선택되어 당굴로서의 수업을 받는 중에서도 갖은 일탈적 행위를 자행한다. 금지된 화식과 싸움질, 성희롱과 방화 등을 저지른 현당굴은 이 섬의 현실적 통치자인 족장으로부터 추방, 나아가 사형을 선고받는다. 그러나 현당굴은 '권태스러운 듯한 흐린 눈빛 뒤에 감추어져 있는 맹렬한 혼돈'에 애정을 느낀 스승은 〈말〉의 권위를 빌어 그를 옹호한다.

스승 당굴이 〈말〉에 귀의하자 현당굴이 스승의 자리를 대신한다. 그러나 현당굴은 〈말〉의 '말'을 듣지 못한다. 그는 그의 사명이자 존재 이유인 〈말〉과의 교통이 이루어지지 않자, 자지도 먹지도 못하여 거의 실성할 지경에 이른다. "말을 해라, 말을! 말을!"을 외치며 발악을 한다. 그럼에도 불구하고 〈말〉은 침묵할 뿐이었다. 〈말〉은 섬사람들에 있어 절대적 신이자 대단한 신비를 가진 것으로 태초에 우주이자 생성시키는 자의 상징이다. 〈말〉은 권위의 상징으로 섬사람들의 수호신이다. 현당굴은 〈말〉의 실체를 끝내 찾을 수 없게 되고 만다. 그리하여 그는 결국 〈말〉과의 교통에 실패하고 만다. 그 이유는 애초에 〈말〉이 존재하지 않았기 때문이 아니라, 〈말〉은 인간의 필요에 의해 그 실체를 파악할 수 없을 만큼 사회와 지배 이데올로기에 의해 왜곡되었기 때문이다.

그러던 중 마을에 살인 사건이 발생한다. 관습에 의해 마을의 지배자이자, 모든 결정의 주체인 〈말〉이 판결을 내려야 할 때가 다가온 것이다. 사람들은 죽은 뚝쇠의 아들 바람쇠를 앞세워 살인자 섬돌을 재판하기 위해, 즉 〈말〉의 심판을 듣기 위해 당굴에게 몰려온다. 바람쇠는 내려오는 전통적 법률대로 사형을 요구한다. 이에 당굴은 '그렇다면 재판이 무슨 소용이냐, 당신네들 뜻대로 찢어 죽이든 태워 죽이든 할 일이지, 왜 〈말〉의 심판을 구하느냐'고 당굴답지 않은 말을 한다. 이에 바람쇠는 다음과 같이 대답한다.

> 헤헤, 그래야 우리가 살인자가 안되기 때문입죠. 이 모든 법률은 〈말〉님에게서 나왔고, 〈말〉님은 공평하시니깐요. 〈말〉님과 의논만 하시면 되고, 〈말〉님의 뜻을 전해주시기만 하면 됩죠.[76]

즉 〈말〉은 인간들이 자신의 행위와 판단에 합리성을 부여하기 위한 하나의 도구에 불과하다는 것이 이 바람쇠의 말을 통해 밝혀진다. 위에 제시한 내용들―〈말〉의 실체를 찾을 수 없어 괴로워하는 당굴, 자신들의 죗

---

76) 박상륭, 『열명길』, 문학과지성사, 1986, 91쪽. 이후 같은 책 인용 시 쪽수만 표기.

값을 덜기 위해 〈말〉의 권위를 빌려 오는 마을 사람들, 〈말〉을 들을 수 없으면서도 기존 당굴들의 관습처럼 〈말〉의 판결을 전하는 것처럼 행세하는 현당굴—은 모두 〈말〉의 허위성을 드러낸다. 실체가 없는 〈말〉을 맹목적으로 신뢰하는 마을 사람들은 보이지 않는 〈말〉의 권능에 대해 지니고 있는 원시적인 외경심으로 자신들도 모르게 엎드려 전율한다. 이렇게 해서 〈말〉은 물과 뭍의 운명과 시절을 지배해 온 것이다.

결국 당굴은 섬돌에게 사형을 선고한다. 당굴은 〈말〉의 판결이 아닌 마을 사람들의 협박과 기세에 눌려 관습에 따라 사형을 선고한 것일 뿐이다. 이에 당굴은 스스로 〈말〉과 자신에 대한 회의에 빠진다. "만약 어느 때 갑자기 〈말〉이 자살을 해 버렸다거나, 햇볕 탓에 말라 죽어 처음부터 없었다고 한다면, 살인자들을 죽이게 만든 당굴은 누가 어떻게 재판을 하여 정의를 입증할 것인가?"라는 이 말에서 우리는 〈말〉이 애초에 존재하지 않았을 것이라는 당굴의 번뇌를 읽을 수 있다.

섬돌이 사형 당하자 당굴은 섬돌의 시체를 안고 눈물을 흘리며 흙집 속으로 들어가 자취를 감춘다. 이후 섬에는 흑사병이 돌아 섬사람의 절반 이상이 죽어 간다. 사람들은 지금까지 자신이 해 온 것처럼 〈말〉에게서 은총을 구하나, 〈말〉은 침묵한 채 구원을 거부한다. 그러자 사람들은 더 이상 자신을 위해 존재하지 않는 〈말〉을 향해 분노의 곡괭이질을 퍼붓고 사당을 허문다. 〈말〉은 애초에 인간이 자신을 위해 만들어 놓은 허상과 상징물에 불과함을 극명하게 나타낸 것이다. 신이 죽은 것이 아니라, 인간이 자신을 위해 신을 죽인 것이다. 즉 '죽음'이 계기가 되어서 그동안 형상뿐이었음에도 불구하고, 자신들을 지배해온 동일자를 인간 스스로가

해체한 것이다. 이때 죽음은 '자아의 정체성 확립을 위한 동일자 해체로
의 죽음'으로 그 의미를 가진다.

위의 내용을 요약해보면 「뙤약볕」(1)에서 제시된 죽음은 모두 다섯 가
지이다. 이것을 도표화하면 아래와 같다.

	첫 번째	두 번째	세 번째	네 번째	다섯 번째
죽는 자	섬돌의 아버지	뚝쇠	섬돌	당굴	절반 이상의 섬 주민
죽이는 자	뚝쇠로 인한 병사	섬돌	말, 당굴 뚝쇠의 아들 바람쇠, 마을 사람들		섬돌과 당굴
양상	자연사	자신의 아버지를 죽음으로 이끈 뚝쇠에 대한 섬돌의 복수 – 개인적 살해	〈말〉의 권위를 빌어 합리화된 징벌 – 합법적 타살	양심의 가책으로 인한 자살로 섬돌의 죽음 선고에 대한 부당성의 선포	섬돌과 당굴의 시체에서 페스트균이 발생하여 섬 전체에 페스트가 창궐하여 병사함

첫 번째 죽음은 섬돌 아버지의 죽음으로 내종(內腫)으로 인한 병사로 외
형상 '자연사'의 형태를 지닌다. 그러나 당굴에게 와서 자신 아버지의 죽
음 및 그로 인한 뚝쇠의 살해를 고백하는 섬돌의 진술을 볼 때, 단순한 자
연사라기보다는 오히려 사회적 죽음에 가깝다. 섬돌은 자신이 '열 살 되
던 해' 아버지가 내종을 앓게 되는 원인이 되는 사건을 목격한다. 치정 사
건으로 추정되는 사건으로 뚝쇠는 섬돌의 아버지에게 무자비한 폭력을
가하고, 기절한 섬돌의 아버지 '부끄러운 곳'에 똥칠을 한 후 개에게 핥게

하는 사형(私刑)을 가한다. 섬돌은 '그 장면'을 목격한 후, 사흘 동안 먹지도 자지도 못했고, 섬돌의 아버지는 그때부터 내종을 앓은 것으로 섬돌에 의해 진술된다.

두 번째 죽음은 자신의 아버지를 죽음으로 이끈 뚝쇠에 대한 섬돌의 복수로 '살해'라는 사회적 죽음의 양상을 띤다. 이 때 섬돌은 '뚝쇠 죽임'을 수단으로 '아버지의 죽음'을 복수한다. 이것은 '섬'이라는 폐쇄적 사회에 하나의 '스캔들'을 불러일으킨다. 섬 주민들은 죽음의 금기를 위반한 섬돌에게 〈말〉의 권위를 빌어 사형을 선고할 것을 〈말〉의 대리자인 당굴에게 요구한다. 이리하여 첫 번째 죽음은 두 번째 죽음으로 이어진다.

세 번째 죽음은 징벌로서의 섬돌의 죽음이다. 죽이는 자는 섬의 지배자이자 통치자인 〈말〉, 그 말의 대리자인 당굴, 섬돌이 죽인 뚝쇠의 아들 바람쇠 그리고 마을 사람들이다. 마을 사람들은 금기를 위반한 섬돌의 행위에 두려움을 느낀다. 〈말〉의 법칙을 거슬렀기에 〈말〉의 보복으로 인한 폭력을 두려워하는 마을 사람들은 희생제의의 제물로 섬돌을 죽이려 한다. 희생제의는 제물의 희생을 통해 공동체는 질서를 회복하고, 강화시키는 기능을 수행한다.[77] 즉 마을 사람들은 섬돌을 희생제의의 제물로 희생시킴으로써 마을의 안녕과 질서를 회복하려 한다. 뚝쇠의 아들 바람쇠는 자신의 아버지를 죽인 섬돌에 대한 사적 복수 행위를 〈말〉의 권위를 빌어 정당화시키려 한다. 당굴은 〈말〉의 '말'이 허위임을 알면서도 관습과 마을 사람들의 협박에 굴복하여 섬돌에게 사형을 선고함으로써 마

---

77) 김현, 『르네 지라르 혹은 폭력의 구조』, 나남출판사, 1987, 47쪽.

을 사람들의 두려움을 진정시키고, 바람쇠의 복수를 합법화한다. 따라서 섬돌의 죽음은 '바람쇠의 사적 복수' 및 '희생제의의 제물'로서의 의미를 가진다.

네 번째 죽음은 당굴의 죽음이다. 섬돌이 죽임을 당하자, 당굴은 섬돌의 시체를 거둔다. 시체를 안고 말의 사당으로 들어간다. 그 이후 마을 사람들은 당굴을 볼 수 없었다. 이것은 당굴의 죽음을 암시한다. 관습과 마을 사람들의 광기에 의해 허위에 불과한 〈말〉의 '말'로 섬돌에게 죽음을 선고한 당굴은 섬돌의 죽음에 죄책감을 느낀다. 〈말〉은 섬을 오랫동안 지배해 온 지배 이데올로기에 불과한 허상임을 깨닫고, 권력의 대리자이자 시녀인 당굴은 자신의 직분에 환멸을 가진다. 그리하여 당굴은 스스로 죽음을 선택한다. 이 당굴의 죽음은 결과적으로 '섬 주민 절반의 죽음'으로 직결된다.

다섯 번째 죽음은 섬 주민의 절반의 병사이다. 당굴과 섬돌의 시체에서 페스트균이 발생하여 마을 전체에 페스트가 창궐한다. 섬 주민 절반이 죽어가는 극한 상황에서 주민들은 〈말〉에게 구원을 요청한다. 그러나 〈말〉은 침묵을 통해 주민들의 구원에 대한 열망을 외면한다. 주민들은 더 이상 자신들에게 유용하지 않는 〈말〉을 해체한다. 곡괭이를 들고 〈말〉의 사당을 허물어 버리는 것이다. 섬 주민 절반의 죽음을 통해 지배 이데올로기인 〈말〉은 해체된 것이다. 이 역시 페스트로 인해 1/3의 인구가 죽어간 중세 유럽 사회의 모습과 유사하다고 할 수 있다.

「뙤약볕」(1)에서 나타나는 다섯 가지 형태의 죽음―섬돌의 아버지, 뚝쇠, 섬돌, 당굴의 죽음, 섬 주민 절반의 죽음―은 연쇄적으로 이어진다.

섬돌의 아버지가 죽고(첫 번째 죽음), 섬돌이 뚝쇠를 죽이고(두 번째 죽음), 당굴이 섬돌에게 죽음을 선고하고(세 번째 죽음), 그 죄책감에 당굴이 죽고(네 번째 죽음), 이들 죽음은 섬 주민 절반의 죽음 원인이 된다(다섯 번째 죽음). 그리고 이 다섯 가지 죽음은 모두 자연사가 아닌 사회적 죽음으로서의 속성을 지닌다.

장 보드리야르에 의하면 원시 사회에서 죽음은 사회적인 것이고, 상징적으로 상호 교환될 수 없는 절대적 무질서로 규정된다. 그러나 문명의 발달에 따라 서구 사회의 지배자들은 그들의 지배를 용이하게 하기 위해 죽음의 정의에서 사회학적 의미를 제거하고, 죽음을 생물학적–인류학적 법칙으로 전가한다. 이 말은 죽음이란 원시 사회처럼 사회적 문제가 아니라, 인류 전체가 필연적으로 맞이할 생물학적·자연과학적 법칙이라는 것이다. 이리하여 서구 문명에서 죽음은 사회와는 무관한, 개인적인 것으로 탈사회화된다. 장 보드리야르는 서구 문명은 죽음에 대한 이러한 태도를 통해 지배 이데올로기를 합리화시킨다고 주장한다. 지배 계급과 피지배 계급 사이의 현세적 불평등의 정당화, 지배의 영속화를 위해 죽음 이후 세계의 영혼 불멸과 내세의 민주주의를 내세움으로써 자신의 권력을 유지시켜 왔다는 것이다. 보드리야르는 실제로는 사회적·정치적 특권 계급 즉 힘 있는 자, '진짜 인간적인 존재'들만이 불멸성의 권리를 가지고, 다른 사람들은 죽을 권리만을 가진다고 말한다. 그러나 현대 사회는 의학의 발달, 사회 복지 시설의 확충 등을 통해 사람들의 생명을 연장시키고, 사회적 이슈가 되지 못하는 자연사의 확률을 증가시킴으로써 사람들로부터 죽음의 권리마저 빼앗음으로써 자연사를 조장한다고 주장한다. 따라서 보드리야르는 혁명은 생존의 평등으로 이루어지는 것이 아니라, 죽음의 분리를 없애버림으로써만 이루어 질 수 있다고 역설하고, 강요된 죽음의 유형인 자연사를 거부하고, 체제 전복적인 죽음들 즉 온갖 형태로 이루어지는 안전에 대한 저항(방화, 테러, 자살 등)을 '상연'하라고 말한다. 그럼으로써 체제가 담당하는 죽음 관리의 기능을 폭로하고 죽음을 장악하고 있는 기존 질서에 저항하라고 말한다. 이러한 장 보드리야르의 '죽음'에 대한 규정은 매우 혁신적인 것으로, 이는 죽음을 탈사회화시킨 서구 문명에 대한 반론을 제기한 것이다.[78]

「뙤약볕」(1)에서 형상화되는 일련의 죽음들은 보복 폭력으로 인한 병사, 살해, 사형, 자살, 집단 병사 등 사회적 죽음의 속성을 지닌 채, 모두 사회적으로 '스캔들'을 야기한다. 이 다섯 가지 형태의 죽음으로 야기된 사회적 스캔들의 종착점은 장 보드리야르의 지적처럼 지배 이데올로기인 〈말〉의 허위성과 인위성의 폭로, 동일자인 〈말〉의 해체이다. 섬의 수호신이었던 〈말〉은 이 다섯 가지 죽음의 과정을 차례차례 거치면서 그 실체가 밝혀진다. 〈말〉은 섬을 통치하기 위한 수단으로, 섬의 질서를 위해 '어떤 족장 하나'에 의해 섬 주민의 모든 생활을 관장하는 신으로 만들어진 존재이다. 섬 주민들은 어떻게 〈말〉이 섬에 입성하게 되었는지, 왜 자신들의 생활을 관장하는 지에 대한 의문조차 품지 않았다. 그러나 앞의 다섯 가지 죽음으로 인해 〈말〉은 전지전능한 신이 아니라, 역사적 산물이자 지

---

78) 장 보드리야르, 배영달 역, 『테러리즘의 정신』, 민음사, 2003.
　　장 보드리야르, 『섹스의 황도』, 앞의 책, 94~96쪽.

배 이데올로기임을 증명하고, 마을 사람들은 〈말〉을 해체한다.

따라서 「뙤약볕」(1)에 제시된 다섯 가지 형태의 죽음은 지배 이데올로기를 해체하려는 '체제 전복을 위한 죽음'의 속성을 지닌다고 할 수 있다.

2) 정태적 언어에서 동태적 언어로의 변모

앞에서 살펴본 바와 같이 「뙤약볕」(1)에서 마을의 절대적 신앙의 대상인 〈말〉은 실제로 초월적이고 형이상학적 존재가 아니라, 단지 마을의 실질적 통치를 용이하게 하기 위해 인위적으로 자작된 지배 이데올로기임을 알 수 있었다. 섬돌 아버지의 죽음 이후 연쇄적으로 발생하는 죽음은 〈말〉의 인위성과 허위성을 폭로함으로써 지배 이데올로기 해체를 지향한다. 이러한 죽음의 속성과 미시적 문체와의 상관 관계를 살펴보기 위해 우선 지배 이데올로기에 해당하는 〈말〉과, 정치적 실질 권력을 소유하고 있는 족장, 〈말〉의 대변인인 당굴, 그리고 마을 사람들을 서술하고 있는 미시적 문체 특징을 파악해 보아야 한다.

중앙, 동백나무 숲 속, 늙은 백섬의 송 그늘 아래. ― 뜨거운 낮엔 해녀의 자맥질이 보이고, 흰 달밤엔 인어의 노래 소리가 들리는 언덕에 〈말〉을 모시는 사당이 있어왔다.

사당은 백송과 같은 연배이거나 그보다도 많은 세월을 참아 온 듯, 비와 뙤약볕과, 해풍에 깎이고 시달려 피곤해 보였다. 눈에 보이지 않는 〈말〉의 구체적인 형상화(形象化)라는 내력을 지닌 그것은, 문도 창도 없는 오각(五角)입체의 돌집이었다. 어떤 족장 하나가 〈말〉을 그런 모습으로 생각했다는 것이다. 그러나 〈말〉이 어찌하여 그런 입성으로 그 언덕에 태어나서 늙어 오고 있는가 하는 것에 대하여 생각하는 사람은 거의 없었다. 생각할 필요도 없는 것이긴 했다. 〈당굴〉이라고 불리는 늙은 사당지기가 보이지 않고, 그 대신 그의 제자가 스승의 자리를 차지하고 앉아 있으면 늙은 당굴은 〈말〉이 되어 사라졌다고만 알면 되었고, 사공은 낯설은 바람에 대해서, 그리고 피해자는 가해자의 처벌에 대해서, 사춘 연대는 사랑의 번뇌에 대해서 묻고, 대답에 만족하면 되었다. 당굴은 자기의 입술로 말하는 것이 아니며, 자기의 생각을 포함시켜도 안 되는 것으로 되어 있었다. 그러니까 당굴은 〈말〉과 사람들 사이의 먼 거리를 좁혀 주는 다리(橋梁)인 셈이었다. ─사람들이 알기론─ 당굴은 〈말〉도 사람도 아닌, 그 가운데에 거하는 어떤 것이었다. 당굴은 〈말〉의 입술이며, 섬의 혼령이며, 사람들의 한 의지(依支)였다.(82)

「뙤약볕」(1)의 첫부분은 〈말〉을 모시고 있는 사당이 있는 공간 및 사당의 모습과 〈말〉의 내력을 서술하는 것으로 시작된다. 서술자는 〈말〉을 모시는 사당이 '언제부터인지' 마을 중심에 '있어 왔다'고 과거 진행형으로 기술함으로써 정확한 역사적 연대를 밝히지 못하고 있다. 뿐만 아니라 '흰 달밤엔 인어의 노래 소리가 들리는 언덕'이라는 공간을 설정함으로써 〈말〉이 현실적 시공간에 실재하는 존재라기보다는 마치 동화 속의 혹은 전설 속에서 근거 없이 내려오는 허상적 존재임을 은연중에 내비치고 있다. 사당의 모습 역시 마을의 크고 작은 일을 결정하는 권위를 지닌 존재라기보다는, 현재 '해풍에 깎이고 시달려 피곤한' 모습, 즉 나약하고 파괴되어진 모습으로 제시된다. 사당은 오직 돌집인데, 그 형상 역시 신의 계시나 마을 사람들의 확신에 의한 결과가 아닌 '어떤 족장 하나가 〈말〉의 형상을 그런 모습으로 생각했다'는 주관에 의한 결과임을 밝히는 것에서 서술자는 사당이나 〈말〉이 가지는 의문점에 대해 지속적으로 회의적 태도를 표출한다. 이러한 회의적 태도는 서술어를 통해 진술된다. 즉 '있어왔다', '왔다는 것이다', '―했다는 것이다' 등의 상황을 바꾸지 않는 정태적인 모티프 및 애매성과 불확실한 성격을 지닌 서술어가 주로 사용된다.

앞의 인용 부분 외에 〈말〉에 대해 서술하고 있는 부분은 현당굴에 말의 실체를 찾기 위해 그 스승의 가르침을 정리하는 부분이다. 그 부분의 서술어 역시 '―라는 것이다', '―이라 한다' 등 앞의 인용 부분과 거의 동일한 서술어에 의해 기술된다. 화자의 이러한 정태적 모티프의 서술어 및 불확실한 성격을 드러내는 서술어를 사용하는 것은 〈말〉이라는 것이 실재하는 존재라기보다는 사람들에 의해 형성된 실체없는 허상이라는, 즉 〈말〉의 인위성과 허위성을 드러내는 것이라 할 수 있다.

〈말〉의 대변자인 당굴의 존재에 대해 서술한 부분은 당굴의 수동적 성향을 나타낸다. '당굴'은 사당지기이자 〈말〉의 대변자이다. '당굴'은 〈말〉의 뜻과 언어를 전달할 때, '자기의 생각을 포함시켜도 안 되는 것으로 되어 있는', '그 어떤' 존재로 묘사된다. 그리고 이러한 당굴의 임무 및 지위는 전수되고, 마을 사람들은 당굴의 권위 및 자격에 대해 의문을 제기하지 않고 '늙은 당굴이 〈말〉이 되어 사라졌다고만 알면 되는' 현실에 의문을 제기하지 않는다. 이러한 당굴에 대한 서술은 다음에서 지속적으로 서술된다.

당굴들은, 대대로, 사당으로부터 한 대여섯 걸음 떨어진, 사립문도 울도 부엌도 온돌도 없는 흙집에서 살았다. 음식은 모두 날것으로 먹으며, 의복은 거의 걸치지 않았다. 생활은 사람들이 보살펴 주도록 되어 있었으므로 당굴은 〈말〉과 교통하기 위하여 명상이나 하면 되었다. 당굴은 결혼도 하지 않는다. 인습과 사람들의 요구대로, 높은 가지의 처녀 독수리처럼 그렇게 살다가 늙

어 여생이 짧게 되면, 그 긴 명상으로부터 깨어나 마을 골목들을 헤매며 소년
들을 관찰한다. 후계자를 물색하는 것이다. 그렇게 해서 뽑힌 소년은 섬의 풍
속에 따라 당굴의 아들이 되어 버리는 것이고, 수업을 참지 못하고 도망친 예
비 당굴은 섬에서 추방해 버리거나 목매달아 버리거나 했다. 뽑힌 소년은 자
기의 가족이나 이웃과도 관계가 끊기며, 이름도 잊어버려야 한다. 다만 〈말〉
과 스승과만 사귀는 지고한 고아가 되어 버리는 것이다. (82~83)

위 인용 부분에서는 당굴의 삶과 생활 그리고 선출 과정이 상세히 서술
되어 있다. 여기서 특징적인 것은 첫째, '—주도록 되어 있었으므로, —하
면 되었다. — 여생이 짧게 되면, —되어 버리는, —추방해 버리거나 목매
달아 버리거나 했다, —뽑힌, —관계가 끊기며, —되어 버리는 것이다' 등
의 피동형의 서술어가 주로 사용되고 있다는 것이다. 이는 당굴이 스스로
자신의 삶을 결정하는 존재가 아닌, 선임자에 의해 일방적으로 선택된 이
후 이미 정해진 삶을 살아가는 수동적 존재임을 나타낸다.

두 번째 미시적 문체의 특징으로는 '—걸치지 않았다. —하지 않는다,
—지 못하고' 등의 부정문형이 주로 존재한다는 것으로 이는 당굴의 삶
자체에 수많은 금기가 존재함을 알 수 있다. 실제로 당굴이라는 지위와
신분엔 수많은 규율로 인해 당굴이 할 수 있는 일들엔 지극히 제한되어
있다. 서술자는 '명상이나'처럼 당굴의 삶을 명사의 형태로 전하면서도
그 뒤에는 제한과 한정을 나타내는 보조사를 사용함으로써 당굴의 행동
을 제한하고 있다. 즉 당굴의 삶과 생활은 언제부터인지도 모를 시대부터
이미 마을의 규율에 의해서 정해져 내려오고 있으며, 당굴은 그 규율에
순응하며 여행을 마쳐야만 하는 수동적 존재임을 알 수 있다.

현당굴은 처음엔 마을에서 내려오는 규율에 적극적이고 능동적으로 저항한다. 이러한 현당굴의 성격은 전통적으로 주어진 당굴의 삶과 역할에 정면으로 상충한다. 이러한 현당굴의 행위는 아래에서 찾아볼 수 있다.

① 그의 스승의 말 같은 건 귓등으로 듣고, 제멋대로 뛰쳐나가 화식을 하며, 싸움질을 하고 돌아오려고도 하지 않았다.
② 그 젊은이는 평상시엔 언제나 권태스러운 듯한 흐린 눈을 하고 있었는데, 스승은 그의 그런 눈빛 뒤에 감추어져 있는 맹렬한 어떤 혼돈을 보았던 것이다.
③ 다시 또 그는 자기를 구해 준 스승에게 감사도 드리려 하지 않고, 당굴 수업의 엄격한 규칙을 어겼다. 소경의 아내에게 추파를 던지고, 남편 앞에서 그 여자의 젖통을 갖고 놀았다는 것이다.
④ 어머니가 돌아가신 날 밤에, 술을 퍼마시곤 어머니가 살던 오막살이에다 불을 질렀다는 이유로… (후략) (83)

위의 인용 부분은 현당굴이 스승에 의해 당굴로 선정된 이후부터 늙은 스승의 후계자가 되어 그 자리를 대신하기 전까지 현당굴의 기행(奇行) 및 일탈적 행위를 서술한 부분이다. 현당굴은 스스로 '권태스러운 흐린 눈을 하'고 있고, 스승은 그 혼돈에 매료되어 그를 자신의 후계자로 선택한다. 그러나 현당굴은 당굴 수업의 엄격한 규칙을 '어기며', 스승의 가르침을 '귓등으로 듣고', '제멋대로' 사당을 '뛰쳐나가', 갖은 비행을 스스로 자행'한다.' 그 비행 가운데에서는 방화와 성추행, 폭력 및 금기 위반 등 관습에 의해 엄격히 금기시된 행위들이다. 이 행위들은 모든 서술어가 역동적인 '동태적 모티프'에 의해 기술됨으로써, 현당굴이 기존 질서와 규율에 적극적으로 저항하는 존재로 형상화시킨다.

그러나 현당굴이 그 스승의 자리를 대신하게 되면서부터, 이러한 서술어 기술 방식엔 변화가 나타난다. 당굴이 되면서부터 그는 자신의 의사대로 행동하는 존재가 아닌, 말의 대변자인 당굴의 의무를 이행해야만 하는 수동적 존재가 된다. 그로 인해 당굴의 행위는 '—떠맡아야만 되었다, —의논 상대가 되어야 하며, —알아야 되고, —만들어둬야 되며, —해야 되었다' 등의 의무를 나타내는 서술어에 귀속된다. 뿐만 아니라 이미 수동적인 존재로 변모된 현당굴은 실패하고 실성하는 것조차도 능동태가 아닌 '실패하고 말았다', '번뇌는 계속되어 왔다', '실성거리게 됐다', '주저앉고 말았다' 등의 수동적이고 패배적인 정태적 모티프로 기술된다. 결국 현당굴 역시 마을을 지배해온 관습적 규율에 의해 스스로 〈말〉의 험위성과 인위성에 갇혀 그의 꼭두각시가 되어 버린 것이다.

현당굴은 전통과 관습에 의해 규정된 규칙에 의해 수동적인 존재로 변모되었지만, 섬돌이 사형을 당한 후 다시 능동성을 회복한다.

당굴은 사형 집행 장소엔 없었지만, 뒤결에서 이 모든 광경을 다 보았다. 그의 손톱은 땅을 파느라고 다 떨어져 나가고 없었다.
한낮이 되어 가고 있었다. 어디선지 목동이 부는 풀피리가락이 불려 오고 있었다. 피리리, 피리릭.
당굴은 벌벌기어 처소로 들어가선, 농부가 준 세마포 옷으로 갈아입고 백송나무 아래로 왔다. 그리고 그는 피에 덮인 섬돌이의 시체를 안아들었다. "어머니들이 사는 나라에서 우리 같이 살자꾸나." 당굴은 섬돌이의 목의 상처 속으로 스며든다.

당굴은 섬돌이를 안고 흙집 속으로 들어갔다. 그리고 멍석을 떠들고 엷은 바위 한쪽을 뜯어냈다. 가마솥 크기만한 구멍이 하나 나타난다.

다시 나왔을 땐, 포르르 하던 세마포 바지 저고리가 흙투성이였다. 이번엔, 아직도 체온이 남아 있는 여자를 보듬고 또한 들어갔다.(99)

현당굴은 섬돌의 사형집행 장소를 '다 보고', 그에 관한 연민과 죄책감으로 인해 '땅을 판다.' 이후 섬돌의 시체를 '안아 들고', 섬돌은 안고 흙집으로 '들어 간다.' 뿐만 아니라 죽은 섬돌의 시체에게 젖을 물리는 행위나, 섬돌 아버지와의 관계를 고려해 볼 때 섬돌의 어미임이 틀림없는 '뚝쇠의 아내인 여자'를 안고 흙집으로 '들어 간다'. 이 부분에서 묘사되는 당굴의 행위는 모두 능동적이고 역동적인 '동태적 모티프'임을 알 수 있다. 이는 현당굴이 마을에서 규정된 당굴로서의 존재를 적극적으로 부인할 뿐만 아니라, 인위적이고 허위적인 〈말〉의 대변인이 되기를 거부하고, 자신의 의지에 의해 행동하는 존재로 변모하였음을 의미한다. 당굴은 자신의 의지에 의해 죽음을 능동적으로 선택하였고, 이 죽음은 마을 전체를 죽음으로 몰고 가는 흑사병을 유발시킴으로써 마침내는 지배 이데올로기인 〈말〉을 해체하기에 이른다.

마을 사람들 역시 텍스트의 앞부분에는 '─생각할 필요도 없는 것이긴 했다. ─알면 되었고, ─만족하면 되었다.' 등의 무력하고 수동적인 정태적 모티프의 서술어 위주로 기술된다. 그러나 텍스트의 마지막에 흑사병으로 수많은 사람들이 죽어가자, 자신을 구원해 주지 못하는 〈말〉을 해체하는 부분에선 이들의 행동을 기술하는 문체 역시 변모한다.

그리하여 사람들은, 입이 없는 〈말〉을 향해 분노의 곡괭이질을 퍼부어대기 시작했다. 벽은 사람들의 충성심으로 몇 백 년이나 달구어져 곡괭이의 날이 튀어났다. 그래서 사람들의 분노는 더욱 맹렬해졌다. 말이 〈말〉이 되어 나오지 않는 입 없는 입─그것을 향해서, 그리고 한때는 그의 전신으로 섬을 통치하던 능력─그것을 향해서, 그리고 그의 전신을 죽이고 있는 마비 ─ 그것을 향해서, 그리고 그의 혼령을 묶고 있는 감옥 ─ 그것을 향해서, 그리고 문자 사라진 섬의 역사서 ─ 그것을 향해서, 사람들은 인고(忍苦)의 쓴 잔을 바닥까지 다 비우고, 미쳐서 달려 든 것이다. (100)

흑사병으로 마을 사람들의 절반이 죽자, 〈말〉에 구원을 요청하던 사람들은 결국엔 〈말〉을 해체한다. 이들은 '맹렬한' 분노에 사로잡혀, 〈말〉의 사당에 '곡괭이질을 퍼부어댄다.' 평소엔 〈말〉의 실체에 대해서 의문을 지니지 않은 채, 그저 관습에 순응하며 살아가던 마을 사람들은 죽음이라는 절명의 심판 앞에서 〈말〉의 사당을 적극적이고 능동적으로 해체한 것이다.

이상에서 「뙤약볕」(1)의 지배 이데올로기에 해당하는 〈말〉과, 실질적 정치 권력을 소유하고 있는 족장, 〈말〉의 대변인인 당굴, 그리고 마을 사람들을 서술하고 문체적 특질을 살펴보았다. 〈말〉을 모시고 있는 공간 및 〈말〉의 내력을 서술하는 부분에서는 그 기원과 출처를 선명하게 제시하지 못하는 '─있어 왔다', '─왔다는 것이다', '─했다는 것이다' 등의 용어들을 주로 사용함으로써 〈말〉이라는 존재가 전설 속에 근거 없이 전해 내려오는 실체 없는 존재임을 은연중에 내비치고 있었다. 〈말〉의 대변자인 당굴의 존재에 관한 서술 역시 '─라는 것이다', '─이라 한다' 등의 서술어를 사용함으로써, 당굴에게 절대적 권위와 확신을 부여하지 않는다. 뿐만 아니라 당굴의 삶과 생활 역시 주체적으로 이끌어 간 것이 아니라, 오랜 관습에 의해 '−주도록 되어 있었으므로, −하면 되었다, −되어버리는' 등의 수동적인 정태적 모티프를 서술어로 사용함으로써 당굴 자체가 일방적으로 선택된 이후 정해진 삶과 말을 하는 수동적 존재임을 나타낸다. 마을 사람들 역시 '−알면 되었고, −만족하면 되었다' 식의 당굴이 말에 맹목적으로 순응하는 수동적 존재임을 알 수 있었다.

그러나 섬돌 아버지의 죽음 이후 일어나는 연쇄적 죽음 등으로 인해 당굴과 마을 사람들의 태도는 변모되고, 결국 〈말〉의 사당을 허무는, 즉 지배 이데올로기를 해체하는 양상이 나타나게 되는데, 이는 이들의 행동을 기술하는 문체에 그대로 반영된다. 섬돌이 〈말〉이나 당굴의 의지와 무관하게 사형된 이후, 당굴의 행위는 '−판다, −안아 들고, −들어 간다' 등의 역동적인 '동태적 모티프'로 기술된다. 마을 사람들을 서술하는 용언 역시 '곡괭이질을 퍼부어 댄다, 맹렬해졌다' 등의 동태적 모티프로 변모되고, 결국 이들은 오랜 세월 섬을 지배해오던 지배 이데올로기인 〈말〉을 해체하기에 이른다.

3) 중세적 지배 질서 및 시공간의 해체

「뙤약볕」(1)의 공간은 '섬'으로 설정된다. '섬'은 고질성, 폐쇄성, 사회 현실과의 단절, 먼 우주 공간, 바다 한가운데 고립되어 있는 공간으로 비일상적이고 탈사회적인 공간이다.[79] 탈사회적인 유토피아적 공간으로서

---

79) 우남득, 「「뙤약볕」의 기호론적 공간 분석」, 『소설 읽기의 새로움』, 이가출판사, 1993 참고.

의 섬은 시간의 영역 밖에 존재한다.[80] 이 섬을 둘러싸고 있는 바다 역시 탄생과 죽음 그리고 재생의 원형이다.[81] 이 섬의 중앙엔 〈말〉을 모시는 사당이 존재한다.

당굴은 〈말〉의 의지를 전달하며 족장과 함께 마을의 질서를 유지시킨다. 섬 사회의 질서 및 안녕이 유지될 때, 〈말〉을 모시고 있던 사당은 섬의 중앙에서 대소사에 관여하고, 섬사람들은 〈말〉의 권위에 순응한다. 그런데 텍스트 초반에 묘사되어지는 사당은 '피곤한' 모습으로 기술되면서 피화자에게 〈말〉의 권위에 미심쩍은 생각을 가지게 한다. 결국 흑사병이 돌아 섬 인구의 절반이 죽어가도 〈말〉은 섬사람들이 바라는 은총, 즉 치유를 바라는 마을 사람들의 소망에 어떠한 해결책을 제시하지도 못한다. 그리고 마을 사람들은 분노의 곡괭이질을 퍼부어 사당, 즉 〈말〉의 권위를 해체한다.

> 그리하여 사람들은, 입이 없는 〈말〉을 향해 분노의 곡괭이질을 퍼부어대기 시작했다. 벽은 사람들의 충성심으로 몇백 년이나 달구어져 곡괭이의 날이 튀어났다. 그래서 사람들의 분노는 더욱 맹렬해졌다. 말이 말이 되어 나오지 않는 입─그것을 향해서, 그리고 한때는 그의 전신으로 섬을 통치하던 능력─그것을 향해서, 그리고 그의 전신을 죽이고 있는 마비─그것을 향해서, 그리고 그의 혼령을 묶고 있는 감옥─그것을 향해서, 그리고 문자 사라진 섬의 역사서─그것을 향해서, 사람들은 인고(忍苦)의 쓴 잔을 바닥까지 다 비우고, 미쳐서 달려든 것이다.
> 그런데 오각 입체 문 없는 방 속을 들여다보곤, 사람들은 히히거리며 흐늘

---

80) 아지자 · 올리비에리 · 스크트릭, 『문학의 상징 · 주제 사전』, 앞의 책, 191~194쪽.
81) Bachelard, 『물과 꿈』, 앞의 책, 24쪽.

어져 까맣게 변해 버렸다.

　방 속엔 이미 육탈(肉脫)되어진 흰 뼈들이 서로 감은 채 오롯이 모여 있었고, 그 흰 뼈들을 베고 누워 역시 살을 잃어 가는 사내 하나는 불꺼진 초롱을 눈에다 붙이고 있었는데, 그 옆엔 사내 같은 뼈무더기가 여자 같은 뼈무더기의 가슴에 입술을 대고 있었다. 거기에서 아마도 할애비 당굴과 손자 당굴들이 수음(手淫)을 즐기며 화장(化粧)을 지웠던 모양이었다.(100)

　죽음의 광기에 내몰린 마을 사람들은 사당, 즉 '〈말〉이 되어 나오지 않는 입'을 해체한다. 여기서 사당은 '섬을 통치하던 능력, 마을 사람들의 혼령을 묶고 있는 감옥, 문자 사라진 섬의 역사서'로 규정된다. 여기서 〈말〉이 '통치하던 능력'으로 규정되는 것은 의미심장하다. 이는 〈말〉은 언어를 독점함으로써 지배 이데올로기를 강화시킨 중세 가톨릭과 유사하다. 중세 가톨릭의 성서는 라틴어로 기록되어 성직자들만이 읽을 수 있는 〈말〉이었고, 성직자들은 그 〈말〉을 전달함으로써 강력하고 신성한 통치력을 소유한다. 그에 의해 중세인들은 '혼령이 묶여', 즉 자유로운 사상 및 비판 심지어 학문의 자유까지 박탈당한 채 '감옥'과 같은 삶을 살았다. 「뙤약볕」(1)에서의 〈말〉 또한 신의 말을 독점한 사당에 의해 '통치'되었고, 마을 사람들의 혼령은 사당에 묶여 있었던 것이다. 따라서 사당은 '문자 사라진 섬의 역사서'라고 할 수 있다. 이에 〈말〉의 사당을 해체하는 것은 전근대적 지배 질서의 종언을 선언하는 행위라고도 할 수 있다. 뿐만 아니라 섬사람들이 해체하고 직면한 현실은 〈말〉의 대리자, 결국 당굴들의 음행이었다. 이는 섬사람들에 의해 사당이 헐려짐으로써 이미 〈말〉의 권위가 해체된 후, 그 대변자인 당굴들이 성적 타락상을 드러냄으로써 이미 해체된 모든 권위에 일침을 가한 것이라 할 수 있다.

「뙤약볕」(1)은 〈말〉을 모시는 사당이 있어온 시간에서부터 사당이 해체되기까지의 시간이 서술된다. 그 담화적 시간 기법은 아래와 같다.

① 〈말〉을 모시는 사당이 있어온 시간(태고)
② 현당굴이 스승의 자리에 나타남으로써, 사람들이 막연한 불안감을 갖게 됨(현재)
③ 현당굴의 불안한 과거 이력 : 출생 – 성장과정(과거)
④ 스승이 〈말〉에 귀의한 후, 현당굴의 번뇌의 시간들(과거)
⑤ 초여드레 달이 질 무렵 농부가 세마포 옷 한 벌을 내놓음. 섬돌의 고백(현재)
⑥ 다음날 섬돌에 대한 재판과 당굴의 사형 선고(현재)
⑦ 내일 동틀 때까지 섬돌과 당굴의 시간(현재)
⑧ 이튿날 동틀 무렵, 섬돌은 당굴과 함께 죽고 싶어 했으나, 홀로 교수형 당함(현재)
⑨ 한낮, 섬돌의 시체를 끌어와 '어머니들이 사는 나라'를 향하는 당굴(현재)
  그 후 다섯 달 동안 흑사병으로 인한 섬 인구의 삼 할이 죽음(현재)
  그 후 두 달 후 나머지 사람의 오 할이 죽어 시체를 처리할 수도 없게 되자 사람들이 사당을 해체함(현재)

'백송과 같은 연배' 혹은 '그보다도 많은 세월' 등 정확한 시간이 서술되지 않는 시간을 기술함으로써 「뙤약볕」(1)의 시간을 원형적·신화적 시공간에 위치시킨다. 그러다 〈말〉의 해체 원인의 시발점이 되는 현당굴에 이르면 시간은 보다 구체적이고 세밀하게 제시됨을 알 수 있다. 위의 담화적 시간을 사건시를 중심으로 도표화하면 아래와 같다.

시간	무시간성	현당굴의 과거	당굴이 됨	초여드레 날까지 시간	사형선고	동틀무렵	한낮	다섯 달 동안	두 달 후
사건시	말을 모시는 사당이 있어온 시간들 ①	현당굴의 불안한 과거이력 ③	현당굴이 스승의 자리를 대신함 ②	〈말〉의 실체를 찾기 위한 현당굴의 번뇌의 시간④⑤	섬돌의 사형선고와 당굴과 섬돌의 시간 ⑥⑦	사형집행 ⑧	당굴은 섬돌과 뚝쇠아내를 안고 사당으로 들어가 죽음 ⑨	흑사병으로 섬인구의 삼할이 죽음⑩	다시 오할이 죽자, 마을 사람들은 사당을 해체함 ⑪
서술순서	1	2	3	4	5	6	7	8	9
역전/전망									
비고			* 서술 시발점						
지속	요약	요약	요약	지속	지속	지속	지속	지속	지속
빈도	1회	1회	1회	1회	1회	1회	1회	1회	1회

「뙤약볕」(1)의 시간 기법은 비교적 단순하다. 과거 이력이 불안한 현당굴이 스승의 자리를 대신하게 되자, 마을 사람들은 막연한 불안감을 가지면서부터 구체적 시간이 드러난다. 초점화자는 순차적 기술에 의해, 1회씩 서술하며 사건을 전개시킨다. 「뙤약볕」(1)에서 두드러지는 기법은 '지속'의 기법이다. 화자는 현당굴의 불안한 과거 이력 및 〈말〉을 찾기 위해 방황하는 시간들을 지속의 기법을 통해 장황하게 서술한다. 기존의 당굴들은 '섬사람들의 의지'인 〈말〉의 인위성 및 허위성 즉 섬의 통치 구조를

암묵하에 시인했기에, 〈말〉의 '말'을 들을 수 없어도 별다른 고뇌없이 그 대행자 노릇을 하며 삶을 마감한다. 그러나 '맹렬한 혼돈'의 눈빛을 지닌 현당굴은 〈말〉의 '말'을 찾기 위해 명상과 고독 그리고 고행의 시간을 보낸다. 현당굴은 시간이 흐를수록 거의 실성할 정도로 고민하며, 스스로 당굴이 아니라고, 〈말〉의 '말'을 들을 수 없다고 실토하려 한다. 현당굴은 당굴로서 자격이 없는 자신의 실체를 고백하기 위해 마을로 내려가는 중 농부의 인사를 받게 된다. 고백을 하려는 현당굴의 입술에서 나온 말은 뜻밖에도 가장 당굴다운 말, 즉 농부의 결실을 축복하는 말을 하고 만다. 무의식중 스스로 당굴의 '말'을 내뱉은 현당굴은 눈이 붓도록 울고, 또 다시 〈말〉의 실체를 고민하지만 〈말〉의 실체엔 다가갈 수 없다. 초점화자는 〈말〉의 실체를 찾기 위해 방황하는 당굴의 혼돈 및 방황을 '지속'의 기법을 통해 여과없이 세밀하게 전달한다.

이를 통해 〈말〉이란 결국 마을 사람들이 자신들의 의지에 의해 만들어 낸 인위적이고 허위적인 존재임을 기술한다. 뿐만 아니라 〈말〉이 해체되는 계기가 되는 사건인 섬돌의 재판 및 사형 집행 과정 역시 사람들의 대사 하나하나까지 '지속' 기법을 통해 세밀하게 재현해 내고 있다. 특히 피살자의 아들인 바람쇠는 자신의 복수를 정당화하기 위해, 그리고 자신들이 살인자가 되지 않기 위해 '〈말〉의 뜻이 필요할 뿐이다'는 의도를 분명히 말하고, 화자는 시간을 정지시킨 채 이들의 대화를 그대로 제시하고 있다. 이들의 기세에 굴복한 당굴은 자신의 의지와는 달리 '그들과 공모'하여 섬돌에게 사형을 언도한다. 당굴은 그 순간 '말'의 대변자인 '당굴'이 아닌 그저 한 평범한 인간에 불과한 '사내'란 용어로 기술된다. 그럼으로써 '사내'가 내리는 사형 언도가 〈말〉의 심판이 아닌 지배 이데올로기에 굴복한 나약한 한 인간임을 폭로한다. 뿐만 아니라 사형을 선도하는 과정 중에 그 '사내'는 역시 '괴로움으로 웅웅거리기'만 했는데, 사람들은 그 가락과 '말'을 '보이지 않는 말의 권능'으로 여기고 '원시적인 외경심'으로 '자기들도 모르게 엎드려져 부들부들 떨었다'고 서술한 이후 '〈말〉은 그렇게 해서 뭍과 물과 운명과 시절을 지배해 왔다'며 애초에 존재하지도 않는 〈말〉이 관습에 의해 인위적으로 존재하였음을 기술한다.

〈말〉의 실체를 파악하기 위해 혼돈과 방황의 시간을 보내는 당굴의 모습과 섬돌의 사형 선고의 과정을 지속의 기법을 통해 세밀하게 서술하였다. 이를 통해 작가는 〈말〉의 의지를 이야기하는 당굴은 〈말〉의 '말'을 듣고 전달하는 존재가 아닌, 그저 사람들의 필요에 의해 세워진 허수아비에 불과함을 말해준다. 당굴은 '말'은 섬을 지배하는 족장을 비롯한 강력한 통치자들이 자신의 통치 및 지배를 합리화하기 위해, 또는 섬사람들의 심리적 안정을 위해 인위적으로 만들어진 존재이고, 관습에 의해 〈말〉의 사당이 지속되어 왔음을 보여준다.

4) 지배 이데올로기를 해체하는 목소리

「뙤약볕」(1)의 화자는 텍스트 내에 존재하는 '사적 화자'가 아닌 '초점화자'로, 텍스트에서 불투명하고 침묵하는 존재이다. 초점화자는 화자 자신의 의식 및 의지를 서술할 때는 자신의 목소리로 서술을 이어가지만, 다른 의식은 통상 이중시각 혹은 자유간접화법으로 알려져 있는 기교를 통해 여과되어 피화자에게 전달한다. 이러한 초점화자의 기술을 랜서는 '이 중음성'으로 칭하고, 이러한 기법은 텍스트 내에 긴장과 힘을 창조한다고 지적한다.[82] 「뙤약볕」(1)에서 다섯 가지 양상의 죽음은 각각 섬돌 및 초점 화자에 의해, 즉 '이중 음성'으로 기술된다.

　「뙤약볕」(1)에서 여러 가지 양상의 죽음이 지향하는 바는 지배 이데올 로기인 〈말〉의 해체이다. 이는 「뙤약볕」(1)이 창작되던 당시 60년대 말 한 국 사회의 정치적 상황과 관련된 기술, 즉 담론으로서의 성격이 짙다고 할 수 있을 것이다. 그러나 「뙤약볕」(1)의 배경이 신화적 시공간으로 설정 된 점을 염두에 둔다면, 특정한 역사적 시간에 소설을 쓰고 있는 실제 작 가인 '공적 화자'나 '역사적 작가 및 허구 외적 작가'의 실체를 당시 현실 과의 상동성만을 고려해 파악하는 것이 지나친 비약일 우려가 없지 않다. 그럼에도 불구하고 박상륭의 60년대 창작된 일련의 단편들이 성(聖)과 속 (俗)의 대비를 통하여 지배와 피지배의 관계 및 주체 해체를 형상화하는 소설들이 많다는 점, 작가 스스로가 밝히듯이 69년도에 '불행한 운명 탓' 에 캐나다로 이주했다는 점, 문학을 통해서 '세계를 변화시키려 했다는 점'[83], 또한 작가 스스로 「뙤약볕」은 당시 정치적 현실을 반영했다고 밝힌 점[84]을 고려해 본다면 66, 67, 69년에 각각 쓰여진 연작 「뙤약볕」은 당시 불행한 세계에서 변화 및 대안을 모색한 공적 화자의 근본적 의도를 드러 내고 있다고 할 수 있을 것이다.

---

82) 수잔 스나이더 랜서, 『시점의 시학』, 앞의 책, 147쪽.
83) 박상륭·김사인, 「누가 저 공주를 구할 것인가」, 『박상륭 깊이 읽기』, 앞의 책, 29쪽.
84) 박상륭·김사인, 위의 책, 23쪽.

「뙈약볕」(1)에서 나타난 연쇄적인 죽음 속성의 핵심 의미는 〈말〉의 인 위성과 허구성을 폭로함으로써, 〈말〉의 권위 및 권력을 '해체'하는 것이다. 섬돌 아버지의 죽음과 뚝쇠의 살해는 등장인물 '섬돌'을 통해서 서술된다. 섬돌은 평범한 섬 주민으로서 허구 외적 작가인 박상륭과 '상동성'[85]을 지니지 못하고 있다. 섬돌은 아버지에게 사형(私刑)을 가함으로써 아버지를 죽게 한 뚝쇠를 살해한 사실을 당굴에게 스스로 고백함으로써 '자종(1인칭)'[86]의 방식으로 '재현'한다. 또한 섬돌은 자기 아버지의 죽음을 1인칭의 서술자의 위치에서 기술함으로써 '동종'으로 재현한다. 섬돌은 결국자기 주변에서 일어난 일들을 스스로 증언함으로써, 그가 증언하는 아버지의 죽음과 뚝쇠의 죽음은 '허구적' 진실이다. 따라서 서술자인 섬돌의증언은 '정직'하며, 신뢰할 수 있기에 그는 '모방적 권위'[87]를 지닌다. 이러

---

85) 작가와 화자 사이의 상동성을 뜻한다. 상상력·이데올로기·서술적 문체의 수준에서 작용한다. 화자와 작가 사이의 각 가능성의 스펙트럼은 상동성·분리의 양극을 가지고 있다. 한쪽 끝에 위치한 텍스트에서는 화자가 명백히 그리고 아무 문제없이 작가적 모습으로 기능을 발휘한다. 이때 독자는 허구 외적 목소리와 허구적 화자 사이에 뚜렷한 구분이 없다고 생각한다. 분리가 있는 곳에서는 서술적 목소리 배후에 침묵하는 작가적 존재에 대해 지각할 수 있다. 상동성과 분리의 관습은 시공에 따라 변경될 수 있다. 서술을 예정된 범주로 분류 정리하는 것은 분석을 왜곡하는 것이기에, 스펙트럼은 왜곡하지 않는 화자의 시점을 발전시키는 것이 가능하다.
   수잔 스나이더 랜서, 『시점의 시학』, 앞의 책, 153~160쪽 참고.
86) 특정 스토리 진술 행위를 위한 화자의 '재현' 양식으로, 화자의 자격을 강조하는 기능을 한다. 재현 양식으로는 3인칭 화자는 이종(스토리 속 인물이 아닌 화자), 1인칭 화자는 자종, 동종(스토리 내 화자)이 스펙트럼을 이루고 있다.
   수잔 스나이더 랜서, 위의 책, 161~162쪽 참고.
87) 성차와 사회적 정체의 다른 범주는 서술적 권위와 신뢰성 추정에도 영향을 준다. 화자의 개인적 배경은 화자의 이미지를 구성하여 모방적 권위를 형성한다. 즉 사회적 정체와

한 사실들을 종합해 볼 때, 섬돌은 서술자로서 진술적 권위와 모방적 권위를 지닌, 즉 서술자로서의 '자격'을 소유하고 있다고 할 수 있다. 따라서 이 두 죽음의 양상과 과정에 관한 섬돌의 서술은 허구 피화자인 당굴 및 허구 외적 피화자에게 '사실'로서 수용되어진다. 즉 서술자는 '정직하고 진지하며', '도덕적으로 믿을 만하다는 믿음'을 주고, 스토리 텔러로서의 충분한 자격 및 능력을 소유한다.

섬돌이 뚝쇠를 죽인 살해 행위는 합법적 절차를 밟지 않고 가해진 '사형(死刑)'에 해당한다. 이는 금기를 위반한 중대한 범죄 행위이기에 〈말〉의 판결에 의해 섬돌은 사형(死刑) 선고를 받게 된다. 섬돌의 재판 과정 및 형을 집행하는 과정은 그동안 '섬'을 지배해 온 〈말〉이 허위의식 및 지배 이데올로기의 산물임을 여실하게 보여준다. 그렇기 때문에 섬돌의 죽음 및 그로 인한 당굴의 죽음, 이후 마을 사람들의 죽음을 서술하는 서술자의 '자격'은 절대적 권위를 지녀야만 하고, 지니고 있기도 하다. 따라서 이들의 죽음을 서술하는 서술자는 이전 죽음을 서술하는 서술자처럼 '인간적 제한'을 지닌 존재가 아닌 사건 전체를 조망할 수 있는 파노라마적이자 '전지'[88]적 시각을 지닌 '초점화자'가 등장한다. 이 초점화자는 허구 외

텍스트적 행동은 독자에게 화자의 모방적 권위를 결정할 근거를 제공하기 위하여 결합된다. 화자가 스토리 진술 행위에 제공하는 정직성, 신뢰성, 능력 정도는 독자가 이 목소리에 일치시키려드는 모방적 권위를 구성한다. 이 모방적 권위의 자격의 양상은 정직성과 신뢰성 그리고 스토리 텔러로서 서술할 능력의 소유 여부와 관련된다.

수잔 스나이더 랜서, 위의 책, 174~177쪽 참고.

88) 화자의 '자격'을 구성하는 방식 중 '특권'의 범주에 해당한다. 3인칭 화자는 관습적으로 전지적으로 될 작가의 권위를 가진다. 이러한 화자는 스토리 외부로부터 미리 내다 보는

적 작가인 박상륭과 '상동'성을 지닌다. 초점화자는 뚜렷한 성별과 계급이 명시되지는 않지만, '전지'적 특권을 가지고, 텍스트 밖에서 이 사건을 '이종'적으로 재현하며, 그가 서술하는 내용들은 '허구적 진실'을 지닌다.

서술자 섬돌은 허구 피화자인 당굴에게 자신을 살려 달라고 '반복적'으로 '직접적 대화'를 통해 애원한다. 서술자인 섬돌은 '당굴의 옛 친구의 아들'로 당굴과 친밀한 관계를 지닌다. 그러나 당굴은 자신에게 섬돌을 살려낼 방책이 없음을 잘 알고 있기에, 목숨을 애걸하는 섬돌의 절박한 애원에 그저 '대답할 바를 몰라 고개만 끄덕'일 뿐이다. 섬돌은 그 '고개를 끄덕이는 행위'를 자기의 요청을 긍정하는 행위인 줄 착각하고 돌아간다. 섬돌은 피화자의 관계에서 자신의 처지에서 동정심을 유발하는 등 '친밀성'을 획득하고, '자기 확신'을 가진다. 그러나 이어 '초점화자'가 당굴의 '끄덕'이는 행위와 당굴의 행위에 대한 섬돌의 짐작 사이에 상호 오해가 있었음을 전지적 입장에서 진술한다. 이러한 오해는 곧바로 섬돌의 죽음으로 이어진다. 이러한 전지적 작가의 서술은 이후 섬돌, 당굴, 마을 사람들의 죽음을 누군지 모를 '침묵하는 수용자'에게 서술한다. 서술자는 자신의 서술에 대해 '자기 확신'을 지니지만, 피화자는 '수동적'인 존재이기에 서술자와 피화자와의 관계는 단절되어 있다. 이러한 피화자를 수잔 스나이더 랜서는 '영도(零度)의 수동적 피화자'로 규정한다. 이에 수잔 스나이더 랜서는 수동적 피화자의 설정 자체가 서술자의 이데올로기적, 심리

것이 허락되고 기대된다. 반면 제한적 특권이 부여된 화자는 주어진 상황이나 인식이 그 자신 마음의 '내용'으로 제한되는 인간적 한계를 지니기도 한다.

수잔 스나이더 랜서, 위의 책, 164~165쪽 참고.

적, 문화적 입장을 반영한다고 규정한다.[89]

섬돌, 당굴, 마을 사람들의 죽음을 서술하는 서술자는 '화자 자신의 담론'을 가지고 '진술'하는 '어법적 입장'을 지닌다. 시공간적으로 '파노라마적 열린 개관'을 가지며, '장면'적 수법을 통해 섬돌과 당굴의 죽음을 '동시'에 진술하기도 하며, 때론 마을 사람들의 죽음과 같은 긴 시간을 신의 입장에서 조망하여 '사후'에 '요약'적으로 제시하기도 한다. 마을 사람들이 절대시하여 숭배하는 〈말〉은 사실상 족장에 의해 구성된 허위, 즉 지배 이데올로기이다. 피살자 뚝쇠의 아들인 바람쇠는 섬돌을 지속적으로 폭행하며, 당굴에게 데려와서 사형 선고를 당당히 요구한다. 즉 바람쇠는 자신의 보복에 합리적 법적 절차, 즉 〈말〉의 판결을 내려줄 것을 당굴에게 요구한다. 당굴은 섬돌에 대한 연민을 가지며, 〈말〉이 섬돌을 살려 줄 수도 있음을 말하기도 한다. 그러나 결국 당굴은 섬돌을 죽이는 데 '공모'하여 섬

---

89) 텍스트의 '접촉'은 피화자의 정체를 부여하는 기능을 한다. 이러한 정체 부여는 피화자의 사회적 성격, 스토리에 대한 그녀의 관계, 그리고 화자가 소유한다고 암시되는 믿음, 태도, 지식, 경험 등등을 포함한다. 이때 피화자는 공적 피화자, 허구 외적 피화자, 사회적 피화자로 그 층위가 구분되어 그 정체성이 묘사된다. 피화자는 자질이 분화되지 않은 零度의 수동적인 독자. 청취자로부터 완전히 한정되고 능동적인 피화자에 이르기까지의 스펙트럼에 따라 피화자의 정체의 축을 규정할 수 있다.

한 텍스트 내부에서의 개개인의 특정 서술 행위에 대해서는 접촉의 한 방식으로 한정될 수 있다. 역으로 서술적 접촉은 화자가 문학적 행위에 대한 그 혹은 그녀의 관계와 소설 세계에 대한 그 혹은 그녀의 인상을 반영할 수 있는 구조적이면서 태도에 관련된 가능성을 제공하면서 얼마간 자격과 접촉 양쪽의 가교로서의 기능을 발휘한다. 1인칭 화자는 직접적 그 자체가 이데올로기적 심리적 혹은 문화적 입장을 반영할 수 있다. 그리고 공적이고 허구적인 수준에서 화자와 피화자 간의 직접 접촉은 역사적 작가와 텍스트가 전달되는 청중 사이의 관련성의 상동적 반영을 제공할 수 있다.

수잔 스나이더 랜서, 위의 책, 177~187쪽 참고.

돌에게 사형선고를 내린다. 서술자는 이 모든 과정을 '자유'로운 초점화를 통해 상당한 분량을 소모해가며, '장면적 수법'을 통해 진술한다.

이를 통해 서술자는 〈말〉의 허위성 및 인위성을 '명시적'[90]으로 기술한다. 이러한 〈말〉의 허위성 및 인위성은 〈말〉의 신성성에 대한 절대적 신념을 소유한 대다수의 문화적 이데올로기와는 '대립'된 것이다. 결국 섬돌은 사형당하고, 섬돌의 죽음에 죄책감을 느낀 당굴은 섬돌과 광녀가 된 뚝쇠의 아내를 사당으로 옮겨 함께 생을 마감한다. 이들의 죽음은 마을에 전염병의 원인이 되고, 결과적으로 마을 사람들 1/3이 사망한다. 마을 사람들은 〈말〉에게 구원을 요청하나, 〈말〉은 침묵할 뿐이다. 더 이상 자신들을 구원해주지 않는, 그리하여 효용가치를 상실한 〈말〉의 공간인 사당을 마을 사람들은 허물어 버린다.

「뙤약볕」(1)에서의 발생한 연쇄적 죽음들은 허위적이고 인위적인 지배 이데올로기 〈말〉을 해체한다. 이는 중세적 질서 및 가치의 몰락을 상징한다. 중세 당시 지배적 종교로 무소불위의 권력을 휘둘렀던 기독교는 그 권좌를 '절대 이성'과 '과학적 기술'을 소유한 '초인'에게 빼앗긴다. 이러한 '초인'들의 사후 행보는 「뙤약볕」(2)에서 지속된다. 서술자는 일련의 죽음을 '강화'되고 '지배'적인 강력한 '작가적 권위'를 가지고 서술하고 있다. 이를 도표화시키면 아래와 같다.

---

90) 어떤 주어진 목소리에 의한 이데올로기의 표현이 담론의 표면에 드러나는 것은 '명시적 이데올로기'이며, 반대로 화자의 언화 활동 속에 깊이 파묻히는 것을 '암시적 이데올로기' 라 칭한다. 수잔 스나이더 랜서, 위의 책, 218쪽.

죽음 대상			섬돌의 아버지	뚝쇠	섬돌	당굴	마을 사람들
죽음 양상			뚝쇠로 인한 병사	보복에 의한 피살	형벌	자살	전염병사
서술자			섬돌	섬돌	초점화자	초점화자	초점화자
자격	진술적 권위	상동성	분리	분리	상동	상동	상동
		재현	동종	자종	이종	이종	이종
		특권	인간적 제한	인간적 제한	전지	전지	전지
		지시물	허구적 진실	허구적 진실	허구적 진실	허구적 진실	허구적 진실
		성차	남	남	남	남	남
		계급	섬 주민	섬 주민	전지적 화자	전지적 화자	전지적 화자
	모방적 권위	정직성	정직	정직	정직	정직	정직
		신뢰성	신뢰성	신뢰성	신뢰성	신뢰성	신뢰성
		능력	서술적 기술	서술적 기술	서술적 기술	서술적 기술	서술적 기술
접촉	방식		직접	직접	간접	간접	간접
	태도	자의식	반복적 자의식	반복적 자의식	서술 행위 무의식	서술 행위 무의식	서술 행위 무의식
		자기확신	확신	확신	확신	확신	확신
		복종/멸시	0도	0도	0도	0도	0도
		형식/친밀	친밀성	친밀성	0도	0도	0도
	피화자 정체성		능동적	능동적	수동적	수동적	수동적

입장	어법적		진술/모방	모방적 담론	모방적 담론	진술적 담론	진술적 담론	진술적 담론
	시공간적		화자의 공간지점	고정된 동시발생	고정된 공시발생	파노라마적 열린 개관	파노라마적 열린 개관	파노라마적 열린 개관
			장면/요약	장면	장면	장면	장면	요약
			동시/사후	동시	동시	동시	동시	사후
	심리적	정보	양	少	少	多	多	少
			성격	주관적	주관적	객관적	객관적	객관적
		초점화	내적/외적	내적	내적	외적	외적	외적
			심층/표층	심층	심층	심층	심층	표층
			고정/자유	고정	고정	자유	자유	고정
			태도	긍정	긍정	긍정	긍정	부정
	이데올로기적	표현	명시/암시	암시적 이데올로기	암시적 이데올로기	명시적 이데올로기	명시적 이데올로기	암시적 이데올로기
			축어/비유	축어적 (비애매성)	축어적 (비애매성)	축어적 (비애매성)	비유적 (상징화 됨)	축어적 (비애매성)
			내부/외부	내부적	내부적	내부적	외부적	내부적
		문화관계	일치/대립	대립	대립	일치	대립	대립
			결정적/지엽	지엽적	결정적	결정적	결정적	결정적
		작가권위	고립/강화	고립	고립	강화	강화	강화
			지배/종속	종속	종속	지배	지배	지배

「뙤약볕」(1)에서 형상화된 연쇄적 죽음양상은 〈말〉의 인위성과 허구성을 폭로함으로써, 〈말〉의 권위를 해체하는 것이다. 〈말〉의 인위성과 허구성의 폭로는 섬돌의 재판 과정 및 형을 집행하는 과정을 통해서 폭로된다. 섬돌의 죽음을 기술하는 서술자는 절대적 권위의 '자격'을 가지고, '전지'적 시각을 지닌 '초점화자'가 '허구적 진실'을 지니고 기술함으로써 그 진술에 신뢰성을 부여한다. 이때 피화자는 수동적 존재로 기술되면서 화자와 피화자간이 '접촉'은 거의 존재하지 않는다. 이후 섬돌과 당굴의 죽음을 계기로 마을에 흑사병이 발생하게 되고, 마을 사람들은 〈말〉의 권위를 해체한다. 〈말〉의 신성성에 대한 절대적 신념을 소유한 대다수의 문화적 이데올로기와는 '대립'되는 '입장'을 가지지만, 이는 '문학을 통해 세계를 변화시키'기 위해서는 꼭 겪어야만 하는 공적 화자의 '입장'을 대신해 준 것이라 할 수 있다.

2. 근대적 주체의 죽음과 문체와의 상관 관계

「뙤약볕」(2)

1) 타자를 도구화한 광기의 살해

「뙤약볕」(2)에서는 〈말〉을 해체한 '초인'들의 죽음이 형상화된다. 섬돌과 당굴의 죽음 이후, 섬에 창궐한 흑사병으로 인해 섬사람의 절반 이상이 죽는다. 이에 섬사람들은 죽음의 섬과 침묵하는 〈말〉을 버리고 새로운 땅을 찾아가기 위해 배를 만든다. 새 족장은 배에 백여 명의 석 달분 식량과 물을 싣고, 건강한 남녀 62명과 함께 새 땅을 찾아 떠난다. 즉 〈말〉에 의존하여 살아가던 사람들이 독립적 주체가 되어 스스로 살아갈 방도를 적극적으로 모색한다. 새 족장은 〈말〉의 존재 자체를 부정한다. 〈말〉은 더 이상 인간의 생활을 윤택하게 만들어 주지 못하기에 그 이용가치를 상실한 존재이기 때문이다. 족장은 통치수단이나 윤리적 도구로 왜곡된 〈말〉로 인해 실제로 존재할지도 모르는 〈말〉의 실체를 부정하는 무신론자가 되어 버린 자이다. 그는 새로운 땅, 〈말〉이 아닌 인간이 통치하는 자신의 유토피아를 향해 새로운 출발을 시도한다. 이러한 새 족장은 모습은 '신이 떠나버린 땅'의 근대적 인간인 '초인'에 해당한다.

니체는 '초인'을 다음과 같이 정의한다. 인간은 피안의 구원을 원하다가, 그것이 허무임을 깨닫고 니힐리즘에 직면하게 된다. 그러나 인간은 그것에 머무르지 않고 대지와 육체를 긍정하고 현실의 인간을 자신의 의지만으로 초극화하여야만 한다. 이것은 기독교적인 초현실주의적 자기 초극이 아닌 철저히 현실주의적 자기 초극의 의지와 행위를 말하는 것이다. 곧 각자가 지금 여기에서 참된 자기, 곧 본래적 자기를 자기 초극의 행위로써 실현할 때에 초인이 실현되는 것이며, 따라서 초인은 이와 같이 자기 초극의 행위에 의해 실현되어야 할 본래적 자기를 의미한다. 이 본래적 자기는 니체에 있어서 단지 내면적, 정신적인 것이 아니라 육체를 갖추고 있는 구체적 인간으로 파악된다. 즉 초인은 육체를 가진 구체적 인간 존재이지만 현재의 인간 존재를 넘어서 있는 존재인 것이다. 즉 니체는 '신'이 죽어버린 이 불모의 땅에서 인간이 살아가기 위해서는 '초인'이 되어야 함을 주장한다.[91] 「뙤약볕」(2)에서 '새로운 땅'을 찾아 섬을 떠나는 사람들이 '초인'임은 족장의 다음과 같은 말에서 확인할 수 있다.

〈말〉이 없다는 것을 알았을 때, 난 새로운 가능성을 찾으려 했다. 밝은 쪽으로만 생각을 키웠단 말야. 〈말〉이 없으므로, 어디에 의탁할 데가 없으므로, 더 강해져야 한다고 말이다. 더 많은 사랑으로 사람을 대접해야 한다고 말이다. 산 동안만 살아 있는 너무도 외롭기만 한, 그저 사람이니까, 생각해 봐라.

---

91) Nietzsche, F., 황문수 역, 『짜라투스트라는 이렇게 말했다』, 문예출판사, 1986, 7~21쪽.

아직도 〈말〉이니 당굴이니 하는 이들이 살아 있다고 믿고 있었더면, 새 천지
는 커녕 아무 것도 생각지 않고, 속절없이 속아 모두 그냥 죽어 버렸을 것이
다. 그리고 보면 이런 시절에 〈말〉이 없었다는 것을 안 게 얼마나 다행한 일
이냐? 난 그것을 〈말〉에게 감사할 지경이다.

페스트의 창궐로 섬 주민의 반 이상이 죽고 자신 또한 언제 죽을지 모
른다. 이런 상황에서 족장은 〈말〉이 없음을 오히려 다행으로 생각하고,
인간 스스로 더 강해져서 새 천지를 찾아 개척하고, 서로를 위하며 살아
야겠다는 결심을 한다. 이러한 족장의 모습은 '초인'이자, 신으로부터 자
유를 선언한 현대인의 대표적 표상이라 할 수 있다. 현대인은 '신'이 떠나
버린 땅의 주인임을 스스로 천명하고, 물질문명과 기계문명으로 이 세상
을 새로이 지배하려는 존재이다.

족장의 반대편에 서 있는 인물이 점쇠이다. 점쇠는 〈말〉을 잃고 떠나는
사람들보다는 〈말〉을 찾기 위해 남아 있는 자신이 훨씬 더 행복할 것이라
고 족장에게 말한다. 〈말〉이 없는 천지는 병이 없는 새 천지라 할지라도
그것 역시 묵은 땅 이상은 아닐 것이라며, 〈말〉이 존재해야 새 천지가 됨
을 주장한다. 점쇠는 왜곡된 〈말〉이 아닌, 실체의 〈말〉을 찾으려는 것이
다. 점쇠는 이전 지배 이데올로기로 인해 인위적으로 만들어진 〈말〉이 아
닌, 초월적 존재이자 전지전능한 신의 모습인 〈말〉의 존재 자체에 대해선
확신을 가진 자이다.

족장은 점쇠가 가진 확신을 비웃으며 그러한 생각이 순전히 관념에 의
해 빚어진 것이라고 말한다. 그러면서 "인간이 살아가기 위해 우선은 생
명을 잇고 자식을 낳고, 그리고 미래를 닦자"고 말하며 인간 자력으로 유

토피아를 이룰 수 있음을 점쇠에게 역설한다. 그러나 점쇠는 인간이 이룰 수 있는 '유토피아'에 대해 회의를 가진 자이기에 바람쇠가 말하는 유토피아의 허무와 위험에 대해 경고한다.

> '그럼 그 뒤엔 뭐가 있죠?' 점쇠는 엷은 웃음기를 띠었다. "가령 새처럼 날을 수도 있고, 비도 마음대로 내리고 하고 …… 다 상상 못할 정도로 편리한 세상이 되고 난 뒤엔 어떻게 되죠?" (107)

결국 점쇠는 홀로 남고, 족장과 마을 사람들은 새 땅을 향해 배를 바다에 띄운다. 출항 후 열아흐레 동안은 절망과 죽음의 섬을 탈출한 후 평온한 삶의 연속이었다. 모든 것이 공평하게 분배되는 지상 천국이 배안에서 이루어진다. 그러나 열아흐레째 밤 이들은 바다에서 태풍을 만난다. 이 첫 번째 재난에 인간의 오만은 무너져 버린다. 섬사람들은 신, 즉 〈말〉의 존재를 거부하고, 어쩌면 존재할 수도 있었던 진정한 신적 존재인 〈말〉의 실체 역시 섬사람들을 떠난 것이다. 섬에서 〈말〉을 부정한 섬사람들에겐 페스트와 죽음만이 남겨졌듯 바다에서도 태풍만이 심연의 입을 벌리고 이들을 삼킬 준비를 하고 있는 것이다. 이는 〈말〉을 버림으로써 기만적인 지배 이데올로기의 〈말〉이 아닌 진정한 신적인 존재마저 버리고, 그 자리를 자신으로 대처하려 한 오만한 근대인의 종말을 드러내어 준다.

결과적으로 이 태풍은 63명 중 남자 열셋, 여자 열넷만을 남긴다. 그러나 정작 환란은 지금부터 시작된다. 이후 많은 날이 흘렀음에도 불구하고 바람기 한 점 없이 배가 나아가지 않는다. 물과 식량은 나날이 줄어든다. 신을 떠난 인간이 주체가 되어 이루려고 한 유토피아는 어디에나 존재하지 않는다. 그러자 인간들은 다음 세 가지 태도를 보인다. 족장처럼 신을 찾거나, 타자를 도구화하여 통음(通淫)에 몰입하거나, 자신의 생명 연장을 위해 타인을 살해한다.

족장은 부러져 나간 용골을 깎는다. 이 행위는 그가 다시 〈말〉의 존재를 찾으려 함을 의미한다. 〈말〉의 존재를 거부한 그였으나, 그의 오만은 단 한 번의 시련에 맥없이 무너져 버린다. 아무런 희망이 없는 상황, 사람의 능력으로 할 수 있는 일이 아무 것도 없는 상황에서 찾을 것은 오직 신뿐이었다. 이러한 설정은 신과 자연 앞에 오만했던 인간과 근대성의 패배를 의미한다. 족장은 용골을 다섯모꼴로 깎아서 사당 형상이라도 만들려 한다.

다른 살아 남은 자들은 통음에 몰입한다. 박상륭 소설에서 성교는 우주와 자연의 이치를 깨닫게 하는 하나의 수단 즉 구원의 수단이다. 그러나 「뙤약볕」(2)에 나타난 '살아남은 자'들의 통음은 구도적 수단이 아니다. 이는 한계 상황을 망각하려는 강자의 약자에 대한 폭력으로 타자를 도구화한 행위이다.

결국 통음 역시 며칠 지나자 일상의 다반사나 별반 다를 바가 없이 신물이 나자, 사람들은 살욕에 빠져 옛 족장을 용왕에게 첫 제물로 바친다. 그리고 이 인신공희를 주도한 바람쇠가 새 족장이 된다. 이것은 땅의 풍요가 통치자의 건강과 밀접한 관련이 있기에 왕이 늙고 병들면 보다 젊고 강한 후임자에 의해 죽임을 당하는 것과 유사하다.[92] 그러나 족장의

---

92) Frazer, J.G., 김상일 역, 『황금가지』, 을유문화사, 1996, 23~24쪽.

살해는 인류학에서 통치자 살해가 지향하는 풍요와 재생으로 귀결되지 못한다. 보다 젊고 강한 후임자에 의해 '풍요나 재생'을 이룩해 내기엔 상황이 너무 극단에 치달아 있기 때문이다. 뿐만 아니라 이들의 족장 살해는 '구도적 살해'가 아닌, 새로운 통치자의 교만과 탐욕에 의한 행위이기 때문이다.

새 족장이 된 바람쇠는 식량이 바닥을 드러내고 있음을 목격한다. 그러자 바람쇠는 자신이 살기 위해 '타자'들을 죽인다. 먼저 '부정', '불운'을 명분으로 자신의 여자인 섬순이를 제외한 남은 여자 열셋을 바다에 빠뜨리고, 남자들 역시 힘없는 노인, 소년 순으로 차례대로 죽인다. 뿐만 아니라 살아남은 젊은 청년들 사이에도 물과 식량을 두고 혈극을 벌인다. 그 결과 바람쇠를 비롯한 모든 사람들은 전멸한다. 마지막 남은 섬순이는 아버지가 누구인지 모를 애를 가진 채 바닷물을 마구 들이킨다. 신의 자리를 대신한 오만한 인간의 부조리와 무의미함을 깨닫지 못했기에, 타자에 대해 연민과 책임의식을 느끼지 못했고, 그 결과 결국 전원이 파멸하고 말았다. 섬순이가 가진 아이마저 '자기 완성의 결실'[93]이 되지 못하고, '제국주의의 맹아'에 그치고 만 것이다. 그리하여 섬순은 그리스 신화의 여신인 '에릭식톤'[94]처럼 죽음을 눈 앞에 둔 채 바닷물을 들이키고 있는 것이다.

따라서 「뙤약볕」(2)에 나타난 죽음은 〈말〉을 대신한 또 다른 동일자인

93) E. Levinas, 강영안 역, 『시간과 타자』, 문예출판사, 1994, 112쪽.
94) 에릭식톤은 시어리어즈 여신의 신성한 나무에 도끼질을 한 죄로 굶주림의 형벌을 받는 희랍 신화의 인물로, 결국 자기 자신의 육체를 먹고 죽는다.
　　임금복, 『박상륭 소설의 창작 원류』, 푸른사상, 2004, 280~281쪽.

인간을 해체한 것이라 할 수 있다. 「뙤약볕」(2)의 죽음은 모두 네 가지 형태이다. 이를 도표화하면 다음과 같다.

	첫 번째	두 번째	세 번째	네 번째
죽는 자	모선 제조과정의 희생자	27명을 제외한 나머지	족장	섬순이를 제외한 25명
죽이는 자	새 땅을 찾으려는 63명	자연	살아남은 사람들	25명 상호 간
양 상	병사 및 인신공희	폭풍으로 인한 사고사	인신 공희	식량과 물 확보를 위한 타살

바타이유는 인간은 성과 죽음에 대한 금기를 지닌다고 말한다. 그러나 이러한 금기는 밖에서 주어진 것이 아니고, 전통에 의해 막연히 주어졌다고 한다. 과학은 금기를 객관적으로 다루려 하지만, 금기란 이성으로는 통제되지 않는 것이기 때문에 과학으로 제어되지 않는다. 인간은 금기가 존재함으로써 본능적으로 위반의 충동을 느끼고, 결국 금기를 위반한다. 이때 역설적인 것은 인간이 금기를 위반할 때, 인간은 비로소 진실이 무엇인지를 번뇌와 함께 깨달을 수 있다는 현실이다. 금기를 준수하고, 금기에 복종하면 더 이상 금기를 의식할 수 없다. 하지만 그것을 범하는 순간 인간은 깊은 고뇌를 느끼며, 고뇌와 함께 금기를 의식하고, 죄의식을 체험하게 된다. 따라서 위반은 금기를 파괴하는 것이 아니라, 위반을 통해 금기는 완성된다고 할 수 있다. 이러한 금기와 위반의 순환 과정을 통해 인간의 성과 죽음은 인간 자신과 타자, 삶과 죽음의 경계를 제거하고

상호 융합시키고, 결과적으로 존재의 불연속성을 극복하여 연속성에 이를 수 있음을 바타이유는 주장한다. 따라서 바타이유에 있어 성은 '죽음에 이르는 성', 즉 에로티즘으로 승화되는 것이다. 그리하여 때로는 위반이 허용되고, 위반이 카니발 등의 형식을 차용해 개인과 사회의 처방전으로 제시되기까지 한다고 바타이유는 말한다. 바타이유는 이러한 위반은 인간을 파멸에 이르게 하지 않는 범위로 규정함으로써, 이를 방종 혹은 타락과는 구별한다. 위반과 달리 한계가 없는, 금기를 파괴하는 방종과 타락은 인간을 함몰시킨다고 말한다.[95]

「뙤약볕」(1)에서 인간을 지배해 온 동일자 〈말〉을 해체한 인간은 인간이 동일자의 자리를 차지한다. 그러나 폭풍이라는 자연 재해 앞에 인간은 무력하게 파멸된다. 살아남은 자들 역시 식량 부족으로 인해 새 천지를 찾아 유토피아를 실현하려 했던 의지는 처참히 무너지고 만다. 명백한 죽음만이 예비되어 있는 이들은 타자를 도구화하여 성과 죽음의 금기를 위반한다. 그런데 「뙤약볕」(2)에 나타나는 이들의 위반에는 한계가 없다. 새로운 통치자의 교만과 탐욕에 의해 옛 통치자를 용왕에게 제물로 바치는 것, 물과 식량을 위해 힘있는 사람이 힘없는 노인·소년들을 차례로 죽이는 것, 최후로 남은 자들끼리의 생명 연장을 위한 살해라는 행위에는 논리적으로 해명이 불가능하다. 인간 생존의 한계 상황에 도달한 인간들은 '방종과 타락'으로 위반을 위한 위반을 행할 뿐이다. 바타이유의 지적처럼 인간은 결과적으로 함몰될 뿐이다. 「뙤약볕」(1)에서 나타난 제 죽음의

---

95) G. Bataille, 조한경 역, 『에로티즘』, 민음사, 1996, 31~43쪽·142~152쪽 참고.

속성이 지배 이데올로기인 〈말〉의 해체를 위한 죽음이었다면, 「뙤약볕」
(2)에서 죽음의 속성은 해체된 〈말〉을 대신하여 동일자의 자리에 앉은 인
간들끼리의 생존투쟁이었다. 자신의 생명을 위해 타인을 살해한 것으로,
자신의 삶과 생존을 위해 타자를 도구화한 죽음이었다.

2) 정복욕과 살욕의 카니발적 언어

「뙤약볕」(2)에서는 '새 땅'을 찾아나서는 섬 주민들의 하루 전날의 행동
으로 서사를 시작한다. 질병과 죽음의 섬을 떠나 희망찬 미래 즉, '새 땅'
을 향해 출발하는 섬 주민들이지만, 비극적인 결말이나 암시하듯 마지막
밤 축제의 분위기는 음산하고 괴기스럽다.

> 화톳불은 열두 무더기나 타올랐다. 섬이 스스로 어떤 것을 위한 번제(燔祭)
> 의 기름덩이가 되어, 열두 무더기의 화톳불을 심지 삼아, 감추어 두었던 그
> 의 내품(內稟)을 지글지글 태워 올리는 듯했다. 망령과 병고로 죽어버린 노족
> 장의 오남(五男) 점쇠를 제외한 다른 사람들은 거의 다 팽개쳐지고 이지러진
> 반나체가 되어, 미친 듯이 화톳불을 돌았다. 술은 독에 넘치고, 고기는 무참
> 히 짓밟혔다. 참으로 간드러지는 밤이었다. 주검이 그들과 함께 마시고 도취
> 되어 있었기 때문에 더 자지러졌는지도 몰랐다. 하지만 이것이 마지막 밤이
> 다. 주검과의 결별의 만찬이다. 내일 동틀녘엔 출발한다. 살 벌리고 기다리는
> 다산적인 여인네 품으로, 하지만 아무의 땀도 정액도 묻어 본 적이 없는 싱싱
> 한 처녀 ─ 그 새로운 땅으로. 저어 가줄 배는 늠름하게 가슴을 패고 있으며,
> 오백 장도 넘는 오색 깃발은 바람에 펄럭이고, 용골은 준마와 같이 먼 바다를
> 향해 갈기를 세우고 있었다. (…중략…) 물론 준비하는 동안에도 헤일 수 없는

사람들이 쓰러져 갔다. 신음을 하며 꿈틀거리는 사람은 생명이 남아 있건 없건, 살려 달라고 호소를 하든 말든, 새 족장의 제안에 의해 만들어진 〈빈들〉에다 갖다 버렸다. 그도 언제 쓰러질지도 모르면서 시체니 병자니 처리하는 지휘 감독은 바람쇠가 맡았었는데, 그는 두려워하지 않고 이 일을 무지막지하게 잘 해치웠다. 그는 병자들의 고름과 침에 뒤덮인 옷을 벗지 않고 있었어도 병 같은 건 앓지 않을 듯한, 마늘 냄새 풍기는 사내였었다. (101)

살아남은 자들은 모두 예순 네 명에 불과하다. 그 중에서 아직도 〈말〉의 실체에 미련을 가지고 번뇌하는 점쇠만 제외한 나머지 예순세 명은 출범을 앞두고 화톳불 앞에서 섬에서의 마지막 밤을 보낸다. 열두 무더기나 피워 올린 화톳불은 스스로 제물이라도 된 듯이 지글지글 타오르고, 섬사람들은 음주와 가무, 그리고 폭식을 즐긴다. 이들의 섬에서의 최후의 밤 의식을 위해서는 많은 사람들이 희생되었다. 화자는 강자들을 위해 희생된 사람들과 사물들을 서술할 때는 '짓밟혔다', '버려지고', '쓰러져 갔다'는 식의 피동형 용언을 사용한다. 또한 섬을 떠나는 사람들에 관한 기술에 있어서도 능동태라기보다는 '팽개쳐지고', '-가 되어', '도취되어 있다' 등의 희생자들과 동일한 형태의 피동형 용언을 사용함으로써 그들의 암울한 운명, 즉 죽음을 암시한다.

여기서 적극적이고 능동적으로 서술된 부분은 오로지 배에 대한 기술과 바람쇠에 대한 서술이다. 배는 건조되는 순간에도 수많은 사람들을 희생시켰다. 그 감독을 맡은 바람쇠는 '병자들의 고름과 침에 뒤덮인 옷을 벗지 않고 있었어도 병에 걸리지 않은' 존재로, 다른 섬사람들과는 엄연히 구별된다. 이에 배를 기술하는 부분에서는 '저어가 줄', '늠름하게', '가

슴을 펴고 있으며', '펄럭이고', '준마와 같이', '갈기를 세우고 있었다' 등
의 활기차고 건장한 상태들을 서술하는 형용사들을 주로 사용하고 있고,
바람쇠의 행동을 기술하는 부분에 있어서도, '－갖다 버렸다', '잘 해치웠
다' 등의 동적 모티프의 용언을 사용하고 있다.

　이는 상징적인 의미를 지닌 것으로, 섬을 떠나는 행위는 주거지를 이전
하는 단순한 행위라기보다는 그리고 그들의 가치의 척도였던 〈말〉이 지
배하던 지난 세월과 공간과의 결별을 의미하고 새로운 세상을 향해 나가
는 것만을 의미한다. 뿐만 아니라 떠나는 사람들은 자신들의 미래와 생존
을 위해 다른 모든 대상을 희생양으로 사용할 수 있음을 상징해준다. 이
러한 희생양 모티프는 이들이 젊은 층의 이기심에 의해 환갑 이상의 노인
네 일곱을 산채로 번제(燔祭)하는 부분에서 단적으로 제시된다. 또한 바람
쇠의 강인함이 부각되어 서술되는 것은 이후 사건의 전개 방식 또한 은연
중에 암시한다고 할 수 있을 것이다. 그리고 난 후에도 이들은 그들의 비
인간적 행위를 '산 조공'이라는 명목하에 합리화한다. 따라서 이들의 카
니발에 소모되는 고기나 술 등은 '무참히 짓밟히고', 지배층에서 소외된
섬 주민들은 '팽개쳐진'다고 서술하는 부분은 필연적 어휘의 사용의 결과
물이라고 할 수 있다. 이를 통해 화자는 근대인의 정복욕과 폭력성, 타자
의 도구화, 주체 중심의 가치관을 은연중에 기술한다.

3) 도구적 이성을 지향하는 근대적 공간과 파멸의 시간

「뙤약볕」(2)에서 '섬'은 옛 땅으로 죽음의 공간이다. 「뙤약볕」(2)에서 '섬'은 '망녕들어 자기 자녀의 썩은 살로 맥질 하는 땅', '이젠 생산할 수 없는 너의 병든 가랑탱이나 할퀴다 죽어 갈' 공간으로 묘사된다. 그리하여 '옛 땅'은 '새 땅'을 향해 출범하는 자들을 위해 '번제(燔祭)의 기름덩이가 되어, 열두 무더기의 화톳불을 심지삼아' 그 스스로를 태워 소멸한다. 이와는 대조적으로 떠나는 섬사람들이 기대하는 '새 땅'의 모습은 점쇠와 족장의 대화를 통해 짐작할 수 있다.

> "(…중략…) 사실이 그렇다. 사당을 헐어 버린 이후 나는 사는 동안만 살기엔 훨씬 좋은 세상이 될 것을 믿어 왔다. 비 같은 것이라도 이제는 〈말〉이 내려주는 혜택이라고 믿는 사람은 하나도 없다. 그러니 결국 어느 때엔가는 비까지라도 사람의 뜻대로 내리게 하려고 할 것이다. 씨뿌리듯 구름을 뿌리고, 수확하듯 구름을 거두어들일지도 모른단 말야. 우리가 찾는 새 천지란 그런 미래라는 말도 된다." (…중략…)
> "새처럼 날을 수도 있고, 비도 마음대로 내리게 하고 … 다 상상 못할 정도로 편리한 세상이 되고 난 뒤엔 어떻게 되죠?"
> "그 이상은 바랄 것도 생각할 것도 없다. 〈말〉이 있더라도 우리가 말에서 바라는 천지란 그런 거니까." (106~107)

족장이 꿈꾸는 세상은 '새처럼 날 수 있고, 비도 사람의 뜻대로 내리게 할 수 있는', 도구적 이성이 지배하는 근대적 공간임을 알 수 있다. 점쇠는 그러한 이상향이 이루어진다고 하더라도, 진정한 신적 존재인 〈말〉이 없다면 옛 땅 이상은 아닐 거라며 근대적 공간을 부인한다. 족장은 점쇠가 말하는 〈말〉이 존재하더라도, 인간이 그 〈말〉에게 바라는 새 땅을 위해 옛 땅은 희생되고, 버려져야 함을 확신하고 족장을 위시한 섬 주민들은 비장한 각오로 '빛나는 미래'를 스스로 일구어야 할 것을 다짐하며 섬을 태워버린 후 떠난다.

「뙤약볕」(2)에서는 「뙤약볕」(1)에서 보다 많은 세월이 흐른 후, '새 땅'을 향해 출발하기 하루 전날의 상황을 기술하면서부터 시작된다. 초점화자는 그 사이 섬의 동향 및 모선 제작 과정 등을 상세히 기술하고, 출발에서부터 섬순이를 제외한 모두가 전멸하기까지의 시간을 서술해 간다.

「뙤약볕」(2)의 담화적 시간 기법은 아래와 같다.

① 섬에서의 마지막 밤, 출범 하루 전 섬을 태우는 주민들(현재)
② 모선과 비상보트 및 식량을 준비하는 데 걸린 시간은 다섯 달(과거)
③ 족장의 동생인 점쇠는 섬에 남아 〈말〉을 찾기를 결심하고, 그가 빠진 63명이 '새 천지'를 향해 출발함(출발일)
④ 폭풍우를 만남(출발일 + 열아흐레째 밤)
⑤ 스물일곱 명이 살아 남음(폭풍우 + 많은 날)
⑥ 족장은 사당 모양의 용골을 깎고, 통음에 몰입함(⑤+많은 날)
⑦ '며칠 지나' 한정된 식량과 식수 및 바람을 위해 인신공희가 시작되고 족장이 그 첫 제물이 됨(초사흘 달이 떠 있는 날)
⑧ 새 족장으로 바람쇠가 선출되고, 바람쇠는 식량이 얼마 남지 않음을 알고 차례로 죽이기 시작해 결국 자신마저 죽임을 당함(초나흘 달)
⑨ 모두가 죽고 섬순이가 바닷물을 퍼올려 마심(바람쇠의 죽음 이후 사흘 지난 시간)

이를 사건시에 따라 재배열하면 아래의 도표와 같다.

시간	출범 다섯 달 전	출범 하루 전	출범일	출범 이후 열아흐레째	폭풍 이후 여러 날	많은 날이 흐름	초사흘 달	초나흘 날	사흘 지남
사건 시	모선과 비상보트 및 식량을 준비함 ②	섬을 태우고 음주가무 등을 즐김 ①	점쇠를 제외한 63명이 '새 천지'를 향해 출발함 ③	밤에 폭풍우를 만남 ④	폭풍으로 많은 사람들이 죽고 27명이 살아남음 ⑤	족장은 사당모양의 용골을 깎고, 남은자들은 통음에 몰입함 ⑥	족장의 인신공희 ⑦	새 족장으로 바람쇠가 선출되고 식량과 물을 두고 남은자들끼리의 살인 ⑧	모두가 다 죽고 섬순이가 바닷물을 퍼올려 마심 ⑨
서술 순서	2	1	3	4	5	6	7	8	9
역전/ 전망		← (역전)							
비고		* 서술 시발점							
지속	요약	요약	묘사	요약	요약	요약	요약	요약	요약
빈도	1회	1회	1회	1회	1회	1회	1회	1회	1회

위의 도표를 보면 「뙤약볕」(2)에서의 시간 구조 역시 「뙤약볕」(1)과 동일한 기법에 의해 서술됨을 알 수 있다. 순서에 있어서 역전 기법이 드러나기는 하지만, 한 번에 불과하기에 특별한 의미를 부여할 수 없다. 뿐만 아니라 모든 사건들은 한 번씩 서술되는 특징을 가지기에 어떤 하나의 사건이 부각되지도 경시되지도 않는다. 지속에 있어서는 거의 모든 사건을 요약적 제시함에 따라, 사건을 빠른 속도로 전개한다. 여기서 주목할 부분은 〈말〉의 실체를 찾기 위해 섬에 남는 점쇠와 새 땅을 향해 출발하는

새 족장과의 대화가 다른 부분과는 달리 묘사로 제시되고 있다는 점이다. 초점화자는 출범 당일 점쇠와 새 족장의 대화 및 출범의 과정을 상세하게 기술하고 있다.

이를 통해 작가가 드러내고자 하는 것은 떠나는 자와 남는 자의 세계관 및 가치관이다. 이들은 각각 인간 중심 및 신 중심의 세계관과 가치관을 대변하면서 자신들의 견해를 굽히지 않는다. 새 족장은 〈말〉의 존재 자체를 부정한다. 〈말〉이 존재한다고 하더라도, 삶의 중심은 〈말〉에 있는 것이 아니라 인간 존재 그 자체에 있음을 주장한다. 즉 새 족장은 〈말〉이란 인간의 생활을 편리하고 풍요롭게 만들 때에만 가치 있는 도구에 불과함을 주장하는 인간 중심의 가치관 및 세계관을 지닌 존재이다. 이에 반해 점쇠는 편리하고 풍요로운 생활이 이루어지더라도 〈말〉이 없는 삶은 죽음과 다름없음을 주장하며, 〈말〉을 찾아야만 인간의 삶에 생명이 부여되고 존재의미가 부여됨을 주장하는 신 중심의 가치관을 피력한다.

작가는 새 족장과 점쇠의 사고방식 및 세계 인식의 차이를 분명히 제시한 후, 이들 이후의 삶을 「뙤약볕」(2)와 「뙤약볕」(3)를 통해 각각 대비시킨다. 「뙤약볕」(2)에서는 새 족장과 그를 따르는 62명의 섬 주민들의 최후를 빠른 템포로 요약적 제시를 통해 서술을 진행시킨다. 이러한 시간 서술 방식은 자기보다 약자들을 도구 및 제물로 삼아 희생시킨 강자들이 이룩한 도구적 세계의 파시스트적 속도와 그로 인한 파멸 즉 죽음을 더욱 효과적으로 기술하는 방식이라 할 수 있다.

4) 근대 사회의 위험성을 경고하는 목소리

「뙤약볕」(2)엔 죽음의 카니발이라 칭할 만큼, 죽음이 전체 텍스트에 걸쳐 기술된다. 〈말〉의 실체를 해체한 섬 주민들은 죽음만이 존재하는 옛 땅을 버리고 새 땅을 찾기 위해 모선을 제조한다. 그 과정에서 강제 노역을 견디지 못한 나약한 섬 주민들이 죽어갔고, 새로운 세대의 안위를 위해 늙은이들은 인신공회(人身供犧)의 제물로 죽는다. 〈말〉의 실체를 찾겠다고 홀로 섬에 남은 점쇠를 제외한 나머지 63명은 새 땅을 찾기 위해 희망찬 항해를 시작한다. 죽음의 섬을 탈출한 그들은 얼마간 작은 유토피아를 이루며 살아간다. 그러나 19일째 폭풍이 일자 17명을 남기고 모두 죽는다. 이후 남은 자들은 자신들의 안위 및 생존을 위해 죽고 죽이는 등 피의 향연을 벌인다. 결국 섬순이를 제외한 섬 주민들은 모두 죽게 되고, 섬순이 역시 세계와 바닷물을 들이킴으로써 죽음을 목전에 두고 있다. 이들의 죽음은 모두 사회적 죽음으로 자연사가 존재하지 않고, 강자가 살아남기 위해 약자를 희생시켰음을 알 수 있다. 그리고 작품 전체에 걸쳐 한 사람의 초점화자로 이들의 죽음을 동일한 방식으로 서술한다.

'초점화자'는 '허구 외적 작가'인 박상륭과 '상동성'을 가지며, 3인칭 화자로 '이종'에 해당한다. '초점화자'는 '전지'적 존재로 '허구적 진실'을 서술함으로써 '진술적 권위'를 확고히 한다. 화자의 서술은 '정직'하고, '신뢰'할 수 있으며 주로 '서술적 기술'을 통해 섬 주민들의 죽음을 전달함으로써 '모방적 권위'를 지닌다. 피화자는 텍스트에 직접적으로 제시되지 않으며, 피화자나 소통 문맥에 대한 최소한의 정보가 없는 '零度의 수동

적 피화자'이기에, 서술자는 피화자와 무관하게 사건들을 '무의식적으로
서술'한다. 피화자는 전지적 존재이기에 자신이 서술하는 내용에 대해서
는 '확신'을 가지고 있고, 피화자는 그의 진술에 '복종'한다. 피화자와 화
자 사이의 거의 전무하다시피한 접촉의 양상은 초점화자 및 허구 외적 작
가의 입지를 강화시킨다.

초점화자는 화자 자신의 담론인 '진술적 담론'으로 섬 주민들의 죽음을
'파노라마적 열린 개관'에 의해 선언한다. 따라서 초점화자는 죽음의 순
간을 자신의 의도에 따라 '요약'과 '장면'을 병행한다. 특히 배를 타고 떠
난 '강자'들이 자기 파멸을 초래하는 부분에서 서술자는 죽음의 '장면'을
'동시'적으로 서술함으로써, '약자'를 도구화하는 강자들의 잔인함과 그
귀결을 '심층'적으로 드러낸다. 초점화자는 이를 위해 각 등장인물들의
심리와 태도를 텍스트 '외적' 위치에서 '자유'롭게 드나들면서 '부정적' 태
도로 서술한다. 이를 통해 허구 외적 화자 및 공적 화자는 이분법적 근대
사회에서 '주체'가 자신의 생존 및 이익을 위해 '타자'를 희생시키고 도구
화하는 '결정적'인 구조적 모순들을 '지배적'이고, '강화'된 목소리를 통해
고발하고 있다. 이를 도표화하면 다음과 같다.

죽음 대상	모선제조과정의 희생자	63~17명	족장	섬순이를 제외한 15명
죽음 양상	강제노역 및 인신공회	폭풍으로 인한 사고사	인신공회	식량과 물 확보를 위한 사투
서술자	초점화자			

자격	진술적 권위	상동성	상동			
		재현	이종			
		특권	전지			
		지시물	허구적 진실			
		성차	남			
		계급	전지적 작가(초계급)			
	모방적 권위	정직성	정직			
		신뢰성	신뢰			
		능력	서술적 기술			
접촉	방식		간접(text에 직접 나타나지 않으나, 개연성이 있는 피화자)			
		자의식	무의식적 서술(피화자나 소통문맥에 대한 최소한의 정보가 없음)			
		자기확신	확신			
		복종/멸시	복종			
		형식/친밀	친밀			
	피화자 정체성		零度의 수동적 피화자			
입장	어법적	진술/모방	진술적 담론(화자 자신의 담론)			
	시공간적	화자의 공간지점	파노라마적 열린 개관			
		장면/요약	요약	요약	장면	요약+장면
		동시/사후	사후	동시	동시	동시
장	심리적	정보 양	少	少	少	多
		정보 성격	객관적			
		초점화 내적/외적	외적			
		초점화 심층/표층	심층			
		초점화 고정/자유	자유			
		태도	부정적			

입	이데올로기	표현	명시/암시	명시
			축어/비유	축어적(비애매성)
			내부/외부	외부적
		문화관계	일치/대립	대립
			결정적/지엽	결정적
장		작가권위	고립/강화	강화
			지배/종속	지배적

「뙤약볕」(2)에서 죽음의 양상은 '강자의 생존을 위한 약자의 희생'으로 압축할 수 있다. 이들의 죽음은 진술적 권위와 모방적 권위가 확고하며 절대적 '자격'을 부여받은 '초점화자'에 의해 기술된다. 피화자는 수동적이기에, 화자와 피화자와의 '접촉'은 고려되지 않은 채, 진술되기에 초점화자의 입지는 강화된다. 화자는 '주체'가 자신의 생존 및 이익을 위해 '타자'를 희생시키고 도구화하는 근대 사회의 병폐 및 귀결을 '지배적'이고 '강화'된 목소리를 통해 전달함으로써, 근대 사회에 만연해 있는 낙관적 지배 이데올로기에 '대립'하는 자신의 '이데올로기적 입장'을 선명히 밝힌다.

3. 탈근대적 주체 확립을 위한 죽음과 문체와의 상관 관계

「되약볕」(3)

1) 재생을 향한 통과제의적 죽음

「되약볕」(3)은 「되약볕」(2)에서 '새 땅'을 찾기 위해 살아남은 섬 주민들의 배가 출항하고 난 이후, 〈말〉의 실체를 찾기 위해 섬에 남은 점쇠의 행적을 서술하고 있다. 홀로 남은 점쇠는 〈말〉의 실체를 찾기 위해 시체가 나뒹구는 공동묘지 아래쪽 뻘을 헤맨다. 그러다가 무엇이 뒤꿈치를 물고 늘어지는 것을 느낀 점쇠는 그로 인한 공포감에 혼절하게 된다. 이때 점쇠는 통과제의적 죽음을 경험하게 된다.

통과제의란 통과제의 대상자의 종교적·사회적 신분의 급격한 변화를 추구하는 의례와 구전교육을 의미하며, 준비─통과제의적 죽음─재탄생의 세 단계의 과정이 존재한다. 이 중 '통과제의적 죽음'에서는 단식, 침묵, 혼절 등 끔찍한 양상들이 포함되어 있으나, 그 자체 내부에 재탄생의 약속이 내재되어 있다. 따라서 통과제의적 죽음은 이전의 삶과 결별하고,

새로운 삶을 향한 즉 재생을 위한 죽음이라 할 수 있다. 이 통과제의를 통해 대상자는 보다 높은 차원의 정신적 가치의 세계로 안내된다.[96] 점쇠는 이 통과제의적 죽음을 통해 마음의 평온을 되찾고, 파괴적인 자연과 환경이 아닌 문명 이전, 근대화 이전의 친화적 자연을 다시 회복한다.

> 깨어나서도 점쇠는 자기가 아직도 살아 있다곤 생각하지 않았지만, 어찌되었든 마음은 한결 차분해져 있었다. (…중략…) 점쇠가, 찐득한 갈밭을 도망쳐, 휘늘어진 몸을 모래밭에 부렸을 땐, 구름도 없는 하늘이 이마까지 와 닿는데, 은하가 철럭철럭 흐르고, 유성은 그녀의 삼단 같은 머릴 풀어 바닷물에 감고 있으며, 어디선가 제 꼬리 길이로 송아지가 울고 있었다. 점쇠는 그제서야 안도의 한숨을 내뿜고, 지그시 눈을 감았다. 지나간 어떤 날 밤과도 다르지 않은 밤이 펼쳐져 있었다. 모래는 어머니만큼이나 따뜻이 푸근하며, 밤새는 울고 있고, 모래를 굴리는 파도 소린 자장가였다. (131~132)

'유성'은 '그녀의 삼단 같은 머릴 풀어 바닷물에 감고 있'으며, '모래'는 '어머니만큼이나 따뜻이 푸근'하고, '모래를 굴리는 파도소리'는 '자장가'임을 깨닫는다. 유성과 모래와 파도의 사물은 의인화되어 묘사된다. 점쇠는 통과제의적 죽음을 겪은 이후 자연과의 친화성을 회복함으로써 불안과 공포에서 벗어난다. 인간이 만물의 중심이 되어 자연을 도구화하여 그것을 지배하는 것이 아니라, 역시 자연과 인간은 동일한 존재임을 깨달은 것이다. 그리하여 점쇠는 문명 이전에 존재하였던 자연과의 친화성을 다시 회복하게 된다. 이것은 〈말〉을 해체한 후, 인간이 중심이 되어 정체성

---

96) Vierne, S., *Rite, Roman, Initiation*, (이재실 역, 『통과제의와 문학』, 문학동네, 1996).

을 확립하려 했던 「뙤약볕」(2)에 나타나는 현대인들과 뚜렷한 대조를 이룬다고 할 수 있다. 이후 점쇠는 〈말〉의 실체를 찾아 헤맨다.

이 과정은 모두 세 단계의 과정으로 제시된다.

첫 번째 과정은 점쇠와 송아지와의 조우이다. 소는 불교에서 진리, 깨달음을 상징한다. 점쇠는 모두가 떠나버린 섬에서 자연과의 친화성을 회복한 이후 송아지를 만나게 되고, 그 송아지를 짐승이 아니라 〈말〉을 마주한 느낌이 들어 외경과 수줍음을 갖고 다가간다. 그리고 그 송아지로 인해 자기가 절연 가운데 던져진 고립된 존재로서의 섬만은 아니라고 스스로를 위로한다. 그러나 송아지는 점쇠의 손에서 벗어난다. 결국 점쇠는 다시 좌절하고, 반은 실성하고 반은 성이 나서 송아지에게 모래를 끼얹는다. 송아지를 놓친 그는 섬을 떠난 형님이 차라리 행복했을 것 같아 바다를 향해 형님을 소리쳐 부른다. 이것은 〈말〉의 실체를 찾으려 했던 점쇠의 첫 번째 좌절을 보여준다.

두 번째 과정은 점쇠와 어린아이와의 조우이다. 점쇠는 어린애를 보고, 〈말〉의 현신이라고 생각한다.

> 그래, 갓난애가 울고 있었다. 그리곤 무서워 떨리는 손으로 주저주저하며 찢기고 뻘에 뭉개어져 냄새 풍기는 치마폭을 강보삼아, 씻김을 받지도 못해 피가 채 마르지도 않은 보석 한 알맹이를 구현된 〈말〉을 함성하고 있는 생명을, 뜨거워하며 만졌다. 그래, 갓난애가 울고 있었다. 갓난 사내애가 던져져 있었다. 섬이 자궁을 열고, 자기의 백성들로부터 받아 온 천래의 염원과 제사에서 모아 아껴 쌓아 뒀던 향을 분만한 것이다. 그래, 갓난애가 울고 있었다. 점쇠는 그것이 이 한우리 속의 무엇보다도 귀하며, 이 한우리 속에 편재해 있던 모든 아름다움이 이 한 핏덩이에 동화되어 버린 것이라는 것을 알아 버렸

다. 핏덩이를 만지는 점쇠의 손은 떨렸으며 심정은 신앙과도 같은 뜨거움 때
문에 터질 듯했다. 그래, 갓난애가 울고 있었다.(134)

점쇠는 〈말〉의 현신인 갓난애를 조심스레 감싸 품에 안고, 〈말〉의 깊은
뜻에 의해 갓난애를 먹일 젖, 즉 아이의 어미를 찾아 헤맨다. 샘터 가는
길에 그는 반쯤 죽어 가는 여자를 발견하고, 그 여자가 바로 처녀인 채 애
를 가짐으로 인해 그 벌로 마을 사람들에 의해 산 채로 페스트 병자들 틈
에 버려진 자신의 누이임을 알게 된다. 더불어 갓난아이도 〈말〉의 현신이
아니라, 금기 위반의 산물임을 알게 된다. 점쇠는 병적으로 머리를 흔든
다. 점쇠의 이 행위는 갓난애도 〈말〉이 아니라고 하는 부정의 행위이다.
아이는 결국 누이를 발견한 밤에 죽는다. 〈말〉은 실체를 파악할 수 없게
되고, 계속해서 끝없이 미끄러져 간다. 그리고 점쇠는 또다시 〈말〉을 찾
기 위한 여행을 떠난다.

세 번째 과정에서 점쇠는 〈말〉의 실체를 찾기 위해 계속 섬의 여기저기
를 살피다 '흑사병 같은 몸으로 슬픈 듯이 서서, 사람들이 떠나 버린 바다
를 바라보고 있는 참으로 거대한 입상 하나'를 발견한다. 점쇠는 〈말〉의
실체를 만나게 되었다는 그 전율적 기쁨과 경외심으로 입상에게 다가간
다. 그러나 곧 점쇠는 그것이 〈말〉도 아니고, 살아 있는 거인도 아닌, 섬
의 심층에 태초부터 있어 왔던, 집단적 악몽의 한 표상임을 깨닫는다. 그
것 모두 인간의 것이었고, 섬사람들은 그 인간의 입상에 인신제물을 바쳐
제사하고 있었던 것이다. 〈말〉의 진짜 살(肉)을 만지고 싶은 점쇠는 〈말〉
의 존재에 회의를 품는다.

점쇠는 어린아이, 누이, 석상을 보았을 때 이들이 〈말〉의 현신임을 확

신한다. 그러나 〈말〉의 현신이라 믿고 그들을 환대하였던 점쇠는 송아지가 자신의 손아귀에서 벗어나고, 어린 아이는 그날로 죽어버리자 그것이 〈말〉의 실체가 아님을 깨닫고, 〈말〉의 실체를 지속적으로 탐색한다. 신의 형상을 한 석상 역시 〈말〉의 실체가 아닌 인간을 제물로 요구하던, 집단적 악몽의 표상에 불과한 것임을 깨닫고, 말의 사당을 다시 짓는 등 다른 방법을 통해 〈말〉의 실체를 찾으려 한다. 이러한 점쇠의 성찰적 태도는 〈말〉의 존재를 맹목적으로 추종하던 「뙤약볕」(1)의 마을 사람들의 태도와 구별된다.

한편 건강을 회복한 누이는 오빠인 점쇠를 남성으로 바라본다. 최후의 땅에 남은 점쇠와 누이는 태초 에덴동산에서 쫓겨난 아담과 이브처럼 섬에서 농사를 짓는다. 그러면서 틈틈이 점쇠는 계속 사당을 쌓아 올리며 〈말〉을 찾아 피나는 추적을 한다.

배가 떠난 후 열아흐레가 지난 날, 빗방울이 내린다. 배를 타고 섬을 떠난 60명의 마을 사람들에게 이 비는 죽음을 가져다주지만, 씨뿌리기 전 비를 기다리던 점쇠에게 이 비는 생명이었고, 기쁨이 된다. 누이와 점쇠는 비로 인한 기쁨에, 공포 반 기쁨 반으로 서로 얼싸 안는다. 내일과 모레, 십 년 후라는 미래를 기약할 수 없는 그들은 근친상간의 금기를 범하게 되고, 누이는 '속박에서 벗어난, 완전하고 훌륭한 여자'가 된다.

점쇠는 금기를 위반한 두려움에 날이 채 밝기도 전 헛소리처럼 알 수 없는 말을 각혈하며 그동안 땀과 신앙과 정성으로 쌓았던 사당을 헐어낸다. 그런 점쇠를 누이는 말없이 바라보고 있다가, "오빠는 세 개의 남자는 아니야, 이젠"이라고 생각한다. 누이는 사당을 허무는 점쇠의 행동을 세 개의 남자가 아니라, 〈말〉의 사람도, 율법의 사람도 아니라는, 다만 한 계집만의 남정네라는 고백으로 해석한 것이다. 그러나 〈말〉의 실체 탐색을 포기하지 않은 점쇠는 결코 '한 계집의 남정네'만일 수는 없었다.

날이 완전히 밝아졌는데, 바람과 빗줄기는 더욱 거세어진다. 점쇠는 빗줄기를 바라보고 통곡하다 돌덩이 밑으로 흐르는 당굴들의 영혼 같은 황톳물에 정신을 잃는다. 이러한 혼절은 앞에서 거론한 통과 의례에 단계 중 새로운 탄생을 위한 통과제의적 단계에 해당한다. 따라서 이러한 과정을 겪고 깨어난 점쇠는 예전의 점쇠가 아닌 새로운 사람이다. 그리하여 다시 눈을 뜬 점쇠는 새로운 세상을 대한다.

새로운 세상의 모습은 '풍염한 대기가 기막히게 비옥한 음부를 열고 유혹하고 있는' 모습이었고, '버마재비의 암컷이 이를 갈며 〈말〉이나 같은 그런 무엇을 찢어 죽이려 하고 있는 모습'으로 제시된다. 점쇠는 〈말〉이나 실체를 모두 삼켜 버리는 땅의 모습을 견딜 수 없어, 대지 대신 '또 다른 음부를 열고 자신을 유혹하고 있는 누이'와 성행위를 하며 누이를 목졸라 죽인다. 버마재비의 암컷은 성행위 중에 남성을 삼켜 자궁에다 넣고, 그동안 남성은 아들로, 암컷은 어머니로 둔갑해 버린다. 점쇠는 그와 반대로 자신이 버마재비의 암컷이 되어 누이를 삼켜버리듯 죽인 것이다. 그는 자신이 죽인 누이의 시체를 보며, 점쇠는 자신이 다시 태어났음을, 누이가 자신을 분만했음을 깨닫는다.

"네가 나를 분만했구나, 네가 없었더라도 어느 때엔 허긴 이렇게 되긴 했을 것이다. 소의 죽음이, 닭의 죽음이, 아니면 피었던 꽃의 죽음이 이렇게 만들었을 것이다. 나를 봐라. 내 속에서 넌 너의 새 삶을 보게 될 것이다."(147)

누이의 죽음을 통해 다시 태어난 점쇠는 통과제의적 죽음을 거치면서 새로운 각성에 다다른다. 〈말〉의 실체가 무엇인지 깨닫게 되는 것이다. 그리고 점쇠는 결국 자신이 찾고 있던 〈말〉은 인간의 현실과 분리되어 존재하고 있는 것, 그래서 인간을 초월하여 인간을 지배하는 것이 아니라, 현실과 자신의 체험 그 자체가 바로 〈말〉의 구체적 실체임을 깨닫는다. 점쇠는 〈말〉의 실체를 깨달음으로 수천 년간 몰락으로부터 그 본래 자리로 한순간에 되돌아간다. 그리고 점쇠는 그동안 〈말〉이 인간보다 선행함으로써, 흑암에 찼던 땅이 이젠 인간 그 자체인 〈말〉을 찾음으로 새로워짐을 깨닫는다.

"난 새벽에, 두터운 껍질을 벗기우는 모진 아픔을 경험한 거야. 그래서 넌 죽었다. 수백 년이나 걸려, 이젠 집처럼 쌓여져 버린, 그렇지만 剝落되어져야 했던 모든 껍질을 대신해서 난 그 수천 년의 몰락으로부터 그 본래 자리로 한순간에 되돌아오는 현기증으로 무섭게 떨었다. 그러고 보니, 한때 너무도 흑암에 찼던 이 땅이 온전히 새롭게만 보인다. 묵고 거칠어지고 이지러진 껍질 속에 숨겨져 있었던 풍염한 젖퉁이가 드디어 열린 거야. 인간만이 볼 수 없었던, 그리하여 스스로를 제외시켰던, 태곳적의 그 어떤 숨결 같은 젖 같은 것이 샘솟는 것을 되찾은 것이다. 그것이 바로 자정의 의지였다. 땅이 맥관을 타고, 줄기차지만 고요히 흘러 온 작용력 — 그것이 어쩌면 내가 찾은 〈새로운 말〉이다. (149)

과거와 미래를 이어주는 시간, 그러나 현재는 존재하지 않는 자정이었기에, 누이가 자정녀였기에, 점쇠는 과거 인간의 기존 습관에서 벗어나 태곳적의 그 어떤 숨결, 잃어버렸던 땅, 그 〈새로운 말〉, 자정의 의지, 그 여인―즉 한우리의 고향을 발견하게 되고, 이젠 더 이상 사당을 쌓을 필요도 없음을 깨닫는다. 그리고 그는 비가 개는 대로 묵은 땅을 온통 불살라 버릴 것을 결심한다. 그리고 그는 그 새로운 땅에 점쇠는 씨앗을, 죽어버린 누이가 아닌 자신이 안고 있는 여인에 불과한 여인의 자궁에 씨앗을 뿌릴 것을 결심한다.

그 밤 한 마리의 흰 비둘기가 "고행의 돌더미"에서 푸득거리며 살아나와 밤하늘로 날아오른다. 연작 「뙤약볕」이 기독교적 세계관에 바탕을 두고 있다는 점을 염두에 둔다면 이 비둘기는 노아의 80일간의 방주 끝에 새 땅의 존재를 알려 준 비둘기와 동일한 의미를 가진다고 할 수 있을 것이다. 모든 죄악을 응징하듯, 이 때 내린 비는 새 땅을 찾아 떠난 섬사람들 63명 중 36명에게 죽음을 가져다준다. 그리고 남은 27명도 상호 살육으로 죽고, 결국 섬순이만 남는다. 섬에 남은 점쇠도 〈말〉의 실체가 바로 인간이자 현실임을 자각하고, 새 땅에 감람잎을 깐다. 노아의 방주 사건 때 80일간의 홍수 이후 신께서 허락한 새 땅에 비둘기는 감람나무 잎을 물고 노아에게로 돌아왔듯이 점쇠는 새 땅에 스스로 감람나무잎을 깐다. 점쇠는 옛 땅을 태워버리고, 시간적으로 영속된 자기 동일성을 가지고, 새 땅에서 스스로 주체로 살아갈 것임을 이 소설의 결말은 암시한다.

「뙤약볕」(3)에서의 죽음은 '누이의 죽음' 뿐만 아니라, '점쇠의 죽음'이 나타난다. 누이의 생물학적 죽음 외에 점쇠는 〈말〉의 실체를 찾기 위해 두 차례의 통과제의적 죽음을 거친다. 이를 도표화하면 아래와 같다.

	점쇠의 첫 번째 통과제의적 죽음	점쇄의 두 번째 통과제의적 죽음	누이의 죽음
죽는 자	점쇠	점쇠	누이
죽이는 자			점쇠
양상	혼절	혼절	〈말〉의 실체를 찾기 위한 구도적 살해

「뙤약볕」(2)에서 새 천지를 찾으려 섬을 떠나는 족장에 맞서서 〈말〉의 실체를 탐구할 것을 주장하던 점쇠였다. 그러나 막상 이들이 모두 떠나고 페스트가 창궐하는 섬에 홀로 남자 점쇠는 두려움과 외로움을 느끼게 된다. 그리고 〈말〉의 실체를 찾기 위해 페스트로 죽은 시체가 나뒹구는 공동묘지 아래 뻘을 헤매다가 공포로 혼절한다. 즉 통과제의적 죽음을 경험하게 된다. 이 죽음에서 다시 깨어난 점쇠는 더 이상 이전에 두려움을 느끼는 나약한 존재가 아니다. 점쇠는 전에 인간의 피지배 대상에 불과했던 대자연의 아름다움과 위대함을 발견하게 되고, 자연과 친화를 회복하게 된다. 통과제의적 죽음은 점쇠를 새로운 사회로, 보다 높은 차원의 정신적 가치의 세계로 안내한 것이다.

자연과의 친화성을 회복한 점쇠는 이후 〈말〉의 실체를 찾아 헤매다 부정한 행실로 집에서 버림받은 누이를 찾아낸다. 그리고 점쇠는 누이를 범함으로써 근친상간의 금기를 위반한다. 그리고 죄책감에 점쇠는 〈말〉의 사당을 허물고 또다시 혼절, 즉 두 번째 통과제의적 죽음의 과정을 경험한다. '묵고 거칠어지고 이지러진 껍질 속에 숨겨져 있었기에' 인간만이 볼 수 없었던 태곳적 숨결 같은 땅을 이 통과제의적 과정을 겪은 점쇠는 드디어 볼 수 있게 된다. 그리고 이전의 거짓된 〈말〉의 실체와 옛 땅을 모두 삼켜 버리기 위해 누이의 목을 졸라 누이를 죽인다.

세 번째 죽음인 누이의 죽음은 근친상간이라는 금기를 위반한 행위에 대한 일종의 희생제의적 성격의 죽음이자 점쇠가 새로운 〈말〉의 실체를 찾기 위해 행한 구도적 살해이다. 점쇠는 성과 죽음의 금기를 위반하였으나, 바로 그 위반을 통해 누이와 자신 그리고 대자연과 자신의 경계를 제거하고 상호 융합을 가능하게 한다. 그 결과 점쇠는 '태곳적의 숨결 같은 새 땅'과 그 새 땅을 볼 수 있는 자신인 〈말〉의 실체를 발견하게 된다. 즉 두 번에 걸친 점쇠의 통과제의적 죽음과 누이의 죽음은 〈말〉의 발견으로 귀결된다.

그런데 여기서 주목할 것은 점쇠가 발견한 〈말〉은 또 다른 동일자의 가능성이 있다는 것이다. 점쇠는 〈말〉을 찾기 위해, 자신의 정체성을 확립하기 위해 타자인 누이를 죽인다. 즉 〈말〉의 실체를 찾기 위해 점쇠는 타자인 누이를 도구화하였다는 것이다. 만일 누이가 없었더라면 소나 닭, 꽃 즉 자연이 자신의 정체성을 확립하는데, 〈말〉의 실체를 찾는데 도구가 되었을 것이라고 점쇠는 말한다. 즉 점쇠가 찾는 〈말〉의 실체와 자신의 정체성에는 타자와 자연에 대한 배려가 없다. 타자와 자연은 주체의 정체성을 확립하는 도구에 불과하다. 그리고 점쇠는 타자를 도구화함으로써 그 자신이 동일자의 위치에 우뚝 서게 된다. 이것은 「뙤약볕」(2)에서 자신의 생명 연장을 위해 타자를 죽여야 했던, 그리하여 결과적으로 모두가 전멸되었던 것과 별다른 바 없다. 뿐만 아니라 타자를 희생시키면서까지 찾아낸 〈말〉의 실체는 '인간 자신'과 '현실' 그리고 옛 땅을 태워버리고 일구어 낼 '새 땅'이 어떠한 양상으로 구현될 지 60년대 그의 소설에서는 짐작조차 할 수 없다.

뿐만 아니라 보드리야르에 의하면 통과제의적 죽음은 죽음을 초월하기 위한 것이 아니라, 대상자를 사회적으로 연결시키기 위해서라고 말한다. 통과제의적 죽음은 우선 죽음이란 자연적인 현상으로, 인간은 죽음을 역행할 수 없는 운명임을 인정하는 것에서 출발한다. 그리하여 통과의례의 대상자는 통과제의의 과정을 통해 죽음과 재탄생을 경험함으로써 삶과 죽음이 상징적 가역성의 형태 아래 상호 교환될 수 있음을 경험하게 된다는 것이다. 그리하여 대상자는 진정한 사회적 존재가 될 수 있다는 것이다. 통과의례는 죽음에 맞서서, 그리고 재탄생을 향해 삶을 움직이는 것이 아니라, 출생과 죽음의 분리된 사건을 교환의 동일한 사회적 행위 안에서 용해시킴으로써 출생을 이상화시킨다. 그리하여 통과제의란 대상자를 사회화시키려는 지배 이데올로기의 수단 중 하나라고 지적한다.[97]

〈말〉의 실체를 찾음에 있어 점쇠는 무조건적으로 〈말〉을 맹신하지 않고, 수차례에 걸쳐 회의하고 부정한다. 그리고 인간 중심의 세계관에서 벗어나 자연과 융합하는 생태학적 세계관을 통해 〈말〉의 실체를 찾으려 하고, 그 과정에서 통과제의적 죽음을 두 차례나 경험한다. 이러한 방법적 회의에 해당하는 성찰적 태도는 〈말〉과 그 〈말〉을 맹목적이고 무조건적으

---

97) 장 보드리야르, 『섹스의 황도』, 앞의 책, 94~96쪽.

로 숭배해 온 섬사람들과 차이점을 보인다고 할 수 있다. 그러나 결국 수차례 성찰적 부정을 통해 확립한 〈말〉의 실체가 구체적이지 못하고, 〈말〉을 찾는 과정에서도 타자를 도구화하여 자신이 동일자의 위치에 섰다는 점, 그리고 보드리야르가 규정하는 통과제의 자체의 성격을 고려해 볼 때, 그가 찾은 〈말〉의 실체엔 미심쩍은 부분이 존재함을 알 수 있다.

2) 새로운 주체의 탄생을 지향하는 재생의 언어

「뙤약볕」(3)에서 〈말〉의 실체를 찾는 과정에서 형상화된 죽음은 크게 두 가지 속성을 지닌다. 하나는 두 번에 걸친 점쇠의 통과제의적 죽음이고, 다른 하나는 〈말〉의 실체를 찾기 위한 점쇠의 구도적 살해이다. 이 두 가지 죽음을 경험한 후, 점쇠는 〈말〉의 실체를 주체적으로 확립하고 인식해 간다. 이러한 서사의 흐름에 따라 문체적 특성 역시 통과제의적 죽음이 진행되는 부분, 구도적 살해가 행해지는 부분, 〈말〉의 실체가 발견되는 부분 등 세 가지 부분으로 나누어 살펴 볼 수 있다.

> 점쇠는, 당굴들의 뼈무더기까지도 다 헤쳐 던지곤 질서 없는 돌더미 위에 스러져 폭우처럼 흐덕거렸다. 날은 완전히 밝아졌는데, 바람과 빗줄기만 더 거세어 갔다. 섬은 얼마나 멀리까지 떠 흘러 왔는지 모른다.
> 그렇게 둘이는 오랫동안 있었다. 누이는 실 한 올 걸친 것 없이 통곡하는 사내의 푸들리는 근육에, 점쇠는 돌덩이 밑으로 흐르는 당굴들의 영혼 같은 황톳물에, 정신을 잃었다.(147~148)

위의 인용 부분은 점쇠는 두 번째 혼절, 즉 통과제의적 죽음에 해당하는 부분이다. 점쇠는 누이를 품에 안음으로써 인간 사회에 오랫동안 전해 내려오던 금기를 위반한다. 그 죄책감으로 점쇠는 그동안 쌓아올리던 〈말〉의 사당을 모두 해체하고, 자신은 돌더미 위에 쓰러져 통곡하다 당굴의 영혼 같은 황톳물에 정신을 잃음으로써, '통과제의'적 '죽음'의 과정을 거치게 된다. 이 과정에서는 주로 '헤치다', '던지다', '쓰러지다', '허덕거리다', '거세어가다', '떠 흘러오다', '잃다' 등의 파괴적이고 해체적인 서술어들이 사용된다. 짧은 문장의 길이 및 요약 제시되는 서술 양상 역시 해체와 혼절의 과정을 긴박하게 급한 호흡으로 연결시킨다.

그러나 점쇠가 충혈된 눈으로 앞을 바라보았을 땐, 거기에, 풍염한 대지(大地)가 기막히게 비옥한 음부를 열고 유혹하고 있었으며, 버마재비의 암컷이 이를 갈며 〈말〉이나 같은 그런 무엇을 찢어 죽이려 하고 있는 것이 보였다. 피가 솟도록 눈을 치뜨고 보아도 여전히 그랬다. 그것은 점쇠를 견딜 수 없게 했다. 점쇠는 찢기고 터지고 긁혀 걸레쪽이 된 몸을 간신히 일으켜 비적이며 그것들을 향해 돌진했다.

누이는 눈 한번 깜빡이지 않고 오빠를 쏘아보았지만, 형언 못할 공포로 부들부들 떨다 무릎을 꿇었다.

누이 곁에 다가온, 욕망으로 변해 버린, 이 독사는, 그리고, 무지막지하게 누이의 머리채를 나꾸어채, 착 한번 누이의 목에 휘감아 쓰러뜨리더니 누이의 온몸을 핥고 물어뜯기 시작했다.

「죽이지 마세요, 네? 죽기 싫어요!」 열사의 지렁이처럼 꿈틀이며 누이는 애원했는데, 그렇다고 공포나 고통에서 비롯된 것만은 아닌 듯했다.

그리하여 두 사람은, 쉼 없는 우회와, 대숲 같은 비와, 장막 같은 안개 속에서, 한몸으로 휘감긴 뱀이 되어 버렸다.

그런데 점쇠의 영육이 타들고 있는 것만큼 누이 목의 머리칼도 자꾸 더 타들고 있었다. 동시에 점쇠는 하복부에 누이의 수축과 흡입이 소금 같은 쾌감

으로 느껴져 왔다. 그때에야 점쇠는 자기의 피와 혼이 산화(散華)되고 있음을
아스라이 보았다.

　「버마재비의 암컷은, 그건 어쩌면 나였고 너는 아니었다. 어쩌면 그리고 몇
백년이나 굳어 온 율법이었다.」… 「난 너를 아마 지나치게 사랑했다.」

　식은 여인을 보석인 양 어루만지며, 점쇠는 그의 정지로부터 서서히 깨어
났다. 점쇠의 음성은 결코 침통하지 않았다. 명오(明晤)가 열리는 모양이었
다. 「네가 나를 봐라, 내 속에서 넌 너의 새 삶을 보게 될게다」(147)

　위의 부분에서는 구도적 살해가 감행되는 부분의 서술이다. 금기를 위
반한 점쇠는 〈말〉의 사당을 해체하는 과정에서 쓰러져 통과제의적 죽음
을 겪었기에 이미 '찢기고 터지고 긁혀 걸레쪽'이 된 상황이다. 그러나 피
폐해진 점쇠 그리고 무너진 〈말〉의 사당과는 대조적으로, 죽음이 존재하
던 '옛 땅'을 삼켜버린 '새 땅'의 대지는 '풍염하고', '기막히게 비옥한' 모
습으로 제시된다. 점쇠는 〈말〉이나 같은 무엇'으로 생각되는 대지의 풍
요와 비옥함을 수호하기 위해 버마재비의 암컷인 누이를 죽인다. 나아가
점쇠는 그 살해 행위를 '율법'에 의한, '사랑'에 의한 행위로 합리화시킴으
로써 '정지'에서 벗어나, '명오(明悟, 진리를 밝힘)'가 아닌 '명오(明晤, 나를
밝힘)'가 열림을 인식하게 된다. 이러한 인식은 곧 점쇠의 〈말〉의 실체에
대한 자각으로 이어지게 된다. 이 과정에서 점쇠는 '구도적 살해'를 감행
한다. 이 때 점쇠의 행위는 '돌진했다', '머리채를 나꾸어채', '쓰러뜨리더
니', '핥고 물어뜯기 시작했다' 등의 파괴적이면서도 적극적인 동적 모티
프를 지닌 용언들로 기술된다.

　난, 풀에서도, 송아지에게서도, 물결에서도, 한낮에도, 자주 〈말〉을 느낄

수 있었다, 송아지가 남아 있는 걸 알았을 때, 아기 울음 소리에 귀가 멀었을 때, 여자인 너를 발견했을 때, 난 〈말〉의 속깊은 뜻을 만졌었단 말이다. 〈말〉은 아마 없을 게다. 돌이니 풀이니 송아지니 하는 것들에게 느꼈던 〈말〉은 그것들의 정조(情操)며 생명 그 자체였을지도 모른다.(…중략…) 〈말〉의 뜻이 있었던 게 아니라 인간의 예지와 실명(失明)이 있었던 것이다. 난 지금은 다만 새나 풀이나, 짐승이나 돌 같은 그런 것들을 생각하고 있을 뿐이다. 그것들은 〈말〉 따윈 생각지도 않는다.(…중략…) 그러면서도 그것들은 훌륭한 삶을 살고 있다. 그것은 바로 〈말〉 그것과 비슷하기 때문인지도 모른다. (…중략…) 「난 새벽에, 두터운 껍질을 벗기우는 모진 아픔을 경험한 거야. 그래서 넌 죽었다. 수백 년이나 걸려, 이젠 집처럼 쌓여져 버린, 그렇지만 박락(剝落)되어져야 했던 모든 껍질을 대신해서 난 그 수천년의 몰락으로부터 그 본래 자리로 한순간에 되돌아오는 현기증으로 무섭게 떨었다. 그러고 보니, 한때 너무도 흑암에 찼던 이 땅이 온전히 새롭게만 보인다. 묵고 거칠어지고 이지러진 껍질 속에 숨겨져 있었던 풍염한 젖퉁이가 드디어 열린 거야. 인간만이 볼 수 없었던, 그리하여 스스로를 제외시켰던, 태곳적의 그 어떤 숨결 같은 것이, 젖 같은 것이, 샘솟는 것을 되찾은 것이다. 그것이 바로 자정(子正)의 의지(意志)였다. 땅의 맥관을 타고, 줄기차지만 고요히 흘러 온 작용력(作用力) ─ 그것이 어쩌면 내가 찾은 〈새로운 말〉이다.」

점쇠는 천천히 어둠을 헤치며 걸어내렸다. 그의 대지를 주유(周遊)하고 싶은 마음으로, 이슬길을 가듯, 노래 같은 명오를 흘리며 ─.

차차로 포효하는 파도 소리가 높아져 오고 검은 물결이 일럭 일럭 점쇠의 발목을 삼키고 또 기어올랐다. 그래도 점쇠는 멈추지 않았는데, 파도까지도 점쇠의 발에 닿아선 대지로 화했다. 어둠도, 그리고 하늘도, 이 한우리 속의 모든 것이, 그리고 그것은 유혹적인 새로운 세계로서, 그의 발 밑에 감람잎을 깔았다.

「비가 개이는 대로 묵은 땅은 온통 불살라 버려야겠어. 폭우로도 다 못씻은 낡음들을. 그리곤 씨알을 던져야지. 씨알을, 암튼. 이 여인의 몸에, 그 자궁에.」그 밤 하늘로 그리고, 한 마리의 흰 비둘기가, 날아 올라갔다. 그것은 〈고행의 돌더미〉 속에서 푸드득이며 살아나온 것이다. 옴. (148~150)

위의 인용 부분은 점쇠가 〈말〉의 실체를 스스로 자각하는 부분이다. 그리고 점쇠는 두 번의 통과제의적 죽음과 한 번의 구도적 살해로 수천 년간 관습에 의한 고정된 인식의 껍질을 벗어던짐으로써 〈새로운 말〉의 실체를 자각하고, 〈새로운 땅〉에서 생명의 '씨알'을 뿌리며 살아갈 것을 다짐한다. 점쇠가 〈새로운 말〉의 실체를 자각하는 과정에서 서술어들이 그 과정을 이어간다. 점쇠는 〈말〉의 실체를 탐색해 가는 과정에서 '자주 〈말〉을 느낄 수 있었고', '〈말〉의 속 깊은 뜻을 만졌다'고 고백한다. 그리고 '두터운 껍질을 벗기우는 모진 아픔의 경험'을 통해 수천 년간 인간의 의식을 지배해 온 인위적 허위의식을 파괴함으로써 '본래의 자리로 한순간에 되돌아'와서 태곳적부터 있어왔던 〈새로운 말〉의 실체를 자각하게 된다. 여기서 점쇠의 행위나 사고, 느낌을 서술하는 대다수의 서술어들은 적극적 행동의 의지를 담은 능동태로 서술된다.

3) 수확과 번영의 공간 및 시간

「뙤약볕」(3)에서 점쇠는 족장과 떠나는 사람들에 의해 죽음의 공간으로 규정된 섬에 홀로 남는다. 〈말〉의 실체를 파악하기 위한 점쇠의 행방은 우선 당굴의 흙집 및 사당으로 향한다.

점쇠는 당굴의 흙집 쪽으로 발길을 옮겼다. 흙집도 사당과 마찬가지로 사람과 열병과의 모진 전쟁에서 정조를 유린당하고 있었다. 전쟁들은 묻히지는 못했지만, 그래도 자기를 바쳐 땅을 비옥하게 하고 있었다. (128)

예상한 바대로 죽음에 뒤덮인 공간인 섬과 동일하게 당굴의 흙집 및 사당은 모두 흑사병에 의해 죽은 시체들이 묻히지도 못한 채 나뒹굴고 있는 죽음의 공간이었다. 그러나 초점화자는 그 공간을 죽음의 공간만으로 인식하지 않는다. 그곳에서 죽음을 통해서 '땅을 비옥하게 하고' 있는, 즉 죽음 이후 재생을 향해 나아가는 긍정적 공간으로 묘사되고 있다. 뿐만 아니라 한 번의 혼절, 즉 통과제의적 죽음을 경험한 점쇠에게 섬은 이전과는 전혀 다른 공간의 모습으로 제시된다.

점쇠가, 찐득한 갈밭을 도망쳐, 휘늘어진 몸을 모래밭에 부렸을 땐, 구름도 없는 하늘이 이마까지 와 닿는데, 은하가 철럭철럭 흐르고, 유성(流星)은 그녀의 삼단 같은 머릴 풀어 바닷물에 감고 있었으며, 어디선가 제 꼬리 길이로 송아지가 울고 있었다. 점쇠는 그제서야 안도의 한숨을 내뿜고, 지그시 눈을 감았다. 지나간 어떤 날 밤과도 다르지 않은 밤이 펼쳐져 있었다. 모래는 어머니만큼이나 따뜻이 푸근하며, 밤새는 울고 있고, 모래를 굴리는 파도 소린 자장가였다. (131)

오랫동안 섬은 인위적이고 허상인 〈말〉에 의해 지배되었기에, 질서와 관습에 의한 위계와 그로 인한 서열이 선명하게 존재하였다. 흑사병으로 인해 섬이 죽음의 공간으로 변모되면서 점쇠를 비롯한 섬 주민 모두가 섬에 존재하는 '자연'과 '땅' 그 자체는 태워 없애야만 하는 대상일 뿐이었다. 점쇠는 섬에 대한 공포로 공동묘지에서 혼절함으로써 통과제의적 죽음을 경험한다. 그 과정을 거치고 새롭게 깨어난 점쇠에게 나타난 섬은 이전과 다른 공간의 모습으로 점쇠에게 인식된다. 흑사병으로 인해 죽음의 공간이었던 섬은 통과제의적 과정을 거친 점쇠에게 '은하수가 흐르고, 유성이 바다와 일체감을 이루는 곳, 어머니만큼 따스한 모래와 자장가 소리를 들려주는 파도' 등 의인화에 의해 묘사된다. 이러한 공간에 묘사는 생명력 및 인간 친화력을 회복한 모습을 강조하기 위한 기법이라 할 수 있다. 점쇠는 인간과 다를 바 없는 생태계의 일부로서의 자연 속에서 안도의 한숨을 내쉬고, 편안히 휴식을 취함으로써 그 역시 자연의 일부로 존재하게 된다.

뿐만 아니라 점쇠는 섬의 여기저기를 탐색한 결과, 더 이상 섬이 죽음만이 존재하는 공간이 아님을 발견한다. 섬에 가축이 한 쌍씩 남아 있다는 사실, 그리하여 번식으로 인한 풍요가 준비되어 있다는 사실을 알게 된다.

> 송아지뿐만 아니라 처음서부터 있어 왔던 가축이라곤 모두 한 쌍씩이 남아 있었다. 암숫 염소, 당나귀의 암수컷, 암숫 고양이, 소는 숫송아지 딸린 어미 소, 개는 묶여 있었는데 병든 인육(人肉)을 파먹을까 보아 그래 놓은 것 같았다. 그것들은 어슬렁어슬렁 다니거나 편안한 자리에 줄곧 눈을 감고 있어서 모두 불러 모으는데 꽤 시간이 걸렸지만, 사람 곁에서만 살던 짐승들이라, 구속이 풀리고 사나흘이 지나선 넘치는 자유를 어떻게 쓸까를 모르고 지겨워하다가, 사람을 만나게 되어 기꺼이 자유를 되돌렸다. (139)

「뙤약볕」(3)에서는 〈말〉의 실체를 탐색하기 위한 점쇠의 통과제의적 죽음 및 구도적 살해라는 죽음의 속성이 존재하며, 이 죽음이 지향하는 바는 〈말〉의 실체의 탐색 및 점쇠의 재탄생이다. 「뙤약볕」(3)에서 공간은 '비옥해지고 있는' 과정의 공간이고, 원시 시대의 생명력을 회복한 의인화된 자연이 존재하는 곳일 뿐만 아니라 가축들이 한 쌍씩 존재하여 새로운 수확과 번영을 예비하는 공간으로 제시된다. 이는 재탄생을 지향하는 죽음의 속성에 상응하는 공간이라 할 수 있을 것이다.

「뙤약볕」(3)에서의 시간은 〈말〉의 실체를 찾기 위한 점쇠의 행적에 따라 기술된다. 서술시는 출범일에서부터 시작되어 폭풍우가 일어난 열아흐렛날을 지나 그 다음날까지 지속된다. 그 담화적 시간 기법 및 사건시에 따른 재배열은 각각 아래와 같다.

① 섬에 홀로 남은 점쇠는 외로움을 극복하며 살아갈 방도를 모색함
  – 출범일 오후
② '송아지'를 발견하나 쫓아버리고, 살아 있는 아기를 발견하고, 자신의 누이였던 여자를 발견하고 살려냄 – 출범일 자정을 넘긴 시간
③ 회복된 누이와 점쇠는 흙집을 수리하고, 사당을 쌓고 〈말〉을 찾으러 다님
  – 닷새 후
④ 땅을 개간하고 〈말〉을 찾기 위해 사당을 쌓아올림 – ③+하루
⑤ 배가 떠난 열아흐렛날 : 누이와 점쇠는 '죽었던 아이를 되살리'려 함.
  이후 누이는 '무서운 생각이 든다'고 말하며, 내일과 모레 그리고 십년 후의 미래를 생각함. 점쇠는 짓고 있던 사당을 허물고 누이를 죽인다.
⑥ 스무날 : 〈말〉의 실체에 대한 점쇠의 깨달음

시간	출범일 오후	출범일 자정 이후	출범일 닷새 후	출범일 엿새 후	출범일 열아흐렛날	스무날
사건시	점쇠는 이후 섬에서의 혼자서 살아야 할 삶을 계획함 ①	송아지, 아기, 누이를 차례로 발견함 ②	누이와 점쇠는 흙집 및 사당을 쌓음 ③	땅을 개간하고 틈틈이 사당을 쌓음 ④	누이를 안음으로 금기를 위반하고 사당을 허물며 누이를 죽임 ⑤	현실 그 자체가 〈말〉의 현신임을 깨달음 ⑥
서술순서	1	2	3	4	5	6
역전/ 전망						
비고	* 서술 시발점					
지속	장면	장면	장면	장면	장면	장면
빈도	1회적	1회적	1회적	1회적	1회적	1회적

「뙤약볕」(3)는 「뙤약볕」(2)와 동일한 시간 선상에서 나란히 병치된다고 할 수 있다. 「뙤약볕」(2)는 '새 땅'을 찾아 나선 섬사람들의 파멸의 시간이고, 「뙤약볕」(3)은 섬에 남아 〈말〉의 실체를 탐색하는 점쇠의 생성과 자각의 시간이다. 이들의 운명은 출범 이후 열아흐렛날에서 선명하게 대립된다. 「뙤약볕」(2)에서 섬사람들은 평화로운 시간들을 보내다가 열아흐렛날에 불어 닥친 폭풍과 그 이후 살아남은 자들의 생존다툼으로 인해 죽음의 시간으로 치달았다. 이와는 대조적으로 「뙤약볕」(3)에서 점쇠는 열아흐렛날까지 수많은 방황과 두려움 그리고 탐색과 절망을 경험한 이후, 풍성한 수확을 약속하는 비로 새로이 태어나는 땅의 모습에 환호한

다. 그리고 누이를 죽임으로써, 점쇠 스스로는 〈말〉의 실체를 깨닫게 된다.

초점화자는 동일한 시간에 동시에 발생한 이 사건을 동일한 시간 기법을 통해 형상화시킨다. 「뙤약볕」(3)에서도 「뙤약볕」(2)와 같이 시간의 역전이나 전망 등의 시간 기법은 사용되지 않기에, 모든 사건시는 서술시와 동일하다. 즉 서술시발점에서 시작한 사건은 순차적으로 진행되어 사건의 끝까지 서사를 일관하게 견인한다. 서사 과정 중 점쇠의 현재 행적과 무관한 과거가 삽입되는 부분은 거의 존재하지 않는다. 누이의 과거 및 석상의 실체가 밝혀지는 부분은 과거의 시간에 해당하지만, 이 역시 한 문장으로 요약 정리되기에, 특별히 시간 역전 기법으로 볼 수 없다. 이러한 시간 기법은 텍스트 내의 모든 시간이 〈말〉의 실체를 탐색하는 점쇠에게 집중되어 있기 때문이다.

점쇠의 통과제의적 죽음 양상 및 〈말〉의 실체를 탐색하는 사건들은 거의 모두 '장면' 기법에 의해 오랜 '지속'을 보여준다. 초점화자는 점쇠의 행동뿐만 아니라 심리 변화 과정 및 표정 하나하나에 이르기까지 상세하게 기술한다. 이러한 시간 기법들은 두 번의 통과제의적 죽음을 통해 자각하게 되는 〈말〉의 실체가 단순한 탐색 과정 및 판단에 따른 것이 아니라, 부정의 과정을 거듭한 이후 정립된 것임을 부각시키기 위한 기법이라고 할 수 있다. 또한 이 모든 기술은 반복없이 단 한 번씩의 빈도에 의해 서술됨으로써 집약된 밀도의 시간 기법을 보여준다. 이러한 시간 기법을 통해 「뙤약볕」(3)의 초점화자는 모든 사건을 '통과제의적 죽음의 양상을 통한 〈말〉의 실체의 탐색'이라는 죽음의 양상 및 주제를 세밀하게 제시하고 있다.

4) 탈근대적 주체의 확립을 축복하는 목소리

「뙤약볕」(3)에선 섬에 홀로 남은 점쇠의 〈말〉 탐색담이다. 점쇠는 〈말〉
의 실체를 탐색하기 위해 두 번의 통과제의적 죽음과 한 번의 살해를 통
해 〈말〉의 실체를 자각하게 된다. 「뙤약볕」(3) '초점화자'는 '허구 외적 작
가'인 박상륭과 '상동성'을 가지며, 3인칭 화자로 '이종'에 해당한다. '초점
화자'는 '전지'적 존재로 '허구적 진실'을 서술함으로써 '진술적 권위'를 확
고히 한다. 화자의 서술은 '정직'하고 '신뢰'할 수 있으며 주로 '서술적 기
술'을 통해 점쇠의 통과제의적 죽음과 누이의 죽음을 전달함으로써 '모방
적 권위'를 지닌다.

피화자는 텍스트에 직접적으로 제시되지 않으며, 피화자나 소통 문맥
에 대한 최소한의 정보가 없는 '零度의 수동적 피화자'이기에, 서술자는
피화자와 무관하게 사건들을 '무의식적으로 서술'한다. 피화자는 전지적
존재이기에 자신이 서술하는 내용에 대해서는 '확신'을 가지고 있고, 피
화자는 그의 진술에 '복종'한다. 피화자와 화자 사이의 거의 전무하다시
피한 접촉의 양상은 초점화자 및 허구 외적 작가의 입지를 강화시킨다.

초점화자는 화자 자신의 담론인 '진술적 담론'으로 점쇠의 통과제의적
죽음과 누이의 죽음을 '파노라마적 열린 개관'에 의해 서술한다. 점쇠의
통과제의적 죽음과 누이의 죽음은 〈말〉의 실체를 탐구하는 과정에 있어
서 필연적인 소설 장치이다. 따라서 초점화자는 이들의 죽음을 비교적 많

은 분량을 할애하여 '장면'의 방식으로 제시한다. 초점화자는 「뙤약볕」(3)의 등장 인물인 점쇠와 누이의 심리와 행동을 텍스트 '외적' 위치에서 '자유'롭게 드나들면서, 특히 점쇠의 행동에 '긍정적' 태도로 서술한다.

이상의 시점 기법을 통해 허구 외적 화자 및 공적 화자는 점쇠에 의해 각성된 〈말〉의 실체 - 인위성과 허위성으로 오염되기 이전의 '태곳적 새 땅' - 와 새 땅으로 새로운 생명으로 재탄생될 인류에 '흰 비둘기'를 날아 올림으로써 축복의 메시지를 전달한다. 이는 근대 사회가 지향해야 할 '결정적' 테마로서, 초점화자는 이를 '지배적'이고 '강화'된 목소리를 통해 전달하고 있다. 이를 도표로 나타내면 아래와 같다.

죽음 대상			점쇠의 첫 번째 통과제의적 죽음	점쇠의 두 번째 통과제의적 죽음	누이의 죽음
죽음 양상			자연과 친화성을 회복하기 위한 통과제의적 죽음	묵은 땅과 〈말〉과의 결별을 위한 통과제의적 죽음	〈말〉의 실체 인식을 위한 도구적 살해
서술자			초점화자		
자 격	진술적 권위	상동성	상동		
		재현	이종		
		특권	전지		
		지시물	허구적 진실		
		성차	남		
		계급	전지적 작가(초계급)		
	모방적 권위	정직성	정직		
		신뢰성	신뢰		
		능력	서술적 기술		

접촉	방식		간접(text에 직접 나타나지 않으나, 개연성이 있는 피화자)		
	태도	자의식	무의식적 서술(피화자나 소통문맥에 대한 최소한의 정보가 없음)		
		자기확신	확신		
		복종/멸시	복종		
		형식/친밀	친밀		
	피화자 정체성		零度의 수동적 피화자		
입장	어법적	진술/모방	진술적 담론(화자 자신의 담론)		
	시공간적	화자의 공간지점	파노라마적 열린 개관		
		장면/요약	장면	장면	장면
		동시/사후	동시	동시	동시
	심리적	정보 양	多	多	多
		정보 성격	객관적		
		초점화 내적/외적	외적		
		초점화 심층/표층	심층		
		초점화 고정/자유	자유		
		태도	긍정적		
	이데올로기적	표현 명시/암시	명시		
		표현 축어/비유	축어적(비애매성)		
		표현 내부/외부	외부적		
		문화관계 일치/대립	대립		
		문화관계 결정적/지엽	결정적		
		작가권위 고립/강화	강화		
		작가권위 지배/종속	지배적		

4. 통과제의적 죽음의 문체화

　'근대 사회의 폭력과 황폐화, 자아의 정체성 상실과 그 회복을 위한 길 찾기'라는 주제는 근대 소설의 보편적 주제 중 하나이다. 박상륭 역시 그의 소설을 통해 이루고자 하는 이상은 자아의 정체성 확립이다. 그러나 박상륭은 자아의 정체성을 동시대 작가들과는 달리 통시적 관점에서 역사의 시공간을 통해 탐색해 간다. 즉 박상륭은 근대 사회에서 자아의 정체성 상실의 원인을 1960년대 한국 사회의 정치적 · 사회적 상황에만 한정시키는 것이 아니라, 근대 문명으로 인한 근대 사회의 불모성에서 그 원인을 찾는다. 뿐만 아니라 방법론에 있어서도 그는 신화 · 원형적인 모티프를 취함으로써, 자아의 정체성 확립이라는 주제가 특정 장소와 시간에 한정된 것이 아닌 인류의 보편적 과제임을 확인시킨다. 이러한 점에서 박상륭 소설은 동시대 작가들과 시대의 형상화 방법에서 차별화된다.

　1960년대 박상륭의 연작 「뙤약볕」에서 박상륭은 통과제의적 죽음의 속성을 통해 1960년대 한국 사회뿐만 아니라 중세 및 근대 사회에 군림해

온 지배 이데올로기를 해체하려 한다. 「뙤약볕」(1)에서 뚝쇠, 섬돌, 당굴, 마을 사람들의 죽음을 통해 중세의 지배 이데올로기인 〈말〉을 해체하며, 「뙤약볕」(2)에서 방종과 타락의 금기 위반의 죽음을 통해 근대적 주체인 '초인'을 해체한다. 이 모든 죽음의 과정들은 「뙤약볕」(3)에서 점쇠의 통과제의적 죽음과 구도적 살해로 형상화되는데, 이때 죽음은 근대 사회의 대안인 탈근대적 주체를 형성하기 위한 과정이자 전략이다. 이러한 죽음의 속성은 통과제의적 죽음의 세 과정에 해당한다. 즉 「뙤약볕」(1)에서 '체제 전복을 위한 죽음', 「뙤약볕」(2)에서 '타자를 도구화한 죽음 및 자기 파괴', 「뙤약볕」(3)에서 '통과제의적 죽음 및 구도적 살해'는 기존 세계와 결별하는 통과제의적 죽음의 속성을 보이고, 작가 박상륭은 이러한 죽음의 양상을 통해 기존 지배 이데올로기에 해당하는 〈말〉은 해체하고, 새로운 대안을 모색하려 한다.

이는 당시 1960년대 한국의 '그로테스크한 정치 및 사회 현실'[98]에 저항하고, 새로운 대안을 모색하려는 작가의 소설적 대응이다. 박상륭은 「뙤약볕」에서 '죽음'을 단순한 모티프 차원에서 차용하지 않는다. 그는 각 단편에 형상화된 여러 가지 속성의 '죽음'을 통해 기존 지배 질서를 해체하고, 새로운 대안으로서의 〈말〉의 실체를 탐색하여 죽음의 땅을 재생시켜야만 한다는 당시 시대적 사명감을 절박하게 형상화한다. 따라서 박상륭의 「뙤약볕」에 형상화된 '죽음'의 속성은 이데올로기를 함의하고 있는 담

---

98) 박상륭 · 김사인 대담, 「누가 저 공주를 구할 것인가」, 『박상륭 다시 읽기』, 앞의 책, 2001, 23쪽.

론의 차원에까지 도달하였음을 알 수 있다. 각 단편에 형상화된 사회학적 죽음 및 그로 인해 야기된 스캔들과 그 결말 등 모든 죽음의 속성들은 모두 담론으로서의 성격을 지닌다. 이 죽음의 속성들은 미시적이고 거시적인 문체 기법을 통해 텍스트 내에서 형상화 된다. 텍스트의 형식이 '달성된 내용'으로 규정된다면, 연작 「뙤약볕」에서 담론으로서의 '죽음'의 속성은 그 형식 즉 문체적 특징에 의해 텍스트에 반영되어야만 하는 것이 마땅하다.

또한 「뙤약볕」은 연작 소설이다. 한국 사회에서 연작 소설은 60년대에서 1970년대에 걸쳐서 분출함으로써 우리 소설사에서 특이한 현상을 빚어낸다. 문학은 특정한 사회적 맥락 속에 사는 인간에 관한 이야기이므로, 문학을 사회와 따로 떼어서는 논의할 수 없다.[99] 뿐만 아니라 골드만은 소설 형식 및 구조와 현대 사회의 구조는 '상이한 두 차원의 위에 있는 동일 구조'라며 장르적 특징 및 사회 구조와의 관계에 관한 상동성을 주장한 바 있다.[100] 따라서 1960, 70년대에 연작 소설의 다작 현상은 당시 시대적 현실과 밀접한 관련을 지니고 있다. 우한용은 언어란 장르에 따

---

99) Alan Swingewood, *The sociology of literature*. 『문학과 사회』, 정혜선 역, 한길사, 1986, 89쪽 재인용.

100) 골드만은 소설 형식과 현대 사회의 상동 구조를 다음과 같이 설명한다. "소설이 외형적으로 표현하는 지극히 복잡한 형식은 사람들이 질적 가치 또는 사용 가치를 추구할 때 그 모든 사용가치가 수량화와 교환가치라는 매개현상에 의해 타락한 형태로써 표현되는 사회 속에서 살아가는 사람들의 일상적인 삶의 양식이기도 하다. (…중략…) 그래서 중요한 창작 장르의 하나인 소설 구조와 교환 구조는 두 차원 위에 나타나는 동일 구조라고 할 수 있을 정도로 아주 빈틈없이 서로 대응하는 것을 보여주고 있다.

Goldmann, L., 이춘길 역, 『계몽주의 철학』, 지양사, 1985, 23쪽.

라 독특한 내적 규칙성을 띠기 마련이므로, 소설의 문체를 논할 때에는 그 장르의 특성을 언급해야 함을 주장한 바 있다.[101] 또한 장르의 선택은 인식의 틀에 의한 세계관의 선택[102]이기에 연작 소설이라는 장르는 작가의 주제의식과 밀접한 관련을 지니고, 이는 '죽음'이라는 속성과 상관성을 지닌 문체를 통해 형상화된다. 따라서 박상륭 연작 「뙤약볕」에서 형상화된 '담론'으로서의 죽음의 속성은 그 형식적 요소인 미시적 · 거시적 문체와의 상관성을 지녀야 할 뿐만 아니라, 당시 60, 70년대의 시대적 현상 및 연작 소설이라는 장르와의 상동 관계에 이르기까지 규명되어야 할 것이다.

　박상륭 연작 「뙤약볕」의 '죽음'의 문체화를 규명하는 첫단계로 미시적 문체의 특징과 각 단편에 따른 그 변모 양상을 살펴보았다.
　「뙤약볕」(1)에서 죽음의 속성은 '체제 전복으로서의 죽음'으로 규정된다. 이러한 죽음의 속성은 지배 이데올로기에 해당하는 〈말〉과, 실질적 정치 권력을 소유하고 있는 족장, 〈말〉의 대변인인 당굴, 그리고 마을 사람들을 서술하고 서술자의 문체적 특질과 상관성을 지닌 채 형상화되고 있었다. 지배 이데올로기인 〈말〉을 모시고 있는 공간 및 〈말〉의 내력을 서술하는 부분에서는 그 기원과 출처를 선명하게 제시하지 못하는 '−있어 왔다', '−왔다는 것이다', '−했다는 것이다' 등의 용어들을 주로 사용

---

101)　우한용, 『한국현대소설담론연구』, 앞의 책, 39쪽.
102)　김준오, 『한국현대쟝르비평론』, 문학과지성사, 1990, 4쪽.

함으로써 〈말〉이라는 소재가 전설속에 근거없이 전해 내려오는 허상적 존재임을 은연중에 내비치고 있었다. 〈말〉의 대변자인 당굴의 소재에 관한 서술 역시 '-라는 것이다', '-이라 한다' 등의 서술어를 사용함으로써, 당굴에게 절대적 권위와 확신을 부여하지 않는다. 뿐만 아니라 당굴의 삶과 생활 역시 주체적으로 이끌어 간 것이 아니라, 오랜 관습에 의해 '-주도록 되어 있었으므로. -하면 되었다, -되어버리는' 등의 수동적인 정태적 모티프를 서술어로 사용함으로써 당굴 자체가 일방적으로 선택된 이후 정해진 삶과 말을 하는 수동적 존재임을 나타낸다. 마을 사람들 역시 '-알면 되었고, -만족하면 되었다' 식의 당굴의 말에 맹목적으로 순응하는 수동적 존재임을 알 수 있었다. 그러나 섬돌 아버지의 죽음 이후 일어나는 연쇄적 죽음 등으로 인해 당굴과 마을 사람들의 태도는 변모되고, 결국 〈말〉의 사당을 허무는, 즉 지배 이데올로기를 해체하는 양상아 나타나게 되는데, 이는 이들의 행동을 기술하는 문체에 그대로 반영된다. 섬돌이 〈말〉이나 당굴의 의지와 무관하게 사형된 이후, 당굴의 행위는 '-판다, -안아 들고, -들어간다' 등의 역동적인 '동태적 모티프'로 기술된다. 마을 사람들을 서술하는 용언 역시 '곡괭이질을 퍼부어 댄다, 맹렬해졌다' 등의 동태적 모티프로 변모되고, 결국 이들은 오랜 세월 섬을 지배해오던 〈말〉을 해체한다.

「뙤약볕」(2)에서는 '자신의 삶과 생존을 위해 타자를 도구화한 죽음'의 속성이 여러 번 반복되어 제시된다. 이러한 죽음의 양상들에 의해 「뙤약볕」(2)에서는 죽임을 당하는 사람들, 즉 타자에 관한 문체와 죽이는 사람들 즉 주체에 관한 문체를 살펴보았다. 화자는 강자들을 위해 희생된 사람들과 사물들을 서술할 때는 '-짓밟혔다, -버려지고, -쓰러져 갔다, -팽개쳐지고, -가 되어, -되어 있다' 등의 거의 동일한 형태의 피동형 용언을 사용함으로써 희생자들의 암울한 운명을 암시한다. 반면 강자들을 기술할 때는 '-늠름하게, -가슴을 펴고 있으며, -펄럭이고, -준마와 같이, -갈기를 세우고' 등의 긍정적이고 활동적인 부사 및 용언들을 사용하고, '-갖다 버렸다, -잘 해치웠다' 등의 동적 모티프의 용언을 사용함으로써 강자의 정복욕과 폭력성, 타자의 도구화, 주체 중심의 가치관 등을 기술한다.

「뙤약볕」(3)에서 죽음의 양상은 크게 두 가지로 〈말〉의 실체를 찾기 위한 통과제의적 죽음과 구도적 살해'이다. '통과제의적 죽음'을 서술하는 부분에서는 주로 '-헤치다, -던지다, -쓰러지다, -허덕거리다, -거세어 가다, -떠 흘러오다, -잃다' 등의 주어 자체가 파괴되고 해체되는 서술어와 주어의 변화 과정을 나타내는 서술어 등이 혼용되어 사용된다. '구도적 살해'가 감행되는 부분에서는 '-돌진했다, -머리채를 나꾸어 채, -쓰러뜨리더니, 핥고 물어뜯기 시작했다' 등의 목적어를 파괴하는 적극적인 동적 모티프들이 용언으로 사용된다.

「뙤약볕」(1)에서는 다섯 가지의 죽음의 속성이 사회적 죽음으로 사회적 스캔들을 불러일으킴으로써 인위적이고 허상인 중세적 지배 이데올로기의 속성을 폭로하고 급기야 그 권력을 해체하게 된다. 이에 따른 미시적 문체 특징 역시 〈말〉을 해체하는 방향으로 나아가고 있음을 알 수 있다. 「뙤약볕」(2)에서는 강자와 약자의 문체가 뚜렷하게 구별되는 이분법적 문체가 사용됨으로써, '주체의 생존을 위한 타자의 도구화'로서의 근대적 죽음이라는 속성과 일치함을 알 수 있다. 「뙤약볕」(2)에서의 통과제의적 죽음과 구도적 살해라는 죽음의 속성과 그 문체적 특질 역시 일치함을 보여준다. 이상에서 살펴볼 때, 연작 「뙤약볕」에서 사용된 미시적 문체소들은 담론으로서의 '죽음'의 속성의 변모와 상관성을 지닌 채, 각각 적절한 문체적 특질을 지니며 변모되어 감을 알 수 있다. 이를 볼 때 미시적 문체소는 내용과의 상관성에 따라 어휘 및 문법적 요소가 결정될 뿐만 아니라, 텍스트를 통해 드러나는 작가의 의도 및 시대 담론과 밀접한 관련을 지닌다고 할 수 있다.

둘째, 죽음 속성과 시공간 기법과의 상관 관계의 고찰이다.

「뙤약볕」(1)에서는 탈사회적 공간인 '섬'과 〈말〉신의 권위와 절대성을 상징하는 신성하고 내밀한 공간인 '사당'이 주된 공간으로 등장한다. 그러나 이 '사당'은 '피곤한 모습'으로 기술되면서 〈말〉의 권위에 불안함을 비친다. 뿐만 아니라 이때 '사당'은 '섬을 통치하던 능력, 마을 사람들의 혼령을 묶고 있는 감옥, 문자 사라진 섬의 역사서'로 규정되면서, 〈말〉이 지배 이데올로기임을 명시한다. 결국 흑사병이 돌아 섬 인구의 절반이 죽어가자 마을 사람들은 분노의 곡괭이질을 퍼부어 〈말〉의 권위를 해체함으로써 전근대적 지배 질서에 종언을 가한다. 「뙤약볕」(1)에서의 시간은 원형적·신화적 시간에서부터 현재로 순차적으로 진행된다. 과거는 주로 요약에 의해 1회적으로 제시되고, 〈말〉의 해체를 위한 죽음의 양상이 제시되는 현재의 시간은 장면 묘사 및 지속에 의해 역시 1회적으로 제시된다.

「뙤약볕」(2)에서의 공간은 미래지향적 공간인 '새 땅'을 향해가는 과도적 공간인 '바다'와 '배'이다. 그러나 '새 땅'에 관해서는 구체적으로 제시되어지지 않는다. 다만 '새처럼 날 수 있고, 비도 마음대로 내리는 공간' 즉 도구적 이성이 지배하는 근대적 공간임을 짐작할 수 있을 뿐이다. '바다'와 '배'는 원형상징으로 '생명의 근원' 및 '구원'을 의미하지만, 「뙤약볕」(2)에서의 '바다'와 '배'는 살인과 죽음이 난무하는 죽음의 공간일 뿐이다. 「뙤약볕」(2)에서의 시간은 「뙤약볕」(1)에 비해 상대적으로 수치화되어 구체적으로 제시된다. 과거부터 현재에 이르기까지 사건들은 순차적으로 기술되며, 모든 사건들은 대다수 요약에 의해 1회적으로 전달됨으로써 「뙤약볕」(1)과 유사한 양상을 보이고 있다.

「뙤약볕」(3)에서의 공간은 「뙤약볕」(1)과 같이 다시 '섬'과 당굴의 흙집과 사당으로 제시된다. 흑사병으로 죽음의 땅이 되어버린 '섬'이었지만, 「뙤약볕」(3)에서는 '비옥하게' 변모되고 있는, 즉 재생을 향해 나아가는 긍정적 공간 그리고 자연과의 친화성을 회복한 생명의 공간으로 제시된다. 「뙤약볕」(3)에서의 시간은 다른 단편과 마찬가지로 순차적으로 제시되며, 점쇠가 〈말〉의 실체를 찾는 과정에 초점을 두어 긴 지속을 통해 1회적으로 제시하고 있다.

이상의 논의를 종합해 보면, 시간 기법 특히 순서와 빈도에 있어서는 각 연작 모두가 순차적 기법이고, 모든 사건을 1회식 서술하는 등의 동일한 양상을 보이고 있었다. 단지 템포에 있어서 각 단편마다 변모가 있었으나, 「뙤약볕」(1)에서는 과거는 요약적으로 빠른 템포로 서사를 진행하는 반면, 죽음의 양상이 나타나는 부분에 있어서는 장면을 통해 느리게 진행한다. 「뙤약볕」(2)에서는 전반적으로 요약을 통해 빠른 템포로 서사를 진행하고, 「뙤약볕」(3)에서는 장면을 통해 느린 템포로 서사를 진행한다. 이러한 '지속'의 시간 기법 차이만으로는 통과제의적 과정에 따라 변이되는 죽음의 속성과 반드시 일치하지 않는 문체적 특질을 지니고 있다. 반면 연작 「뙤약볕」에서의 공간은 통과제의적 죽음의 단계에 따라 함께 변모되어 감을 알 수 있다. 「뙤약볕」(1)에서는 해체의 공간, 「뙤약볕」(2)에서는 파멸의 공간, 「뙤약볕」(3)에서는 재생의 공간으로 변모되는데, 이는 연작 「뙤약볕」에서 보이는 통과제의적 죽음의 속성과 일치함을 알 수 있다.

셋째, 죽음 속성과 시점 기법과의 상관 관계이다.

「뙤약볕」(1)에서 형상화된 일련의 연쇄적 죽음은 〈말〉의 인위성과 허구성을 폭로함으로써, 〈말〉의 권위를 해체하고자 한다. 〈말〉의 인위성과 허구성의 폭로는 섬돌의 재판과정 및 형을 집행하는 과정을 통해서 폭로된다. 섬돌의 죽음을 기술하는 서술자는 절대적 권위의 '자격'을 가지고, '전지'적 시각을 지닌 '초점화자'가 '허구적 진실'을 지니고 기술함으로써 그 진술에 신뢰성을 부여한다. 이때 피화자는 수동적 존재로 기술되면서 이들 간의 '접촉'은 거의 존재하지 않는다. 이후 섬돌과 당굴의 죽음을 계기로 마을에 흑사병이 발생하게 되고, 마을 사람들은 〈말〉의 권위를 해체한다. 〈말〉의 허위성과 인위성을 전달하는 화자의 이데올로기는 당시 〈말〉의 신성성에 대한 절대적 신념을 소유한 대다수의 문화적 이데올로기와는 '대립'되는 '입장'을 가지지만, 이는 '문학을 통해 세계를 변화시키'기 위해서는 꼭 겪어야만 하는 공적 화자의 '입장'을 대신해 준 것이라 할 수 있다.

「뙤약볕」(2)에서 죽음의 속성은 '강자의 생존을 위한 약자의 희생'으로 압축할 수 있다. 이들의 죽음은 진술적 권위와 모방적 권위가 확고하며 절대적 '자격'을 부여받은 '초점화자'에 의해 기술된다. 피화자는 수동적이기에, 화자와 피화자와의 '접촉'은 고려되지 않은 채, 진술되기에 초점화자의 입지는 강화된다. 화자는 '주체'가 자신의 생존 및 이익을 위해 '타자'를 희생시키고 도구화하는 근대 사회의 병폐 및 귀결을 '지배적'이고 '강화'된 목소리를 통해 전달함으로써, 근대 사회에 만연해 있는 이데올로기에 '대립'하는 자신의 '이데올로기적 입장'을 선명히 밝힌다.

이러한 화자의 서술 방식은 「뙤약볕」(1)과 변별점을 찾을 수 없다. 뿐만 아니라 〈말〉의 실체를 찾기 위한 점쇠의 통과제의적 죽음과 구도적 살해라는 죽음 속성이 제시되는 「뙤약볕」(3)에서도 초점화자의 자격, 접촉, 입장은 각각 동일한 양상을 지닌다. 따라서 연작 「뙤약볕」에서는 각 단편에 따라 죽음의 속성이 통과제의적 과정에 따라 변이됨에도 불구하고, 그에 따른 시점이라는 기법적 측면은 변화가 없는 문체적 특성을 지님을 알 수 있다.

이상의 논의를 일괄적으로 조망하기 위해 도표화하면 아래와 같다.

	「뙤약볕」(1)	「뙤약볕」(2)	「뙤약볕」(3)	비고
죽음 양상	지배 이데올로기인 〈말〉의 인위성, 허위성 해체	주체를 위한 타자의 살해	〈말〉의 실체를 찾기 위한 통과제의적 죽음 및 구도적 살해	해체 − 죽음 − 재생의 통과제의적 죽음

		① 해체 대상의 불선명한 기술 ② 해체 주체의 수동에서 능동으로의 변모	① 희생자들의 피동형 모티프 용언 ② 강자들의 능동적이고 동적 모티프 용언	① 주어가 해체되고 변모되는 용언 사용 -통과제의적 죽음 ②목적어를 파괴하는 동적모티프 사용 -구도적 살해	죽음 속성과 일치하는 문체적 특성
미시적 문체		(see above)			
거시적 문체	시간기법	순차적 순서 1회적 기술 요약 + 장면	순차적 순서 1회적 기술 요약	순차적 순서 1회적 기술 장면	죽음 속성과 불일치
	공간	해체적 사당 및 섬	죽음이 공간인 바다와 배	재생의 공간인 새 땅	죽음 속성과 일치
	시점	① 자격-절대적 권위와 자격의 화자 ② 접촉-수동적 피화자 ③ 입장-당시 문화적 이데올로기와 대립되는 입장	「뙤약볕」(1)과 동일	「뙤약볕」(1)과 동일	죽음 속성과 불일치

연작 소설은 여러 편의 독립된 삽화들을 모아 더 큰 하나의 이야기가 되도록 결합시켜 놓은 소설로 분절성과 계기성을 그 특징으로 한다. 연작 소설은 기존의 단편 소설과 장편 소설에서 새로운 변화를 유도해 낸 장르이다.[103] 단편 소설은 '단일성'을, 장편 소설은 '총체성'[104]을 그 본질적 속

---

103) 한용환, 『소설학사전』, 앞의 책, 309~310쪽.

104) 루카치는 예술작품의 형식은 본질적으로 '총체성'을 지향한다고 밝힌다. 인간 사회는 역사적 전개의 부분인 인간 생활의 총체적 표명이고, 개별적 행동이 통일된 역사적 전개이다. 이런 개별적 생활과 행동을 총괄하는 사회·역사적 상황으로서의 '총체성'은 예술적

성으로 한다. 연작 소설은 단편 소설과 장편 소설의 속성을 함께 갖춘 과도기적인 중간 형태, 즉 단편의 영역에서 장편으로 소설 장르를 확대시켜 나가는 중간적 형태이다. 연작 소설이 지니는 '계기성'은 단편의 단일성을 지양하며, 삶의 현실과 사회적 상황을 총체적으로 형상화하기 위해 요구되는 필연적 요건이라고 할 수 있다.[105] 또한 단편이 가지는 '구조적 완결성'을 지닌 채, 연작 전편에 수렴되기에 당대 현실에 관한 총체성을 지향하는 특징을 가지기도 한다.[106] 따라서 연작 소설은 소설이 구조적 완결성을 지닌 채, 현실의 단편적 연작 소설은 소설이 구조적 완결성을 지닌 채, 현실의 단편적 인식의 한계를 극복하여 보다 총체적 전망을 제시하고자 할 때 요구되는 장르라고 할 수 있다. 또한 연작 소설은 대(大)서사형식 및 극형식을 통해 현실을 정복하기에 앞서 전조(前兆)로서 등장하거나 혹은 한 시기의 후위(後衛)로서 등장하는 문학 양식이다.[107] 이러한 관점에서 본다면 박상륭의 연작 「뙤약볕」은 군부 독재의 파행적 근대가 기존의 생활 양식들을 파괴하고 대체하기 시작하던 시대, 그로 인해 사회적 의미에서의 총체성이나 인간 관계 및 태도의 총체성은 아직 존재할 수 없었던

반영의 핵심 요소라는 것이다. 따라서 총체성은 구체적 개인의 일상적 생활의 세부 묘사를 통하여 보편적인 것을 나타내는 것으로 이는 전형성의 개념과 연결되기도 한다. 루카치는 소설을 외연적 총체성이 사라진 현대 사회의 전형적 서사형식으로 규정한다.

　　Lukács, G., 반성완 역, 『소설의 이론』, 심설당, 1985, 70쪽.

105)　권영민, 「연작 소설의 새로운 가능성」, 『소설의 시대를 위하여』, 앞의 책, 80~83쪽.

106)　김주희, 『한국 현대 연작 소설 연구』, 앞의 글, 14~17쪽 참고.

107)　Lukács, *Solzhenisyn*, Willian David Graf trans, THE MIT PRESS, Cambrige/Massachusetts, 1971, p.8.

시대에 새로운 세계를 갈망하는 '전조(前兆)'로서 등장한 소설이라고 할 수 있다.

1960년대 중반에서 1970년대 이르는 시기에 한국 사회는 가장 근본적인 사회 변화의 과정을 경험하게 된다. 한국 사회는 '개화기'라고 불리는 19세기 말에서부터 시작된 근대화는 곧 파행적인 식민지 근대로 연결되며, 해방 이후에는 냉전이라는 전 세계적 체제 개편의 과정에서 강대국들의 대리전의 성격을 띠는 한국전을 겪게 된다. 이런 점에서 한국 사회에서 20세기라는 시대는 격변이 아닌 시기가 없다고도 할 수 있을 것이다. 하지만 1960~70년대의 사회 변화는 개인의 일상 구석구석에 침투하여 그 시공간의 경험을 근본까지 뒤흔들어 놓는다는 점에서 가장 근본적인 사회 변화의 시대라고 할 수 있을 것이다. 특히 분단 상황과 냉전 체제를 정치적 억압의 도구로 악용하는 유신 정권으로 인해 불안·가치관 혼란·주체성 상실 등은 이 시기 담론에 빈번하게 등장하는 상투어이다. 1960~70년대 연작 소설은 이러한 근본적 사회 변화 및 억압의 상황 속에서 내적·외적 사유로 닫혀버린 기존 장르에 대한 문학적 대응책이다. 즉 기존에 존재하는 단편 소설의 완결성과 장편 소설의 총체성으로는 당대 시대적·사회적 현상을 재현하기에는 한계점에 도달한 것이다. 따라서 1960~70년대엔 당시 파편화된 시대적·사회적 상황을 보다 심도 있고 다각적으로 재현하기 위해 연작 소설이라는 양식이 성행하였다고 할 수 있다.

박상륭 연작 「뙤약볕」은 억압과 폭력의 시대인 1960년대 말, '세계를 변화시키기 위한 대안'이라고 할 수 있다. 연작 「뙤약볕」에서 '죽음'은 인위적이고 허상적인 지배 이데올로기를 해체하고, 새로운 대안을 모색하는 주된 수단으로 그 속성을 드러낸다. 작가의 시대의식과 주제의식을 포함하는 담론으로서의 '죽음'은 텍스트 내부에서 미시적 문체소와 상관성을 지닌 채 치밀하게 형상화된다. 또한 죽음의 속성들을 함유하고 있는 미시적 언어 단위의 층위는 그 상위 층위인 시공간 차원 및 서사 구조를 지탱할 수 있는 외부의 틀을 형성함으로써, 죽음의 속성은 미시적·거시적 문체 기법을 통해 형상화되고 있다. 이러한 죽음 속성의 문체화는 궁극적으로 통과제의적 죽음을 통한 재생을 갈망하는, 즉 새로운 현실에 대한 총체적 전망을 제시하려 한다. 이는 단편 소설과 장편 소설의 중간 장르로서의 연작 소설이 지니는 특성 및 의의에 해당한다.

그러나 여기서 주목해야 할 점은 연작 「뙤약볕」에서 지향하는 총체성은 현실에 결코 존재하지 않는 '거짓 총체성'을 시공간 기법이라는 거시적 문체 기법으로 형상화한다는 것이다. 연작 「뙤약볕」에서 죽음과 재생이 감행되는 공간을 '섬'과 '바다'라는 원형적 공간으로 설정하고, 허위적 〈말〉을 해체하고 진정한 〈말〉의 실체를 탐색하는 모든 죽음의 행위가 진행되는 시간을 근대적으로 정밀하게 수치화된 계량적이고 과학적인 현실 시간이 아닌 추상적 시간을 설정함으로써 당대 보편적 현실을 총체적으로 형상화내지 못한다. 당시 시대적 현실을 반영하는 총체성에 도달하지는 못하고 있다는 점에서 볼 때, 이는 분명히 '거짓 총체성'이라고 할 수 있다.

장편 소설은 '외연적 보편성'을 추구하여, 그 시대의 특징적 사건 속에서 적절한 위치를 차지하고 있는 전형들을 묘사함으로써 총체성을 추구한다. 반면 연작 소설은 형상화의 내재적인 범위에 있어서 개별적인 경우에서 출발하여 거기에 머물러 있게 된다. 이는 사회적 전체를 형상화하지 않고, 전체성을 근본적이고 현재적인 문제 관점에서 볼 때 나타나는 바대로 형상화할 것을 요구하지 않는 연작 소설의 장르적 성격 자체에 기인한다. 따라서 연작 소설의 진실성은 특정 사회에서 특정한 발전단계에 가능한 세계를 형상화하기에, 구체적 전망 역시 포기된다. 즉 연작 소설은 총체성의 형상화가 '아직' 불가능한 단계나 혹은 '더 이상' 불가능한 단계의 예술적 대표자로 등장할 수 있게 되는 것이다.[108] 이런 관점에서 본다면 박상륭 연작 「뙤약볕」에서 형성화된 '거짓 총체성'은 부르주아적 서사시로서의 장편 소설적 총체성을 지향할 수 없는 당시 1960~70년대 파편화된 시대 현실에서 그 원인을 찾아 볼 수 있다. 박상륭은 연작 「뙤약볕」에서 장편 소설이 지향하는 총체성을 획득하지 못하는 거시적 문체 기법을 통해, 총체적 전망을 획득할 수 없는 당대 현실과의 접점을 모색하고 있다.

이상에서 박상륭의 연작 「뙤약볕」의 죽음 속성과 그 문체화의 양상 및 그 의미를 살펴봄으로써 이 책에서 제시한 문체론 연구 방법의 가능성을 검증해 보았다. 문학에서 내용과 형식은 분리할 수 없고, 언어는 단선적 체계라기보다는 여러 층위의 언어 단위들이 서로 연관되어 복잡한 의미를 생성한다.

죽음 속성을 통한 문체론의 연구는 내용과 형식과의 상호 침투 관계를 보다 구체적으로 살펴볼 수 있고, 미시적 문체론과 거시적 문체론의 상호

---

108) Lukács, 위의 책, pp.8~9.

결합된 문체론의 연구를 통해 텍스트의 유기성 및 역동성을 고찰해 볼 수 있는 새로운 문체론의 연구 방법이라 할 수 있다. 또한 문체를 연작 「뙤약볕」에 나타난 통과제의적 죽음 속성 및 그 미시적 · 거시적 문체 기법으로의 형상화 양상을 연작 소설이라는 장르적 특성 및 당대 현실과의 상동성의 관점에서 고찰함으로써, 텍스트의 시대적 의의 및 작가의식을 보다 구체적이고 선명히 밝힐 수 있었다. 뿐만 아니라 죽음의 문체론적 고찰을 통해 박상륭의 연작 「뙤약볕」은 중세적 지배 이데올로기인 〈말〉을 해체하고, 새로운 근대적 · 탈근대적 주체를 확립해 가는 과정으로서의 죽음의 속성을 통해 당대 현실에 비판적으로 개입하고, 성찰과 대안을 모색하고 있음을 알 수 있었다. 이상의 논의를 종합해 볼 때 박상륭의 연작 「뙤약볕」은 총체적 전망을 획득할 수 없는 1960년대 한국 사회에 문제 제기 형식으로 존재한다는 점에서 그 문학사적 의의를 찾아볼 수 있을 것이다.

제Ⅳ장
사회적 죽음의 문체론적 특성
−조세희 연작 『난장이가 쏘아올린 작은 공』

1. 사회적 죽음을 통한 현실 고발

    연작 『난장이가 쏘아올린 작은 공』에서는 다양한 죽음의 경우가 존재한다. 부동산업자(「뫼비우스의 띠」), 은강 창업주(「궤도회전」), 난장이(「난장이가 쏘아올린 작은 공」), 명희(「난장이가 쏘아올린 작은 공」), 은강그룹 경영주 동생(「내 그물로 오는 가시고기」), 노동자 부부(「잘못은 신에게도 있다」), 영수(「에필로그」), 꼽추(「에필로그」)의 죽음이 그것이다. 이들 죽음의 경우에서 특징적 요소로는 첫째, 자연사가 존재하지 않는다는 것과,[109] 둘째, 죽은 사람들은 산업화 사회에서 재산 소유 여부에 따라 '가진 자'와 '못 가진 자', 즉 경제적 주체 및 타자로 뚜렷하게 양분된다는 것이다.

    이러한 죽음의 설정은 연작 『난장이가 쏘아올린 작은 공』의 독특한 구

---

109) 은강 창업주의 죽음은 원인은 노환으로 인한 자연사라고도 할 수 있으나, 서술자가 이 죽음을 다루고 있는 방식은 죽음으로 인한 사회적 이슈들 즉 재벌의 세대 교체 및 산업화의 병폐 부각 등에 중점을 두고 있으므로 이는 사회적 죽음의 양상과 동일하다고 할 수 있다. 이에 은강 창업주의 죽음의 양상을 사회적 죽음으로 분류하기로 한다.

성 방식과도 상응한다. 모두 12편으로 구성된 연작 『난장이가 쏘아올린 작은 공』은 한 편의 거대한 액자로 구성되어 있다. 도입 및 종결 액자에서는 교사가 학생들에게 전달하는 꼽추와 앉은뱅이 이야기가 중심내용을 형성한다. 나머지 10편의 하위―텍스트들은 난장이 가족과의 관계를 중심으로 인물의 관계 및 사건이 원심적 확산되어 나타나고, 이들 하위―텍스트들은 텍스트 간에 상호 연관성을 지닌 채 한 편의 거대한 내부 액자를 구성한다.[110] 또한 각 등장인물들은 모든 하위―텍스트에서 성격의 일관성을 유지하며 각각의 목소리로 사건들을 진술함으로써 다중시점 및 다성적 형식을 취한다. 이러한 복합적이고 중층적인 구성에 따라 연작 『난장이가 쏘아올린 작은 공』의 죽음은 역시 크게 외부 액자의 죽음과 내부 액자의 죽음으로 나뉘고, 이들은 각각 다른 방식으로 서술된다. 즉 외부 액자의 죽음은 '장면 제시'를 통해 '보여주'는 방식으로 서술되며, 내부 액자의 죽음들은 서술자들의 사후 진술을 통해서 그 죽음의 양상과 의미가 '직접 서술'되는 '말하기' 방식으로 기술되는 등 서술 방식에서 대립적인 양상이 드러난다. 이는 외부 액자에서는 테러 및 사고사에 의한 죽음으로 죽음의 과정과 양상 그 자체가 이분법적 사회의 병폐를 드러내는 반면, 내부 액자에서의 죽음은 자살 및 살해 그리고 사고사로 죽음의 양상이나 죽은 사람 그 자체보다는 죽음을 둘러싸고 있는 주변 사람들의 사후 행동이나 죽음의 영향이 서사의 중요한 쟁점이 되기 때문이다.

---

110) 황순재, 「조세희 소설연구(1)」, 『한국문학논총』 제18집, 1996. 7, 131~155쪽 참고.

1) 전망 부재의 세계상을 보여주는 죽음

「뫼비우스의 띠」의 '사적 화자'[111]인 수학교사는 수업시간에 안과 밖이 구별되지 않는 '뫼비우스의 띠'를 생각해 보자며, 곧바로 앉은뱅이와 꼽추의 부동산업자 테러 사건을 학생들에게 전달한다. 이 내용들은 수학교사에 의해 수업이라는 형식 내에서 학생들에게 말해진 것이다. 그러나 꼽추와 앉은뱅이의 이야기에 들어가면 '사적 화자'가 이들의 말과 행동을 묘사함으로써 '보여준'다.

앉은뱅이와 꼽추는 강제 철거를 당해 주거지를 상실한 도시 빈민으로, 신체적·경제적 약자이다. 이들은 살던 집이 철거당해 오갈 곳 없는 신세로 전락한다. 그리하여 앉은뱅이와 꼽추는 그에 대한 보복 및 생존 전략으로 부동산업자를 테러할 계획을 세운다. 부동산업자는 철거지역 주민의 입주권을 몰아서 구입한 후 되팔아서 하나의 입주권당 22만원의 추가이익을 취함으로써 꼽추와 앉은뱅이 등의 철거민들의 분노를 사게 된다. 부동산업자는 앉은뱅이와 꼽추에 비해 신체적·경제적 강자라고 할 수

---

111) 수잔 랜서는 페르조나를 공적 화자, 사적 화자, 초점화자의 세 수준으로 분류한다. 이 각각의 인물들은 한 서사 내에서 가능한 하나의 수준(집단)을 나타내며 각각 상이한 형태의 권위를 가진다. '공적 화자'는 가장 강한 진술적 권위를 발휘하는 존재로, 허구 외적에 존재하며, 현실과 밀접한 관련을 지니고 있는 작가에 해당한다. '사적 화자'는 텍스트 내의 인물이며, 모방적 권위를 지니며 '화자화된 등장인물'에 해당한다. '초점화자'는 서술자에 해당하는 존재로, 텍스트에서 불투명하고 침묵하는 존재일 수도 있다. 텍스트의 사건이 인지되는 존재로, 기록자에 해당한다. 랜서는 각 수준의 화자를 중국상자의 모형을 제시함으로써, 상호 연관되어 있음을 밝힌다. 여기서 '초점화자'는 랜서의 용어를 사용하였다.
　　수잔 스나이더 랜서, 『시점의 시학』, 앞의 책, 142~148쪽 참고.

있다. 그럼에도 불구하고 자신보다 약자인 꼽추와 앉은뱅이의 계획된 테러에 의해 부동산업자는 자신의 차에서 불에 타 죽는다.

테러가 발생하기 이전 부동산업자는 '악'한 존재다. 부동산업자는 철거촌 주민들에게 입주권을 16만원에 사서, 38만원에 되팔아 부당 이익을 취한다. 폭리에 대한 억울함을 항의하는 앉은뱅이에게 부동산업자는 오히려 자신의 정당성을 역설하며 물리적 폭력까지 가한다. 원래 자신들의 것이었던 이익금을 돌려 달라는 '앉은뱅이'는 부동산업자가 꼽추와 앉은뱅이에게 사로잡히면서 '강자'와 '약자'로 규정되던 이들의 관계는 역전된다. 꼽추와 앉은뱅이는 부동산업자의 입을 가리게 된다. 부동산업자는 진술을 차단당한 채, 꼽추와 앉은뱅이가 시키는 대로 고개를 끄덕이는 등 신체적 약자로 전락한다. 그리고 결국 자신의 차에 갇혀 불에 타 죽는다. 그럼으로써 꼽추와 앉은뱅이는 '무서운 마음'을 가진 '악'한 존재가 된다. 즉 뫼비우스의 띠가 안과 밖을 구별할 수 없듯이, 주체/타자로서의 상호 역학 관계 및 악/선의 윤리적 위상 역시 치환되어 부동산업자와 꼽추, 앉은뱅이는 상호 선/악을 구별할 수 없는 성격으로 형상화된다.

장 보드리야르는 자본주의 사회의 구조적 모순을 해결하기 위해서 사회적 죽음인 테러를 감행할 것을 권유한다. 테러라는 형태의 극단적 저항 행위를 통해 자본주의 사회의 모순을 사회적으로 이슈화시키는 것만이 지금 현 상태에서 할 수 있는 유일한 해결책이라는 것이다.[112] 부동산업자의 죽음은 꼽추와 앉은뱅이에 의해 자행되는 틀림없는 테러 행위이다. 그러

---

112) 장 보드리야르, 『섹스의 황도』, 앞의 책, 19~21쪽 참고.

나 이들이 감행하는 테러는 초점화자가 서술하듯 테러 주체의 구체적 자각도, 자기 확신도, 현실을 타개하고자 하는 의지도 없는, 단지 '무서운 마음'이 추동한 테러일 뿐이다. 이러한 테러는 동료로부터도 공감을 얻지 못하고, 서로 결별할 것을 결심하게 할 뿐이다. 이들의 테러는 자본주의의 모순을 폭로하기 위한 행위라기보다는 선량한 개인을 '무서운 마음'을 지닌 존재로 변모시키는 행위이다. 부동산업자의 죽음은 '안과 밖을 구별할 수 없는', 즉 절대적 선과 악을 구별할 수 없음을 나타내는 죽음이다. 또한 이 죽음은 '기나긴 밤' 세계, 즉 혼돈을 표상하는 메타포로서의 '뫼비우스의 띠'의 현실을 반영한다. 초점화자는 이러한 전망 부재의 현실을 재현하기 위한 수단으로서 부동산업자의 죽음을 보여주기를 통해 묘사한 후, 서사의 주체는 다시 사적 화자인 수학교사로 전환된다. 사적 화자인 수학교사는 결국 '사회엔 안과 겉이 따로 없는' '뫼비우스의 띠'로서의 현실을 학생들에게 전달한 이후, 이러한 현실에서 무엇보다 중요한 것은 '올바른 인식과 각성', 즉 윤리적 판단이라고 훈계를 하고 수업을 마친다.

종결 액자에 해당하는 소설 「에필로그」에서는 도입 액자에서 부동산업자를 죽인 꼽추와 앉은뱅이의 후일담이 서술된다. 도입 액자에서 부동산업자를 죽인 앉은뱅이는 '죽을 힘을 다해 일하고 그 무서운 대가로 먹고 사는', '완전한 사람'인 약장사를 찾아갈 뜻을 밝힌다. 이 부분 역시 도입 액자처럼 '초점화자'에 의해 주로 묘사된다. 종결 액자에서는 비참한 삶에 대한 '무슨 해결'에 대해 회의적 태도를 가졌던 꼽추 역시 앉은뱅이와 함께 약장사를 따라 다닌 것으로 추정 제시된다. 그러나 '완전한 사람'이었던 약장사는 사장과 결탁하여 이들에겐 2, 3만원의 돈만을 지급하고,

나머지 이익금을 가지고 몰래 도망간다. 꼽추와 앉은뱅이는 이 사실을 알고는 또다시 '무서운 마음'을 품고 테러를 계획한다. 고속도로 표 받는 곳에서 통행금지 해제를 기다리고 있을 사장의 차를 찾아서 '내 돈'을 받아내고, '칼과 철사줄'을 이용해 살해할 계획을 세운다. 꼽추는 지속적으로 '해결' 나지 않는 현실을 원망한다. 꼽추는 산업화 현실 속에서 살아남은 '개똥벌레'를 보고 신기해하며 달려가다 결국 연료 공급차에 치여 죽는다.

외부 액자에서 꼽추와 앉은뱅이의 테러는 자신의 정당한 권리를 찾으려는 약자의 최후의 행위이다. 그러나 이들의 테러 행위는 문제의 해결은 커녕 끝없는 좌절과 분노만 쌓아갈 뿐이다. 생존의 극한까지 내몰리는 이들에게 가질 것은 '무서운 마음'뿐, 어느 곳에도 '해결'과 '전망'은 존재하지 않는다. 외부 액자의 사적 화자인 수학교사는 현재 존재하지 않는 희망과 전망을 미래 사회 즉 학생들에게 걸 수밖에 없다. 이런 점을 고려해 볼 때, 사건을 전달하던 수학교사가 윤리를 가르치게 되었다고 학생들에게 전달하는 부분으로 끝나는 외부 액자의 설정은 참으로 의미심장하다. '올바른 윤리적 판단'이 유일한 대안인 사회에서 윤리란 과목은 실적 중심의 교육 현장에서 실패한 수학교사가 가르치는 변두리 과목일 뿐이다. 즉 '우리의 부분적인 실태가 폭로되는 것도, 어떤 개혁이 이뤄지는 것도 바라지 않는 사람들'의 무서운 음모에 의해 윤리 교육은 제거된 것이다. 따라서 이런 음모가들에 의해 교육받는 학생들은 미래 사회의 희망이나 진정한 대안일 수 없다. 이러한 상황에서 '무서운 마음'의 귀결은 테러로서의 '죽음'이고, 이로 인해 '선'과 '윤리'는 '악'으로 규정된 세력과 구별할 수 없는 결과가 반복 재생산될 뿐이다. 결국 도입 액자와 종결 액자에 형상화된 죽음의 양상은 '뫼비우스의 띠'로의 세계, 즉 안과 겉을 구별할 수 없고, 그 결과로 고정된 선인과 악인은 존재하지 않으며, '악인'의 범주가 점점 넓어질 것이라는 암울한 세계상을 나타내는 죽음이다.

2) 화해 불가능한 두 계층 간의 대립상을 말하는 죽음

(1) 계층 재생산의 현실을 간접 고발하는 주체의 죽음

10편의 하위−텍스트들로 이루어진 내부 액자는 1970년대 한국 사회에서 경제적 주체와 경제적 주체들의 죽음과 타자들의 죽음으로 나눌 수 있다. 경제적 주체들의 죽음으로는 은강 창업주와 은강 그룹 경영주 동생의 죽음이 있고, 경제적 타자의 죽음으로는 영희 증조할머니 동생, 명희, 난장이, 노동자 부부, 그리고 영수의 죽음이 있다. 경제적으로 가진 자들의 죽음의 과정과 그 속성은 어떠한 형태로든 직접적으로 기술되지 않는다. 뿐만 아니라 죽음의 원인 및 상황에 대해서도 언급되지 않는다. 각 하위−텍스트의 서술자들은 그들의 죽음 그 자체를 이슈화하기보다는 장례식 풍경 및 주변 가족들 그리고 관련자들의 태도 및 죽음의 영향을 형상화한다는 점에서 경제적 주체들의 죽음은 서사의 핵심에 벗어남으로써 '배경화'되어 있다.

반면 경제적 타자들의 죽음은 죽을 때의 상황 자체가 세밀하게 묘사되지 않으나, 죽음의 의미가 여러 등장인물들의 대화나 서술을 통해 지속적으로 직접 언급이 되고 있다. 또한 이들 죽음의 사실 자체가 하나의 사회적 이슈를 형성하고, 등장인물들의 행동 및 죽음에 직접적이고 연쇄적 영향을 끼치는 중핵으로 작용한다는 측면에서 서사의 핵심으로 '전경화'되어 있다고 할 수 있다.

　은강 창업주인 경애 할아버지의 죽음은 「궤도회전」에서 윤호에 의해 은연 중 제시된다. 율사의 아들 윤호는 재수할 때 그룹과외를 통해 경애를 알게 되고, 마침 윤호의 아버지는 경애의 옆집으로 이사함으로써 윤호는 경애의 이웃이 된다. 그리하여 윤호는 은강 창업주인 경애 할아버지가 죽었을 때의 정황을 객관적으로 관찰, 서술할 수 있는 전망을 확보한다. 윤호는 경애의 소개로 부유층 자제들만으로 구성된 셀(Cell Technique) 모임에 참가하게 된다. 십대 노동자를 주제로 한 셀 모임에서 윤호는 죽은 난장이의 아들과 딸이 공장에서 겪는 몇 가지 실례를 이야기하나, 부유층 아이들은 제대로 듣지도 않는다. 윤호는 모인 아이들의 태도에 실망하고, 경애와 함께 집으로 돌아오면서 경애 할아버지 죽음 이후의 모습을 목격한다. '돈이 많았던' 경애 할아버지의 죽음으로 인해 동네는 죽음을 추모하는 화관의 꽃향기로 진동한다. 동네 전체가 꽃향기로 진동하나, 경애 할아버지의 시체는 장의사들의 '굉장한 기술'에 의해 '절대로 썩지 않을 몸', 냄새를 풍기지 않는 시체가 된다. 소설 『난장이가 쏘아올린 작은 공』을 구성하는 많은 요소들은 작가의 대립적 세계관에 의해 대립적 짝패로 구성되는데, 재벌의 죽음을 둘러싼 향내라는 세부 묘사 기법 또한 대조적으로 형상화된다. 때맞추어 내리고 있는 비로, 꽃들은 시들어 간다. 여기에 아무도 그를 위해 울지 않는 장례식을 보며, 윤호는 은강 창업주를 '행복한 죽음을 맞을 수 없었던 사람'이라고 단정 짓는다.

가진 자들의 자식들, 즉 재벌의 후손들은 셀 모임의 주제를 '십대 노동자에 대한 토론'으로 정한다. 이는 단순히 가진 자들의 결속을 강화시키기 위한 수단이자 자기 환상으로서 윤리적 주제를 정한 것일 뿐, 토론 주제에 대한 그들의 진정성은 결여되어 있다. 윤호의 눈에 비친 경애 할아버지의 장례 행렬 역시 가족의 상실로 인한 슬픔은 존재하지 않고 재벌의 세대 교체 및 재산 분할 외엔 어떠한 의미를 가지지 않는 것으로 파악된다. 윤호는 셀 모임 참석과 경애 할아버지의 죽음의 목격을 통해, 가진 자들의 모임과 죽음은 기존 질서로서의 '궤도'를 '회전'시키며 계층을 재생산할 뿐이라는 각성에 도달한다. 이후 윤호는 아직은 어리고 인간적인 면모를 가지고 있는 은강 창업주의 손녀인 경애와 결혼하여 '사랑·존경·윤리·자유·이상'과 같은 개념을 가지게 할 것이라고 자신들의 과제를 인식한다. 여기서 주목할 점은 경애 할아버지의 죽음 자체가 서사의 중심이 되지 못하는 것이다. 가진 자인 경애 할아버지의 죽음은 그 가족에게조차 소외될 뿐만 아니라, 소설 내부에서도 윤호의 자각을 일깨우는 수단 외엔 아무 의미가 없는 '배경화된 죽음'이라고 할 수 있다.

은강그룹 경영주 동생인 경우 아버지의 죽음 역시 서술자에 의해 묘사되지도 않을 뿐 아니라, 죽음의 사실조차 언급되지 않는 '은폐된 죽음'이다. 행복동에서 은강으로 이사한 난장이의 아들 영수는 은강 공장에 노동자로 취업한다. 영수는 노동자의 당연한 권리가 착취당하는 현실을 목도하고, 잔업 수당이 빠진 월급 명세서·부당해고·싼 임금 등에 대해 문제를 제기한다. 그러자 은강에서 항의를 하는 영수를 해고하기 위한 '음모'가 실행된다. 미리 짜여진 각본에 의해 영수의 공구들이 고장을 일으키고, 사용자측에 의해 매수된 노동자들로부터 영수는 소외된다. 영수는 고장 난 공구들을 수없이 바꾸느라 작업 속도를 따라잡을 수 없게 되고, 가까스로 해낸 것도 불량 작업으로 체크 당한다. 이 모든 조직적 '음모'에 의해 영수는 외형적으로 정당한 절차에 의해 해고된다. 영수는 노동자의 정당한 권리를 옹호하기 위해 노력해야 할 노동조합 지부장 역시 회사 측 사람으로 노동자들을 위해 아무 일도 하지 않는다는 사실을 알게 된다. 영수는 이 모든 과정에서 이 사회의 '음모', 즉 '힘을 합치려는 가난한 사람들의 노력을 부유한 사람들이 깨뜨리려고 하는' 음모를 깨닫는다. 노동조합 역시 회사 측 사람에 의해 움직인다는 것, 즉 노동자의 단합조차도 사용자들의 조직적인 음모와 계획에 의해 좌절될 수밖에 없는, 총체적이고 구조적인 산업사회의 모순을 절감한다. 따라서 영수로서는 노동자의 생존을 해결할 수 있는 유일한 방법은 테러뿐임을 절감하고 은강그룹 경영주 살해를 결심한다.

이후 영수의 실수에 의해 은강그룹 경영주 대신 환치된 대상인 그 동생을 살해하는 과정이나 사후 진행 양상 등은 구체적으로 묘사되지 않는다. 다만 죽음과 그 사후 과정은 「내 그물로 오는 가시고기」에서 은강그룹 경영주의 셋째 아들인 경훈의 서술을 통해서 짐작할 수 있을 뿐, 은강그룹 경영주 동생의 죽음은 철저하게 '배경화'된다. '사적 화자'인 경훈은 그의 작은 아버지가 지니고 있었던 경영권을 숙모로부터 지켜내기 위한 은강그룹 경영주인 자기 아버지의 냉철하면서도 비인간적인 면모, 유산을 둘러싼 형제 간의 아귀다툼 등 가진 자들의 부도덕한 실태를 여과없이 서술한다. 또한 은강그룹 경영주의 동생을 죽인 영수의 재판과정을 통해 노동자들의 열악한 환경 및 살해동기 등이 기술된다. 즉 은강 경영주 동생의 죽음은 전면으로 다루어지지 않는 반면, 이 죽음으로 인해 분명해지는 것은 안과 밖이 연결되지 않으면서도 폐쇄된 공간이 존재하는 '클라인씨의 병'처럼 영원히 화합할 수 없는 두 계층 간의 갈등과 대립된 견해이다.

은강 창업주의 죽음 및 은강그룹 경영주 동생의 죽음은 각각 윤호 및 경우의 각성을 일깨운다는 점에서 긍정적 면모를 가지기도 한다. 율사의 아들 윤호는 테러를 결심하는 영수를 보면서 노동자의 현실을 개선할 수 있는 '단체'를 만들 것을 결심한다. 경우 역시 자기 아버지의 살해 사건의 공판임에도 불구하고, 영수의 테러가 극단적 상황에 처해진 노동자들의 '정당방위'임을 주장한다. 윤호와 경우가 각각 중간계층이자 재벌 후계자인 점을 고려한다면, 이들의 자각과 결심은 나름 미래에 대한 희망을 배태하고 있음을 알 수 있다. 연작 『난장이가 쏘아올린 작은 공』의 후일담에 해당하는 『시간여행』에서까지 이들의 행적은 긍정적이다. 경우는 영수의 동생인 영희의 후원자로 정신적·현실적인 지원을 해주기도 하며, 윤호 역시 부정부패로 도망 다니는 아버지의 비자금을 거부하는 등 '가진 자'와 '못 가진 자' 사이의 간극을 축소하기 위해 최선을 다한다. 그러나 경우 역시 결국은 상류층에 속할 수밖에 없음을 고백하며 '눈물을 글썽'이며 '미래에 대한 확신'을 뜻하는 '마음 속 나무 한 그루'조차 소유하지 못함을 고백하고, 윤호 또한 '죽음'을 생각하며 무력감을 절감하며 자신의 패배를 시인한다. 「시간여행」을 통해 거슬러간 역사를 봐서도 결국엔 '물구나무 선'[113] 역사를 돌이켜 세울 수 없다는 인식은 윤호의 절망을 심화시킬 뿐

---

113) 조세희, 『시간여행』, 문학과지성사, 1983.

이다. 이런 점에서 볼 때 '배경화'된 '가진 자들'의 죽음의 속성을 통해 작가가 전달하고자 하는 의도는 영원히 화합될 수 없는 두 계층 간의 갈등과 화합 불가능한 세계상임을 알 수 있다.

(2) 산업화의 병폐를 직접 고발하는 타자의 죽음

연작 『난장이가 쏘아올린 작은 공』에서 '못 가진 자' 즉 '난장이'들의 죽음으로는 영희 증조할머니 동생, 명희, 난장이, 노동자 부부, 영수의 죽음 등 총 다섯 가지의 죽음이 존재한다. 이들의 죽음은 몇 개의 하위－텍스트들 속에서 상호 연관성을 지니며 여러 등장인물들에 의해 반복 서술될 뿐만 아니라 그들의 죽음이 서사를 이끌어가는 중핵이 된다는 점을 고려해볼 때, '못 가진 자'들의 죽음은 '가진 자'들의 죽음에 비해 상대적으로 '전경화'되어 있다. 그리고 이들의 죽음은 그 자체로 하나의 '전형'[114]이 되어 산업화의 병폐 및 신분제의 부조리함의 역사를 기술한다.

첫 번째 죽음의 대상인 영희 증조할머니 동생은 '주인 서방과 잠자리를 함께 한' '죄'로 인해 주인 여자에 의해 '사매질' 당한 후 '알몸 시체로 수리조합 봇물'에 던져진다. 이는 경제적으로 신분적으로 열등한 '난장이'들,

---

114) 전형은 루카치의 개념으로 특정한 역사적 단계에 처해 있는 어떤 특정한 사회의 성격과 내부적 모순을 가장 잘 드러내 보여주는 대표적인 성질들, 혹은 그런 성질들을 가지고 있는 요소들이 소설 속에 잘 반영된 경우를 지칭하는 요소이다. 주로 인물이라는 요소에 관련된 개념이지만 엄밀한 의미에서는 인물뿐만 아니라 사건 배경, 행위 배경 등등의 넓은 의미를 포함한다. 이러한 전형성을 통해 문학 작품은 역사 발전의 일정한 단계에 처해 있는 특정한 사회의 모순을 드러내 주면서 동시에 역사 발전의 필연적 방향을 제시해 준다.
한용한, 『소설학 사전』, 앞의 책, 381~383쪽 참고.

특히 주인 남자의 성적 노리개로서의 여자 노비들의 삶의 역사를 보여준 하나의 전형으로서의 죽음이다. 여자 노비로서의 이러한 비극적 삶과 죽음은 산업사회에 새로운 노비, 즉 난장이의 딸인 영희에게 고스란히 대물림된다. 이후 영희 역시 산업사회의 '주인'인 '스물아홉에 못하는 일이 없는' 부동산 투자가의 비서가 되어 '주인 남자'와 잠자리를 같이 하고, 그 대가로 자신의 입주권을 훔쳐 나온다. 영희 증조할머니 동생의 죽음은 영희의 꿈속에서 영희와 그 어머니의 대화를 통해 직접적으로 서술되어 '전경화'된다.

두 번째 죽음의 대상인 명희 역시 낙원구 행복동의 주민으로 난장이의 이웃이다. 명희는 영수와 애틋한 사랑의 감정을 키워가고 있었으나, 명희의 사랑과 삶은 자본주의의 논리에 의해 무참히 짓밟힌다. 명희는 자라면서 다방 종업원이 되고, 고속버스 안내양이 되고 골프장 캐디가 되는 등 산업사회의 진행 과정에 따른 '못 가진 젊은 여성'들의 전형적인 직업군들을 전전한다. 명희는 집에 올 때마다 '배가 불러' 있었고, 결국 참담한 현실에 삶의 의욕을 상실하고 음독자살을 감행한다. 여기서 주목할 점은 영희와 명희의 성적 관계엔 '타락'이나 '쾌락'이 아닌, '생존'과 깊은 연관이 있다는 점이다. 영희의 매춘은 자신과 가족의 생존 터전인 '집'을 마련하기 위한 것이었고, 명희의 임신 역시 죽음 이후 그 애가 남긴 '십구만 원'이라는 돈을 통해 난장이 가족의 생존을 돕는다. 그러나 이들은 타락한 세상에서 타락한 방법을 통해 진정한 가치를 구하고자 했기에, 결과적으로 그들이 원하는 바를 이룰 수는 없었다. 영희는 입주권을 훔쳐 아파트라는 삶의 공간을 확보하나, 아버지인 난장이의 죽음으로 아파트는 가족의 '집'으로서의 역할을 상실하게 된다. 이로 인해 명희의 죽음 역시 산업사회의 구조적 모순을 드러내는 한 전형으로서의 의미만을 지닐 뿐, 그 희생의 가치나 승화로서의 의미는 존재하지 않는다.

세 번째 난장이의 죽음은 연작 『난장이가 쏘아올린 작은 공』의 전편을 통해 각기 다른 인물들에 의해 진술되면서, 각자에게 자기 정체성을 자각하는 계기를 제공한다. 지섭은 독립운동가의 후예로 명문대에 재학 중인 대학생이었지만, 일찌감치 부조리한 사회 현실을 자각하고 도시빈민 및 노동자의 권익을 위해 투쟁 전선에 앞장서는 존재이다. 지섭은 '간절한 소망을 가지고 열심히 노력했고, 선량하게 살았'지만 여전히 '난장이'로 살 수 밖에 없는 이 세상을 '죽은 땅'으로 규정하며, 난장이에게 이 죽은 땅을 떠나 '달나라'로 갈 것을 권한다. 난장이의 죽음 이후 지섭은 보다 조직적이고 대중화된 노동 투쟁을 위해 행복동을 떠나, 산업사회에서 '난장이'들의 생존과 권리를 위해 노동 현장에 투신한다. 지섭에게 난장이 집의 철거 및 난장이의 죽음은 투쟁의 양적·질적 확산을 위한 계기가 된다. 난장이는 영수에게 '짐'이 되기는 싫다고 말하며 자살할 뜻을 밝히고, 집을 나가서는 벽돌 공장의 높은 굴뚝에서 투신자살을 감행한다. 영수는 '지상에서 종이비행기만큼의 부피를 가진 존재'인 아버지의 죽음을 '힘차게 날아오를 추동력을 가지지 못한 아버지', '결국 땅에 떨어져 밟힘을 당할 수밖에 없는 존재'로 기술한다. 그리고 자기 또한 '난장이'임을 자각하나, 결코 아버지처럼 무력하게 '밟힘을 당하지 않기' 위해 은강그룹 경영주를 살해할 결심을 한다. 영호는 난장이의 죽음을 '숭고함과 구원이 없는 모든 것의 끝'으로 '오직 고통뿐'인 죽음으로 기술한다. 나아가 영호는 가속화되는 자본주의 사회에서 자신이 '아버지보다 더 난장이'라고 자각하며 더 깊은 좌절과 절망에 빠져든다. 영희는 입주권을 가지고 집으로 돌아와서 명희 아주머니로부터 아버지인 난장이의 죽음 소식을 전해 듣고, 아버지를 난장이라고 부르는 사람은 모두 죽여 버리겠다고 절규한다. 영희의 어머니 역시 '네 아버지도 명대로 사신 분이 아니다'고 기술하며, 은강의 체제에 저항하는 영수 또한 '제 명대로' 못 살까봐 우려하며 '시키는 일'만 하며 체제에 순응할 것을 종용한다. 이와 같이 난장이의 죽음은 산업사회를 살아가는 경제적 약자의 전형으로 또 다른 '난장이들'의 서술에 의해 전경화되어 있고 전면화되어 있음을 알 수 있다. 이 죽음은 이후 지섭과 영수로 하여금 노동 운동의 전면에 나서게 함으로써 '빈/부의 이분법적 세계' 사이의 간극을 극복하려는 매개자로서의 의미를 지닌다. 그러나 다른 한편으로는 어머니의 체제 순응적 태도 및 영호의 좌절을 초래하기도 한다.

네 번째 노동자 부부의 죽음은 은강 노동자들의 교회를 다니는 영수의 서술을 통해 진술된다. 은강 노동자였던 남편은 영수의 이웃으로 알루미늄 제조 공장에서 근무했다. 하루에 천삼백 원씩 받고 일했던 그는 열처리 탱크가 터질 때 현장에 있었기에, '흔적도 없이' 날아가 버렸다. 남편이 죽자 임신 중이었던 그 부인 역시 목을 매고 죽었다. 이들 부부의 죽음은 위험한 산업 현장에서 노동자들의 죽음 및 그 죽음의 비극적 파장을 구체적으로 진술한 전형으로 영수에 의해 구체적으로 기술되어 '전경화'된다. 영수는 누구도 책임지지 않는 이들 노동자 부부의 죽음에 대한 죗값을 '신'에게 물으며, '잘못은 신에게도 있다'고 진술한다. 서술자인 영수는 노동자 부부의 죽음에 대한 책임을 '신'에게 전가함으로써, 열악한 노동 환경 및 산업 재해에 대한 무성의한 태도 등에 대한 사회와 가진 자들의 무책임을 고발한다.

다섯 번째 못 가진 자들의 죽음의 대상인 영수는 은강그룹 경영주 동생을 계획 살인한 테러의 결과로 인해 처형당한다. 영수의 죽음은 다른 '못 가진 자'들의 죽음과는 달리 직접 진술되지 않는다. 에필로그에서 꼽추와 앉은뱅이의 대화를 통해 사후 진술될 뿐이다. 이는 영수의 죽음 그 자체보다는 그 원인인 '은강 경영주 동생'의 테러가 엄청난 사회적 이슈를 불러일으키는 사회적 죽음이기 때문이다. 영수의 테러 및 처형으로 인해 은강 노동자들은 단결하여 영수의 무죄를 주장했을 뿐만 아니라, 이들의 행동은 이후 연작 『시간여행』에서 단식 투쟁 등 구체적 행동을 불러일으키는 계기가 된다. 그러나 영수의 테러 및 노동자들의 단결만으로는 그들의 행동이 지향하는 바 산업사회가 야기시킨 이분법적 세계의 화합을 성취할 수 없다. 그것은 영수의 테러 계획 및 결심 정에서 '클라인씨의 병'의 의미를 자의적으로 파악한 점,[115] 또한 실행과정에서 테러 대상의 혼동으

---

115) 과학자는 영수에게 '클라인씨의 병'을 '안 밖이 없는데 닫힌 공간이 있는 병'으로 설명하며 이것은 '순전히 논리의 결과인 추상적 측면의 연구의 결과물'이라고 말한다. 그러나 영수는 '안이 곧 밖이고 밖이 곧 안'이라고 주장하면서, '갇혀도 벽을 따라가면 밖으로 나갈 수 있다'며, 갇혔다는 그 자체가 착각'이라고 과학자에게 말한다. 그러나 과학자는 영수의 얼굴을 물끄러미 바라보며 '그대로야'라고만 말할 뿐 영수를 향해 돌아선다. 과학자는 '클라인씨의 병'을 '탈가치의 세계' 즉 '순수한 사유의 소산으로 가치중립적으로, 확대해석하지 않아야 하는 '그대로 임'을 주장하지만, 영수는 자기가 '클라인씨의 병'을 알게 된 것은 '우연 같지가 않다'고 주장하면서, 자신이 벽을 따라 폐쇄된 공간으로부터 탈주할 것을 결심한다. 그 결심의 결과로 영수는 테러를 감행하게 된다. 즉 영수의 테러는 순수 관념의 세계를 현실화하려는 욕망의 실천이지만, 그 실천의 계기가 주관적 판단에서 기인하였기

로 인해 결과적으로 빗나간 테러, 실패한 테러로 설정된 것에서 이미 부정적 현실에 대한 작가의 절망을 엿볼 수 있다.

이상에서 살펴본 바와 같이 내부 액자에서 형상화된 죽음들은 전부 자연사가 아닌 사회적 죽음이다. '가진 자'들의 죽음은 산업사회의 구조적 모순이 불러일으킨 극단적 대립의 결과물들이었고, '못 가진 자'들의 죽음은 산업사회의 구조적 모순을 극명하게 보여주는 한 전형들로 제시되어 있다. 이들 사회적 죽음들은 '클라인씨의 병'처럼 각각 폐쇄된 내부에 갇혀 자기만의 공간에 존재하는, 그리하여 영원히 자기들의 공간에서 벗어날 수 없는 두 계층 간의 첨예한 대립과 갈등의 양상 및 그 역사성 및 영속성들을 보여준다. 이는 작가의 부정적 세계관 및 시간관[116]을 반영하고 있다고 할 수 있을 것이다.

에, 그 출발점에서부터 균열이 발생한 것으로 '구성의 필연성'에 의해 그 목적을 달성할 수 없는 한계를 가진다고 할 수 있다.

116)　시간에 대한 문학 텍스트는 긍정·부정·초월의 세 가지 태도로 표현된다. 긍정적 태도는 순간을 거부하지 않으며 순간 속에서 의미를 찾고 순간에 성실할 때, 또한 그 순간이 가장 아름다운 순간을 실현한 시간이라는 태도를 일컫는다. 반면 부정적 태도는 시간은 폭군으로 죽음과 파멸로 향할 뿐만 아니라, 영속되는 것은 아무것도 없다는 태도를 말한다. 초월적 태도는 '기억'과 '추억'이 인간이 살아가는 과정 속에서 무의식의 껍질을 뚫고 우연히 뛰어나오는 시간에 대한 태도로, 이 순간에 과거와 미래를 초월한 세계속에서 '영원한 현재'를 누릴 수 있다고 보는 관점을 말한다.

　　　김정자, 『한국 근대 소설의 문체론적 연구』, 앞의 책, 117~118쪽.

3) 단성적 독백체로 제시되는 죽음의 속성

연작 『난장이가 쏘아올린 작은 공』에서 죽음의 속성들은 크게 외부 액자의 명시된 죽음과 내부 액자의 은폐된 죽음으로 나뉘어진다. 외부 액자에서는 죽음 이전엔 '가진 자=악함=강함' / '못 가진 자=선함=약함'으로 규정되나, 부동산업자의 죽음으로 인해 이들 관계는 역전된다. 즉 죽음을 통해 안/밖의 구별이 모호한 세계상의 모습을 보여준 것이다. 작가는 서술자인 교사를 통해 이러한 사실을 전달하여 결국 중요한 것은 '윤리적 선택과 그 판단'의 중요성을 지적함으로써 자신의 의도를 드러낸다. 즉 여기서 죽음은 작가의 의도를 드러내기 위한 하나의 수단으로 선택된 것이고, 그 죽음을 통해 드러내고자 하는 세계상을 재현하는 작가의 목소리는 단성적 독백체이다.

내부 액자를 구성하는 10개의 내부-텍스트에 형상화된 죽음은 다양한 계층의 서술자들을 통해 명시된 죽음이다. '가진 자'들의 죽음은 사후 진술을 통해 '배경화'되어 있고, '못 가진 자'들의 죽음은 영수의 처형을 제외하고는 다양한 서술자들의 말을 통해 다각적으로 제시되어 있다. 그러나 이러한 구성 방식에서 다성적 경향을 지님에도 불구하고, 이들 죽음의 속성 및 그 결과는 다성성이 지향하는 것과는 정반대의 성향, 즉 단성적 독백체로 전달된다.

바흐친에 의하면 소설은 모든 언어를 작가의 의도라는 단 하나의 개념적 지평 속에 흡수해 버리는 구심적 시와 대립되는 장르이다. 소설은 자기 작품 속의 다의적 언어로부터 타인의 의도를 제거하지 않으며, '타자의 시각'으로 언어의 레벨이 조정되어 있다. 이러한 소설의 언어적 특징을 '대화성'이라고 한다. 또한 소설 언어는 다양한 계층의 언어가 통합적으로 수용되는 '이질 언어적 속성'[117]을 지닌다. 따라서 소설의 장르는 언어의 배후에 펼쳐져 있는 크고 작은 사회, 이념적 문화의 지평을 파괴하지 않고 다양한 계층과 성별의 언어가 펼쳐지는 원심적 장르이다. 이러한 소설 장르의 특징을 바흐친은 '다성성'이라 칭한다. 다성적 소설의 주인공들은 사상적으로 권위와 자주성을 지닌다. 소설의 주인공들은 제 나름대로 자신만의 의식을 가지며, 이것은 작가의 단일한 시각에 의해 통합되는 것이 아니라, 각 주인공의 의식이 비융합성을 지닌 채 공존한다. 이를 통해 단일한 세계, 그 세계를 독백적으로 이해하는 테두리의 인습적 대화 형식이 아닌 '최후의 대화성 즉 궁극적인 전체의 대화성'을 다룬다. 이는 다른 의식들을 자신 속으로 끌어들이는 어느 한 의식의 전체가 아니라, 절대로 다른 의식의 객체가 되지 않는 몇몇 의식들의 상호작용의 전체로 구성되는 것이다.

바흐친은 이러한 이데올로기적 입장의 복수성과 다양성을 드러내는 한 방식으로서의 다성성을 현실을 재현하는 한 방식으로서의 기법임을 밝힌다. 즉 러시아 혁명이 일어난 이후 '인간 속의 현실'은 '독백적 사실주의'가 되는 인습적 의미에서의 사실주의로는 현실 재현이 불가능하게 되었다. 그리하여 혁명 이후 소설의 인물들은 현실에 대한 자의식, 독립성을 가지고 '현실'에 대해 '대화적 자세'를 일관되게 견지하게 된다. 이를 통해 소설의 인물들은 자신의 비최종화성, 미결성을 입증한다. 즉 바흐친은

---

117) Bakhtim M. M., 이득재 역, 『바흐찐의 소설미학』, 열린책들, 1998, 20~21쪽.

'닫혀지지 않은 인생의 전체'이자 '통합되지 않은 목소리들을 병렬시키는 방법'인 다성성을 러시아 혁명 이후의 당대 현실을 재현하는 소설의 구성원리로 제시한다.[118]

위의 견해를 종합해 볼 때, 다성성은 다양한 견해가 공존하는 격동기의 시대상을 반영하는 하나의 구성원리이다. 원작 『난장이가 쏘아올린 작은 공』에서 다양한 계층의 서술자가 등장하여 얼핏 보면 다성적으로 구성된 소설 같아 보인다. 그러나 앞서 죽음의 속성을 통해 고찰해 본 결과, 빈/부의 대립이 뚜렷한 이분법적 죽음과 사회적 죽음을 통해 드러내고자 하는 작가의 의도가 뚜렷이 제시됨으로써 이른바 이데올로기적 입장의 복수성과 다양성을 드러내는 '다성성'과는 상충됨을 알 수 있다. 즉 죽음의 속성은 자의식을 가진 주인공들의 대립된 견해에 의해 비융합성을 가진 채 공존하기보다는, 작가의 단일한 시각에 의해 작가의 이데올로기를 명백히 드러낸다. '가진 자'들의 죽음과 그를 전달하는 서술은 '배경화'되어 은폐되고, 이들의 죽음의 속성은 가진 자들 스스로의 부패상과 부도덕성을 드러내는 '자기 폭로'적 성격을 가진다. 반면 '못 가진 자'들의 죽음은 산업사회의 병폐와 모순을 드러내는 한 전형으로 텍스트의 곳곳에서 언급됨으로써 가진 자들의 죽음에 비해 상대적으로 '전경화'되어 있다. 작가는 이들의 죽음을 통해 '가진 자'들의 전횡을 통시적, 공시적으로 진술하고, 두 계층 간의 화해 불가능성, 전망부재의 현실을 단성적 독백체로 고발한다.

---

118) 바흐친, 김근식 역, 『도스토예프스끼 시학 — 도스토예프스끼 창작의 제문제(1928)』, 정음사, 1988.

2. 사회적 죽음의 문체와의 상관 관계

1) 사회적 죽음을 둘러싼 절망의 언어

연작 『난장이가 쏘아올린 작은 공』의 문체에 관한 연구는 김병익에 의해 시작된 이후 많은 연구자들에 의해 논의되어 왔다. 김병익은 연작 『난장이가 쏘아올린 작은 공』의 문체적 특징을 접속사와 수식어를 전적으로 배제한 체언과 용언만의 문장 구성, 복문을 피한 단문의 사용, 주관적인 생각이나 느낌을 거세시킨 객관묘사법 등으로 요약하고 이러한 문체적 특징을 '스타카토 문체'로 명명한다.[119] 김병익 이후 연작 『난장이가 쏘아올린 작은 공』의 문체적 특질에 관한 연구는 곳곳에서 언급되고 있지만, 김병익이 앞에서 지적한 내용들을 텍스트를 통해서 설명하고, 그 특

---

119) 김병익, 「역사에의 분노 혹은 각성의 눈물-《난장이》 이후의 조세희」, 『문예중앙』, 1983. 가을, 272쪽.

질에 의미를 부여하는 것 이외에는 특별히 다른 견해나 진전이 없는 실정이다. [120]

이 책에서는 이미 기존의 연구자들이 지적하고 있는 부분에 관해서 논의를 반복하기보다는, '죽음'을 둘러싸고 있는 가진 자와 못 가진 자에 관한 미시적 문체 기법을 대비 분석함으로써, '달성된 형식'으로서의 내용, 즉 미시적 문체와 죽음의 속성과의 상관 관계를 살펴보고자 한다.

조세희 연작 『난장이가 쏘아올린 작은 공』의 죽음의 속성은 크게 가진 자의 죽음과 못 가진 자의 죽음으로 나누어지며, 작가를 통해 성장 이데올로기에 소외받는 도시 하층민의 비애를 대조적으로 형상화시킨다. 가진 자의 죽음으로는 은강 창업주의 죽음 및 은강 경영주 동생의 죽음이 있다. 은강 창업주의 죽음은 '중간자'에 해당하는 윤호를 통해 서술되고, 은강 경영주 동생의 죽음은 그 조카인 재벌 후계자 경훈에 의해 기술된다. 윤호는 「궤도회전」에서 난장이 일가의 입장에 서서 가진 자들의 부도덕성을 자의식을 가지고 기술하는 반면, 경훈은 「내 그물로 오는 가시고기」에서 철저하게 가진 자의 측면에서 가진 자들의 언어로 자신들의 정당

---

120) 한미선(서울대 석사학위논문, 1986)은 언어학 분야에서 토도로프의 구조주의적 관점에서 『난장이가 쏘아올린 작은 공』의 문체를 용언, 문장, 시퀀스, 텍스트의 4층위로 구분하여 문체상의 특징을 분석한다. 이 논문은 용언에서 문장에 이르기까지 문체적 특질을 세밀하게 분석하는 것에는 어느 정도 성과를 보이나, 그 미학적·내용적 의미를 파악하는 것에 나아가지 못하고 있다. 김지영(서울대 석사학위논문, 2003)은 「조세희의 서사 기법 연구」에서 조세희의 소설을 문체적 특질 및 시간 기법을 분석하고 있으나, 이 논문도 역시 김병익이 지적한 단문, 접속사의 생략, 문장의 미완결성 등을 보다 텍스트를 통해 세밀하게 검증하고 이에 관해 '실어증'이라는 의미를 부여할 뿐 기존의 연구와 뚜렷한 성과를 보이지 못하고 있는 실정이다.

함 및 못 가진 자들의 저항의 부당함을 기술한다.

본 장에서는 가진 자의 입장을 대변해 주는 경훈이 서술하고 있는 「내 그물로 오는 가시고기」의 문체적 특징을 중점적으로 분석해 보고자 한다. 못 가진 자들의 죽음 역시 단편 「난장이가 쏘아올린 작은 공」의 문체적 특성을 통해 살펴보고자 한다. 단편 「난장이가 쏘아올린 작은 공」에는 서사의 분수령을 형성하는 난장이의 죽음이 제시되어 있고, 그 양상을 그 자식들인 영수, 영호, 영희라는 다양한 목소리로 재현되고 있기에 못가진 자의 죽음을 통한 문체적 특징을 보다 다각적인 측면에서 살펴볼 수 있기 때문이다.

(1) 타자들의 암울한 전망을 영속화하는 언어

단편 「난장이가 쏘아올린 작은 공」은 세 명의 초점화자에 의해 서술자가 교차되는 방식으로 서사가 진행된다. 서로 다른 화자에 의해 진술됨에도 불구하고, 사건을 진술하는 세부적 방식, 즉 미시적 문체적 특질은 차이없이 균등하다. 세 명의 서술자는 모두 짧은 문장 길이, 접속사 배제 및 부정적 서술어의 사용 등 동일한 문장 기법으로 각각 자신들의 서술을 이끌어 나간다. 또한 단편 「난장이가 쏘아올린 작은 공」에서 가장 선명하게 제시되는 문체적 특징 중 하나는 못 가진 자의 현실과 가진 자의 현실을 나란히 병치시키는 문장 배치 기법이 곳곳에서 사용된다는 점이다. 이를 통해 부각되는 것은 이분법으로 뚜렷이 구별되어 있는 근대적 세계로 인해 고통받는 못 가진 자들의 삶이다.

①사람들은 아버지를 난장이라고 불렀다. 사람들은 옳게 보았다. ②아버지는 난장이였다. ③불행하게도 사람들은 아버지를 보는 것 하나만 옳았다. ④그 밖의 것들은 하나도 옳지 않았다. ⑤나는 아버지·어머니·영호·영희, 그리고 나를 포함한 다섯 식구의 모든 것을 걸고 결코 그들이 옳지 않다는 것을 언제나 말할 수 있다. ⑥나의 '모든 것'이라는 표현에는 '다섯 식구의 목숨'이 포함되어 있었다. ⑦천국에 사는 사람들은 지옥을 생각할 필요가 없다. ⑧그러나 우리 다섯 식구는 지옥에 살면서 천국을 생각했다. ⑨단 하루도 천국을 생각해보지 않은 날은 없다.[121]

위 인용문은 단편 「난장이가 쏘아올린 작은 공」의 도입부이다. 각 문장들은 ⑤를 제외하고 나면 모두 문장이 단문 위주로 구성되어 있으며, 어떤 문장에 의사소통에 꼭 필요한 문장 성분마저도 생략하고 있다. 예를 들어 문장②는 '사람들은 (아버지를) 옳게 보았다'라고 고쳐 써야 하며, ④'(사람들이 판단하고 결정하는) 그 밖의 것들은 하나도 옳지 않았다'라고 바꾸어야 한다. 특히 문장④의 주어에 해당하는 '그 밖의 것들'은 소설이 끝날 때까지 구체적으로 제시되지 않는다. 일반적으로 단문은 3~5개의 문장 성분, 즉 문법적으로 필수적인 문장 성분과 정보 전달에 가장 중요한 문장 성분만을 가지고 구성되는 문장들이다. 이는 정보를 빠르게 전달하고, 감동을 크게 환기시킬 목적으로 사용될 경우가 많다.[122] 초점화자인 영수는 위 인용 부분을 통해 아버지가 '난장이'라는 사실 그리고 사람들은 자신들에 대해 많은 부분 오해를 하고 있으며, 자신 가족들이 '지옥(같은

---

121) 조세희, 『난장이가 쏘아올린 작은 공』, 이성과 힘, 2000, 80쪽. 이후 같은 책 인용 시 쪽수만 표기.

122) Sowinski, 『문체론』, 앞의 책, 137쪽.

환경)'에 살고 있다는 정보를 빠르게 전달하고 있다. 또한 각 문장의 시제는 과거형으로 일관된 형태로 서술되고 있다. 이들 문장이 서술하는 정보는 모두 현재적 사실이기에 현재형으로 서술되어도 내용상 차이가 없다. 그럼에도 불구하고 서술자는 과거형으로 단정 기술함으로써, 난장이 가족의 비극적 삶의 양태 및 그와 대조로 천국에 살고 있는 사람들의 삶의 양태 역시 변할 수 있다는 가능성 즉 계층 간 이동 가능성 및 신분 상승의 가능성을 애초에 제거해 버린다.[123]

문장의 배치 역시 '사람들'의 인식과 서술자인 영수가 생각하는 인식의 간극 및 삶의 양상의 대조를 뚜렷이 보여주고 있다. 사람들은 아버지를 '난장이'라는, 즉 눈에 보이는 현실만 옳게 보고, 나머지 것들은 전부 틀렸다고 '나'는 '다섯 식구의 목숨'을 포함한 '모든 것'을 걸고 진술한다. 또한 '사람들'은 '천국에 사는 사람들'로, 그와는 대조적으로 우리 식구들은 '지옥에 사는 사람들'로 진술된다. 또한 사용되고 있는 모든 주격 조사는 '은/는'의 특수 조사로 대체되어 있다. 이는 영수 가족의 삶이 다른 사람들의 삶과 뚜렷이 구별된다고 하는 초점화자의 '난장이의식'이 반영된 결과이고, 나아가 '가진 자 / 못 가진 자'의 대립과 화해 불가능성의 대립적 세계관 및 죽음의 속성과도 일치한다.

사회적 · 경제적 약자이기에 다른 사람들과 구별된다는 '난장이의식'은

---

123) 조빈스키는 이야기물에서 현재형은 고대 그리스 이래 긴장과 생동감을 전달하기 위한 문체 수단이라고 규정한다.

Sowinski, 위의 책, 157쪽.

초점화자 영수의 사고 및 인식 곳곳에 스며들어 있고, 이를 통해 상황은
이분법적으로 진술된다.

> ①동네 사람들이 골목으로 나와 뭐라고 소리치고 있었다. ②통장은 그들
> 사이를 비집고 나와 방죽 쪽으로 걸음을 옮겼다. ③어머니는 식사를 끝내지
> 않은 밥상을 들고 부엌으로 들어갔다. ④어머니는 두 무릎을 곧추 세우고 앉
> 았다. ⑤그리고, 손을 들어 부엌 바닥을 한 번 치고 가슴을 한 번 쳤다. ⑥나
> 는 동사무소로 갔다. ⑦행복동 주민들이 잔뜩 몰려들어 자기의 의견들을 큰
> 소리로 말하고 있었다. ⑧들을 사람은 두셋밖에 안 되는데 수십 명이 거의 동
> 시에 떠들어대고 있었다. ⑨쓸데없는 짓이었다. ⑩떠든다고 해결될 문제는
> 아니었다.(82)

철거 계고장이 나온 날, 초점화자인 영수는 어머니의 반응과 행복동 동
사무소 앞의 현장을 이야기 한다. 위 인용 부분에서도 앞에서 지적한 미
시적 문체상의 기법이 그대로 사용된다. 각 문장들은 단문으로 구성되어
있고, '았/었'의 과거 선어말어미의 사용 및 '은/는'의 차이를 나타내는 특
수 조사의 사용이라는 문체적 기법 역시 동일하다. 문장 ①과 ②와 ③은
모두 다른 주어, 즉 '동네 사람들 → 통장 → 어머니'로 변하고 있을 뿐만
아니라, ②와 ③의 사이엔 다른 공간을 서술함으로 연결 어구가 들어가야
만 함에도 불구하고 접속사는 생략되고 있다. 초점화자는 철거민들의 생
존이 달려 있는 이 절박한 상황의 현장을 자신의 '말'로 전달하기보다는,
세부적이고 개별적 상황을 대비적인 문장 배치를 통해 묘사하면서 전달
한다. 등장인물인 어머니 역시 자신의 안타까움을 언어로 하기보다는 '손
을 들어 부엌 바닥을 한 번 치고 가슴을 한 번 치'는 행위로 대신한다. 비

록 무언의 동작이지만, 말로 전하는 것보다 상황과 처지의 절박함이 더욱 더 생생하게 전달된다. 생존의 마지막 보루인 주거지에서 내쫓길 상황이지만, 살아오면서 어머니가 자각한 현실은 말로 자신의 의사를 전한다고 변화될 상황이 아니라는 것이다. 세월이 흐르면 흐를수록, 영수의 어머니가 배워온 것은 체념하는 방법이었을 것이다. 행복동 주민들은 자신들의 하소연을 들어줄 사람은 두셋밖에 안 되는 상황, 그것도 철거에 관한 어떠한 권한도 주어져 있지 않는 사람들임에도 불구하고, 수십 명이나 되는 사람들이 거의 동시에 떠들어 대는 비이성적 상황을 연출한다. 이러한 숫자상의 극단적 대조는 해결책이 제시될 수 없는 암울한 현실의 상황과 그 누구도 이들의 아픔에 귀를 기울이지 않는다는 사회 구조의 모순을 상징적으로 제시한 부분들로, 이를 통해 못 가진 자들의 소외감을 더욱더 선명하게 부각시킨다. 뿐만 아니라 이들이 이야기하는 내용은 구체적으로 제시되지 않는다. 동네 사람들이 '뭐라고' 소리치고 있고, 수십 명이 거의 동시에 떠들어 대는 소리는 의사소통을 기대하기는커녕 내용파악조차도 불가능하다. 서술자인 영수가 주지하는 바, 이 모든 행동은 폭력적 현실 앞에 무력한 '쓸데없는 짓'에 불과하다.

어머니의 체념과 거의 흡사한 영수의 체념 역시 그의 오랜 삶의 과정에서 얻은 교훈임을 아래 인용문에서 알 수 있다.

> 개천 건너 주택가 골목에서는 고기 굽는 냄새가 났다. 나는 그것이 고기 굽는 냄새인 줄 알면서도 어머니에게 묻고는 했다.
> "엄마, 이게 무슨 냄새야?"
> 어머니는 말없이 걸었다. 다시 물었다.

① "엄마, 이게 무슨 냄새지?"

어머니는 나의 손을 잡았다. 어머니는 걸음을 빨리하면서 말했다.

② "고기 굽는 냄새란다. 우리도 나중에 해먹자."

③ "나중에 언제?"

④ "자. 빨리 가자?"

어머니는 말했다.

⑤ "너도 공부를 열심히 하면 좋은 집에서 살 수 있고, 고기도 날마다 먹을 수 있단다."

⑥ "거짓말!"

어머니의 손을 뿌리치면서 내가 말했다.

⑦ "아버지는 나쁜 사람야."

(…중략…)

⑧ "나도 주머니가 달린 옷을 입고 싶어."

⑨ "빨리 가자."

⑩ "엄마는 왜 우리들 옷에 주머니를 안 달아주지? 돈도 넣어주지 못하고, 먹을 것도 넣어줄게 없어서 그렇지?"

⑪ "아버지에 대해 말을 막하면 너 매 맞을 줄 알아라."

⑫ "아버지는 악당도 못 돼. 악당은 돈이나 많지."

⑬ "아버지는 좋은 분이다."

⑭ "알아."

나는 말했다.

⑮ "수백 번도 더 들었어. 그렇지만 이젠 속지 않아. (85~86)

위 인용 부분은 서술자인 영수와 그 어머니가 개천을 사이에 두고 자신들이 살고 있는 철거촌과 다른, 주택가를 지나면서 나눈 이야기다. 공부를 열심히 해도 계층 간 이동이 불가능한 현실을 너무 일찍 깨달은 조숙한 영수지만, 스스로의 욕망을 자제함으로써 자식에게 제대로 먹이고 입히지 못하는 부모의 안타까운 마음까지는 배려해 줄 만큼까지는 성숙하지 못한 영수가 그 어머니에게 반항에 가까운 투정을 부리는 안타까운 장면이다. 여기에서 두 계층이 살아가는 현실과 공간이 자연스럽게 대조를 이룬다. 주택가에서는 고기를 구워먹고, 아이들은 돈이나 먹을 것을 넣어둘 주머니가 달린 옷을 입는다. 반면 '보리밥에 까만 된장, 그리고 시든 고추 두어 개와 조린 감자'를 먹고 사는 철거촌 난장이의 아이들에게 고기는 기약할 수 없는 시간인 '나중에' 먹을 수밖에 없으며, 돈도 먹을 것도 없기에 주머니가 달리지 않은 옷을 입는다. 결국 나이 어린 영수는 자신의 아버지를 '나쁜' 사람으로 규정한다.

또한 위의 인용문은 대화체이기에 단문 및 접속사 생략이라는 미시적인 문체 특질이 보다 부각된다. 등장인물들의 발화는 두세 마디를 넘지 않는 짧은 길이로 되어 있다. 대화는 짧은 길이의 문장이 계속 이어지고, 대화문에 이어 대화의 주체를 밝히는 지문으로 구성되어 있다. 그 지문의 형태 역시 '누가 말했다'의 주어-서술어의 문장 구성을 거의 벗어나지 않는다. 또한 대화 역시 자연스럽게 이어지기보다는 내용상 생략과 비약이 두드러진다. 영수의 대사③과 어머니의 대사④는 정상적인 질문과 답변이 될 수 있다. 영수의 대사③은 언제나 '나중에'라는 말로 현실의 결핍을 미래에 대한 기대로 대체해 온 어머니의 말에 대한 영수의 반항이다. 결국 '나중에'라는 말로 자식의 투정을 순간적으로나마 넘길 수 밖에 없는 어머니는 결국 '빨리 가자'는 말로 대답한다. 어머니는 '나중'에라도 자신들의 밥상에 고기가 올려지는 일이 없을 것이라는 현실을 체험을 통해 잘 알고 있기에, 구체적인 시간을 묻는 아들 영수의 질문에 어떠한 해답도 할 수가 없었기 때문이다. 결국 어머니는 '공부를 열심히 하면 좋은 집에 살 수 있고, 고기도 날마다 먹을 수 있다'(대사⑤)는 더 '나중'인 미래에의 희망과 약속을 통해 영수를 달래고자 하나, 영수는 어머니의 변명에 '거짓말'이라는 대답으로 대응한다. 어머니가 가지고 있던 변화 불가능한 상황이라는 세계관이 영수에게까지 고스란히 대물림되고 있다. 즉 이러한 영수의 대답은 계층 간의 이동이 불가능한 현실에 대한 인식을 단적으로 제시한 것이다. 그리고 '두 번 다시 속지 않는다'(대사⑮)는 말을 통해 허황된 장밋빛 미래에의 약속에 결코 속거나 이용되지 않을 것을 결심한다. 위의 이러한 단문 위주, 요약과 비약이 있는 대화 및 가진 자와 못 가진 자의 시공간을 대립적으로 배치하고 있는 문장 기법들은 모두 전망 부재의 현실과 미래상을 부각시키고 있다.

단편 소설 「난장이가 쏘아올린 작은 공」에선 난장이와 어머니의 진술이 곳곳에서 차단당하는 장면이 서술된다. 특히 난장이는 '혀가 안으로 말려들' 어감으로써 말을 하지 못한다. 초점화자인 영수는 이러한 어머니와 난장이의 상황을 기회가 될 때마다 빠짐없이 서술한다. 말도 제대로 못하는 난장이의 상황은 지섭과 대화하는 과정을 통해 더욱더 선명하게 대비된다.

지섭은 밝고 깨끗한 주택가 삼층집에서 살았다. 지섭은 그 집 가정교사였다. 아버지와 그는 서로 통하는 데가 있었다. 지섭이 하는 말을 나는 들었었다. 그는 이 땅에서 우리가 기대할 것은 이제 없다고 말했다.
① "왜?"
아버지가 물었다.

지섭은 말했다.

② "사람들은 사랑이 없는 욕망만 갖고 있습니다. 그래서 단 한 사람도 남을 위해 눈물을 흘릴 줄 모릅니다. 이런 사람들만 사는 땅은 죽은 땅입니다."

③ "하긴!"

④ "아저씨는 평생 아무 일도 안 하셨습니까?"

⑤ "일을 안 하다니? 일을 했지. 열심히 일을 했어. 우리 모두 식구 모두가 열심히 일했네."

⑥ "그럼 무슨 나쁜 짓을 하신 적은 없으십니까? 법을 어긴 적 없으세요?"

⑦ "없어."

⑧ "그렇다면 기도를 드리지 않으셨습니다. 간절한 마음으로 기도를 드리지 않으셨어요."

⑨ "기도도 올렸지."

⑩ "그런데, 이게 뭡니까? 뭐가 잘못된 게 분명하죠? 불공평하지 않으세요? 이제 이 죽은 땅을 떠나야 됩니다."

⑪ "떠나다니? 어디로?"

⑫ "달나라로!"(102)

지섭과 영수의 아버지인 난장이는 '서로 통하는 데'가 있기에, '죽은 땅'의 부조리한 현실의 원인에 관해 허심탄회하게 이야기를 나눈다. 위의 대화 가운데 난장이의 이야기만 구분하여 보면 '①왜 ③하긴 ⑤일을 안하다니? 일을 했지. 열심히 일을 했어. 우리 식구 모두가 열심히 일했네 ⑦없어 ⑨기도를 올렸지 ⑪떠나다니? 어디로?'가 전부이다. 각 문장은 ⑤를 제외하면 한, 두 단어로만 이루어져 있음을 알 수 있다. 대사 ⑤도 역시 '일을 했다'는 두 단어의 점층적 반복에 불과하다. 반면 지섭의 대사는 필수 문장 성분뿐만 아니라 접속사까지도 모두 갖춘, 제대로 된 문장으로 자신의 견해를 피력한다. 난장이는 '서로 통하는 데'가 있는 지섭과 대화를 나누면서도, 자신의 의견을 이야기하기보다는 지섭의 질문에 답변만 하는 정도이고, 그마저도 단어 수준으로 짤막하게 꼭 해야만 하는 말만 전달한다. '죽은 땅을 떠나야만 하는 당위'를 역설하는 지섭의 견해에도 난장이는 자신의 생사와 관련된 부분임에도 불구하고 가타부타 말이 없다. 이러한 난장이 부부의 침묵은 가혹한 현실에서 체념의 자세를 습관처럼 지속시켜온 삶의 역정의 결과라고 할 수 있다. 난장이는 끝까지 난장일 수밖에 없고, 그 자손 역시 난장이로 살아갈 수밖에 없는 역사적 현실을 체감한 난장이 부부로서는 당연한 생존 방식으로, 이 역시 변하지 않는 역사적 현실에 관한 도시 하층민의 좌절을 형상화한 것이다.

영수는 이러한 이분법적 현실에서 벗어나는 유일한 방도는 공부라고 생각한다. 이는 계층 이동의 유일한 수단이 학벌이라고 하는 당시 사회적 통념과도 일치한다.

> 우리는 무슨 일이 있든 공부는 해야 한다고 생각했다. 공부를 하지 않고는 우리 구역에서 벗어날 수가 없다고 생각했다. 세상은 공부를 한 자와 못 한 자로 너무나 엄격하게 나누어져 있었다. 끔찍할 정도로 미개한 사회였다. 우리가 학교 안에서 배운 것과는 정반대로 움직였다.(97)

영수가 원하는 삶은 '우리 구역'에서, 낙원구 행복동의 철거촌이 상징하는 삶의 현장에서 벗어나는 것이다. '공부'는 영수의 그러한 꿈을 가능하게 하는 수단이다. 세상이 공부를 한 자와 못 한 자로 엄격하게 분리되어 있기 때문이다. 영수는 이분법적 세계를 일찌감치 인식하고, 자신이 처한 구역을 벗어나기 위해 노력한다. 그러나 영수는 배우면 배울수록 학교 안에서 배운 것과는 정반대로 움직이는 현실에 희의를 품는다. 따라서 영수는 아무리 노력해도, 즉 아무리 공부해도 난장이로서의 삶을 벗어날 수 없음을 서서히 자각하게 된다. 이러한 현실은 영수가 고교방송통신학교에 등록하고 수업을 듣기 위해 산 라디오가 고장나 버리는 부분에서 상징적으로 제시되기도 한다. 고장난 라디오로는 방송을 들을 수 없고, 이는 결국 '우리 구역'을 벗어날 수 없는 영수의 미래와 연결된다. 이러한 현실은 단순히 영수 개인에 국한된 문제가 아니다. 난장이의 선조가 노비를 세습하였듯이, 철거촌의 삶의 현장으로 대변되는 영수의 사회적·경제적 계층 역시 그 후손한테 세습될 것이라는 사실을 미루어 볼 때 이는 빈/부 계층의 차이, 즉 양극화 사회를 심화시키는 사회 전반적인 문제라고 할 수 있다. 영수는 양극화된 이러한 사회를 '끔찍할 정도로 미개한 사회'라고 규정한다. 여기서도 단문 위주의 서술, 접속사 사용의 배제, 차이를 나타내는 '은/는' 특수조사의 사용, 과거형 어미의 사용이라는 미시적 문체소가 일관되게 나타난다. 또한 '우리 구역'은 '非우리 구역'과, '학교 안에서 배운 세상'은 '현실 세상'과 '공부한 자'는 '공부 안 한 자'와 뚜렷하게 구별되는 대조적인 문장 배열 기법 역시 동일하게 사용되고 있음을 알 수 있다.

결국 산업사회에서 난장이인 노동자로서의 삶을 수용한 영수가 갈 곳은 공장뿐이다. 초점화자인 영수는 산업화의 모순이 첨예하게 나타난 공장에서 그동안 생활 속에서 체험한 가진 자와 못 가진 자 사이의 뚜렷한 이분법적 세계상을 보다 구체적이고 뼈저리게 경험하게 된다.

회사 사람들과 우리의 이해는 늘 상반되었다. 사장은 종종 불황이라는 말을 사용했다. 그와 그의 참모들은 우리에게 쓰는 여러 형태의 억압을 감추기 위해 불황이라는 말을 이용하고는 했다. 그렇지 않을 때는 힘껏 일한 다음 노－사가 공평히 나누어 갖게 될 부에 대해 이야기했다. 그러나 그가 말하는 희망은 우리에게 아무 의미를 주지 못했다. 우리는 그 희망 대신 간이 알맞은 무말랭이가 우리의 공장 식탁에 오르기를 더 원했다. 변화는 없었다. 나빠질 뿐이었다. 한 해에 두 번 있던 승급이 한 번으로 줄었다. 야간 작업 수당도 많이 줄었다. 노동자들도 줄였다. 일양은 많아지고, 작업 시간을 늘었다. (…중략…) 공장 규모는 반대로 커갔다. 활판 윤전기가 들여오고, 자동 접지 기계를 들여오고, 옵셋 윤전기를 들여왔다. 사장은 회사가 당면한 위기를 말했다. 적대 회사들과의 경쟁에서 지면 문을 닫을 수밖에 없다고 말했다. 이것은 노동자들이 제일 무서워하는 말이었다. 사장과 그의 참모들은 그것을 알고 있었다. (…중략…) 마음속에서는 옳은 것이 실제에서는 반대 방향으로 움직여지는 것만을 그들은 보았다. 우리는 너무나 모르는 것이 많았다. 사장에게는 다행한 일이었다. 그 집 식구들은 정원 잔디를 기계로 밀어서 깎았다. 그 집 정원에서는 손질이 잘된 나무들이 밝은 햇빛을 받아 무럭무럭 자랐다. 그 집 나무들은 '나무종합병원'에서 나온 나무 의사들이 돌보았다. 나도 나무병원 앞을 지나가본 적이 있다. 간판에 '귀댁의 나무는 건강합니까?' 라고 씌어져 있었다. 그 밑에는 작은 글씨로 '병충해 구제 진단·생리학적 피해 진단·외과수술·건강 유지 관리' 라고 씌어져 있었다. 함께 지나가던 어린 조역이 말했다. "우리 집에는 나무가 없습니다. 나는 건강하지 못합니다." 우리는 배를 잡고 웃었다. 무엇이 그렇게 우스웠는지 모른다.(107~108)

여기서 영수는 사용자들과 노동자들의 입장과 처지가 상호 대립 관계에 있음을 문장 배치 기법에 의해 연이어 서술한다. 사용자들은 노동자들에게 불황을 타계한 이후, 노－사가 공평하게 나누어 가질 부를 희망적으로 이야기한다. 반면 노동자들이 바라는 것은 '간이 알맞은 무말랭이' 정도로, 인간적 삶에 대한 최소한의 대우이다. 그러나 노동자들의 노동 현장과 상황은 절망적일 뿐이다. 일의 양은 많고, 작업 시간은 늘어가지만, 승급도 제대로 이루어지지 않고 수당 역시 감소한다. 사용자들은 노동자들의 불만이 폭발하는 것을 사전에 막기 위해 상호 고발을 하게 하여 노동자의 단합을 사전에 차단하고, 언제나 '회사의 당면한 위기 및 불황'에 대해 이야기한다. 그러나 이어 서술되는 내용들은 사용자에게 내세우는 '회사가 당면한 위기'가 노동자들을 기만하기 위한 사용자들의 허구적 실책임을 분명히 서술한다. 회사는 노동자들에게 노동의 정당한 노동의 대가를 착취하여 남긴 이윤으로 생산 자본을 구입하는 것에 재투자한다. '부의 분배'는 공평하게 이루어지지 않았다. 뿐만 아니라 '그 집 식구'들은 정원에 잘 손질된 나무 및 잔디를 소유하고 있다. 이는 가혹한 노동 환경에서 '건강하지 못한' 노동자들과 극단적 대립을 이루며, 노동자들로 하여금 자조적이고 체념적인 웃음을 터트리게 한다. 초점화자인 영수는 이 모든 정보를 단문 중심으로 빠르게 전달하고 있다.

가진 자와 못 가진 자의 대립된 세계상 및 계층 간 화해 불가능한 현실로 인해 난장이 가족들은 아무리 일하고 공부하고 노력해도 자신들의 구역을 벗어날 수 없을 뿐만 아니라, 빈곤은 자식들에게 대물림된다는 절망감을 가질 뿐이다. 이러한 산업화·근대화의 사회는 난장이 가족이 살아가는, 유일한 삶의 터전인 초라한 집마저 부숴버린다. 그 결과 전망부재의 현실에 절망하여 난장이는 굴뚝에서 자살한다. 아버지 난장이의 죽음은 영호에게 자신도 결국 난장이에 불과하다는 계급의식을 전수함으로써, 빈곤이 대물림되고 고착된다.

①아버지가 마지막 눈을 감는 날의 일을 생각했다. ②죽음은 모든 것의 끝이다. ③언덕 위 교회의 목사는 달랐다. ④그는 인간의 숭고함 · 고통 · 구원을 말했다. ⑤나는 인간이 죽은 다음에 또 다른 생을 시작한다는 그의 말을 이해할 수 없었다. ⑥아버지에게는 숭고함도 없었고, 구원도 있을 리 없었다. ⑦고통만 있었다. ⑧나는 형이 조판한 노비 매매 문서를 본 적이 있다. ⑨확실히 아버지만 고생을 한 것이 아니다. ⑩아버지와 어머니는 자식들이 전혀 새로운 삶을 시작하기를 바랐다. ⑪그러나 우리는 이미 첫 번째 싸움에서 져 버렸다. ⑫나는 내가 마지막 눈을 감는 날의 일도 생각했다. ⑬나는 아버지만도 못할 것이다. ⑭아버지와 아버지의 아버지, 아버지의 할아버지, 그 아버지의 할아버지들은 그들 시대의 성격을 가졌다. ⑮나의 몸은 아버지보다도 작게 느껴졌다. ⑯나는 작은 어릿광대로 눈을 감을 것이다.(115)

앞의 인용 부분은 단편 「난장이가 쏘아올린 작은 공」의 두 번째 부분에 해당하는 부분으로 초점화자인 영호에 의해 기술된다. 여기서 초점화자인 영호는 못 가진 자인 난장이와 그 가족들의 죽음이 일반인의 죽음과 구별됨을 대조적으로 기술하고 있다. 초점화자가 영호로 바뀌었음에도 불구하고, 영수가 서술하던 미시적 문체소의 양상은 동일하다. 문장의 길이는 모두 짧게 끝나고 있으며, 문장과 문장 사이에 접속사는 존재하지 않는다. 영호 자신의 죽음의 속성을 추정하는 문장⑯에서만 현재형어미가 사용되고, 나머지 문장은 모두 '았/었'의 과거형으로 끝맺는다. 또한 문장의 전체 주어가 생략된 문장①만 제외하면 나머지는 모두 '은/는'의 '차이'의 의미를 부여하는 특수조사에 의해 기술된다. 뿐만 아니라 문장⑦과 ⑨에서는 '만'이라는 '단독'의 의미를 부여하는 특수조사가 사용됨으로 인해서 못 가진 자인 난장이 가족들이 겪는 고통을 부각시키고 있다.

또한 대립적 양상을 드러내는 문장 배치 역시 변함이 없다. 초점화자 영호는 일반인의 죽음에는 교회의 목사가 말하는 것처럼 '인간의 숭고함·고통·구원'이 존재하지만, 난장이인 아버지의 죽음엔 '숭고함도 구원'도 존재하지 않고 오직 '고통'만이 존재하지 않음을 기술한다. 초점화자인 영호는 아버지 죽음이 가지고 있는 '고통'의 의미를 일반인의 죽음을 서술한 목사의 말과 나란히 병치함으로써, 즉 대립된 내용의 문장 배치 기법을 통해 그 대립상을 더욱더 극명하게 드러낸다.

그리고 난장이의 '고통'이 대물림될 것임을 '형이 조판한 노비 매매 문서'를 통해서 뚜렷하게 인식하고 있다. 조상 때부터 노비로 이어 내려온 집안 내력을 계승한 난장이 아버지의 상황은 그보다 더 악화되어 있었다. 아버지와 어머니는 자식들이 자신과는 다른 전혀 새로운 삶을 시작하기를 바라지만, 시대가 변할수록 가진 자와 못 가진 자의 격차는 가속화될 뿐이다. 그리하여 서술자인 영호는 자신이 아버지보다 더 난장이임을 자각하고, 자신 역시 '작은 어릿광대로 눈을 감을 것'이라고 생각한다. 아버지 난장이의 죽음엔 숭고함도 구원도 있을 수 없었다고 기술하듯, 영호의 죽음 역시 어떠한 구원은 존재하지 않을 것임을 단정적으로 기술한다. 이러한 죽음의 기술은 목사가 말하고 있는 '인간의 숭고함과 구원'과는 명백히 차별적이며, 다른 생 즉 내세에서도 어떠한 희망과 위로를 받을 수 없음을 기술함으로써 난장이들의 비극적 상황과 그로 인한 좌절과 절망을 가중한다.

세 번째 부분의 초점화자인 영희는 오빠들의 난장이 인식을 가진 자인

'그'와 '자신'의 뚜렷한 대조상을 통해 기술한다.

> 우리는 출생부터 달랐다. 나의 첫 울음은 비명으로 들렸다고 어머니는 말
> 했다. 나의 첫 호흡이 지옥의 불길처럼 뜨거웠을지도 모를 일이다. 나는 모태
> 에서 충분한 영양을 보급받지 못했다. 그의 출생은 따뜻한 것이었다. 나의 첫
> 호흡은 상처난 곳에 산을 흘려 넣는 아픔이었지만, 그의 첫 호흡은 편안하고
> 달콤한 것이었다. 성장 기반도 달랐다. 그에게는 선택할 것이 많았다. 나나
> 두 오빠는 주어지는 것 이외의 것을 가져본 경험이 없다. (…중략…) 그는 자
> 라면서 더욱 강해졌지만 우리는 자라면서 반대로 약해졌다.(131)

> 바로 그가 그의 승용차 앞에 서 있었다. 그는 건강한 몸으로 서 있었다. 나
> 는 아픈 몸을 숨기고 그가 나가기를 기다렸다. 그와 마주친다면 나는 그를 죽
> 일 생각이었다. 그는 아직까지 한 번도 죽음에 대해 생각해본 적이 없을 것이
> 다. 인간이 갖는 고통에 대해서도 그는 아는 것이 없다. 절망에 대해서도 모
> 를 것이다. 빈 식기들이 맞부딪치는 소리, 손과 발, 무릎, 그리고 이가 추위에
> 견디지 못해 맞부딪치는 소리를 그는 들어본 적이 없을 것이다.(140)

영희는 자기 집의 입주권을 산 '그'와 더불어 살았던 삶과 입주권을 훔
쳐 나와 입주 절차를 밟던 그 이후의 시간을 서술한다. '그의 집'이 부자
였기에, '스물 아홉'의 나이에 못하는 일이 없는 '그'와 할 수 있는 것은 아
무것도 없는 자신의 삶은 극단적인 대조를 이룬다. 모태에서부터 충분한
영양을 보급 받지 못한 영희의 출생 후 첫 호흡은 '아픔'으로 기술되지만,
'그'의 성장 기반과는 달리 영희 자신과 두 오빠는 '주어지는 것 이외의 것
을 가져본 경험이 없는'. 즉 선택할 수 있는 상황이 존재한 적이 없었다고
기술한다. 이러한 출생 과정 및 성장 기반의 차이의 각은 시간이 흐를수
록 점점 더 벌어질 뿐, 상황의 역전은 존재하지 않는다. 현재 '그'는 '건강

한 몸'으로 어디서나 당당하게 서 있지만, '나'는 '아픈 몸'을 숨기고 있는 존재이다. '그'는 죽음도, 고통도, 절망도 모른 채 자라왔지만, '나'는 굶주림과 추위를 이기지 못한 채 고통과 절망, 죽음을 생각해 매순간 생각하고 경험하며 자란다. '그'는 자라면서 더욱 '강'해지고, '나'는 자랄수록 '약'해질 뿐이다. 즉 이분법적 세계는 영속할 뿐 아니라 시간이 흐를수록 그 체제가 강화됨을 알 수 있다.

단편 「난장이가 쏘아올린 작은 공」은 아버지 난장이의 죽음을 기점으로 큰아들 영수, 작은아들 영호 그리고 그의 딸 영희가 시간차를 두고 각각 자신의 관점에서 기술하고 있다. 영수는 '난장이'들의 역사가 선조 때부터 내려온 것으로, 현재 자신들의 삶을 어떠한 방식으로 파괴하고 있는가를 중점적으로 서술하고 있다면, 영희는 이 땅에서 난장이로 살아가는 자들의 현재적 삶을 가진 자와 대비를 통해 기술하며, 영호는 현재와 앞으로 자신들이 이어갈 삶 역시 난장이에 불과하다는 암울한 전망에 관해 기술한다.

서로 다른 초점화자에 의해 서로 다른 내용을 기술하고 있지만, 각 부분의 초점화자들은 모두 난장이의 자식들, 즉 못 가진 자들의 후예로 동질적인 삶의 경험을 공유하고 있기에, 그들이 기술하는 부분에 있어서 문체적 기법상의 차이는 보이지 않았다. 각 부분의 미시적 문체소인 문장 길이 및 용언의 기술 방식, 조사의 사용, 문장의 배치 등은 초점화자의 차이에도 불구하고 모두 동일한 양상을 보이고 있다. 또한 이러한 미시적 문체 기법은—못 가진 자의 죽음 양상이 산업화·근대화의 병폐를 고발하고, 가진 자와 못 가진 자의 이분법적 세계상의 고착화 및 전망 부재의 현실을 드러낸 것과 마찬가지로 ─ 등장인물들이 '난장이'들이라는 사회적 신분 및 계층의 과거와 현재, 그리고 미래를 기술함으로써 이분법적 세계의 영속성을 보여준다. 따라서 초점화자가 영수, 영호 그리고 영희로 교차되는 단편 「난장이가 쏘아올린 작은 공」의 미시적 문체상의 특징은 화자에 따라 변하는 양상은 존재하지 않고, 다만 그 중점을 두고 서술하는 부분에 있어서는 미세한 차이를 보임을 알 수 있다.

(2) 주체들의 부당함을 고발하는 언어

단편 「난장이가 쏘아올린 작은 공」이 난장이의 죽음을 계기로 못 가진 자들의 관점에서 가진 자와 못 가진 자의 대립을 기술한 것이라면, 「내 그물로 오는 가시고기」는 은강 경영주 동생의 죽음을 통해 가진 자 입장에서 자신들의 세계를 기술한다. 은강 경영주 동생의 죽음을 통해 서술되는 가진 자들의 삶은 대립과 투쟁의 연속이다. 이들의 대립과 투쟁은 못 가진 자들, 즉 노동자들과의 대립은 물론이거니와 가진 자들 심지어는 가족 내부에서까지 가진 자들은 상호 견제 및 대립적인 삶을 살아간다. 이러한 대립상은 초점화자인 은강 경영주의 셋째 아들인 경훈을 통해서 기술된다. '강자의 역사'를 좋아하는 경훈은 집에서 일하는 여자 아이를 성희롱하고, 늙고 병들어 쓸모없는 사냥개를 죽이려 하는 등 윤리성과 도덕의식이 결핍되어 있는 재벌 3세이다. 경훈은 은강 경영주인 자기 아버지를 대신해 죽은 숙부의 죽음과 관련된 영수의 재판 과정을 숙부의 아들이자 자신의 사촌인 경우와 함께 지켜본다. 경훈은 자신과 경우를 둘러싸고 있는 가진 자들의 상황과 대화를 부도덕하고 가진 자인 자신의 관점에서 기술한다.

　은강 경영주 동생의 아들인 경우는 재벌 후계자로 가진 자에 속해 있으나, 노동자들의 현실을 직시하고는 그들의 상황을 이해하려는 선량한 인물이다. 경우의 인간적 면모는 은강 경영주와의 다음과 같은 대화를 통해 형상화된다.

　　아버지는 얼굴도 돌리지 않고 조카에게 말했다.
　　"①공부를 끝내고 와 아버지가 하던 일을 해야 돼. ②잠시도 쉴 수 없는 상태가 어떤 건지 너도 알게 될 거다. ③우리에겐 지켜야 할 게 많아. ④지키면서, 실제로 행동이 가능한 변혁을 늘 생각해야 돼. ⑤많은 사람들이 우리가 근거없이 성공한 걸로 믿고 있고, 기회만 있으면 때려 부수려고 하는데, 우리는 그들을 설득하든가 안 되면 반대로 밀어붙일 힘을 가져야 된다. ⑥저희들을 위해 우리가 하는 고마운 일은 생각도 하지 않으려는 사람들이 너무 많아. ⑦너의 아버지 일을 나는 눈을 감을 때까지 잊을 수 없을 거야. ⑧이렇게 큰 희생을 우리가 치러본 적은 없었어. ⑨나라와 나라 사이의 일이라면 전면 전쟁이 일어났을 거다. ⑩이 이상으로 신성한 전쟁 이유는 있을 수가 없어."
　　"큰아버님 말씀 알아듣겠습니다."
　　사촌이 말했다.
　　"그러니까, 공장에서 일하는 그들도 같은 말을 할 수 있을 거예요. 스스로를 지키기 위해 가만있으면 안된다는 그 신성한 이유를 똑같이 들겠죠." (274)

　앞의 인용 부분은 경우 아버지가 사망하자, 경우 어머니는 은강의 경영주인 경훈의 아버지에게 남편이 가지고 있던 권리와 경영권을 상속 받기 위해 변호사와 경우를 데리고 경훈의 집을 찾는다. 은강 경영주인 경훈의 아버지는 경우 어머니와는 대화를 시작하기도 전에 경우를 바라보며,

경우 어머니가 아닌 경우가 바로 죽은 동생의 후계자임을 명시하는 부분이다. 은강 경영주는 경우에게 자신을 대신해서 죽은 자기 동생의 죽음을 '큰 희생'이라고 규정하며, 그들의 성공을 부수려는 적들로부터 그들의 것을 지킬 힘을 길러야 할 것을 역설하고 있다. 인용된 부분의 미시적 문체의 특성을 살펴보면, 단편 「난장이가 쏘아 올린 공」에서 제시된 난장이 가족들 간의 대화와는 달리 장황한 문장이 기술된다. 대화체엔 요약과 생략 그리고 단문이 주로 사용됨에도 불구하고, 문장①과 ⑤에서는 복문과 장황한 기술이 나타나기도 하는 등 자못 특이한 양상이 드러나기도 한다. 짧은 길이의 문장이라 할지라도 ②와 같이 관형절을 안은문장이거나 ③과 같이 서술절은 안은문장 등 복문의 형태를 지니고 있다. 독일의 문체론자인 클라펜바흐(R. Klappenbach)는 문체층을 특정 계층에 따라 ①고상한 일상 구어층과 문학층 ②보통 언어층 ③하층적 일상 구어 어휘 ④통속어층으로 구분하면서, 문체를 계급화시키기도 한다.[124] 클라펜바흐(R. Klappenbach)의 관점에서 본다면, 실어증을 앓고 있는 난장이들에 비해, 경제적 상류층인 은강 경영주들은 자신의 견해를 뚜렷하게 제시한다는 점에서 명백한 차이를 보여주고 있다.

또한 이 부분에서 은강 경영주는 주로 '−해야 돼', '−생각 해야 돼', '−가져야만 돼' 등의 선택의 여지를 주지 않고, 일방적 의무만을 강요하는 서술어를 주로 사용하면서 경우에게 자신과 노선을 같이 할 것을 강조한다. 그리고 노동자들을 '우리가 하는 고마운 일은 생각도 하지 않으려는

---

124) Sowinski, 『문체론』, 앞의 책, 194~196쪽 참고.

사람' 혹은 '기회만 있으면 때려 부수려고 하는 사람'들인 적대적 계층으로 규정하면서, 그들과의 '신성한 전쟁'을 위해 '설득'을 하던가, '밀어붙일 힘'을 가져야 함을 역설한다. '설득'이든, '힘으로 밀어 붙이'든, 어느 쪽이나 자신들이 바라는 대로 이끌어 가려 한다. 이는 은강 경영주의 세계관이 가진 자와 못 가진 자의 이분법적 세계관임을 드러낼 뿐만 아니라, 대립적 관계로 이루어진 세상에서 가진 자들이 자신들의 권리와 재산을 지키기 위해서는 못 가진 자들을 더욱 적대시해야 한다는 가진 자들의 의식 구조를 극명하게 드러낸 부분이다. 이러한 은강 경영주의 주장에 대해 경우는 역지사지의 입장에서 노동자의 입장을 말하면서 큰아버지의 주장에 반박한다. 이를 통해 경우는 이분법적 가치관과 세계관을 소유하지 않았기에, 보다 유연하고 선량한 사고를 가진 자임을 알 수 있다. 이런 선량한 경우의 모습은 거의 모든 부분에서 경훈과 나란히 병치되는 문장 배치 기법에 의해 기술된다.

> 사촌은 무슨 말인지 모르겠다는 듯 나를 쳐다보았다. 내 위의 두 형에 비하면 선량하기 짝이 없는 사람이었다. 그는 은강에서 올라온 젊은이가 왜 날카로운 칼을 뽑아 살인을 하지 않으면 안 되었을까. 사람들에게 묻고는 했었다. 선천적으로 착한 사람이었다. 칼을 맞고 숨을 거두는 순간에 숙부가 아픔을 느꼈을까 하는 것도 그는 알고 싶어 했다. 살인범이 노렸던 사람은 숙부가 아니라 아버지였다는 사실을 알았을 때 그는 침묵했다. 사촌은 범인을 이성과 감정, 의지와의 조화를 잃은 정신분열증 환자로 보았다. 그를 재판하면 안 된다고 그는 말했다. 재판정에 나가 보고서야 피고가 정상인이라는 것을 인정했다. 그는 그의 아버지를 죽인 자의 계획 살인을 정당방위라고 우겨 주위 사람들을 갑갑하게 만들었다. (270)

경훈은 경우를 '선량하기 짝이 없는 사람', '선천적으로 착한 사람'으로 기술한다. 경우는 아버지의 죽음 앞에서 서술자인 경훈처럼 '물려받을 유산'을 생각하지 않고, '죽는 순간 숙부가 느꼈을 아픔'을 생각하는 등 경훈과 다른 특이함 즉 인간적 면모를 가졌다. 경우의 행위를 서술하는 서술어는 '―쳐다보았다', '―묻다', '―알고 싶어 한다', '―침묵했다', '―로 보았다', '―인정했다' 등의 동적 모티프를 지닌 능동태로 기술된다. 이는 못 가진 자들이 주로 수동적이고 피동적인 서술어로 기술되는 것과는 뚜렷하게 구별된다. 그리고 자신의 아버지를 죽인 범인과 재판 과정을 지켜보고, 그의 계획 살인을 '정당방위'라고 주장하기에 이른다. 경훈은 스스로 주체적이고 능동적으로 행동하며 판단하는 경우를 '발전을 기대할 수 없는 갑갑한 사람'이라고 규정한다. 이러한 경훈의 기술은 단순히 경우의 인간됨만을 기술하지는 않는다. 경우의 인간적인 면모를 가진 자의 판단에 동조하지 않는다고 '갑갑하다'고 기술함으로써, 경훈과 그 형 그리고 경훈의 아버지를 비롯한 가진 자들의 비인간적 면모를 대립적으로 기술하고 있다. 그리고 경훈은 경우를 '약한 자', '무서워 할 것이 없는 자'로 더 이상 이야기를 하지 않을 결심을 취한다. 반면 경훈은 자신의 친형들을 적대적으로 기술한다.

친형 둘을 나는 어렸을 때부터 무서워했다. 둘 다 머리도 좋고 힘도 세었다. 장난감을 놓고 벌이는 작은 욕망을 저울질이었지만, 그들에게 나는 늘 지기만 했다. 나는 증기기관차 · 탱크 · 장갑차 · 비행기 · 대포 · 기관총 · 권총에 꼬마병정들까지 빼앗기고 계집애 동생과 함께 인형의 침대에 인형들을 재우면서 놀았다. (…중략…) 나는 공부로만은 이기고 싶었지만 형들은 교사를 골탕 먹일 생각만 하고 책 하나 제대로 들여다보지 않으면서도 좋은 점수를 얻어 나를 납작하게 눌러버렸다. 내가 이 세상에 나와 눈물로 드린 최초의 기도는 악마 같은 둘이 천당으로 가도 좋으니 제발 죽어 내 옆에서 없어지게 해달라는 것이었다. 큰형이 자라 계집애를 태워 몰고 다니다 교통사고를 냈을 때 나는 두 번째 기도를 올렸다. (…중략…) 큰형은 보름도 안 되어 퇴원했다. 입건도 되지 않았다. 큰형이 사고를 낸 한밤중에 그 시간에 보일러공과 함께 기사들 방에서 잠을 잔 어머니의 운전기사가 큰형 대신 경찰을 찾아갔다. 그리고, 할아버지는 아버지를 불러 죽은 계집애네 부모에게 상당한 액수의 돈을 지불하라고 일렀다. (…중략…) 형들이 집을 떠나 있는 동안 나는 아버지의 인정을 받아두지 않으면 안된다고 믿었다. 내가 아버지의 일에 많은 관심을 갖고 있다는 것과 빨리 자라 일을 하고 싶어 한다는 것을 알았을 때 아버지는 몹시 기뻐했다. (…중략…) 나는 두 형을 제일 무서워했다. (277~278)

경훈은 자신보다 힘도 세고, 머리가 좋은 형들 즉 자신보다 강자들을 두려워한다. 그 근본적 이유는 '아버지의 인정' 즉 경영권과 재산 분배에 자신이 형들보다 불리할 것이라는 사실을 알기 때문이다. 특히 큰 형의 교통사고를 기술하는 부분에서는 형의 성적 문란함뿐만 아니라, 범죄 행위에 관한 대가를 고용인에게 대신하게 하는 등의 재벌 일가들의 비도덕적 행태들까지 짐작하게 한다. '힘도 세었다', '골탕먹이다', '눌러 버렸다', '퇴원했다' 등의 주로 능동태로 기술되는 형들이나 경훈, 그리고 할아버지 등의 행동에는 거침이 없다. 가족조차도 강자와 약자라는 이분법적 잣대로 구분하고, 자신이 더 많은 권리를 누리기 위해 자기보다 강한 자들이 죽어 없어지기를 기도하는 경훈의 서술은 가진 자들의 부도덕성 및 비인간성의 한 단면을 극단적으로 제시한다. 이러한 강자와 약자의 대비는 단순히 가족 관계에만 그치지 않고, 가진 자의 후계자인 경훈이 세상을 규정하는 시각에까지 확대되어 간다.

나는 형도 잘 알고 있겠지만 미국은 적은 인구로 전 세계 자원의 거의 반을 소비하고, 잘사는 그들 중 하나가 하루에 섭취하는 열량은 못사는 아프리카·아시아 빈민들 중 한 사람이 형편없는 식사를 통해 일주일에 취하는 열량보다 못할 게 없을 것이라고 말했다. 강자가 약자에게 주는 이런 종류의 충격이 인정되는 이상 우리의 상태도 인정을 받아 마땅하다고 나는 주장했다. (275)

경훈이 바라보는 세계상은 이분법적이다. 뿐만 아니라 경훈은 가진 자 / 못 가진 자, 선진국 / 후진국의 경계가 지니고 있는 '충격'에 해당하는 불평등한 현실이 이미 인정되고 있는 현실이기에, 가진 자들이 누리는 부유함과 풍족함은 당연한 것이라고 주장함으로써 이분법적 세계가 필연적으로 자초하는 불균형의 세계를 강자의 입장에서 긍정한다. 세계의 모든 존재들은 '차별'에 기초해 있고, 그 차별로 인한 서열화는 당연한 현실이기에, 이 질서를 뒤흔들 수 있는 못 가진 자들의 저항이나 공격을 처단되어야 함을 강조한다. 그러면서 못 가진 자들이 당면한 노동 현장과 생활 현장의 비참한 현실을 오히려 '가진 자들의 혜택'이기에 고마워해야 함을 주장한다. 이러한 경훈의 논리는 제국주의자들이 자신들이 통치와 억압을 정당화하기 위해 주장한 지배 담론과 그 맥락이 닿아 있다.

「내 그물로 오는 가시고기」는 접속사를 거의 사용하지 않은 점, 과거형 어미의 사용 및 '차이'를 나타내는 특수 조사의 사용, 대립된 내용의 문장 배열 기법 등의 미시적 문체 기법에 있어 다른 단편들과 특별히 구별되는 특성은 존재하지 않는다. 그러나 경훈은 가진 자의 시각에서 자신의 일가족들의 현재와 과거 생활을 주로 능동적이고 동적인 모티프를 통해 기술하고 있다는 점에서 차이점이 존재한다. 또한 가진 자 중에서도 상대적인 강자 및 약자의 대립적 설정을 통해 그들 사이에 벌어지는 약육강식의 논리를 기술한다. 이러한 미시적 문체 기법을 통해 -가진 자들의 이분법적 세계관 및 가치관을 기술하고, 억압 및 착취의 산업화 담론의 부당함을 기술한다. 그러나 이 모든 것이 부도덕하고 비윤리적인 경훈의 말을 통해 전달됨으로써, 역으로 가진 자들의 부도덕성 및 지배논리의 부당함이라는 작가의 주장이 강력하게 형상화된다.

2) 사회적 죽음의 정당성을 주장하는 시공간

(1) 파행적 근대로 인한 죽음의 현실 공간

A. 근대적 시공간의 배치와 이상 공간의 설정

가진 자들의 죽음으로 등장하는 첫 번째 죽음은 「뫼비우스의 띠」에서 앉은뱅이와 꼽추의 테러에 의한 부동산업자의 죽음이다. 「뫼비우스의 띠」는 수학교사가 학생들과 수업을 진행하는 형식으로 서사가 진행된다. 「뫼비우스의 띠」는 도입 액자로 연작 『난장이가 쏘아올린 작은 공』의 서사가 지향하는 방향을 가늠할 수 있는 단편이다. 작가는 이렇듯 중요한 단편의 공간을 교사가 어린 학생들을 일방적으로 훈계하는 공간인 교실로 설정한다. 교사는 학생들의 전폭적인 지지 및 경이로움을 이끌어내며 거침없이 자신의 논리와 주장을 이끌어간다.

그 수업 내용 가운데 굴뚝청소부 아이와 관련된 이야기, '많은 진리가 숨어 있는 뫼비우스의 띠'라는 상징의 범위 내에서 해석할 수 있는 앉은 뱅이와 꼽추의 테러 이야기가 전달된다. 이후 교사는 학생들에게 대학에 진학하여 많은 지식을 배움으로써 미래 사회를 이끌 학생들에게 자신의 가르침대로 '사물을 옳게 이해할' 것을 당부하는 것으로 수업을 끝맺는다. 도입 액자에 해당하는 「뫼비우스의 띠」의 서술 순서에 따른, 즉 담화로서의 시간 기법은 아래와 같다.

① 수학담당교사의 수업시간 − 서술시간(현재)
② 앉은뱅이와 꼽추 − 서술시간(현재), 사건시(무시간성)
  ⓐ 날이 저물기 전 콩밭에서 앉은뱅이는 콩을 구워 먹고 있음(현재)
  ⓑ 콩을 구워 먹는 땔감이 꼽추네 마루인 것이 연상의 매체가 되어 꼽추네
    집 철거 사건 기술(과거)
  ⓒ 앉은뱅이가 꼽추를 기다리며 콩을 먹음(현재)
  ⓓ 다시 시간은 꼽추네 집 철거 순간으로 감(ⓑ에 이어지는 과거)
  ⓔ 이어 앉은뱅이 집의 철거장면을 묘사함(ⓓ에 이어지는 과거)
  ⓕ 꼽추는 휘발유가 가득 든 통을 들고 나타남(현재)
  ⓖ 약장사의 약 파는 모습 묘사(ⓕ의 과거)
  ⓗ 콩을 먹으며 부동산업자가 나타나기를 기다림(현재)
  ⓘ 꼽추는 자기 아이들의 모습을, 앉은뱅이 역시 자기 아이들의 집인 천막
    을 떠올림(과거)
  ⓙ 입주권을 파는 철거민들, 입주권을 사는 부동산업자(과거)
  ⓚ 테러를 준비하고, 감행함(현재)
  ⓛ 부동산업자의 가방에서 이십만 원씩 두 뭉치의 돈만 꺼냄(현재)
  ⓜ 꼽추와 앉은뱅이 모두 천막에서 잠을 자고 있을 아이들을 생각함(과거)
  ⓝ 정신을 잃은 부동산업자를 차에 넣어 태움(현재)
  ⓞ 또다시 앉은뱅이네와 꼽추네의 집이 철거되는 장면 연상(과거)

ⓟ 앉은뱅이는 강냉이 기계를 살 계획을 세움(미래에 대한 전망)

ⓠ 꼽추는 약장수 사범을 완전한 사람이라 칭하며 그를 따라갈 생각을 함
(미래 전망)

③ 교사와 학생의 수업 : 뫼비우스의 띠, 올바른 인식 및 판단의 중요성 강조(현재)

앞의 화소 분석에서 보여지듯 도입 액자인 「뫼비우스의 띠」는 그 내부에 또 다른 액자를 품고 있는 양상을 띠고 있는 중층적 액자 구성으로 이루어져 있다. 교사는 수업 시간에 학생들에게 부동산업자의 죽음을 전달하고 있다. 이야기의 주된 스토리 라인인 ①, ②, ③은 순차적으로 이어지는 반면, 부동산업자의 죽음을 전달하는 내부 이야기는 역전과 전망 등을 사용하여 그 시간 구조가 복합적으로 형성되어 있다. 죽음과 밀접한 관련을 지니고 있는 내부 이야기의 서술 순서만을 살펴보면 아래와 같다.

	시간	과거	오전		해질 무렵			밤			'긴밤'의 미래
사건	꼽추, 앉은뱅이 가족						천막에서 잠을 잠ⓘ	천막에서 잠을 잠ⓜ			
	꼽추		집철거ⓑⓓⓞ		휘발유 구함ⓖ	합류함ⓕ	부동산업자를 기다림ⓗ	부동산업자를 포획ⓚⓛ	부동산업자를 태움ⓝ		사범을 따를 계획ⓠ
	앉은뱅이			집철거ⓔⓞ	꼽추 기다림ⓐⓒ						강냉이 기계살 계획ⓟ
	부동산업자	입주권 매매ⓙ							(잡힘)	(죽음)	

서술순서	7	2	3	1	4	5	6	8	9
역전 / 전망 — 부동산업자									
역전 / 전망 — 곱추, 앉은뱅이				←(역전)					→(전망)
비고					서술시발점				
지속	요약	요약	요약	요약	거리의 제로화	거리의 제로화	거리의 제로화	거리의 제로화	
빈도	1회	3회 반복	2회 반복	2회 반복	1회	'천막에서의 잠' 2회 반복		1회	1회

일반적인 살인 사건 및 테러에서 동정을 받는 대상은 피해자이다. 그러나 교사가 전달하는 부동산업자 테러 사건에서 가해자와 피해자의 관계는 안과 밖을 구별할 수 없는 뫼비우스의 띠처럼 순환된다. 부동산업자는 '지식' 및 경제적 약자인 '꼽추와 앉은뱅이'들의 상황과 처지를 악용하여 오로지 자신만의 '이익'을 취한 악인이다. '사적 화자'인 교사는 이러한 부동산업자가 취한 부당 이익과 그로 인한 앉은뱅이와 꼽추 가족의 피해상을 여과 없이 반복해서 서술함으로써 부동산업자의 '악'을 부각시킨다. 뿐만 아니라 앉은뱅이와 꼽추의 테러 행위에 정당성을 부여한다. 앉은뱅이와 꼽추가 그들의 테러를 감행하기 위해 하나하나의 행동을 준비하는 모든 순간에 화자는 그들의 집이 철거되던 과거의 순간 및 오갈 곳 없는 그들의 가족의 현실을 지속적으로 반복 서술한다. 때로는 '거리의 제

로화' 수법에 의해 그 상황을 세밀하게 묘사적으로 전달한다. 과거의 지속적인 간섭 현상으로 인해 이들의 시간은 '주관적인 내면적 체험 시간'의 양상을 가지게 된다. 즉 현재의 모든 순간순간에 지각과 기억에 의해 과거가 개입됨으로써 '이중화되는 시간'이 구성된다. 이로 인해 앉은뱅이와 꼽추의 '무서운 마음'과 감행하려는 '악한 행위'는 이유 있는 저항으로 정당화된다.

또한 시간과 서사를 이끌어가는 중추는 앉은뱅이와 꼽추의 심리적 정황 및 행동에 있을 뿐, 부동산업자는 피동적 존재에 불과하다. 부동산업자는 앉은뱅이와 꼽추라는 신체적 결함을 가진 존재에게 붙잡혀 언술을 차단당한 채 자신의 차에서 불에 타 죽게 된다. 그의 모든 행위는 능동적으로 서술되지 않으며, 그의 재산 및 생명은 꼽추와 앉은뱅이의 시간과 행동 속에 철저히 종속되어 있다. 「뫼비우스의 띠」에서 '가진 자'인 부동산업자의 시간은 순차적이고 단선적이다. 반면 '못 가진 자'인 꼽추와 앉은뱅이의 시간은 역순행적이며, 같은 시간대에 각 인물의 시간들을 나란히 병치시킴으로써 서술을 다방면으로 진행시킨다. 화자는 이를 통해 테러의 원인을 지속적으로 환기시킴으로써, 자신의 지식을 부당한 이익에 활용하는 부동산업자의 행위를 사회적으로 이슈화한다. 그러나 작가는 '이 밤이 또 얼마나 길까'라는 앉은뱅이의 독백으로 이들의 테러사건의 마지막을 기술하고, 단편 「뫼비우스의 띠」 마지막 시간을 '겨울해가 이미 기운' 어두운 시간으로 설정함으로써 테러의 이후 사회상의 전망을 제시한다. 산업화 과정에서 소외당한 도시 하층민의 분노가 '무서운 마음'을 품게 하고, 그 결과 테러를 감행하고, 그 테러 행위가 정당화된다고 해서 산업사회 및 자본주의 사회의 구조적 모순이 해결되는 것은 아니라는 작가의 암울한 메시지 및 세계관이 이러한 시간 설정을 통해 독자들에게 전달된다.

두 번째 가진 자들의 죽음으로는 은강 창업주의 죽음으로 이는 「궤도회전」에서 윤호는 서술을 통해 서술된다. 「궤도회전」에서는 율사의 아들인 윤호의 고3 시절에서 재수 및 삼수를 거쳐 대학에 진학하기 전까지의 정신적 세계의 변화에 초점이 맞춰져 있다. 윤호는 고3 시절 과외교사인 지섭으로 인해 '난장이들'의 참혹한 현실을 알게 된다. 난장이집이 철거되던 날 철거단과의 신체적 마찰로 인해 피를 흘리며 돌아온 지섭은 윤호의 아버지에 의해 윤호의 집에서 쫓겨난다. 그 이후 윤호는 상류층 자제들만이 받는 그룹 과외를 받게 되나, 아버지의 목표인 A대학 사회계열에 떨어져 재수 한다. 「궤도회전」에서는 윤호는 저항으로 인해 재수 역시 실패한 후 삼수 하는 중 겪은 일을 기술한 것이다.

고3 시절 윤호의 집은 '난장이'의 무허가집이 있는 '낙원구 행복동'에 위치한다. 같은 동네이지만, 이들의 사회적·경제적 처지가 다르듯 율사를 아버지로 둔 윤호가 산 집은 '삼층집'이었다. '낙원구 행복동'에는 다양한 계층이 혼재되어 살아간다. 도시 하층민에 해당하는 난장이 가족뿐만 아니라, 시대와 불화했던 시아버지의 죽음으로 인해 종로 청진동의 집을 팔고 그 남은 돈으로 행복동으로 이사 온 신애 가족도 살고 있다. 신애는 지식인으로 중간층에 편입될 가능성이 있는 계층이지만, 지금 현재로는 '우리도 난장이'라는 의식을 소유한 채 살아간다. 또한 행복동에는 '신애 남편보다 월급은 작지만, 많은 식구가 흥청대며' 소비하는 세무서 조사과 직원 및 광고회사 담당자들의 로비로 인해 '형편이 필' 제과회사 선전부 직원도 모두 신애의 이웃이다. 이들은 각각 부정부패를 통해 사적인 이익을 취하며 살아가는 공무원 및 사기업 직장인들이다. 작가는 낙원구 행복동이라는 공간에 다양한 계층과 직업군을 함께 살아가게 설정함으로써 빈부의 격차, 공기업 및 사기업 등에 만연해 있는 부정부패를 다양한 각도에서 형상화시킨다. 그러나 난장이 가족은 집이 철거되면서 은강으로 이주하고, 율사의 아들인 윤호의 집 역시 '아주 밝고 깨끗한 동네'로 이주하게 된다.

> 아버지가 행복동 삼층집을 팔고 북악산 산허리 숲속 단층집으로 이사를 한다고 처음 말했을 때 누나는 발을 동동 구르며 싫다고 했었다. 비서를 따라갔다와서는 반대로 이사갈 날만 기다렸다. 울타리가 쳐져 있는 동네였다. 입구에 경비실이 있고, 경비원들이 차를 세워 동네로 들어가는 사람들의 신원을 확인했다. 전혀 다른 세계에 와 있는 느낌이었다. 거리는 깨끗하고, 집들은 그림 같았다. 걸어서 이 저택촌을 드나드는 사람은 하나도 없었다. 봄이 되자 동네는 향기로 가득 찼다. 겹벚꽃 · 덩굴장미 · 라일락 · 백목련 · 산철쭉 · 가막살나무 · 태기나무 등이 꽃을 피웠다. 벌들이 잉잉 소리를 내며 날았다. 그 동네에서는 과거의 소리를 들을 수 없었다. 비 온 다음의 풍경은 말할 수 없이 아름다웠다. (160~161)

낙원구 행복동을 떠나 윤호네가 이사 간 곳은 '숲속'에 있고, '울타리가 쳐져' 있음으로 다른 계층 세계와 철저하게 구별되어 있는 '전혀 다른 세계'이다. 이쪽과 저쪽을 경계를 구별하는 '울타리'는 가진 자와 못 가진 자 사이를 가로지른다. 그 울타리를 통과하기 위해서는 '승용차'를 소유해야만 한다. '걸어서 저택촌을 드나드는 사람은 하나도 없'기 때문이다. 뿐만 아니라 '승용차'를 소유할 수 있는 계층이라 할지라도, 용인받지 못한 자들은 진입할 수 없는 곳이다. 동네 입구엔 경비실이 있고, 경비원들에 의해 동네 들어가는 모든 사람들은 신원을 확인당해야만 한다. 낙원구 행복동에서 가시화된 계층 간의 격차는 북악산 산허리로 공간이 옮겨짐으로써 은밀하게 감추어진다. 이는 산업화가 가속화되어감에 따라 빈부의 격차 역시 교묘하게 은폐되어야만 할 정도로 크게 벌어졌음을 상징한다. 사회상의 변모는 그 사회를 살아가는 인간의 삶의 방식을 재구성하고 재조직한다. 그리하여 사회상의 변화에 따른 공간의 분할 및 설정 역시 기존의 배치와 상이한 방식이 요구되었던 것이다.

'봄철에 아름다운 꽃들이 피고, 벌들이 소리를 내며 날아다니며, 비온 뒤의 풍경은 말할 수 없이 아름다운 그 곳'을 윤호는 '과거의 소리'를 들을 수 없는 곳으로 규정한다. 부를 축적하기 전 기업 창업주들 과거의 가난 및 눈부신 경제적 발전 이면에 희생된 '난장이들'의 고통 등은 아름다운 풍경 속에 은폐된다. 난장이 가족의 철거를 지켜봐야만 했던 윤호의 작은 혼이 자지러졌지만, 윤호는 '북악산 숲속 단층집'에서 숨을 죽인채 지섭이 남긴 『노동수첩』을 읽는다. 윤호의 옆집은 은강 창업주인 경애 할아버지의 집이다. 윤호는 경애와 같은 그룹 과외를 받음으로써 서로 친구가 되고, 이로 인해 경애 할아버지의 죽음과 상류층의 부도덕성 및 비인간성을 「궤도회전」을 통해 서술한다. 「궤도회전」의 서술 순서에 따른 담화로서의 시간 기법은 아래와 같다.

① 윤호의 조용한 셋째 해와 괴로웠던 두 번째 해의 십이월과 다음의 일월 회상(과거)

② B대학에 가서 역사공부를 하겠다고 했고, 학원이나 개인지도를 거절함(과거)

③ 아버지의 주문과 기대에서 해방된 윤호는 『노동수첩』의 책자를 읽음(과거)

④ 행복동 삼층집을 팔고 북악산 산허리 숲속 단층집으로 이사함(과거)

⑤ 윤호는 거기서 작은 혼이 자지러지는 소리를 들음(현재)

⑥ 옆집 여자아이, 고등학교 2학년이 된 경애를 알게 됨(과거, 4월)

⑦ 경애를 보며, 과거 함께 잔 여자들을 생각하며 구토증을 느낌(과거)

⑧ 경애는 셀 모임에 윤호를 초청한 시간, 경애 할아버지가 죽어가고 있음(서술시간 하루 전)

⑨ 경애 할아버지의 죽음 날, 아버지와 그 동료 율사들의 조문(서술시 하루 전)

⑩ 경애는 할아버지를 '독재자'라고 칭하고, 할아버지의 죽음에 눈물을 흘리지 않는다고 진술(현재)

⑪ 성당 학생회관에서 '십대 노동자'라는 주제를 가지고 토론함 (서술시 하루 전) + 토론에 대해 윤호가 경애를 추궁함(현재)

: 두 개의 시간이 구별의 표지없이 빈번히 교차됨

ㄱ 학생회관에서 토론 및 난장이 가족에 대한 윤호의 연설, 부유층 아이들의 외면(과거)

ㄴ 토론의 주제에 대해 윤호가 경애를 추궁함(현재)

ㄷ 학생회관에서 토론 이후 부유층 아이들은 파트너를 정해 파티를 함(과거)

ㄹ 윤호가 경애에게 불쌍한 아이들을 팔았다고 함(현재)

ㅁ 파티에서 아이들은 사회비판적인 운동가를 부르며 퇴폐적인 게임을 함(과거)

ㅂ 경애 할아버지의 시체를 염하는 장의사들의 굉장한 기술(현재)

ㅅ 윤호는 경애를 매달며, 고문하는 의식을 감행함(과거)

ㅇ 윤호는 경애를 바닥에 쓰러뜨리며, 시들어가는 화환의 꽃을 생각함(현재)

ㅈ 경애를 고문하며 자백을 강요하고, 경애의 죄(노동자의 현실에 대한 무지)를 알려주며, 이제는 너희들이 희생해야 할 때임을 가르쳐주는 윤호(과거)

⑫ 경애가 할아버지의 묘비명을 작성해서 윤호에게 줌(현재)

⑬ 할아버지의 장례식을 지켜보는 경애(서술시 다음날)

⑭ 윤호는 대학에 가서 경애와 결혼하겠다고 결심하고, 사랑·존경·윤리·
   자유·정의·이상 등을 지켜야 할 과제들로 떠올림(서술시 다음날 이후)

「궤도회전」에서 서술자인 윤호가 서술하고 있는 시간은 은강 창업주인 경애 할아버지의 사망일 다음날부터 장례식까지의 시간으로 불과 이틀에 해당한다. 은강 창업주인 경애 할아버지의 죽음은 서술과 시간을 이끌어가는 중요한 사건임에도 불구하고, 짤막하게 요약 정리되어 서술될 뿐 서사의 중심은 윤호의 삶과 의식의 변화 과정 및 경애와 윤호와의 관계에 있다. 앞의 서술을 경애와 윤호 그리고 경애 할아버지의 시간으로 구별하여 순차적으로 배치하면 아래의 도표와 같다.

시간		과 거				과거(서술시-1日)		현재		미래
사건시	은강 창업주					사망과 조문 ⑨	장의사의 놀라운 기술 ⑪-ⓗ	장례식 화환의 꽃이 시듬 ⑪-ⓞ		
	윤호	재수한 해 예비고사 낙방과 윤호 아버지의 분노①	B대학 역사학과 진로 결정함② 북악산 허리로 이사③④⑤	4월에 윤호와 경애의 만남⑥⑦	셸 모양에 윤호를 초청함⑧	윤호가 난장이 가족을 이야기 ⑪-㉠㉢㉣ + 윤호가 경애를 고문하는 가상의식 ⑪-㉧㉨		불쌍한 아이들을 팔았다고 경애를 추궁함 ⑪-㉡㉤		경애와의 결혼결심 및 자각⑭

사건시	경애					할아버지를 독재자로 칭함 ⑪	욕심장이 할아버지의 묘비명 작성 ⑫	할아버지 장례식 참가 ⑬
서술순서	1	2	3	4	6	5	7	8
역전/전망					현재와 과거의 빈번한 교차	←(역전)		→(전망)
비고						* 서술시발점		
지속	요약	요약	요약	정지(묘사)	난장이(요약) 셀모임(성찰)	거리의 제로화		요약
빈도	1회	1회	1회	1회	반복적	반복적		1회

「궤도회전」에서의 시간 역시 동일한 시간대에 각 인물들의 사건들이 나란히 병치된다. 그 가운데에서 가장 중요한 핵은 윤호의 시간이다. 윤호가 과거를 회상하는 내면적 시간 속에 경애의 시간이 중첩됨으로써 두 개의 시간대가 끊임없이 상호 개입되면서 서사의 연속적 흐름을 파괴한다. 이는 시간을 초월한 일련의 불연속적인 순간들이 동시적으로 침투함으로써 서술 시간을 끊임없이 '정지된 현재'로 만든다는 슈람케의 설명[125]과

---

125) 슈람케는 현대 소설이 시간은 '지속'이 아니라 정확히 끊임없는 새 출발이며 고립된 순간들의 합계라고 말하며, 이를 '서사의 불연속성'으로 지칭한다. 과거가 현재와 항상 함께 공종하고 있다가 지각에 의해 갑자기 환기되고 현실화되므로, 서사의 차원에서 보면 그 흐름은 계속 끊기고 방해받을 수밖에 없다.
　　Jüngen Schramke, 원당희·박병화 역, 『현대소설의 이론』, 문예출판사, 1995, 211~224쪽 참고.

일치하는 부분이다. 즉 현재와 과거, 현실적 이미지와 잠재적 이미지가 공존하는 상황에서, 시간은 현재의 현실적인 이미지와 과거의 잠재적 이미지를 부단히 교환함으로써 작동한다. 그 결과 서술의 흐름이 정지되고, 현재의 시간은 계속 단절되며 뒤얽힌다.

「궤도회전」의 서술 시발점은 경애 할아버지가 죽은 지 하루가 지난 날에 시작된다. 경애 할아버지가 죽어가고 있을 무렵, 즉 서술시 하루 전날 윤호는 경애의 초청으로 부유층 자제들의 셀 모임에 참가한다. 이들은 성당 학생회관에 모여 '십대 노동자'라는 주제를 가지고 토론을 가진다. 윤호는 현실 속의 '노동자'인 난장이 가족에 대해 연설하나, 관념 속의 '십대 노동자'에만 피상적 관심을 가진 부유층 후계자들은 윤호의 연설을 외면한다. 이후 부유층 자녀들은 서로 파트너를 정해 사회비판적인 운동가를 부르며, 퇴폐적인 게임을 한다. 그들의 위선적이고 퇴폐적인 행위들에 화가 난 윤호는 경애를 고문하는 가상의식을 치르고 집으로 돌아온다. 이 과정에서 난장이 가족 이야기와 썩지 않을 은강 창업주의 시체와 썩어가는 화환들과 경애를 고문하는 가상의식 등은 끊임없이 상호 간섭하며 반복적으로 기술됨으로써, 서사의 지속적이고 연속적인 흐름을 방해한다. 시간을 정지시키며 요약과 성찰 등 모든 시간 기법을 사용하여 이 부분을 반복적으로 서술하는 이유는 이 과정을 통해 부유층의 부도덕성과 위선을 폭로할 뿐 아니라, 이 과정 속에 경애가 윤호의 이데올로기적 입장 및 가치관과 세계관에 흡수되기 때문이다. 윤호의 가상 고문 및 추궁의 과정을 겪으면서 경애는 난장이 가족의 현실에 가슴 아파하며, 윤호의 지적대로 '불쌍한 아이들'을 팔았음을 시인한다. 그리고 은강 창업주인 자신의 할아버지를 독재자라고 칭하면서, 할아버지의 추악한 삶을 경애 자신만의 묘비명으로 써서 그것을 윤호에게 보여준다.

> '화를 쉽게 냈던 무서운 욕심쟁이가 여기 잠들어 있다. 돈과 권력에 대한 욕심 때문에 그는 죽었다. 평생을 통해 친구 한 사람 갖지 못했던 어른이다. 자신은 우리의 경제 발전을 위해 큰 업적을 남겼다고 자랑하고는 했으나 국민 생활의 내실화에 기여한 것은 하나도 없다. 그가 죽었을 때 아무도 울지 않았다. (178~179)

이 구절을 보며 윤호는 경애와 결혼하여 이루고 싶은 덕목들 —사랑 · 존경 · 윤리 · 자유 · 정의 · 이상 등—을 떠올림으로써 새로운 희망을 품는다. 시간 기법의 양상을 통해 본 은강 창업주인 경애 할아버지의 죽음은 결국 경애와 윤호의 가치관과 세계관을 일치하는 과정에서 한 매개로 작용할 뿐, 죽음 그 자체로는 서사의 죽음에서 벗어나 있음을 알 수 있다.

세 번째 '가진 자'의 죽음으로는 은강 회장 동생의 죽음이 있다. 은강 회장 동생의 죽음은 영수에 의한 계획 살인이다. 행복동의 주거지를 철거당한 이후 영수는 가족과 함께 은강시로 이주하여 은강의 노동자로 근무한다. 은강은 거대한 기계도시로 주로 노동자들의 작업 공간이자 주거지이다. 감독관 및 경영주들은 산업화로 오염되어 '생물학적 악조건'으로 전락한 죽음의 도시인 은강에서 살지 않고 모두 서울의 안락하고 건강한 주거지에서 생활한다. 경제적 차이에 의한 이러한 이분법적 공간 분할은 기능과 용법을 중시하는 근대적 공간 배치의 전형이라 할 수 있다. 대량 생산과 고속 성장이라는 목표를 달성하기 위해 노동자의 신체는 그 용도에 기능을 제대로 수행하기 위해 그들만의 주거지에서 생활과 노동력을 관리 받는다. 이들의 공간 배치는 시간과도 밀접한 관련을 가진다. 근대 산업화 사회에서 시간은 진보이자, 생산 총량의 증가와 밀접한 관련을 지닌다. 마르크스가 지적한 대로 자본의 역사는 시간을 둘러싼 노동과 자본의 계급투쟁이라고도 할 수 있다.[126] 노동의 조직화와 강제적 동원을 위해 사용자는 노동자의 시간을 통제한다. 근대 사회 이후 기계적 시간은 근대적 삶의 영역 전체에서 삶의 리듬을 장악하고 통제한다. 근대 사회 노동자들의 이러한 시간과 공간의 통제에 의해 각 개인적 삶의 고유성을 박탈 당한 채, 획일화된 삶을 살아간다.

영수가 은강에서 노동자로 생활하면서 경험한 근대적 시공간의 배치에 관한 문제점을 여러 하위−텍스트를 통해 지속적으로 제기한다. 「기계도시」에서는 공업 도시 은강의 공간성을 4쪽이라는 상당한 분량을 할애하며 상세하게 기술한다. 이를 종합해 보면 은강은 인구 팔십일만 명이 살아가는 도시, 자기 책임을 다하는 사람이 많지 않은 버려진 도시, 관리자 및 관리대상이 엄격히 구분되고 이들 사이엔 상호 몰이해의 간극이 존재하는 도시, 공업의 발달과 더불어 공기와 하천이 오염되어 생물체가 죽어가는 도시 등 부정적인 양태로 규정된다. '모든 생명체가 고통받는 땅' (198)인 죽음의 땅에 난장이 가족은 역설적으로 '살기 위해' 이주해 온다. 이러한 공간은 「궤도회전」에서 윤호에 의해 기술되고 있는 은강 창업주의 삶의 공간과는 극단적인 대비를 이루고 있다. 즉 근대 산업사회에서는

---

126) 이진경, 『근대적 시공간의 탄생』, 푸른숲, 2002, 59쪽.

경제력의 소유 여부에 따라 철저하게 이분법적 공간 및 시간이 존재하고 있다. 은강의 노동자인 난장이들은 '안전한 공간'인 '릴리푸트읍'을 '정위 공간'[127]으로 설정한다.

> 영희는 독일 하스트로 호수 근처에 있다는 릴리푸트읍 이야기를 했다. 자세히 듣지 않아도 슬픈 이야기였다. 돌아간 아버지를 생각하면 언제나 눈물이 나려고 했다. 릴리푸트읍은 국제 난장이 마을이다. 여러 나라의 난장이들은 그곳에 모여살고 있다. 키가 칠십팔 센티미터로 세계에서 제일 작은 사나이인 터키인 난장이도 최근에 그곳으로 이주했다. 릴리푸트읍의 난장이 인구는 늘어만 간다. 릴리푸트읍을 제외한 곳은 난장이들이 살기에 모든 것이 규모가 너무 커서 불편하고 또 위험하다.
> 난장이들에게 릴리푸트읍처럼 안전한 곳은 없다. 집과 가구는 물론이고, 일상생활 용품의 크기가 난장이들에게 맞도록 만들어져 있다. 그곳에는 난장이의 생활을 위협하는 어떤 종류의 억압 공포 불공평 폭력도 없다. 권력을 추종자에게 조금씩 나누어주고 무서운 법을 만드는 사람도 없다. 릴리푸트읍에는 전제자가 없다. 큰 기업도 없고, 공장도 없고, 경영자도 없다. … 그들은 투표를 했다. 그들은 국적 따위는 무시했다. 모두 열심히 투표에 참가하여 마리안느 사르를 읍장으로 뽑았다. 여자 읍장의 키는 일미터이다. (…중략…) 영희는 흥분된 목소리로 말했다. 나는 그곳 난장이들은 혁명가라고 생각했다. (…중략…) 해결해야 될 몇 가지 문제점이 있지만, "우리는 극히 행복하다"고 마리안느 사르 읍장은 말했다. (195~196)

릴리푸트읍은 난장이들에게 가장 안전한 곳으로 규정된다. 영희가 말하는 '안전'의 개념은 지극히 소박하다. 단지 정상인과 구별되는 난장이

---

127) 김중하, 『소설분석노트』, 세종출판사, 1990, 49쪽.

들의 규모에 적합하게 집과 가구는 물론이고 일상생활용품의 크기가 조정되어 있는 곳이 바로 '안전한 곳'이다. 역으로 말하자면 현 사회에서는 정치 · 경제 · 사회 등의 분야에서 뿐만 아니라 미시적 영역인 일상생활에 이르기까지 사회의 모든 시스템이 난장이가 아닌 정상인, 즉 경제적 · 사회적 주체들에게만 적합하게 구성되어 있다는 것이다. 영희는 릴리푸트읍을 설명하면서 현 사회에서 난장이들을 억압하는 기제를 '큰 기업, 공장, 경영자, 무서운 법을 만드는 사람들'로 규정한다. 즉 정치적 · 경제적 주체들임을 알 수 있다. 릴리푸트읍에서도 물론 대표자는 존재한다. 읍 구성원 모두가 열심히 투표에 참가하여 '전제자'가 아닌 읍장을 선출한다. 릴리푸트읍은 문제점 하나 존재하지 않는 그런 이상적 공간은 아니다. 읍장 역시 '해결해야 할 몇 가지 문제점'이 존재함을 부인하지 않는다. 그럼에도 불구하고 난장이들에게 소박한 개념의 '안전'이 보장되는 곳이기에 이들은 '모두 극히 행복'하다고 말한다.

그러나 난장이 가족이 실제로 살고 있는 공간은 릴리푸트읍과 전혀 다른 도시이다. 절대 권력을 소유한 '전제자'와 난장이인 노동자의 삶을 관리하고 규제하는 '큰 기업, 공장, 경영자'가 존재하기 때문이다. 영희는 '행복'이라고는 존재하지 않는 은강의 현실로 인해 고통을 받게 된다. 영수와 영호 역시 고통뿐인 은강시에서의 자신의 처지를 먹이 피라미드를 보면서 자신들은 제일 밑 단계에 해당한다며, '잡아 먹을 것은 없지만, 우리를 잡으려는 무엇이 세 층이나 있다'고 말하며 은강의 현실에 절망한다. 노동자에게 '생활'은 존재하지 않고, 다만 '생존'만이 존재할 뿐이고, 그 '궤도를 회전'시키고 있는 존재는 대적불가인 '신'이기에 절망은 가속화된다. 이러한 암울한 현실에도 불구하고 영수는 갖가지 방법을 통해 '생산된 부를 분배'받기 위한 정당하고 합법적인 해결책을 모색한다. 그러나 자본주의 사회의 시스템이 구축한 체제에 의해 그 모든 노력이 허사로 돌아가자, 영수는 최후의 수단으로 은강의 경영주를 살해할 계획을 세운다. 그러나 영수의 착오에 의해 은강 경영주의 동생이 그 형을 대신해 죽게 된다. 은강 경영주 동생의 죽음의 과정은 텍스트에서 직접적으로 기술되지 않는다. 다만 「내 그물로 오는 가시고기」에서 그의 조카, 즉 은강 경영주의 셋째 아들인 경훈에 의해 사후 진술될 뿐이다. 「내 그물로 오는 가시고기」의 서술 순서에 따른 '담화로서의 시간'은 아래와 같다.

① 아침 다섯 시, 커피를 마시며 창문을 바라봄(현재)
② 호엔쫄레른 왕가의 계보인 할아버지 개의 역사(과거)
③ 할아버지 사망 이후 개의 소유권 및 모든 권한을 물려받은 아버지(과거)
④ 숙부의 테러소식을 들었을 때, '나'는 웃음이 나오려는 것을 억지로 참음(과거)
⑤ 여자아이가 숙모와 사촌, 변호사의 방문을 알림. 여자아이에게 포르노 비디오 테이프를 보여줌(현재)
⑥ 변호사를 데리고 온 숙모를 비난함(현재)
⑦ 숙부가 죽었을 때 경우의 귀환, 미국에서 공부하는 자기 형들에 대한 적개심(과거)
⑧ 사촌에게 미국으로 돌아가라는 충고를 함. 은강그룹의 매출을 이야기 함. 숙모는 더 이상 우리 집안 사람이 아님을 선언함(현재)
⑨ 경우의 선량함. 그의 아버지 죽인 자의 계획 살인을 정당방위라고 우김. 재판의 현장 묘사. 영수의 정당함에 대한 서술. 나는 경우를 '발전을 기대할 수 없는 갑갑한 사람'이라고 말함(과거)

⑩ 되돌아가는 숙모측 변호사. 돈이 많은 것이 싫다는 경우(현재)

⑪ 할아버지에서 아버지까지 경영체제의 변동, 무서운 성장속도(과거)

⑫ 은강그룹 경영주는 아버지의 권리를 이어받을 사람은 경우라고 가르치며, 경우 아버지 죽음 이후 손아래 남자와 부정한 일을 한 숙모를 경우로부터 떼어 몰아냄(현재)

⑬ 나는 경우에게 선고 공판을 보고 미국으로 돌아가라고 권함(현재)

⑭ 나와 형들의 미래를 상상(전망)

⑮ 친형을 무서워하던 '나'의 과거 회상, 부도덕한 큰형, 할아버지의 죽음에 대해 조금도 슬퍼하지 않았던 '나'(과거)

⑯ 영수의 공판 과정(과거)과 선고 공판(현재+3일)

⑰ 집에 와서 어머니에게 난장이 큰아들의 공판 결과를 알림(현재)

⑱ 기계 공장에서의 노동 쟁의가 예상됨(현재)

⑲ 어머니가 불우 이웃 돕기 모금 집회에 가자, 나는 집에서 일하는 여자 아이를 성희롱함(현재)

⑳ 내 그물로 오는 가시고기의 꿈을 꿈(꿈-환상공간)

㉑ 늙은 개, 난장이 부인 및 공원들에 관한 연민을 느낌(현재)

㉒ 아버지의 귀가로 인해 다시 현실로 돌아와 밝은 목소리로 떠들 말들을 떠올리며 마중나감(현재)

「내 그물로 오는 가시고기」의 서술 시발점은 죽은 남편의 경영권을 물려받기 위해 서술자인 경훈의 숙모가 새벽 5시부터 경훈의 집을 방문한 시점이다. 경훈의 아버지는 변호사에 아들 경우까지 대동하고 나타난 숙모를 숙모의 부정행각을 촬영한 몇 장의 사진과 몇 마디의 말을 통해 간단히 돌려보낸다. 죽은 동생의 아내가 경영권을 요구할 것을 미리 짐작하고, 사전에 철저히 준비해 둔 결과이다. 은강 경영주 동생의 죽음이 재벌 가족 내부에 존재하는 상호 불신 및 재산을 둘러싼 암투를 야기했음을 작가는 간결한 필치로 요약 서술한다. 이후 경훈은 경우와 함께 경우 아버지를 살해한 영수의 선고 공판을 지켜본다. 기득권을 유지하고 확장시키기 위해 철저하게 타산적이고 몰인정한 경훈과 달리 경우는 노동자의 상황을 이해하며, 심지어 아버지를 죽인 영수의 살해 행위를 '정당방위'라고 까지 말한다. 경훈은 경우와 함께 하면서 과거의 재판 과정 및 은강의 역사 등등을 요약 기술한다. 영수의 살인은 결국 사형을 선고 받고, 경우는 미국에 돌아갈 결심을 하고, 경훈은 귀가하는 아버지를 마중나가는 것으로 서사를 끝맺는다. 이를 사건이 일어난 순서에 따라 재조직하면 아래의 도표와 같다.

시간		과거	은강 창업주의 죽음:과거	은강 경영주 동생의 죽음과거	과거	현재							3일 후 선거공판일
서술시	경훈	형들에 대한 열등감과 적개심 ⑦	할아버지 죽음을 슬퍼하지 않음 ⑮	터져나오는 웃음을 참음 ④	함께 공판 과정을 지켜봄 ⑨+⑮	새벽 5시 기상 ①	포르노를 여자하녀에게 보여줌 ⑤	숙모를 비난 ⑥	사촌 경우에게 미국으로 돌아가라고 함 ⑧		경우에게 선거공판을 보고 돌아가기를 권함 ⑬	형들과 자신의 미래를 상상 ⑭	공판을 지켜봄 ⑯-⑰
	경우			미국에서 귀국 ⑦									
	은강 경영주	은강의 규모를 넓힘 ⑪	은강 경영권 상속 ③						사생활을 빌미로 숙모를 쫓아냄 ⑩	경우로부터 숙모를 떼냄 ⑫			

서술시 / 개	왕기의 계보, 2차 대전 참전한 조상(역사적시간)	주인의 죽음을 슬퍼함 + 상속됨 ②											
서술순서	6	2	3	8, 13	1	4	5	7	9	10	11	12	14
역전/전망					←(역전)		←(역전)	←(역전)				←(역전)	
비고					*서술시발점								
지속	요약	요약	요약	요약/정지	거리의 제로화								정지 및 성찰
빈도	1회	1회	1회	2회	1회	1회	1회	1회	1회	1회	1회	1회	1회

부동산업자의 죽음이나 은강 창업주의 죽음과 관련된 시간 기법을 살펴보면, 가진 자들의 과거나 현재의 삶을 서술하는 빈도는 지극히 적었다. 이는 가진 자들의 죽음을 통해 못 가진 자들의 절망적 상황을 부각시키려는 작가의 의도에 기인한 것이라 할 수 있다. 그러나 「내 그물로 오는 가시고기」에서는 지금까지의 기술 방식과는 달리 서술되는 시간의 대부분이 가진 자들의 시간임을 위의 도표를 통해 알 수 있다.

공판 과정 중 지섭 및 변호사의 진술을 통해 못 가진 자들의 상황이 부분적으로 제시되기도 하지만, 시간 기법이라는 거시적 문체 요소를 통해 볼 때 서술은 노동자의 열악한 상황을 전달하기 보다는 '고마워 할 줄 모르는' 노동자들에 대한 경훈의 분노에 초점을 두고 있다. 사적 화자인 경훈은 자신의 작은아버지인 은강 경영주 동생의 죽음 이후 유족 처리 과정 및 유산 승계, 살인자에 대한 공판 및 죽음과 관련된 거의 모든 사건의 시간대에 능동적으로 개입하여, 자신의 삶의 양식 및 사고방식을 여과 없이 기술한다.

경훈은 자신보다 신체적으로 지적으로 뛰어난 형들에 대한 분노와 적개심을 지닌다. 또한 집에서 일하는 여자 아이에 대해 서슴지 않고 성희롱을 하며, 자기 할아버지의 죽음을 조금도 슬퍼하지 않는 비인간적 면모를 보인다. 또한 아버지를 대신하여 작은아버지가 살해당했다는 끔찍한 현실 앞에서 '터져 나오려는 웃음'을 억지로 참는 행동은 그의 패륜적 면모와 인격적 파탄 양상을 극단적으로 제시한다. 뿐만 아니라 자기 몫을 지키고 확장하기 위해 아버지 앞에 자신의 나약함을 감추는 이중적 행동 등 경훈이 여과 없이 서술하는 자신의 사고방식 및 삶의 방식은 보편적 상식 이하의 모습이다. 주목할 점은 그럼에도 불구하고 서술자인 경훈은 자신의 행동에 어머니 역시 재벌가 안주인들의 가식적인 태도의 현주소를 보여준다. 가까이에 있는 은강 노동자들의 불우한 환경은 외면한 채, '애국 부녀 봉사회'에 나가 불우 이웃 돕기 모금 집회에 나가는 경훈의 어머니 모습은 이중적이고 위선적이다.

작가는 가진 자인 경우 아버지의 죽음이라는 현재 상황에서 그 대책 및 후유증으로 발생하는 사건 및 연상되는 모든 과거의 사건 중에서도 주로 재벌가의 부도덕성과 연관되는 사건들을 역전 기법 및 인물의 다각화를 통해 세밀하게 묘사함으로써 가진 자들의 부도덕성을 심층적으로 해부한다. 또한 서사의 중간 중간에 과거가 끊임없이 개입하는 시간 기법을 사용함으로써 현재 재벌가의 부도덕성의 근원이 과거의 시간 및 전세대에 서부터 이미 깊숙이 뿌리 내리고 있었음을 간결하게 요약하여 제시하고 있다. 또한 서술자를 비롯한 은강 경영주의 아들들의 부도덕성과 가진 자 위주의 사고방식이 과거와 현재를 교차하는 시간 기법을 통해 전면에 부 각되면서 가진 자들의 부패가 세대가 바뀔수록 더욱 악화될 것임을 제시 한다. 이러한 거시 문체론적으로서의 시간 기법은 계층 간의 첨예한 대립 과 화해 불가능성이라는 전망 부재의 현실과 미래상을 보여 준다.

B. '못 가진 자'들의 '무서운 마음'의 필연적 귀결로서의 시공간

연작 『난장이가 쏘아올린 작은 공』에서 못 가진 자인 난장이들의 죽음 은 은강 노동자 부부의 죽음 「신에게도 잘못이 있다」와 아버지 난장이의 죽음 「난장이가 쏘아올린 작은 공」이 있다. 여기서 은강 노동자 부부의 죽 음은 자본주의 사회에서 부당한 체제의 희생양으로서 전형성을 획득하고 있고, 아버지 난장이의 죽음은 철거촌에 사는 도시 빈민의 좌절과 희망의 한 전형을 나타낼 뿐 아니라 하위−텍스트의 원심적 확산의 중심을 형성 하고 있다.

아버지 난장이의 죽음은 자살의 형태로 낙원구 행복동을 공간적 배경 으로 삼고 있다. '행복동'은 개발 독재와 고속 성장의 과도적 공간으로 파 행적 근대화가 감행되던 당시 한국 사회의 축소판이라고 할 수 있다. 행 복동의 시공간은 현재와 과거, 근대적 공간과 전근대적 공간의 동시적 공 존이라는 특징을 지닌다. 「뫼비우스의 띠」에서 행복동 공간은 '호숫가 들 판'을 기준으로 한쪽엔 들판이 펼쳐져 있고, 다른 한쪽에선 아파트 공사가 한창이다. 즉 전근대적 공간과 근대적 공간, 과거와 현재가 공존함을 알 수 있다. 뿐만 아니라 행복동엔 경제적으로 다양한 계층에 해당하는 사람들이 공존하는 곳이다. 이는 「칼날」에서 신애와 난장이가 주고 받은 이야기에서 구체화되어 나타난다.

> "아저씨, 댁은 어디세요?"
> "저 건너 벽돌 공장 밑입니다."
> 난장이가 말했다.
> "여기서도 벽돌 공장이 보입니다. 그 밑으로 번호를 크게 써 붙인 집들이 닥지닥지 붙어 있어요. 집 앞엔 방죽이 있구요. 언제 한번 와보세요. 동네는 지저분해도 재미있습니다. 동네 아이들은 발육이 나빠 유난히 작아 보이지만 귀엽습니다. 저희 여편네는 돼지를 방죽으로 몰아넣어 목욕을 시키죠."(53)

벽돌 공장의 굴뚝을 기준으로 그 윗동네에는 주로 중산층에 해당하는 신애와 그 앞뒷집에 살고 있는 공무원 가족 및 광고회사 차장의 가족이 살고 있다. 굴뚝 그 아랫동네엔 '발육이 나빠 유난히 작아' 보이는, 즉 '난장이'들이 살고 있는 도시 빈민들의 공간의 모습이 구체적으로 자리잡고 있다. 뿐만 아니라 난장이와 신애의 집에서 멀지 않은 곳에 지섭이 입주 가정교사로 있는 윤호의 집이 있다. 윤호를 둘러싸고 있는 공간은 난장이 일가나 신애의 그것과 다르다. 부유한 율사를 아버지로 둔 윤호의 집은, '사다리를 타고 올라가 책을 꺼내야 할 만큼 높은 서가가 있는 3층집이다. 그런데 윤호의 집 3층 다락방에서는 "벽돌 공장 굴뚝"과 "방죽가에 다닥 다닥 붙어 있는 무허가 건물들"이 한눈에 내려다보인다. 다시 말해 행복 동은 좁다란 개천과 벽돌 공장을 사이에 두고, 과거와 현재가 혼재할 뿐만 아니라 빈민촌 및 중산층의 주거지 그리고 고급 주택가가 한꺼번에 자리 잡고 있는 과도기적 공간이라고 할 수 있다.

행복동에서 난장이 아들들이 노동력을 제공한 공간 역시 초기 자본주의 사회의 공장이다. 이곳에서 영호와 영수는 그들의 노동력을 부당하게 착취당한다.

> 형은 점심을 굶었다. 점심 시간이 삼십 분밖에 안 되었다. 우리는 한 공장에서 일했지만, 격리된 생활을 했다. 공원들 모두가 격리된 상태에서 일만 했다. 회사 사람들은 우리의 일양과 성분을 하나하나 조사해 기록했다. 그들은 점심 시간을 삼십 분을 주면서 십 분동안 식사하고 남은 이십 분 동안은 공을 차라고 했다. … 우리는 제대로 쉬지도 못하고 일했다. 공장은 우리에게 일방적으로 원하기만 했다. 탁한 공기와 소음 속에서 밤중까지 일을 했다. 물론 우리가 금방 죽어가는 상태는 아니었다. 그러나 작업 환경의 악조건과 흘린 땀에 미치는 보수가 우리의 신경을 팽팽하게 잡아당겼다. 그래서 자랄 나이에 제대로 자라지 못하는 발육 부조 현상을 우리는 나타냈다. (106~107)

영호와 영수가 일하는 공장은 전형적인 초기 자본주의 시대의 공장이다. 초기 자본주의 사회에서 생산량은 노동 시간에 비례한다. 이에 사용자들은 노동자의 시공간을 엄격하게 분할하고, 개별 노동자들의 모든 노동의 길이와 생산량은 치밀하게 조사되어 기록된다. 제한된 임금으로 절대적 잉여가치의 창출을 위해, 노동자의 시간과 작업 공간은 철저하게 '규율기제'로 작동한다. 행복동의 노동자들 역시 격리된 공간에서 모든 노동량을 조사당하는 열악한 노동 환경에서 일한다. 이들에겐 적절한 휴식시간과 보상은 지급되지 않고, 노동자들은 가혹한 노동 환경으로 인해 급기야 발육 부조 현상을 드러낸다. 그러나 보수는 곧 노동자들의 생존의 문제이기에 공원들은 '신경을 팽팽하게 잡아 당기며' 노동에 집중한다. 이후 사용자와 임원들은 '불황'이라는 말을 사용하며 노동자들을 '실업'이라는 무기를 휘두르며 그들의 노동력을 더욱 가혹히 착취한다. 그러나 '불황'이라는 현실과는 역설적으로 공장의 규모는 나날이 확장된다. 노동자들을 착취하고 감독한 결과 축적된 자본을 통해 대규모 생산 기계를 도입하여 자동화와 기계화의 추진이 가속화되지만, 노동자들은 그 결과 실업자가 된다. 영호와 영수는 주거지 철거로 인해 행복동을 떠나야만 될 무렵, 이러한 노동 현실의 부당성을 사장에게 이야기하다가 공장에서 해고 된다.

작품 후반부의 시공간은 은강으로 확대된다. 난장이의 아들 영수가 일하는 공장의 시공간은 행복동 시절과는 양적, 질적으로 격심한 차이를 보인다. 자동조립라인이 갖추어진 그곳에서 인간의 생리적 리듬은 기계의 속도에 의해 조정되고 노동자들의 소외 또한 심화된다. 장직공장에서 일하는 난장이의 딸 영희는 '일 분에 백이십 걸음을 뛰듯' 걸어 직기 사이를 누비고, 점심시간은 단 '15분'이 주어질 뿐이다. 작업장 실내온도는 '섭씨 삼십구 도'가 넘고 '90데시빌이 넘'는 작업장 소음 속에서 어린 직공들은 '잠 안 오는 약'과 '옷핀'을 통해 졸음을 쫓아가며 일한다. 산업화 및 자본주의가 가속화됨에 따라 노동자들의 열악한 환경 역시 가속화되며, 그들을 관리하는 규율 역시 보다 교묘해 진다. 결국 은강의 시스템에서 사고가 발생하게 된다.

알루미늄 전극 제조 공장의 열처리 탱크가 폭발했을 때였다. 주물 공장 용광로에 연결된 탱크가 폭발하는 순간 시뻘건 불기둥이 하늘 높이 솟았다. 쇳물 · 쇳조각 · 벽돌 · 슬레이트 부스러기들이 하늘에서 쏟아져 내렸다. 주위의 공장들도 지붕이 날아가고 벽이 무너지는 피해를 입었다. 우리가 달려가 보았을 때 공장 부근에는 공원들의 몸이 잘려진 채, 여기저기 널려져 있었다. 작은 공장이었으나 한순간 은강에서 제일 큰 소리를 냈다. 겨우 살아난 공원들은 동료의 몸 옆에서 울부짖었다. (219)

극심한 오염 및 인간 소외 등으로 '죽음의 도시'로 묘사되던 은강에서 대규모 인명 사건이 발발한다. 아수라장을 연상케 하는 사고의 현장 속에 공원들의 죽음이 비참하게 묘사되어 있다. 그러나 이들을 위한 보상은 어디에도 기술되지 않는다. 그로 인해 은강 노동자의 죽음은 단순히 과거에 묻히지 않고, 현재와 미래의 가능성을 뜻하는 그 부인과 뱃속의 아이마저 죽인다. 열처리 탱크가 폭발할 때 현장에 있었던 노동자가 죽자, 그의 아내는 살아갈 방도가 없는 현실에 절망하여 스스로 목숨을 끊는다. 난장이의 죽음이 '타살'로 규정되듯이, 노동자 아내의 죽음 역시 '타살'일 수밖에 없다. 제대로 된 보상이 행해졌다면, 아무리 남편이 죽었다 하더라도 미래의 가능성인 아이를 잉태한 임산부가 자살을 감행할 이유가 없기 때문이다.

초기 산업사회에 여러 계층과 상황이 혼재된 공간에서는 난장이 홀로 죽음을 맞는다. 난장이는 끔찍한 일이 진행되는 행복동의 시공간과 대비되는 공간인 '달나라'로 가기 위해 스스로 목숨을 끊는다. 산업화가 진행됨에 따라 시공간은 기계도시 은강으로 이동되고, 이로 인해 죽음의 양상은 역시 보다 확대되고 그 정도도 심화됨을 볼 수 있었다. 여기서 우리는

작가의 '비관적' 태도를 엿볼 수 있다.[128]

아버지의 난장이의 죽음이 기술되고 있는 단편 「난장이가 쏘아올린 작은 공」은 총 세 부분으로 구분되어 각기 다른 서술자에 의해 기술된다.

a. '난장이'의 죽음을 둘러싼 '못 가진 자'들의 시간들

ⓐ 빈곤의 대물림의 암울한 역사—영수의 시간

① 난장이 가족에게 철거 계고장이 날아듬(현재)

② 공장에서 노비 매매 문서가 든 원고를 조판한 때를 회상함(과거)

③ 노비 해방 때의 증조부 및 할아버지의 삶을 서술(과거)

④ 할아버지도 난장이였냐는 영수의 질문(과거)

⑤ 명희 어머니와 어머니의 입주권 매매에 관한 대화, 영희의 눈물(현재)

⑥ 선거 때 동네 건물을 양성화시켜주겠다고 아버지와 악수한 정치인(과거)

⑦ 거짓 약속을 남발한 정치가들에 대한 '나'의 증오(현재)

⑧ 명희 어머니가 15만원 빌려준 이야기를 어머니가 '나'에게 함(과거)

---

128) 시간에 대해서 문학 작품에서는 긍정적·부정적·초월적의 3가지 태도로 표현되어 나타난다. 순간을 거부하지 않으며 순간 속에서 의미를 찾고 순간에 성실하며 그것이 가장 아름다운 순간을 실현한 시간이라면, 초연히 죽음을 맞이할 수 있다는 파우스트적 인간을 만들게 되는데 이를 '시간에 대한 긍정적 태도의 표현'이라고 일컫는다. 이에 비해 '덧없고 변하기 쉬운 것 이외에 지속하는 것이라고는 아무것도 없다'고 한 셸리의 말처럼 죽음과 파멸로 향하는 시간의 진행은 '시간에 대한 부정적 태도'에 해당한다. 이러한 긍정과 부정적 태도에 비해서 프루스트는 '기억'으로 인해 '진정한 자아'가 형성되며, 인간은 살아가는 과정 속에서 우연히 무의식의 껍질을 뚫고 강렬하게 튀어 나오는 '뜻하지 않은 추억'이라는 요소를 발견하게 된다고 한다. 이 우연한 추억으로 인해 인간은 과거와 현재와 미래를 일치시키고, 그 일치 속에서 정수를 즐길 수 있을 때 이를 '시간에 대한 초월적 태도'라고 한다.

김정자, 『한국근대소설의 문체론적 연구』, 앞의 책, 117~118쪽 참고.

⑨ 명희 어머니가 어머니에게 빌려준 돈을 달라고 말함(현재)

⑩ 명희와 '나' 사이의 사랑이야기(과거)

⑪ 만날 때마다 힘이 없어 보이는 명희, 집 밥을 먹고 싶다는 명희(과거)

⑫ 명희의 성장 과정 : 다방 종업원→고속버스 안내양→골프장 캐디→19만원
을 남긴 채 음독자살(과거)

⑬ 명희가 남긴 돈 가운데서 15만원을 '나'의 어머니께 빌려주는 명희 어머니
(과거)

⑭ 명희 언니가 큰오빠를 좋아했다고 밝히는 영희(현재)

⑮ 기타를 치는 영희, 고장난 라디오(현재)

⑯ 중학교 삼 학년 초에 학교를 그만둔 '나', 아버지의 노환, 꼽추와 서커스일
을 하겠다고 해서 난장이는 어머니와 싸움, 아버지가 무거운 부대를 메고
일을 찾아 나섬, 아버지의 음성이 이상해졌다고 어머니가 이야기 함, 학교
를 그만둔 나는 명희에게 외면당함, 영희와 영호도 학교를 그만둠, 원고를
읽으며 공부하는 '나', 검정고시를 통해 방송통신고교에 입학한 나, 더 이상
일을 할 수 없다는 아버지, 겨울 내내 앓아누운 아버지(과거)

⑰ 입주권이 자꾸 오른다며 조금 더 기다려보라는 명희 어머니, 행방불명된
아버지를 찾아보라고 이야기하는 어머니, 책을 보고 있던 영수, 팬지꽃 앞
에 앉아 기타를 치고 있던 영희(현재)

⑱ 아버지와 지섭의 대화, 죽은 땅을 떠나 달나라로 갈 것을 권함(과거)

⑲ 어머니의 불안한 음성에 밖으로 뛰어나가 벽돌 공장 높은 굴뚝에서 투신
하는 아버지를 목격함(현재)

영수가 서술하는 시점은 철거 계고장이 날아든 시점부터이다. 그 이후
사건이 전개되는 스토리 라인은 아주 간결하다. 이후 영수의 어머니는 부
동산업자에게 입주권을 팔 시점을 의논하고, 아버지는 절망뿐인 '죽은
땅'을 떠나 달나라로 가기 위해 벽돌 공장 높은 굴뚝에서 투신하는 장면

에서 서사는 끝난다. 서술시는 간결한 반면, 서술되는 시간은 난장이 가족의 조상의 시간까지 거슬러 올라간다. 그리고 난장이 가족과 행복동 주민들의 과거사가 현재 철거 사건과 교차되며 시간 구조는 그물망처럼 복잡하게 얽힌다. 위의 담화로서의 시간 기법을 서술되는 시간순으로 배열하여 도표화하면 아래와 같다.

시간	과거	과거	과거	과거	과거	과거	현재	현재	현재	현재	현재
서술시	'노비'였던 난장이 조상들 ②③④	명희와 '나'의 사랑 ⑩	가정형편으로 학교를 그만둔 '나'의 과거 ⑯	명희의 자살 과정 ⑪⑫	정치인들의 공약 ⑥	명희 통장의 15만원 빌림 ⑧	철거 계고장이 날아듬 ①	명희 어머니와 어머니의 대화 ⑤⑨ + 영수와 영희의 생각 ⑦⑭	지섭과 아버지의 대화 ⑱	아버지의 행방 불명 ⑰	'나'는 아버지의 투신 장면을 목격함 ⑲
순서	2	6	8	7	4	5	1	3	10	9	11
역전/전망				← (역전)		← (역전)	← (역전)	← (역전)		← (역전)	
비고							* 서술시 발점				
지속	요약	요약	요약	요약	요약	요약	묘사	성찰	묘사	묘사	묘사
빈도	다회적			다회적				다회적			

서사의 끝은 아버지 난장이의 죽음이다. 난장이 죽음의 직접적인 원인은 철거 계고장에 있다. 그러나 위의 시간분석을 통해 본 난장이의 죽음의 원인은 그리 단순하지가 않다. 난장이의 아들 영수는 아버지의 죽음

과정을 기술하면서 끊임없이 과거사를 현재 상황에 개입시킨다. 인쇄소 조판 과정에서 본 노비 문서는 난장이의 뿌리 깊은 역사를 보여준다. 노비문서를 통해 작가가 말하고자 하는 것은 난장이들의 과거, 현재 그리고 미래이다. 현재 자본주의 사회에서 존재하는 계층 간의 대립 및 차별의 역사는 단순히 공시적으로 역사의 한 순간에 일어나는 일회적인 현재 사건이 아니라, 오랜 역사적 과정 속에 지속적으로 반복되어왔음을 확인시켜준다. 나아가 난장이로 살아온 아버지뿐만 아니라 그 아들과 딸 역시 아버지가 난장이라는 사실 때문에 자신들도 난장이로 살아갈 수밖에 없는 난장이 일가의 암울한 미래상을 확인시킨다.

영수는 계층 간의 격차가 존재하는 엄연한 현실을 몸으로 겪으면서 틈틈이 꿈 많았던 자신과 명희의 어린 시절의 추억을 지속적으로 상기한다. 대학에 진학하여 난장이가 아닌 중산층의 삶을 살고 싶었던 영수는 경제적으로 어려운 집안 환경 때문에 중학교도 졸업하지 못한 채 공장 노동자로 전락한다. 노동자의 현실 속에서도 희망을 잃지 않고 라디오를 구입해서 방송을 들으며 검정고시를 준비하지만, 영수의 미래는 '고장난 라디오'로 상징되듯이 암울할 뿐이다. 명희의 삶은 그보다 더 비참하다. 봉건 사회에서 주인 남자와 잠자리를 같이한 죄로 사형(私刑)을 당한 할머니처럼 산업사회에서 명희의 삶 역시 파란만장하다. 명희는 영수에 대해 지니고 있었던 애틋한 사랑의 감정이 채 자라기도 전에 도시 빈민 여성들이 흔히 가질 수 있는 직업 전선에 투신한다. 다방 종업원, 고속버스 안내양, 골프장 캐디 등 갖은 직업군을 전전하면서 가끔씩 행복동으로 돌아온다. 돌아올 때마다 명희는 배가 불러 있었다고 영수는 기술한다. 결국 명희는 통장에 19만원을 남긴채 음독자살로 세상을 마감한다. 명희와 영수가 지녔던 과거의 소박한 소망과 아름다운 청춘들은 난장이라는 태생적 한계 때문에 꽃 피우지 못한 채 시들어 버린다. 작가는 현재 진행 중인 무허가 주택의 철거로 인해 겪는 난장이 일가의 어려움 속에 끊임없는 역사와 과거를 개입시킴으로써 치열한 열정과 소망에도 불구하고 비참한 삶의 현장에서 파괴되어가는 난장이들의 비극적 삶을 고발하고 있다.

ⓑ 노동 현장에서의 기만적 시간과 생활 공간의 해체적 시간-영호의 시간

단편 「난장이가 쏘아올린 작은 공」의 두 번째 부분의 서술자는 난장이의 둘째 아들 영호이다. 영호에 의해 서술되는 난장이 일가의 이야기의 담화적 시간 기법은 아래와 같다.

① 철거당하기 전날의 밤, 밖에서 잠을 지새우며, 비행접시를 타고 온 외계인들이 영희를 태워갔다는 소문을 떠올림(현재)
② 영희를 찾아보라는 어머니의 불안한 음성, 찾을 수 없다는 '나'의 대답(과거)
③ 영희를 봤다는 주정뱅이의 진술: '비행접시'에서 '괴물들'이 영희를 끌어올림(과거)
④ 영수가 '우리가 받아야 할 최소한도의 대우를 위해 싸워야 한다고' 주장함(현재)
⑤ 열악한 작업환경 및 공장 사용자의 부당성에 관한 서술(과거)
⑥ 형 영수와 함께 영희의 가출 이유에 대해 이야기를 나눔(현재)
⑦ 영수와 영호가 공장에서 쫓겨난 것에 관한 어머니의 책망과 염려(과거)
⑧ 형 영수는 영희가 '참을 수 없어서' 집을 나가겠다고 말하고 괴로운 표정을 지음(현재)

⑨ 형에 대한 묘사 : 책을 읽음, 노동자의 열악한 상황에 관한 형의 고민(과거)

⑩ 형처럼 책을 읽으라고 말했던 아버지(과거)

⑪ 책 읽는 영수를 이상주의자라며, 아버지가 난장이임을 시인하는 나(현재)

⑫ 동사무소에서 부동산업자에게 입주권을 25만원에 팔 약속을 함(과거)

⑬ '기다려'라는 부동산업자의 말에 '진실을 말하고 해고당한 형과 나'를 보고 기다리라던 아버지를 생각함(과거)

⑭ 개천 시멘트 다리위에서 주정뱅이와 술을 마시는 아버지를 지켜봄(과거)

⑮ 아버지가 죽던 날 및 아버지의 죽음에 대해 생각하며, 나는 '아버지보다 더 난장이'임을 고백함(현재)

⑯ 공장에서 쫓겨난 형과 나(과거)

⑰ 공장에서 쫓겨난 형과 나의 사건을 이야기하며 술을 마시는 아버지, 장한 일이라고 하나 '얘들을 받아줄 공장이 없다'는 현실을 자각시키는 어머니(과거)

⑱ 형과 일하던 공장의 열악한 노동자 대우 및 작업 환경(과거)

⑲ 저녁에 팔지 않겠다는 말을 하지 말라는 승용차 안의 사나이(과거)

⑳ 우리 동네 나머지 입주권을 모두 사 버린 승용차 안의 사나이(과거)

㉑ 입주권을 매매하는 현장에 관한 묘사(과거)

㉒ 어머니가 십오만 원을 명희 어머니에게 갚자, 명희 어머니는 집을 철거하고 떠남(과거)

㉓ 살기가 힘들다며 '달에 가 천문대 일을 보기'로 한 아버지(과거)

㉔ 영희를 찾지도 못하면서 밤새도록 어디 있었냐고 책망하는 어머니(과거)

㉕ 철거일을 어긴 이유는 영희를 기다렸기 때문이라고 진술함(과거)

㉖ 악몽 같았던 행복동의 마지막 며칠, 영희를 본 사람이 없음(과거)

㉗ 철거날 아침, 고깃국을 끓여 아침식사를 먹을 때 시작된 철거, 지섭의 저항(현재)

㉘ 철거가 끝난 후 뜯어진 문 한 짝위에 엎드려 영희가 팬지꽃 두 송이를 공장 폐수 속에 던져넣는 꿈을 꿈(현재)

앞에서 언급되는 내용을 살펴보면, 첫 번째 부분의 영수에 의해 서술되는 스토리-시간에 비하면 비교적 짧은 기간에 발생한 최근의 일들이 기술됨을 볼 수 있다. 그러나 아무런 표시나 단서도 없이 과거와 현재가 끊임없이 교차되고, 영수가 서술하는 부분보다 서사 진행이 더 매끄럽지 못함을 알 수 있다. 이를 사건 시간순으로 다시 배열하여 도표화하면 아래와 같다.

시간	과거	과거	과거	과거	과거	과거	과거	현재	현재	현재	꿈
서술시	책 읽는 영수를 보며 영호도 보고 책을 읽으라고 권하는 난장이 ⑨⑩	영호와 영수의 부당 대우 및 부당 해고 ⑤⑦ ⑯⑰⑱	입주권을 팖 ⑫⑬⑲ ⑳㉑	영희의 실종 ③	이주 준비 ㉒	영희 실종 이후 소문들 ②	영희 실종 이후 가족들의 행적들 ㉔㉕㉖	철거 하루전 영희의 가출에 대한 생각 ①⑥⑧ + 책을 읽으며 노동 투쟁을 다짐하는 영수 ④⑪	철거일 ㉗	아버지 난장이의 죽음 ㉓㉔	철거 이후의 꿈 ㉘
순서	5	4	6	3	7	2	9	1	10	8	11
역전/전망	←(역전)	←(역전)		(역전)		(역전)		←(역전)		←(역전)	
비고								*서술시발점			
지속	요약	요약	요약	요약	요약	요약	요약	묘사	묘사	요약	요약
빈도	다회적	다회적	다회적				다회적	다회적		다회적	

영호에 의해 서술되는 「난장이가 쏘아올린 작은 공」의 서술 시발점은 난장이 일가의 보금자리였던 낙원구 행복동의 무허가집이 강제로 철거되기 하루 전날이고, 영수처럼 난장이의 죽음에서 서술이 끝난다. 모든 식구들이 부지런히 노동한 대가로 벌어들이는 보수로는 근근히 생존만 이어가는 정도에 불과하기에 난장이 가족들은 철거 이후 재개발에 의해 새로이 지어지는 아파트엔 입주할 꿈조차 꾸지 못한다. 부동산업자에게 25만원의 돈을 받고 입주권을 판 날, 영희가 사라져 버린다. 그로 인해 남은 가족들은 가출한 영희를 기다리느라 철거일을 어기게 되고, 결국 용역단에 의해 강제로 철거당하게 된다. 난장이 가족들은 지섭과 함께 엄숙한 의식과도 같은 아침식사를 마치며, 집이 무너져 버리는 모습을 의연하게 지켜본다. 그러나 그날 난장이는 공장 굴뚝에서 자살해서 죽는 것으로 영호의 서술은 마감한다. 그날 밤 영희가 팬지꽃을 공장 폐수 속으로 던지는 꿈을 꾼다.

위에서 도표로 제시한 시간 기법을 살펴보면, 현재의 사실에 대한 서술보다는 지나간 과거의 개입이 전체 서사의 3분의 1 이상을 차지함을 알 수 있다. 특히 난장이의 아들이 아니었으면 학자가 되었을 형에 관한 서사나, 영호와 영수가 일하는 공장에서 받은 노동자의 억압과 착취 양상에서 해고에 이르기까지의 과정을 끊임없이 반복 기술한다. 작가는 이를 통해서 계층이 재생산되는 사회적 기제 및 고속 성장 이면에 은폐되어졌던 노동자의 현실을 여과 없이 기술한다. 뿐만 아니라 입주권을 파고 사는 과정 역시 '다회적'으로 반복되어 서술된다. 작가는 이를 통해 입주권을 싼 값에 사서 실제로 입주하려는 실수요계층인 중산층의 발 빠른 대응과 함께 수많은 입주권을 한꺼번에 구입하여 실수요층에게 되팔아서 이익을 창출하려는 부동산 투기자의 모습을 사실적으로 보여준다. 좌절한 철거촌 주민들은 난장이처럼 더러는 자살할 수밖에 없고, 더러는 영희처럼 가출할 수밖에 없는 현실에 직면한다. 남은 가족들은 가족에 대한 사랑으로 그들을 애타게 찾으며 고통받는 부분 역시 반복 서술함으로써 강조한다. 즉 고속 성장과 도시 재개발이라는 시대적 과제는 빈익빈 부익부를 가속화하는 결과를 초래하였고, 그로 인해 도시 하층민의 고통을 시간 기법을 통해 고발한다.

ⓒ 타락한 방법으로 구원을 갈망하는 타락의 시간 – 영희의 시간

단편 「난장이가 쏘아올린 작은 공」의 세 번째 부분에서는 입주권을 매도할 당시 사라진 영희의 행적이 영희의 목소리로 상세히 기술된다. 그 담화적 시간 기법은 아래와 같다.

① 새벽 네 시 지금까지 살아온 열일곱과 선조 대대로의 세월, 지구의 세월과 자신의 죽음과 생각함(현재)

② 수면제를 통해 그를 잠재움(현재)

③ 매매 계약서를 쓰고, 주인을 따라서 행복동 낙원구를 벗어나던 때를 회상함(과거)

④ 천 년의 세월이 걸려 지은 집, 여성의 순결을 가르치던 어머니를 생각했으나, 자신으로서는 생각해볼 것도 없었다고 서술함(현재)

⑤ 나에게 친절하게 한 '그'와의 생활을 회상함(과거)

⑥ 꿈속에서 가족들에 관한 꿈을 꿈(꿈, 환상 공간)

⑦ 그가 깊은 잠에 든 사이 그의 금고에서 매매 계약서와 돈과 칼을 꺼냄(현재)

⑧ 천문대에서 쪼그리고 있을 아버지를 회상함(환상 공간)

⑨ 한밤이 너무 길다는 서술을 함(현재)

⑩ 마취제인 약병을 통해 그를 따라온 첫날을 회상함(과거)

⑪ 집을 떠남, 택시를 타고 가다 강변에 차를 세움(현재)

⑫ 어머니가 겨울에 취로장에 나가 일하던 때를 생각함(과거)

⑬ 낙원구에 내려 행복동 동사무소에서 표찰과 계고장을 확인하고, 철거 확인
증을 받음, 구청으로 가서 입주 신청을 끝내고, 심한 어지러움을 느낌(현재)

⑭ 그와의 생활에서 약해진 자신의 몸을 자가함(과거)

⑮ 주택공사에 가서 아파트임대 신청을 마침, 그곳에서 '그'를 보고, 마주치면 죽
일 생각을 함. 모든 절차를 마치고 신애 아주머니집에 가서 철거일 및 아버지의
죽음을 알게 됨. 아버지를 난장이라 말하는 악당은 모두 죽일 결심을 함(현재)

영희는 매매 계약서를 쓰던 날, 자신의 입주권을 사들인 '그'를 따라 그
의 집에서 비서 및 가정부 노릇을 하고, 밤에는 잠자리까지 같이 하며 '그'
와 함께 생활한다. '그'에게 수면제를 먹여 깊이 잠들게 한 다음, '그'의 금
고에서 자신의 집의 '매매 계약서'와 돈 그리고 사용할 용도를 알 수 없는
'칼'을 꺼낸다. '천 년에 걸쳐 지은' 자신과 가족들의 집을 되찾기 위해서
는 자신의 행동이 어쩔 수 없다며 스스로를 합리화하기도 한다. 이후 영
희는 '그'의 집에서 나와 동사무소와 주택공사를 오가며 아파트에 입주할
법적 절차를 밟는다. 주택공사에서 '그'를 본 영희는 '그'와 마주치게 되면
'그'를 죽일 각오를 한다. 모든 절차를 끝낸 후 영희는 신애를 통해 아버지
인 난장이가 죽었다는 사실을 알고 절규한다. 이와 같은 스토리-라인을
사건시를 중심으로 도표화하면 아래와 같다.

시간	과거회상	환상	과거	과거	현재	현재	현재
서술시	겨울에 취로장에 나가는 어머니 회상 ⑫	가족에 관한 꿈 ⑥ + 천문대에 있는 아버지 모습 ⑧	매매 계약서 작성 후 주인과의 삶 ③⑤⑩⑭	주인에게 수면제를 먹임 ②	새벽 네시 자신과 조상의 삶 생각 ① + 주인과의 생활은 불가피한 일 ④ + 금고에서 돈을 꺼냄 ⑦⑨	주인집을 탈출해 강변에 도착함 ⑪	입주신청⑬ + 아버지의 죽음을 알게됨 ⑮
순서	6	4	3	2	1	5	7
역전/전망		← (역전)	← (역전)	← (역전)	← (역전)	← (역전)	
비고					* 서술 시발점		
지속	요약	요약+장면	요약	요약	요약+장면	장면	장면
빈도			다회적		다회적		

　서술 시발점은 새벽 네 시 영희가 주인을 잠들게 한 후 금고에서 돈을 꺼내는 것에서부터 시작된다. 이후 영희는 입주 신청을 마치고 아버지의 죽음을 알게 되는 시간까지, 즉 하룻동안 입주 신청을 마치고 아버지의 죽음을 알게 되는 시간까지, 즉 하룻동안 영희가 스스로 행하고 경험한 모든 일을 진술한다. 그 가운데 겨울에 취로장에 나가는 어머니의 모습, 즉 생존을 위해 사력을 다해 노력하는 가족들의 모습을 요약적으로 제시

한다. 이는 난장이 가족의 생활 모습을 구체적으로 묘사함으로써 난장이 가족의 가난이 결코 게으름과 나태함의 결과가 아님을 진술한다. 이어 현실에 어떠한 희망도 가질 수 없었던 아버지의 꿈이 달에 있는 천문대에서 일하는 것이었음을 서술한다. 그리고 주로 서술하는 부분은 자신이 행복동을 떠난 이후 '주인'과의 삶이다. '스물아홉에 못 하는 것이 없는' 주인은 재개발 지구의 입주권을 거의 몰아 사들이다시피 하는 '부자'로 영희와 성장기반이 다른 산업화 사회의 '거인'이라고 할 수 있다. 영희는 '그'를 출생과 성장기반으로 인해 난장이 가족과는 달리 '인간이 갖는 고통도, 절망도' 모를 사람으로 서술한다. '주인'에 대한 이러한 서술은 난장이의 딸로 태어난 자신과 극단적 대조를 이루면서, 영희의 상황을 더욱 비극적으로 만든다. 영희가 자기 가족의 현실 상황에 관한, 꿈에 관한 서술 그리고 주인과의 삶에 대한 서술은 영희가 주인의 금고에서 매매 계약서와 돈, 그리고 칼을 꺼내는 순간순간 시간 역전의 기법을 통해 다회적으로 기술된다. 이러한 서술 방식으로 인해 피화자는 영희의 '범법 행위' 이면의 원인 및 동기를 이해하게 되고, 영희의 행위가 생존을 위한 것으로 정당화할 수도 있다는 동화의 감정뿐만 아니라 사회의 부조리한 모순과 가진 자들의 행포에 분개하는 심정을 가지게 된다. 그러나 마지막 장면을 난장이의 죽음 소식을 접한 영희의 절규로 끝맺는 작가의 설정은 의미심장하다. 영희의 행위는 타락한 세계에서 타락한 방법으로 구원을 추구하는 행위라고 할 수 있다. 그 행위의 지향점은 물리적 공간인 행복동의 '집'의 철거로 오갈 데 없게 된 가족에게 생존의 기본적 요건인 함께 살 수 있는 공간인 '아파트'를 마련하는 것에 있다. '주인'에게 모든 것을 약탈당해

가며, '주인'을 죽일 결심까지 하며 되찾아 온 '집'이었지만, 그곳에서 살아갈 '가족'을 상실하는 것으로 끝나면서 난장이 가족의 비극성은 한층 더 증폭된다. 이는 생존을 위해 모든 노력을 다하며 살아가는 '난장이들'의 삶의 귀결을 암시하는 것으로, '행복한 결말'이 존재하지 않는 작가의 비극적 세계관을 엿볼 수 있는 부분이다.

단편 「난장이가 쏘아올린 작은 공」의 전체적인 시간은 철거 계고장을 받은 때부터 입주권 매도 이후 영희의 가출에서 귀가까지의 시간을 세 부분으로 나누어 영수, 영호, 영희를 통해 각각 서술된다. 여기에 아버지 난장이의 죽음은 세 부분을 구분하는 주요한 계기가 된다. 영수는 철거 계고장을 받은 때부터 아버지의 죽음에 이르는 시간을 서술하면서 현재 진행되는 시간보다 과거의 시간에 더 많은 비중을 두며 서술한다. 이를 통해 영수는 과거의 사건들을 수천 년부터 뿌리 깊게 내려온 난장이들의 역사를 기술하며, 자신도 결국 아버지 난장이처럼 살아갈 수밖에 없음을 자각하게 된다. 영호가 사건을 서술하는 시간은 철거 하루 전과 철거 당일의 상황을 전달하면서 사이사이 영수와 영호가 공장에서 받은 부당대우를 고발하고, 철거 계고장이 날아든 이후 영희의 실종 및 난장이의 죽음으로 인해 난장이 가족이 해체되어가는 과정을 과거 역전 기법을 통해 서술한다. 이를 통해 개발 독재 및 파행적 근대로 인해 도시 빈민층이 겪어야 하는 삶의 고충을 전경화해서 보여주고 있다. 영희는 입주권을 매매한 이후 함께 생활한 주인의 집에서 도망 나와 입주 절차를 밟은 이후 아버지 난장이의 죽음 소식을 접하기까지의 과정을 서술한다. 이 과정에서 영희는 주인과 자신의 출생 조건과 현재 삶의 조건을 대조시키고, 자신뿐 아니라 그 이전 어머니 및 그 할머니가 겪어야만 했던 못 가진 자들의 고충을 시간 역전의 기법을 통해 고발한다.

이 과정에서 작가는 주로 '무시차(achrony)'와 '시간 변조'를 교차하여 사용한다. 무시차는 시간적으로 아무런 관련이 없는 사건들을 공간적으로 병치시키는 현대 소설의 독특한 시간적 처리 기법이다. 이것은 사건들 사이의 시간적 관계를 변조시킴으로써 시간의 순차적 질서에 어긋나게 플롯을 배열하는 방식인 '시간 변조(anachrony)'와는 구분된다. 시간 변조는 특정 사건을 다른 사건들과 대조시켜 조명하거나 긴장을 고조시켜 독자의 감정을 사로잡기 위해 주로 사용한다. 「난장이가 쏘아올린 작은 공」에서 등장하는 회상의 상당 부분은 '시간 변조'에 의해 창출된 것이다. 이를 통해 작가는 선과 악의 대립이라는 이분법적 세계관 및 주제를 보다 명확하게 부각시킨다. 또한 등장인물이 경험하는 의식의 흐름을 기술할 때는 주로 '무시차'의 기법을 사용한다. 즉 서술자는 현재 진행 중인 사건을 서술하면서 아무런 경계 표지 없이 과거의 사건을 삽입하는 경우가 대부분이다. 이를 통해 시간들은 공간적으로 나란히 병치시킨다. 이를 통해 피화자들은 자연스럽게 등장인물과 동일시하게 되고, 등장인물의 시선과 사고를 통해 현재의 상황을 바라보게 되고, 피화자들의 지각과 의식은 텍스트의 진행에 철저하게 종속된다. 즉 「난장이가 쏘아올린 작은 공」에서 등장하는 '무시차'와 '시간 변조'는 텍스트와 피화자 사이에 존재하는 거리를 무화시킴으로써 화자가 자신의 세계관과 의식을 전달하고자 하는 서사전략이라고 할 수 있다.

지속이나 빈도의 측면에서 볼 때에도 난장이 가족들에게 현재 진행되고 있는 사건이나 이들이 감행하는 외부 및 자기 파괴적 행동에 초점을 두고 있지 않음을 알 수 있다. 도시 재개발로 인해 난장이는 스스로 목숨을 끊음으로써 자기 파괴를 감행하고, 영수와 영호는 공장의 부당한 대우와 해고에 항의함으로써 근대 사업화 및 자본주의 사회에 대한 불만을 표출하며, 영희는 이른바 '매춘'과 '도둑질'이라는 사회적 용인될 수 없는 행동까지 서슴지 않고 행한다. 그러나 단편 「난장이가 쏘아올린 작은 공」에서는 이들의 일탈적 행동을 서술할 때는 주로 요약을 통해 일회적으로 서술될 뿐이다. 반면 난장이 가족들의 모든 행동의 원인이 되는 산업사회의 모순, 즉 오랜 세월을 통해 내려온 '가진 자'와 '못 가진 자'의 대립과 그 구조적 모순에 관한 문제 제기, 그 구조적 모순에 편승해서 부당한 이익을 챙기려는 '가진 자'들의 부도덕성, 기업 경영자들의 노동자에 대한 부당한 노동력 착취 및 대우, 난장이들의 생존을 위한 뼈저린 노력 및 소망 등이 상세하게 반복되어 서술됨으로써 '복수적 단일 묘사'와 '반복적 묘사'가 빈번하게 등장한다. 이러한 기법들은 주로 선과 악, 빈곤과 풍요라는 이분법적 대립을 보다 극적으로 형상화할 뿐만 아니라 '부=악', '가난=선'이라는 작가의 인식을 반복하여 기술함으로써 작가의 세계관과 주제를 드러낸다.

b. 노동자 부부의 죽음을 둘러싼 꿈과 희망이 매몰된 시간

서술자 영수에 의해 과거 아버지 난장이의 자신의 꿈과 현재의 상황이 대조를 이루며 기술된다. 「잘못은 신에게도 있다」의 담화로서의 시간 기법 분석은 아래와 같다.

① 단순한 세상을 꾼 나의 꿈(현재)

② 아버지가 꿈꾼 세상, 아버지의 죽음, 화장 후 강가에 재를 뿌림, 열심히 일하고도 인간다운 생활을 할 권리를 상실한 아버지의 삶, 따뜻한 사람이었던 아버지를 회상함, 사랑이 강요되는 삶을 희망함(현재)

③ 나의 꿈－교육의 수단을 이용해 누구나 고귀한 사랑을 갖도록 한다는 것, 사랑에 기대를 가짐(현재)

④ 머리 속 이상 사회와 너무나 다른 은강시(과거)

⑤ 160년 전 영국의 로드함 공장, 리턴 공장, 프랑스의 철공장에서 노동자의 비참한 삶 및 노동자의 혁명 묘사(역사적 과거)

⑥ 사랑 때문에 괴로워하는 '나', '나의 아버지'와 대비되는 '공장주들'(현재)

⑦ '우리'의 상태가 '160년 전'에 가까운지 아니면 '현재'에 가까운지 질문하는 영희에게 할 말을 잃은 영수(현재)

⑧ 중학교에 보내줄 약속을 한 아버지(과거)

⑨ 바람에 날려온 공장 매연 때문에 머리가 아프다는 어머니(현재)

⑩ 연필을 아껴쓰라는 어머니, 방죽가에 매어둔 배를 마당 위로 끌어올리고 있는 아버지(과거)

⑪ 아무도 정확하게 말할 수 없다는 영수, 노동조합 지부장은 회사 사람에 의해 끌려 갔을 것이라는 진술을 하는 영희, 조합일에 영수를 끌어들이지 말라며 염려하는 어머니(현재)

⑫ 은강으로 온 이후의 삶, 머리가 계속 아프다는 어머니, 청력 장애를 일으키는 영희, 은강에서 일하는 사람들을 변혁시키고 싶은 욕망을 가짐, 날마다 사무실 퇴직, 해고, 출근 정지 처분자의 명단이 붙는 게시판 앞에서 기웃거림. 게시판 앞에 아버지보다 작은 몸이 됨(과거)

⑬ 아버지를 비웃던 승용차 안 사람들에 대한 증오(과거)

⑭ 영호가 심은 지뢰가 터져 승용차가 불타버리는 꿈을 꿈(영수의 꿈)

⑮ 열처리 탱크가 폭발하는 현장, 노동자들의 희생, 젊은 노동자 부부의 죽음(과거)

⑯ 배운 사람들의 삶과 사고, 싼 임금으로 기계를 돌릴 방법만 생각함(무시간)

⑰ 노동조합 지부장의 행동, 공원들의 무더기 해고(과거)

⑱ 배운 사람들의 삶, 열 배 이상의 임금, 깨끗한 주택가, 행복한 가정, 노동자의 힘에 대한 간과하는 현실(무시간)

⑲ 노동자 교회에 가서 책을 읽음. 노동자 교회 목사를 통해 '사회조사 연구회' 모임에 참가함(과거)

⑳ 노동조합 지부장의 행방불명, 대의원 대회를 통해 새 지부장 선출, 고요함 가운데 침몰하는 은강방직(과거)

㉑ 사용자들의 낙원을 이루어간다는 착각에 대한 영수의 지적, 그들만의 낙원에 불가함(과거)

㉒ 영희로 인해 새 지부장인 영이를 만남, 영이는 노동자 측 대표위원으로 노사협의회에 참가함(과거)

㉓ 노사협의회의 모습 : 희곡의 양식으로 대화들이 현실과 동일한 탬포로 묘사됨. 열악한 노동 환경을 설명하며 개선 및 임금 인상을 요구하는 노동자들, 거부하는 사용자들…

㉠ 노동자들이 '핀 이야기'를 하려 함

㉡ 어머니와 영희의 이야기(옷핀 관련)가 삽입됨 : 내용상 아무런 연결 없음 그러나 아버지를 난장이라고 부르는 아이를 옷핀으로 찌를 결심을 했다는 부분에서 '옷핀'의 연관성에 의해 연결됨

㉢ 옷핀으로 조는 노동자들을 깨우는 노동 환경을 사용자들에게 말함 사용자들은 사실을 조사해서 조치하겠다고 하나, '근로자 여러분의 자유의사에 반하는 근로를 강요하고 있지 않다'고 주장함.

㉣ 난장이 아들과는 놀 수 없다는 아이와 싸우는 영호, 말리는 영수 : 역시 내용상 연결되지 않음(회의록에서 '빼라'라는 말 때문에 난장이 아들을 '빼라'는 아이의 말에서 연상)

㉤ 인간다운 생활을 보장하라는 노동자의 요구, 비약이고 자신들도 근로자라는 사용자들의 대답

㉥ 임금 인상과 부당 해고자 복직을 요구하자, 뒤에서 조정하는 파괴자가

있다는 말을 함

ⓐ 아버지를 난장이라 놀린 집 유리창을 깬 영수, 자식들이 잘못하면 그 책임을 져야하는 아버지로서의 난장이(여기서 연상의 계기는 책임)

ⓞ 사업현장에서 '무슨 일'이 일어나면 책임은 노동자인 여러분이 스스로 져야한다는 사용자의 주장

ⓩ 큰 다음엔 너희가 한 일에 대한 책임을 스스로 져야한다는 어머니

ⓩ 불우한 사람을 위해 해마다 이십억 원을 내놓는 은강 회장, 노동자의 일방적 희생을 요구한 기업이 사회에 뭘 내놓겠다는 것은 기만임을 지적하는 노동자들, 그들을 용서할 수 없다는 사용자들의 대립

ⓒ 오후반 애들이 밖에 몰려 있다며, 단체 행동을 하겠다는 것으로 생각하는 사용자들. 궁금해서 몰려 있는 노동자들. 서로 법을 어기고 있다고 주장하는 노동자와 사용자의 대립 양상

ⓔ 창문을 깬 영수를 '내보내지' 말라는 아버지와 어머니의 대화

㉔ 사흘동안 밖을 나가지 않고 낚시 바늘을 만들었던 일 회상(과거)

㉕ 펌프일을 나간 아버지. 방죽에서 낚시를 한 영수, 아버지로부터 스스로 난장이라는 말을 들음(과거)

㉖ 노사협의회에 관한 결과토론, 이후 단체행동(현실)

㉗ 아버지가 그린 세상을 다시 생각함, 사랑하지 않는 사람들을 벌하기 위해 법 제정의 필요성을 주장한 아버지가 옳다고 생각함. 은강에서는 신도 잘못을 저지름(현실)

'열심히 일하고도 인간다운 생활을 할 권리를 상실한' 아버지 난장이가 죽자 영수는 아버지와 자신의 꿈을 비교한다. 아버지는 법적으로 규정된 '사랑이 강요되는' 사회를 꿈꾼다. 그러나 영수는 아버지보다는 현실적인 꿈 즉, '교육 수단'을 이용해서 누구나 고귀한 사랑을 가지는 사회를 꿈꾼다. 그러나 낙원구 행복동을 떠나 이주한 은강시는 머릿속 이상 사회와는

너무나 다른 공간임을 깨닫고, 영수는 자신들이 처한 현실이 160년 전 초기 근대화가 이루어질 때 프랑스나 영국에서 자행된 노동자들의 비참한 삶과 근접해 있음을 자각하게 된다. 은강 기업은 노동조합의 활동을 방해하고, 열처리 탱크가 폭발하여 노동자들이 희생되는 대형 사고가 발발하지만, 사용자들은 '사업현장에서 무슨 일이 일어나면 책임은 노동자인 여러분이 스스로 져야 한다'는 무책임한 발언을 할 뿐이다. 사용자들은 '싼 임금으로 기계를 돌릴' 생각만 하면서, 그들만의 낙원에 만족해했다. 노동자와 사용자들의 현실 인식 차이 및 이해의 상충으로 인해 노사 협의회는 결렬되고, 새로운 노동위원장 역시 사용자에 의해 조종당하는 꼭두각시일 뿐이다. '사랑'이 존재하지 않는 은강의 현실에 절망하며 영수는 은강에서는 신도 잘못을 저지를 수밖에 없다며 현실에 대한 절망적 인식을 표출한다. 위의 이러한 서술을 사건이 진행되는 시간순으로 도표화하면 아래와 같다.

시간	역사적 과거	무시간	과거	과거	과거	과거	과거	현재
서술시	160년 전 영국의 공장 및 노동자의 현실 ⑤	노동현장 ⑯ + 배운자 가진자들의 삶 ⑱	아버지를 비웃던 아이집에 유리창을 깬 영수 ㉔ + 난장이 아버지의 자괴감에 대한 영수의 비애 ㉕	중학교 진학을 약속하는 아버지 ⑧⑩ + 아버지를 비웃던 가진자들에 대한 증오 ⑬	은강이주 이후의 삶 및 노동조합 일을 하는 영수 ⑪	열처리 노동자의 죽음 ⑮ + 노동조합원의 무더기 해고 ⑰ + 노동운동과정 ⑲⑳㉑㉒	노사협의회와 그 이후 ㉓㉖㉗	세상에 대한 아버지와 나의 꿈 ①②③ + 신도 잘못하는 은강 ㉗

순서	2	5	8	3	4	6	7	1
역전/전망					←(역전)		←(역전)	←(역전)
비고								* 서술 시발점
지속	요약	요약	요약+장면	요약	요약	요약	요약+장면	요약
빈도				다회적		다회적	다회적	다회적

「잘못은 신에게도 있다」의 서사는 영수의 내면의식이 내적 독백에 의해 진행된다. 서술시발점은 서사 진행 과정에서 제일 마지막에 위치하는 특이한 구성 방식을 가지고 있다. 즉 서사의 대부분이 사적 화자인 영수가 아버지에 대한 생각의 회상 및 은강에서 노동자의 현실 및 노동조합일을 하는 과정을 서술하는 것으로 진행된다. 특히 열처리 탱크가 폭발함에 따라 발생한 노동자의 희생 및 노사협의회를 다회에 걸쳐 반복 서술함으로써 은강에서의 노동자의 현실 및 경영자들의 몰이해를 지속적으로 강조하려는 화자의 의도를 나타낸다. 또한 노사협의회에서 노동조합의 대표인 영이와 사용자들 간의 대화를 희곡의 기법까지 동원하여 회담 장면을 그대로 드러냄으로써 현실을 실감나게 전달하고 있다.

(2) 정당방위로서의 경제적 타자들의 테러 시간

연작 『난장이가 쏘아올린 작은 공』에서의 죽음은 '가진 자'의 죽음과 '못 가진 자'의 죽음으로 양분된다. '가진 자'의 죽음으로는 부동산업자의 죽음, 은강 창업주인 경애 할아버지의 죽음, 그리고 은강 경영주 동생의 죽음이 존재한다. 부동산업자의 죽음은 곱추와 앉은뱅이에 의한 테러로 '가진 자'의 부당한 이윤은 '못 가진 자'의 희생을 통해 취한 것이고, 그로 인해 '못 가진 자'에게 '무서운 마음'이 존재함을 보여준다. 결과적으로 '가진 자'와 '못 가진 자' 사이에 존재하는 '무서운 밤'은 지속될 뿐이라는 암울한 메시지를 전달한다.

은강 창업주인 경애 할아버지의 죽음은 서사 자체에서 주요하게 다루어지지 않고, 그 죽음으로 인해 야기된 결과만이 부각된다. '가진 자'의 최고점에 해당하는 은강 창업주의 죽음은 살아 있을 때의 재력과 권력은 '시들어 가는 꽃'으로 표현될 뿐, 그의 가족들조차 그의 죽음을 슬퍼하지 않는다. 이는 '못 가진 자'의 정점에 해당하는 난장이의 죽음으로 가족 전체가 절규하며 난장이의 삶과 말 등을 지속적으로 회상하는 것과는 첨예한 대조를 이룬다. '가진 자'의 죽음은 단순히 상속을 통한 재벌의 세대교체를 의미할 뿐으로, '사랑'이 존재하지 않는 '가진 자'들의 세계를 단적으로 보여준다. 물론 그들의 후손인 윤호와 경애의 자각과 반성 및 각오를 이끌어낸다는 점에서 긍정적인 측면이 존재하기는 하나, 이 역시 텍스트 내에서 구체적인 행동으로 제시되지 못할 뿐만 아니라 시간이 흘러 윤호가 결국 자신의 한계를 인식하는 점을 고려해 볼 때 희망적으로 해석되기엔 무리가 따른다.

은강 경영주 동생의 죽음은 노동자 및 노동 현장의 현재와 미래에 절망한 영수의 빗나간 테러의 결과이다. 영수는 은강 경영주를 죽이려했으나, 테러 대상을 오인함으로써 그 동생을 살해한 것이다. 죽음의 대상을 다른 대상을 오인하여 죽인 것으로 설정하는 작가의 의도 역시 노동자가 저항의 행위로 가장 극단적 행동이자 강력한 수단을 취하더라도 현실은 낙관적이지 않음을, '가진 자'들의 아성은 변하는 것이 없음을 보여주기 위한 의도적 설정이라 할 수 있다. 재판 과정을 통해서 노동자들의 고통 및 삶, 그리고 사용자들의 부도덕성 및 비인간적 면모를 여과 없이 보여주고는 있지만, 결국 영수의 사형으로 판결나는 현실 역시 암울한 전망을 대변한다.

못 가진 자들의 죽음은 명희, 난장이, 영희 증조할머니 동생, 그리고 노동자 부부로 나뉜다. 이들의 죽음은 산업화 사회를 살아가는 못 가진 자들의 비참한 생활 양상과 죽음의 양상을 각각 대표해줌으로써 하나의 전형을 형성한다. 영희 증조할머니 동생의 죽음은 못 가진 자들의 죽음의 부당성이 역사적으로 지속되어 왔음을 보여주고, 난장이의 죽음은 그 아들 영호에 의해 자신도 난장이에 불과하다는 패배의식을 가지게 함으로써 못 가진 자들에 대한 억압의 굴레가 과거, 현재, 미래에 걸쳐 영속되어 왔고, 계속해서 지속될 것임을 보여준다.

연작 『난장이가 쏘아올린 작은 공』에서 쥬네뜨에 의해 개념화된 순서, 지속, 빈도라는 시간 범주에 의해 분석해 본 결과, 가진 자들의 죽음이나 못 가진 자들의 죽음이나 순서의 측면에서 동일하게 시간 역전 및 무시차 그리고 시간 변조가 사용되어 왔음을 알 수 있었다. 각 단편을 기술하고 있는 화자들은 현재 진행되고 있는 사건 전달에 중점을 두고 묘사하지 않는다. 현재의 사소한 대사 및 사물은 연상의 계기가 되어 그로 인해 연상되는 모든 과거의 사건들이 현재 진행 중인 사건들 사이에 아무런 경계표지 없이 삽입된다. 이를 통해 현재의 사건 진행은 과거 사건들의 간섭에 의해 어쩔 수 없이 생겨난 결과임을 반복 기술하고 있다. 이를 가능하게 하기 위해 서술자는 현재는 주로 시간 정지 기법을 통해서 간결하게 장면 제시하고, 과거의 수많은 사건들은 요약 서술함으로써 과거의 사건을 전달하는 데 중점을 둔다. 또한 과거의 개입의 서사 속도를 느리게 함으로써 피화자들로 하여금 못 가진 자들의 인생사 및 가족사에 관심을 기울이게 한다. 이러한 시간 기법을 통해 작가가 의도하는 바는 현재 못 가진 자들이 행하는 자살, 살인, 절도 등 여러 가지 일탈 및 범법 행위가 부도덕하고 게으른 성품의 결과가 아닌 생존하고자 하는 자들의 '정당방위'임을 지속적으로 전달한다. 반면 가진 자들은 법적으로 잘못을 저지르는 일은 없지만, 여러 가지 기만적 술책 및 도덕적·성적으로 타락한 계층임을 보여준다.

공간 설정에 있어서는 가진 자나 못 가진 자의 대비가 뚜렷하다. 동일한 낙원구 행복동 내에서도 도시 하층민과 중산층 그리고 상류층의 주거공간은 뚜렷하게 구별되어 있었고, 도시 하층민은 판자촌이나마 그 주거지를 얻기 위하여 천 년의 시간에 걸쳐 지었으나, 정부의 도시 재개발 정책에 의해 그나마도 헐려지는 도시 하층민의 한계를 선명하게 제시한다. 특히 재벌가들의 주거지로 윤호에 의해 묘사되는 제시되어 북악산 산허리의 묘사는 산업화의 가속화에 의해 기계도시로 이주해 사는 노동자들의 공간인 은강과 첨예한 대립을 이룬다. 그리하여 못 가진 자들은 달나라나 우주, 릴리푸트읍이라는 이상 공간을 설정하고, 그곳에서의 생활을 꿈꾼다. 이러한 이상공간의 설정 역시 현실에서는 결코 이루어질 수 없는 비현실적 공간으로 암울한 현실을 극단적으로 제시할 뿐이다.

즉 시간 기법에서는 가진 자와 못 가진 자의 죽음이 동일한 기법으로 제시되고, 공간은 뚜렷하게 구별되는 공간으로 제시되고 있다. 그러나 이를 통해서 추구하고자 하는 바는 선과 악의 대립, 가진 자와 못 가진 자의 대립이라는 죽음의 속성을 보다 명확하게 부각시키기 위한 수단으로 사용되고 있음을 알 수 있다. 뿐만 아니라 가진 자와 못 가진 자의 삶의 양상을 극단적으로 대립 배치함으로써, 상호 간에 조화와 공존이 불가능한 사회의 모순을 고발하고 있다.

3) 주체와 타자 간의 극명한 대립을 드러내는 목소리

연작 『난장이가 쏘아올린 작은 공』에서의 죽음은 크게 경제적 주체들의 죽음과 경제적 타자들의 죽음의 두 속성으로 구분된다. 연작 소설은 통합적으로 하나의 완결된 서사체를 가지면서 동시에 여러 하위−텍스트들의 독립성을 보여줌으로써 연속성과 단속성의 반복이라는 새로운 서사적 운동성을 가져다 주는 장르상의 특징[129]을 지니고 있기에, 연작 『난장이가 쏘아올린 작은 공』에서 형상화되는 모든 이들의 죽음은 다양한 하위−텍스트들에서 다양한 서술자를 통해 단속성과 연속성의 반복이라는 서사적 운동을 통해 전달된다. 경제적 주체인 은강 창업주와 은강그룹 경영주의 동생의 죽음은 율사의 아들 윤호와 은강그룹 경영주의 셋째아들인 경훈, 즉 '가진 자'의 후계자들에 의해 서술되고, 경제적 타자인 '난장이들'의 죽음은 주로 영수를 통해 서술된다. 앞장에서 제시된 랜서의 표층 구조의 분석틀에 의해 이들 화자들의 성향을 분석하면 아래의 도표로 정리될 수 있다.

---

129) 황순재, 「조세희 소설 연구(Ⅰ)」, 앞의 글, 134쪽.

분석틀			도입액자	내부-텍스트					경제적 주체		종결액자
등장인물계층				경제적 타자					경제적 주체		
죽음대상			부동산업자	증조할머니	명희	난장이	노동자부부	영수	은강창업주	경우아버지	꼽추
죽음양상			테러	사매질	음독	추락자살	사고사자살	사형	자연사	테러	사고사
서술자			교사	영희	영수	아들, 딸	영수	교사	윤호	경훈	교사
자격	진술적권위	상동성	상동성	분리	분리	분리	분리	상동	분리	분리	상동
		재현	이종	동종	동종	동종	동종	이종	동종	동종	이종
		특권	전지	인간적제한	인간적제한	인간적제한	인간적제한	전지	인간적제한	인간적제한	전지
		지시물	창조	환상(꿈)	허구적진실	허구적진실	허구적진실	허구적진실	허구적진실	허구적진실	창조
		성차	남	여	여	남	남+여	남	남	남	남
		계급	중산층	도시빈민	도시빈민	도시빈민	도시빈민	도시빈민	율사의아들	재벌후계자	중간층
	모방적권위	정직성	정직	정직	정직	정직	정직	정직	정직	정직	정직
		신뢰성	신뢰	신뢰	신뢰	신뢰	신뢰	신뢰	신뢰	비신뢰	신뢰
		능력	서술적기술	서술적기술	서술적기술	서술적기술	서술적기술	서술적기술	서술적기술	서술적기술	서술적기술
접촉		방식	간접	간접	직접	직접	직접	간접	간접	간접	간접
	태도	자의식	계속적자의식	반복적자의식	반복적자의식	반복적자의식	반복적자의식	계속적자의식	반복적자의식	반복적자의식	계속적자의식
		자기확신	확신	확신	확신	확신	확신	확신	확신	확신	확신
		복종/멸시	복종					복종		멸시	복종
		형식/친밀	친밀성	친밀성	친밀성	친밀성	친밀성	친밀성	친밀성	형식성	친밀성
		피화자 정체성	수동적	수동적	수동적	수동적	수동적	수동적	능동적	능동적	수동적

		어법적 진술/모방	진술	모방	모방	모방	모방	진술	모방	모방(자유간접+직접적말)	진술(화자자신의담론)
입장	시공간적	화자의 공간지점	열린개관	개인내적공간배치	개인내적공간배치	개인내적공간배치	개인내적공간배치	장면 내 배치	개인내적공간배치	개인내적공간배치	열린개관
		장면/요약	장면	요약	요약	장면+요약	요약	요약	요약	요약	장면
		동시/사후	동시	사후	사후	사후	사후	사후	사후	사후	동시
	심리적	정보 양	多	少	中	多	中	少	少	少	多
		정보 성격	객관적	객관적	주관적	주관적	주관적	주관적	객관적	주관적	객관적
		초점화 내적/외적	외적	내적	내적	내적	내적	외적	내적	내적	외적
		초점화 심층/표층	표층	심층	표층	표층+심층	표층	표층	표층	표층+심층	표층
		초점화 고정/자유	자유	부분적으로는 고정이나, 하나의 통합된 내부-텍스트의 측면에서 보면 자유							자유
		태도	중립적	긍정	긍정	긍정	긍정	긍정	부정	부정	중립적
	이데올로기적	표현 명시/암시	명시	명시	명시	명시	명시	명시	명시	명시	명시
		표현 축어/비유	축어+비유	비유	축어	비유	축어	축어	축어	축어	축어
		표현 내부/외부	외부	내부	내부	내부	내부	내부	외부	외부	외부
		문화관계 일치/대립	일치	대립	대립	대립	대립	일치	일치	대립	대립
		문화관계 결정적/지엽	결정적	결정적	결정적	결정적	결정적	결정적	지엽적	결정적	결정적
		작가권위 고립/강화	강화	강화	강화	강화	강화	강화	고립	고립	강화
		작가권위 지배/종속	지배	지배	지배	지배	지배	지배	종속	종속	지배

연작 『난장이가 쏘아올린 작은 공』의 '허구 외적 목소리'와 '역사적 작가'
는 「작가의 말」을 통해서 독자들에게 직접 전달된다. 작가는 '비상계엄과
긴급조치가 멋대로 내려지는, 그래서 누가 작은 소리로 자유와 민주주의라
는 말만 해도 잡혀가 무서운 고문 받고 감옥에 갇히는 유신헌법' 아래서 일
찍이 소설을 포기했다. 그러나 '무슨 일이 있어도 파괴를 견디고 따뜻한 사
랑과 고통받는 피의 이야기를 독자들에게 전달하지 않으면 안된다'는 절박
감에 난장이 연작을 썼다고 밝힌다. 난장이 연작은 '하나하나를 따로 놓고
보면, 분열된 힘들에 지나지 않지만, 책은 분열된 힘을 통합하는 마당'이었
다며, '혁명이 필요한 시대에 혁명을 겪지 못해서 자라지 못하는 우리 시대
의 목격된 상황들을 서술한다'고 밝힘으로서 연작 『난장이가 쏘아올린 작은
공』의 문학적 노선을 선명하게 밝힌다.[130] 따라서 『난장이가 쏘아올린 작은
공』엔 텍스트를 구성하고 있는 '표층 구조'가 곧 작가의 이데올로기 차원을
드러내는 '중층 구조'이자, 이 소설이 생산되는 시대적 이데올로기와 물질
적 환경인 '심층 구조'를 '역사적 작가'가 서문을 통해 직접 서술하고 있다.

작가의 목소리는 도입 액자의 '사적 화자'[131]인 교사에게 그대로 전이되
어 교사와 작가는 '작가적 상동성'으로 긴밀한 연관성을 가진다. 내부 액

---

130) 조세희, 「파괴와 거짓 희망, 모멸의 시대」, 『난장이가 쏘아 올린 작은 공』, 이성과 힘,
2000, 7~11쪽.

131) 랜서는 텍스트 내 서술적 목소리를 공적 화자, 사적 화자, 초점화자의 셋으로 분류한다.
초점화자는 '텍스트의 사건이 인지되는 존재이자 기록자'로 서술자에 해당하며, 사적 화자
는 텍스트 내의 인물로서 말할 권위를 부여받은 인물, 즉 '화자화된 텍스트 내 인물'이며 공
적 화자는 외견상 공적인 독자층을 위해 고안된 허구적인 서술 행위를 하는 화자이다.
수잔 스나이더 랜서, 『시점의 시학』, 앞의 책, 142~143쪽.

자에 해당하는 열 편의 내부–텍스트는 각 스토리에 참여하는 '초점화자' 들에 의해 다성적으로 진술된다. 이로 인해 『난장이가 쏘아올린 작은 공』 엔 '부재의 목소리'가 존재하지 않는다. 또한 종결 액자 「에필로그」에서는 다시 교실로 돌아오는 순환 구조를 가지면서 '사적 화자'인 교사가 전체의 이야기를 마무리한다. 즉 연작 『난장이가 쏘아올린 작은 공』은 전체적으로 한 사람의 '공적 화자'가 교사라는 '사적 화자'를 내세워서 난장이와 그 주변 인물들의 '사랑과 고통'을 다양한 목소리로 전달하고 있다. 따라서 연작 『난장이가 쏘아올린 작은 공』은 구성 방식에 있어서는 '다성적'이지만, 순환적이고 회귀적 구조를 통해서 작가의 의도를 단일한 독백체로 제시한다. 이로 인해 '공적 화자'는 교사가 학생들에게 '일방적으로 훈계하듯, 무식한 모든 사람을 계몽하려고 덤비'고 있기에, 『난장이가 쏘아올린 작은 공』은 '일종의 교육 소설'[132]이라는 평까지 받는다.

(1) 올바른 인식과 자각을 위한 계몽

연작 『난장이가 쏘아올린 작은 공』에서의 첫 번째 죽음인 '부동산업자의 죽음'은 「뫼비우스의 띠」의 '사적 화자'이자 '이종(異種)화자'인 교사를 통해 서술된다. 화자는 스토리 외부로부터 미리 내다보는 '전지적 특권'을 소유하고 있으며, 교육받은 정도 및 계급 그리고 진실성에 있어서 피화자인 학생들로부터 깊은 신뢰를 받는 인물로 설정되는 등 '공적 화자'로부터 전폭적인 '자격'을 부여받는다. 화자는 진술에 관한 '지속적 자의식'

---

132) 김윤식, 「문학사적 개입과 논리의 개입」, 『문학과 사회』, 1991. 11, 1516쪽.

을 가지고 진술하며, 피화자인 학생들은 화자의 질문에 '복종'하며 화자의 진술을 '수동적'으로 수용한다. 그러나 피화자와 화자는 상호 '친밀'한 관계를 지속함으로 인해, 피화자는 화자의 진술을 '확신'한다. 화자는 피화자에 대해 절대적 권위와 자격을 부여받았으며, 이들 서로의 관계는 친밀한 접촉을 유지하고 있음을 알 수 있다.

화자는 '안과 밖이 구별되지 않는 뫼비우스의 띠'를 소개한 다음, '부동산업자의 죽음'을 서술한다. 즉 '뫼비우스의 띠'는 '부동산업자의 죽음'이야기를 포괄할 수 있는 심층적 차원의 비유에 해당하기에[133] 그 죽음의 의미를 도출하는 데 근거를 제고한다고 할 수 있다. 부동산업자는 꼽추와 앉은뱅이의 입주권을 16만원에 사서, 38만원에 팔아 부당 이익을 취한다. 주거지를 박탈당하고 생존의 전망이 보이지 않는 꼽추와 앉은뱅이는 부동산업자를 태워 죽인다. 이후 앉은뱅이는 자기가 직접 부동산업자를 죽이지 않았다며 자기가 한 행동을 부인하고, 꼽추의 '무서운 마음'을 두려워한다. 그리고 '해결나지 않는', '긴 밤'의 현실에 좌절하며, 꼽추와의 결별을 선언하고 차력사이자 약장사를 찾아 나선다.

화자는 자신이 서술하고 있는 인물들에 대해 '열린 개관'이 가능한 공간에 위치하며, 꼽추가 부동산업자를 죽이는 '장면'을 '동시'에 '진술'한다. 다른 죽음을 서술하는 분량에 비하면 비교적 '많은' 지면을 할당하고 있으나, 화자는 '객관적' 입장에서 '외적'으로 드러난 사건들만 '표층'적으로 전달하고 있다. 이를 볼 때 화자가 서술 대상에 대해 가지는 '어법적', '시

---

133) 김윤식, 위의 글 참고.

공간적', '심리적' 입장은 객관적이고 중립적이다. 부동산업자의 죽음을 다루는 화자의 이데올로기적 입장은 '뫼비우스의 띠'의 성격 및 사후 학생들에 대한 진술로 짐작할 수 있다.

'뫼비우스의 띠'는 안/밖이 구별되지 않는 곡면이다. '약'한 철거민들의 입주권 중개를 통해 부당이익을 취한 부동산업자는 개발독재 이데올로기에 편승해 자신의 부를 축적해가는 이기적 존재로 '약'한 '강'자이다. 부동산업자는 꼽추와 앉은뱅이에게 사로잡히면서 '약'자가 되고, 반면 부동산업자를 사로잡은 꼽추와 앉은뱅이는 '강'자가 되면서, 강/약의 관계는 상호 치환된다. 부동산업자가 가진 많은 돈 가운데, 원래 자신의 몫이었던 20만원만을 챙기는 꼽추와 앉은뱅이는 '선'한 존재였다. 그러나 이미 '약'자가 된 부동산업자를 불타는 차에 내버림으로써 죽인 꼽추는 더 이상 '선'한 존재가 아닌 것으로 진술된다. 즉 꼽추는 '무서운 마음'을 소유하게 된 것이다. '뫼비우스의 띠'는 '강/약', '선/악'을 구별하지 못하는 복합적 세상의 혼돈에 대한 하나의 메타포이다. 그 결과 어떠한 '해결도 나지 않는 세상'에 살아남은 자들은 '긴 밤'을 지새워야 한다.

부동산업자의 죽음은 혼돈의 세상의 한 표상의 도구로서 그 의미를 가진다. 이후 교사는 '뫼비우스의 띠'에 세상의 진리가 숨어 있음, '인간 지식의 간사함' 등을 이야기하며, '사물을 옳게 이해하는' 즉 '올바른 인식과 각성'의 중요성을 가르치고, 이를 테스트 해볼 기회가 왔다며 교실을 떠난다. 사적 화자인 교사는 자신의 이데올로기를 '명시적'으로 밝히고, '축어적' 또는 '비유적'인 모든 표현을 통해 전달하고 있다. 교사가 주장하는 '올바른 인식과 각성'은 수신하는 집단인 학생들의 문화적 텍스트와 '일치'하며, 이는 당시 사회에 '결정적'으로 중요한 것으로 인식되는 사안이다. 대다수 학생들의 신뢰에 의해 화자인 교사의 주장은 '강화'되며, 다른 목소리는 존재하지 않는 '지배적' 위치와 입장을 소유하게 된다.

(2) 주체와 타자 간의 화해 불가능한 현실

10편의 하위-텍스트들로 이루어진 내부 액자는 70년대 한국 사회에서 경제적 주체와 경제적 타자 간의 대립된 삶의 양상을 해부하듯, 죽음의 양상 역시 대립된 경향을 보인다. 경제적 타자들의 죽음으로는 영희 증조할머니 동생, 명희, 난장이, 노동자 부부, 영수의 죽음이 있고, 경제적 주체들의 죽음으로는 은강 창업주와 은강 경영주의 동생의 죽음이 있다. 이들 죽음이 서술되는 양상 역시 계층 간의 대립된 죽음처럼 뚜렷한 대립상이 드러난다.

경제적 타자들의 죽음 가운데 영수의 죽음은 은강 경영주 동생을 테러한 형벌로서의 죽음으로, 「에필로그」에서 꼽추와 앉은뱅이의 대화를 통해 후일담으로 짤막하게 서술된다. 영수의 죽음을 제외한 나머지 경제적 타자들의 죽음은 성장 이데올로기라는 허울 좋은 명분하에 드러난 한국 사회의 병폐를 극명하게 드러내는 죽음들로 그 서술양상이 거의 유사하다.

이들의 죽음을 전달하는 주된 '초점화자'는 영수이고, 그 외 영수의 동생들인 영희 및 영호가 부가적으로 서술한다. 이들은 모두 난장이의 아들, 딸들이기에 계급적으로 철거촌 주민이자 은강 노동자인 '도시빈민'으로 동일하다. 이들은 모두 스토리 내부에 존재하는 '동종'화자이고, 직접 목격했거나 전해들은 이야기를 서술하기에 '인간적 제한'이 존재하지만, '(허구적)

진실'이 담겨져 있다. 화자들은 모두 주어진 환경에서 생존하기 위해 최선을 다해 노력하는 '정직'하고 성실한 인물로 설정되기에 서술하는 내용을 '신뢰'할 수 있다. 경제적 어려움으로 인해 학교 '교육'은 제대로 받지 못했지만, 이는 오히려 그들이 자기 자신들의 현실적 삶을 지배 이데올로기에 종속되지 않은 시각으로 기술할 수 있는 요건이 된다. 일류대 법대를 중퇴한 지섭에 의하면 학교 교육은 '죽은 교육'이기 때문이었고, '아버지가 난장이만 아니었다면 학자가 될 사람'이었던 영수는 늘 책을 통해 '노동자, 도시빈민으로서의 나 자신'을 알아보려 노력하는 초점화자들에게 '진술적 권위'와 '모방적 권위'를 지닌 화자로서의 상당한 '자격'을 부여한다.

이들은 서술에 대한 '확신' 및 반복적 자의식'을 소유하고 있으나, 피화자와의 관계는 제시된 바가 없기에 '접촉'의 정도는 미미하다. 각 초점화자들은 자신의 서술에만 집중하고 있을 뿐, 피화자 및 청중에 대한 배려 및 요구사항은 기술되지 않는다. 피화자는 '수동적'으로 '난장이들'의 서술을 묵묵히 들을 뿐이다. 화자들은 주로 '내적 독백'을 통해 기술하며, 그들의 위치 역시 '개인 내적 공간'에 위치한다. 각각의 죽음들은 모두 서술자 자신들의 용어로 '사후', '요약' 제시되어지기에, 정보의 성격 역시 '주관'적이다.

영희 증조할머니 동생은 '주인 남자와 잠자리를 같이한 형벌로 사매질당한 후 수리조합 봇물'에 버려진 죽음이고, 명희 역시 산업사회에 경제적 타자로서의 젊은 여성이 흔히 겪는 성적 폭력의 희생자로 결국엔 음독자살로 죽는다. 난장이는 삶의 터전인 '집'을 상실한 후 자식들에게 짐이 되지 않기 위해 투신자살했고, 노동자 부부의 죽음은 위험한 노동 현장의 희생자이지만, 산업 재해에 대한 보상은 전혀 없는 노동자의 비참한 삶의 표상이다. 초점화자들은 이러한 이들의 죽음으로 인해 경제적 타자인 자신들의 과거, 현재, 미래를 짐작하고, 그들의 죽음에 자신들의 삶과 감정을 이입시킨다. 경제적 타자들의 죽음을 부정적 시각에서 보면 성적 부도덕의 결과 및 우연한 사고 또는 경제적 무능력자의 현실 도피적 죽음이라는 평가 또한 가능하다. 그러나 화자들은 도덕적으로 흠 없고 순결했으며 근면했던 삶을 '긍정적' 태도로 서술한다. 그리고 죽음의 원인을 '산업사회의 구조적 모순' 및 '상류층의 부당한 착취' 및 '지배층의 무서운 음모' 등으로 '명시'적으로 기술한다. 이는 당시 지배 이데올로기 중 하나였던 성장 이데올로기에 '대립'된 저항 담론으로 액자의 '내부' 텍스트들을 통해 유기적으로 형상화된다. 이러한 저항 담론은 당시 70년대 한국의 현실 속에서 '결정적'이며 '지배적'인 주장이었고, 이는 10편의 내부-텍스트의 다양한 화자들에 의해 '강화'된다.

경제적 주체들의 죽음으로는 은강 창업주의 죽음 및 은강 경영주 동생의 죽음이 존재한다. 이들의 죽음은 '동종' 화자인 윤호와 경훈을 통해 '인간적 제한'을 지닌 채 기술된다. '초점화자'들인 이들은 각각 '율사의 아들', '은강 경영주의 셋째 아들'로 '계급'적으로는 상류층에 해당한다. 윤호는 B대학 사학과에 진학을 준비하는 입시준비생이고, 경훈 역시 후계자 교육을 착실하게 수행하고 있는 '지적 능력의 소유자'이다. 그러나 윤호는 A대학 법대를 중퇴한 노동 운동가 한지섭으로부터 개인 과외 교습을 받으면서 노동자의 현실 및 그 원인으로서의 산업사회의 구조적 모순을 충분히 인식하고 있기에 그의 진술은 '정직'하며 '신뢰'할 수 있다. 반면 이른바 '죽은 교육'만을 받아왔을 뿐 아니라 성적으로 방탕하고 파괴적 성향을 지닌 경훈의 진술은 곳곳에서 가치 편향적인 성격을 지니기에 자신의 문맥에선 '정직'하지만, 피화자들에게 그 '신뢰성을 상실'하고 있다. 따라서 경훈은 윤호에 비해 상대적으로 '모방적 권위'가 결여되어 있다.

초점화자인 경훈은 영수의 재판 과정을 진술하면서 주로 피고측 변호인의 주장 및 증인의 주장을 '외부'에서 '모방'을 통해 '사후'에 '요약'적으로 제시한다. 경훈은 피고측 주장이나 행동들이 먼저 요약 서술하고, 곧이어 이를 무시하고 반박하는 경훈의 '부정적' 주장이 '주관적'으로 제시된다. 이러한 서술 방식은 필연적으로 가진 자와 못 가진 자 사이의 이데올로기 대립상을 극명하게 보여준다. 초점화자인 경훈은 노동자를 감싸는 변호사를 보며 '밑바닥에서부터 부글부글 울화가 끓어 오른다'는 내적 심경을 토로하고, 난장이 큰아들을 심문하는 검사를 '공익을 대표할 자질을 완전히 갖춘, 훌륭한 사람'으로 기술한다. 영수가 '인간을 생각하지 않는 은강 경영주'를 비판하자, 경훈은 '아버지는 노동자를 생각하는 것 말고도 계획하고, 결정하고, 지시하고, 확인할 게 수도 없이 바쁜 사람이기에 그 따위는 생각할 필요가 없다'고 곧이어 진술한다. 노동자의 가난과 억압에 대한 부당함과 그로 인한 사회적 위기설을 제기한 주장한 월터 스코트를 '허풍쟁이 도학자'로, 노동자의 핍박을 '사용자의 저항권 행사'로 진술한다. 경훈은 '오늘도 오지 않는 그 혁명을 지치지도 않고 기다리는 자들과 거리를 두고 앉아'는 '공간'에 위치하여, 끝까지 가진 자의 지배 이데올로기를 진술한다. 이러한 경훈의 이데올로기는 '지엽적'이며, '고립'되어 있다.

경훈은 자신의 사촌이자 죽은 은강 경영주 동생의 아들인 경우와 함께 이 모든 경우를 지켜본다. 경우는 노동자의 입장에서 자기 아버지 죽음을

'영수의 정당방위'라고 말하는 '초점피화자'이다. 따라서 경훈은 노동자들을 향해 '심한 편견과 오만에 악의를 갖고 진실을 왜곡'하는 '큰 악당'들로 지칭하고, 공장을 지어 제일 많은 혜택을 입은 게 노동자들이라 진술하지만, 경우는 그러한 진술을 비웃고 때론 반박하는 '능동적'태도를 보인다. 초점화자인 경훈과 초점피화자인 경우의 관계는 '형식적'일 뿐 아니라 서로가 서로를 '멸시'하는 '접촉' 관계이다. '공적 화자'는 경우의 태도 및 대답을 통해 경훈의 진술을 '고립'된 것으로 만든다. '공적 화자'는 은강 경영주가 아닌 그 동생인 경우 아버지의 죽음을 설정함으로써, 경우를 '초점피화자'로 호출한다. 초점화자인 경훈은 가진 자의 시각에서 재판과정, 특히 피고 변호인측의 진술을 서술함으로써, 소설을 지배 담론과 저항 담론이 충돌하는 장(場)으로 조성한다. 그러나 테러의 직접적 피해자인 경우를 '초점피화자'로 설정하여, 경훈의 화자로서의 자격 및 권위를 박탈함으로써 경훈의 서술을 부정하게 한다. 이러한 죽음이 성격과 그 서술 양상은 연작 『난장이가 쏘아올린 작은 공』은 서로 다른 견해가 충돌하고 공존하는 다성적인 공간이 아닌, 가진 자들의 부당함과 부도덕성을 고발하는 단성적 공간임을 입증한다.

윤호는 옆집에 사는 은강 창업주의 죽음 대신 장례식의 장면을 보며 '그를 위해선 아무도 울지 않는' 외로운 죽음, 실패한 죽음으로 '간접'적이지만, '자기 확신'을 가지고 '사후'진술한다. 피화자는 경애 혹은 경애 친구들, 때론 난장이 일가 등으로 구성되며 이들에 대해 윤호는 '능동적'으로 자신의 견해를 밝힌다. 피화자의 태도는 견해가 일치하거나(지섭) 개선의 가능성이 보이는 피화자(경애)에겐 '친밀성'을 보이나, 그렇지 않은 경애 친구들, 율사인 아버지 등등에겐 '형식적' 관계를 유지한다. 다른 화자에게 보이지 않는 이러한 '접촉'의 성향을 가진 윤호는 중간자에 해당한다. 윤호는 계층의 재생산을 꿈꾸는 아버지에게 저항하기도 하고, 가진 자들의 부도덕함 및 노동자에 대한 무관심을 기술한다. 또한 윤호는 은강 창업주를 '화를 쉽게 냈던 무서운 욕심쟁이, 평생을 통해 친구 한 사람 갖지 못했던' 어른, '국민 생활의 내실화'에 전혀 기여한 바가 없다고 '부정'적으로 '명시'한다. 그리고 부당한 현실을 개선하기 위해 그 대안으로 경애와의 결혼을 생각하고, 영수가 테러를 하겠다는 결심에 반대하며 노동단체를 결성할 결심을 하기도 한다. 이러한 긍정적인 중간자의 설정은 연작 『난장이가 쏘아올린 작은 공』에서 단순한 이분법을 지양한 소설적 장치로, 소설 전체를 통틀어서 유일하게 희망적이고 미래지향적으로 해석될 수도 있다. 그러나 가진 자로서 중간자인 윤호의 결심은 아직 미성년자가 당시 노동 현장 및 사용자들의 '무서운 음모'에 대해 피상적 이해만으로 결심한 것이기에, 궁극적 목적의 실현가능성에 의문을 제기하지 않을 수 없다. 더구나 중간자로서의 윤호의 절충적 이데올로기는 사용자측과 노동자측 모두에게서 배제되어 '고립'되어 있고, 타 이데올로기를 지배하지 못하는('종속') '입장'에 처할 뿐이다. 결국 이러한 중간자들의 개입은 결코 화해할 수 없는 '가진 자와 못 가진 자'의 대립이 극심한 억압과 응전의 양상으로 진행될 수밖에 없는 현실의 암울함을 심화시킬 뿐이다.

(3) 전망 부재의 영속화

꼽추의 죽음은 「에필로그」에서 도입 액자의 화자와 피화자의 형식으로 진술된다. 때문에 화자의 '자격' 및 '권위'는 절대적이며, 피화자와의 '접촉' 양상은 매우 친밀한 관계를 형성하고 있다. 도입 액자에서 앉은뱅이는 꼽추의 '무서운 마음'이 두려워 결별을 선언했으나, 결국 앉은뱅이와 꼽추는 차력사인 약장사 밑에서 함께 일한다. 이들은 차력사에게 학대 및 착취를 당하자 결국 앉은뱅이는 또다시 차력사와 사장을 죽일 계획을 세운다. 꼽추는 살해 계획을 반대하면서 여전히 해결나지 않는 현실에 절망하다가 고속도로에서 연료공급차에 치여 죽는다. 도입 액자에서 부동산업자라는 가진 자의 죽음은 종결 액자에서 못 가진 자의 죽음으로 치환된다. 그러나 서술자가 서술 대상에 대해 가지는 '입장' 역시 도입 액자와 동일하므로 여기서는 반복해서 제시하지 않는다. '공적 화자'는 이 모든 죽음의 속성을 통해 결국 희망도 전망도 없는 세계관을 피력한다. '부분적 실태가 폭로되지도, 어떤 개혁도 이뤄지지도 않을' 세계에서 교사는 작은 혹성으로 우주 여행을 떠날 것을 말한다. 겨울해는 이미 저물어 버린 시간 역시 화자의 절망을 심연으로 추락시킨다. 결국 종결 액자에서 꼽추의 죽음은 좌절과 절망의 세계관을 반복, 심화시키고 있다.

(4) 죽음을 통한 절망적 세계관의 표명

지금까지 연작 『난장이가 쏘아올린 작은 공』의 죽음의 속성과 그 서술 방식과의 상관 관계를 살펴보았다. 외부 액자에 해당하는 죽음들은 가진 자의 죽음이나 못 가진 자의 죽음이나 모두 절망적 세계관을 형상화시키는 양상으로 서술되었고, 내부 액자에 해당하는 죽음들은 가진 자나 못 가진 자나 각자 폐쇄된 공간에 갇혀 소통 및 화해가 불가능한 '이항 대립'

의 현실 상황을 극명하게 드러내는 양상으로 서술되었다. 작가는 이들이 죽음을 다양한 계층의 화자를 내세워 서술한다. 다양한 화자를 내세운 서술 방식은 현실을 다각적으로 고찰하려는 시도인 것처럼 볼 수도 있다. 그러나 공적 화자는 독특한 방식의 서술 구조를 통해 못 가진 자들의 입장 및 주장, 즉 산업사회의 희생양인 노동자들의 비참한 삶 및 전망 부재의 현실을 단일한 목소리로 재현한다.

못 가진 자들의 죽음을 전달하는 '경제적 타자'인 서술자들은 당시 산업사회의 구조적 모순에 대립된 저항 담론의 '입장'을 자신들의 관점에서만 서술한다. 가진 자들의 죽음 역시 지배 이데올로기의 '입장'을 '부'를 계승하는 서술자의 관점에서만 기술한다. 이를 통해 다양한 견해가 공존하는 하나의 통합된 공간으로서의 현실이 아닌, 각자 폐쇄된 자기 공간에서 자신들의 주장만 펼침으로써 결코 공존할 수 없는 두 계층 간의 대립된 현실을 공적 화자는 단일한 목소리로 제시한다. 뿐만 아니라 공적 화자는 각각 죽음을 서술하는 서술자들에게 상이한 '자격'을 부여함으로써, 즉 못 가진 자들의 죽음을 전달하는 서술자에게는 상당한 권위와 자격을 부여하는 반면 가진 자들의 죽음을 전달하는 서술자로서의 상대적으로 낮은 권위와 자격을 부여함으로써 가진 자들의 주장의 정당성을 박탈함으로써 노동자 계층의 입장의 정당성만을 단일하게 서술한다.

지금까지 연작 『난장이가 쏘아올린 작은 공』의 단성적 죽음의 양상들은 양 계층 간의 상호 소통 불가능한 서술 구조를 통해 작가의 비극적 세계관만을 전달함으로써 죽음이 텍스트의 구성원리로 작용함을 보여준다는 사실을 살펴보았다. 죽음의 속성과 그 서술 방식의 상관 관계를 고찰하는 것은 '달성된 내용으로서의 형식'의 실재성을 검증하고, 나아가 이러한 분석이 문체론의 연구의 새로운 방법론으로서 그 가능성을 모색하였다고 할 수 있을 것이다.

3. 이분법적 세계의 귀결인
사회적 죽음의 문체화

　조세희 연작 『난장이가 쏘아올린 작은 공』은 1970년대 한국 사회의 구조적 모순에 대한 문학적 대응이다. 작가는 무허가집 철거로 인한 도시 빈민의 주거 문제 및 신흥 공업 지역의 도시 빈민 근로자들의 빈곤 문제를 연작 『난장이가 쏘아올린 작은 공』을 통해 심층적으로 해부하고 있다. 연작 『난장이가 쏘아올린 작은 공』에서는 다양한 죽음의 경우가 존재한다. 부동산업자(「뫼비우스의 띠」), 은강 창업주(「궤도회전」), 난장이(「난장이가 쏘아올린 작은 공」), 명희(「난장이가 쏘아올린 작은 공」), 은강그룹 경영주 동생 (「내 그물로 오는 가시고기」), 노동자 부부(「잘못은 신에게도 있다」), 영수(「에필로그」), 꼽추(「에필로그」)의 죽음이 그것이다. 이들 죽음의 경우에서 특징적적 요소로는 첫째, 자연사가 존재하지 않는다는 것과, 둘째 죽은 사람들은 산업화 사회에서 재산 소유 여부에 따라 '가진 자'와 '못 가진 자', 즉 경제적 주체 및 타자로 뚜렷하게 양분된다는 것이다.
　도입 액자에 해당하는 「뫼비우스의 띠」에서 앉은뱅이의 꼽추와 입주권을 싼 값에 사서 부당 이익을 취한 부동산업자를 테러한다. 부동산업자를 죽인 앉은뱅이와 꼽추는 '죽을힘을 다해 일하고 그 무서운 대가로 먹고 사는', '완전한 사람'인 약장사를 찾아갈 뜻을 밝힌다. 이들의 후일담에 해당하는 종결 액자인 「에필로그」에서는 '완전한 사람'인줄 알았던 약장사의 실체가 기술된다. 약장사는 사장과 결탁하여 꼽추와 앉은뱅이에게는 한 달에 2, 3만원의 돈만을 지급하고, 나머지 이익금을 가지고 몰래 도망간 것이다. 꼽추와 앉은뱅이는 이 사실을 알고는, 또다시 '무서운 마음'으로 테러를 계획한다. 그 과정에서 꼽추는 지속적으로 '해결'나지 않는 현실을 원망한다. 결국 꼽추는 산업화 현실 속에서 살아남은 '개똥벌레'를 보고 신기해 하며 달려가다 결국 연료 공급차에 치여 죽는다. 외부 액자에서 꼽추와 앉은뱅이의 테러는 자신의 정당한 권리를 찾으려는 약자의 최후의 행위이다. 그러나 어디를 가나 존재하는 '강자'들에 의해 꼽추와 앉은뱅이는 끊임없이 좌절을 겪고 분노를 쌓아갈 뿐이다. 외부 액자의 죽음들은 생존의 극한까지 내몰리는 이들에게 가질 것은 '무서운 마음'뿐, 언제 어디에도 '해결'과 '전망'은 존재하지 않는다는 암울한 세계상을 나타내는 죽음의 속성이다.

10편의 하위─텍스트들로 이루어진 내부 액자는 70년대 한국 사회에서 경제적 주체와 경제적 타자 간의 대립된 삶의 모습을 다루고 있듯이, 죽음의 속성 역시 경제적 주체들의 죽음과 죽음으로는 은강 창업주와 은강 그룹 경영주 동생의 죽음이 있고, 경제적 타자의 죽음으로는 영희 증조할머니 동생, 명희, 난장이, 노동자 부부, 그리고 영수의 죽음이 있다. 경제적으로 가진 자들의 죽음의 과정과 속성은 원인 및 상황에 대해서도 언급되지 않는다. 각 하위−텍스트의 서술자들은 그들의 죽음 그 자체를 이슈화하기보다는 장례식 풍경 및 주변 가족들 그리고 관련자들의 태도 및 죽음의 영향을 형상화한다는 점에서 경제적 주체들의 죽음은 '배경화'되어 있다. 작가는 '배경화'된 '가진 자들'의 죽음을 통해 영원히 화합할 수 없는 두 계층 간의 갈등과 화합 불가능한 세계상을 형상화함으로써 비극적 세계관을 표명한다. 반면 경제적 타자들의 죽음은 죽음의 상황 자체는 묘사되지 않으나, 등장인물들의 대화나 서술을 통해 사후 언급이 되며, 이들 죽음 자체가 하나의 사회적 이슈로 '전경화'되어 있다. 이들 '못 가진 자'들의 죽음은 그 자체로 하나의 '전형'이 되어 산업화의 병폐 및 신분제의 부조리함의 역사를 기술한다.

연작 『난장이가 쏘아올린 작은 공』에서 '가진 자'들의 죽음은 산업사회의 구조적 모순이 야기한 극단적 대립의 결과물들이었고, '못 가진 자'들의 죽음은 산업사회의 구조적 모순을 극명하게 보여주는 한 전형들로 제시되어 있다. 이들 사회적 죽음들은 '클라인씨의 병'처럼 각각 폐쇄된 내부에 갇혀 자기만의 공간에 존재하는, 그리하여 영원히 자기들의 공간에서 벗어날 수 없는 두 계층 간의 첨예한 대립과 갈등 양상 및 갈등의 역사성 및 영속성들을 보여준다. 이는 작가의 이분법적이고 부정적 세계관을 반영하고 있다고 할 수 있을 것이다. 또한 이러한 죽음들은 당시 시대적 현실과 밀접한 상동 관계를 가지고 있다.

1970년대에 들어와 세계 자본주의 체제의 위기에 따라 외자에 의해 건설된 수출산업 분야의 많은 기업들이 수출 부진과 유가 인상, 원리금 상환 압박에 시달리고 있었다. 경영 부실 등으로 도산의 위기에 직면하게 됨으로써 자본 축적의 기반 자체가 흔들리고 있었다. 유신체제는 경공업 중심의 한국 경제를 노동집약적인 중화학공업으로 변화시키면서 노동자에 대한 통제를 강화하고, 외국 자본에 의한 부의 유출로 말미암은 모순을 국내의 노동자·농민·중산층에 전가시켰으며, 집권 세력은 이에 반대하는 모든 세력을 긴급조치로써 억압하였다. 이러한 여건 속에서 새로 형성된 공장이나 공단의 노동자들은 시간이 지남에 따라 노동자의식의 성장과 단결의 중요성을 인식하고 투쟁의 대열에 점차 나서게 된다. 특히 주목할 점은 전태일 분신자살 사건, 김진수 타살 사건, YH무역 김경숙의 의문사 등 갖가지 사회적 죽음이 발생한 점이다. 이들의 죽음들은 사회적 이슈를 형성하게 되어 노동자들에게 계급적 각성을 촉구하고 계급적 노동 운동을 태동시킴으로써 구체적 실천으로 발전해간다. 뿐만 아니라 잇단 노동자들의 죽음은 많은 지식인들의 노동 운동에의 구체적이고 적극적 참여를 촉발시킴으로써 이후 노동 운동의 발전에 기여하게 되는 중대한 계기로 작동한다.[134]

　조세희 연작 『난장이가 쏘아올린 작은 공』은 「작가의 말」을 통해서 전달되는 바로 알 수 있듯이, 혁명을 겪지 못해 성장하지 못한 세대들에게 실제로 목격한 상황을 서술한다고 밝힘으로써 스스로 이분법적 세계관과 저항과 고발로서의 문학이라는 문학관을 선명하게 밝힌다. 따라서 조세희 연작 『난장이가 쏘아올린 작은 공』에서 형상화된 사회적 죽음은 당시 1970년대 한국 사회에 지배적이었던 빈부 격차에 대한 귀결로서, 당대 사

---

134)　강만길 외, 『자주·민주·통일을 향하여』, 앞의 책, 97~104쪽 참고.

회에 대한 좌표를 각인시킴과 동시에 작가의 문학적 지향점을 드러내는 중핵이자 '이념소(idéologème)'이다. '이념소'는 줄리아 크리스테바에 의해 '텍스트 속에서 사회·역사적 관계를 드러내는 요소'로 규정된다. '이념소'는 사회적 지배적 사고방식을 집약함으로써 형성되는 것으로 사회의 다양한 초언어적 실천을 연결시키며, 역사 및 사회적 좌표를 보여주기도 한다.[135] 뿐만 아니라 텍스트 내에 형상화되는 죽음의 속성이 사회적 죽음의 성격을 가지는 바, 이는 당시 1970년대 유신정권하의 억압에 시대적 양상에서 실제로 존재했던 수많은 사회적 죽음들과 상동 관계를 지닌다. 따라서 조세희 연작 『난장이가 쏘아올린 작은 공』에서 형상화된 '담론'으로서의 죽음과 그 문체화의 양상과 의미를 살펴보는 것은 텍스트의 내재적 유기성을 고찰할 수 있을 뿐만 아니라, 텍스트가 가지는 사회·역사적 의의를 밝힐 수 있는 계기가 될 수 있을 것이다.

미시적 문체론의 분석에서는 이미 기존의 연구자들이 지적하고 있는 부분에 관해서 논의를 반복하기보다는, '죽음'의 속성을 둘러싸고 있는 가진 자와 못 가진 자에 관한 미시적 문체소를 대비 분석함으로써, '달성된 형식'으로서의 내용, 즉 미시적 문체와 죽음의 속성과의 상관 관계를 살펴보았다. 단편 「난장이가 쏘아올린 작은 공」은 아버지 난장이의 죽음을 기점으로 큰아들 영수, 작은아들 영호 그리고 그의 딸 영희가 시간차를 두고 각각 자신의 관점에서 기술하고 있다. 그러나 이들 모두 난장이

---

135) 김인환, 「줄리아 크리스테바의 기호학 : 기호와 텍스트 개념을 중심으로」, 『한국문화연구원논총』 66.1, 이화여대. 1995. 11, 89~110쪽 참고.

들의 자식들, 즉 못 가진 자들의 후예로 동질적인 삶의 경험을 공유하고 있기에, 그들이 기술하는 부분에 있어서 미시적 문체 기법의 현격한 차이는 보이지 않는다. 서술하는 각 부분들은 단문의 짧은 문장, 접속어의 생략, 과거 시제의 사용, 은/는의 특수조사의 사용이라는 공통된 미시적 문체 기법을 보이고 있다. 그러나 초점화자들이 중점을 두고 서술하고 있는 부분들은 각각 다르다. 영수는 '난장이'들의 역사가 선조 때부터 내려온 것으로, 현재에 자신들의 삶을 어떠한 방식으로 파괴하고 있는가를 중점적으로 서술한다. 영희는 이 땅에서 난장이로 살아가는 자들의 현재적 삶을 가진 자와 대비를 통해 기술하며, 영호는 현재와 앞으로 자신들이 이어갈 삶 역시 난장이에 불과하다는 암울한 전망에 관해 기술한다. 즉 이들은 '난장이'들이라는 사회적 신분 및 계층의 과거와 현재, 그리고 미래를 기술함으로써 이분법적 세계의 영속성을 보여준다. 따라서 초점화자가 영수, 영호 그리고 영희로 교차되는 단편 「난장이가 쏘아올린 작은 공」의 미시적 문체 기법의 특징은 화자에 따라 변하는 양상은 존재하지 않고, 다만 그 중점을 두고 서술하는 내용에 있어서만 미세한 차이를 보임을 알 수 있다. 이를 통해 결국 부각되는 것은 이분법으로 뚜렷이 구별되어 있는 근대적 세계로 인해 고통 받는 못 가진 자들의 삶으로, 작가의 당시 시대에 대한 인식을 뚜렷이 보여준다.

거시적 문체론의 측면에서는 우선 연작 『난장이가 쏘아올린 작은 공』에서 형상화된 순서, 지속, 빈도라는 시간 기법에 의해 분석해 보았다. 그 결과 가진 자들의 죽음이나 못 가진 자들의 죽음이나 순서의 측면에서 동일하게 시간 역전 및 무시차 그리고 시간 변조 등의 시간 기법이 사용되어 왔음을 알 수 있었다. 각 단편을 기술하고 있는 화자들은 현재의 진행되고 있는 사건 전달에 중점을 두고 묘사하기보다는, 사소한 대사 및 사물과 연상되는 모든 과거의 사건들이 현재 진행 중인 사건들 사이에 아무런 경계 표지 없이 삽입된다. 현재의 사건 진행이 빈도에 의해 반복 서술되는 부분도, 과거 사건들의 간섭에 의해 어쩔 수 없이 생겨난 결과이다. 이를 가능하게 하기 위해 과거의 사건들은 주로 화자에 의해 요약 서술되고, 현재는 주로 시간 정지 기법을 사용해서 가능한 한 과거의 사건들을 더욱더 많이 개입시킴을 알 수 있다. 과거의 개입은 서사 속도를 느리게 함으로써 피화자들로 하여금 못 가진 자들의 삶의 역사에 관심을 기울이게 한다. 이러한 시간 기법을 통해 작가가 의도하는 바는 현재 못 가진 자들이 행하는 자살, 살인, 절도 등 여러 가지 일탈 및 범법 행위가 부도덕하고 게으른 성품의 결과가 아닌 생존하고자 하는 자들의 '정당방위'임을 지속적으로 전달한다. 다른 한편으로 가진 자들의 죽음을 둘러싸고 있는 시간 역시 과거의 사건들이 지속적으로 개입된다. 이러한 시간 기법을 통해 작가는 가진 자들이 비록 법적으로는 잘못을 저지르는 일은 없지만, 여러 가지 기만적 술책 및 도덕적 · 성적으로 타락한 계층임을 보여준다. 즉 연작 『난장이가 쏘아올린 작은 공』에서 거시적 문체로서의 시간 기법은 파행적 근대화가 진행되는 1960년대 이후 일방적으로 희생만 강요당한 한국 노동자의 비참한 현실과 그에 대비하는 사용자들의 타락상을 보여주는 담론 차원의 문체적 특질을 지닌다.

공간 기법에 있어서도 가진 자나 못 가진 자의 공간 대비가 뚜렷하다. 동일한 낙원구 행복동 내에서도 도시 하층민과 중산층 그리고 상류층의 주거 공간은 뚜렷하게 구별되어 있었고, 도시 하층민은 판자촌이나마 그 주거지를 얻기 위하여 천년의 시간에 걸쳐 지었으나, 정부의 도시 재개발 정책에 의해 그나마도 헐려지는 도시 하층민의 한계를 선명하게 제시한다. 특히 재벌가들의 주거지로 윤호에 의해 묘사되고 제시되어 북악산 산허리의 묘사는 산업화의 가속화에 의해 기계도시로 이주해 사는 노동자들의 공간인 은강과 첨예한 대립을 이룬다. 그리하여 못 가진 자들은 달나라나 우주, 릴리푸트읍이라는 이상 공간을 설정하고, 그곳에서의 생활을 꿈꾼다. 이러한 이상 공간의 설정 역시 현실에서는 결코 이루어질 수 없는 비현실적 공간으로 암울한 현실을 극단적으로 제시할 뿐이다.

마지막으로 거시적 문체론의 관점에서 연작 『난장이가 쏘아올린 작은 공』의 죽음 속성과 시점 기법과의 상관 관계를 살펴보았다. 외부 액자에 해당하는 죽음들은 가진 자의 죽음이나 못 가진 자의 죽음이나 모두 절망적 세계관을 형상화시키는 속성으로 서술되었고, 내부 액자에 해당하는 죽음들은 가진 자나 못 가진 자나 각자 폐쇄된 공간에 갇혀 소통 및 화해가 불가능한 '이항 대립'의 현실 상황을 극명하게 드러내는 방향으로 서술되었다. 작가는 이들의 죽음을 다양한 계층의 화자를 내세워 서술한다. 다양한 화자를 내세운 서술 방식은 현실을 다각적으로 고찰하려는 시도인 것처럼 볼 수도 있다. 그러나 공적 화자는 독특한 방식의 서술 구조를 통해 못 가진 자들의 입장 및 주장, 즉 산업사회의 희생양인 노동자들의 비참한 삶 및 전망 부재의 현실을 단일한 목소리로 재현한다. 못 가진 자들의 죽음을 전달하는 '경제적 타자'인 서술자들은 당시 산업사회의 구조적 모순에 대립된 저항 담론의 '입장'을 자신들이 관점에서만 서술한다.

가진 자들의 죽음 역시 지배 이데올로기의 '입장'을 '부'를 계승하는 서술자의 관점에서만 기술한다. 이를 통해 다양한 견해가 공존하는 하나의 통합된 공간으로서의 현실이 아닌, 각자 폐쇄된 자기 공간에서 자신들의 주장만 펼침으로써 결코 공존할 수 없는 두 계층 간의 대립된 현실을 공적 화자는 단일한 목소리로 제시한다. 뿐만 아니라 공적 화자는 각각 죽음을 서술하는 서술자들에게 상이한 '자격'을 부여한다. 즉 못 가진 자들의 죽음을 전달하는 서술자에게는 상당한 권위와 자격을 부여하는 반면 가진 자들의 죽음을 전달하는 서술자로서의 상대적으로 낮은 권위와 자격을 부여함으로써 가진 자들의 주장의 정당성을 박탈한다. 이러한 화자의 설정이 지향하는 바는 노동자 계층의 입장의 정당성만을 부각하는 것으로, 이러한 시점 기법은 작가의 이데올로기를 텍스트 속에 언어적으로 형상화하는 것에 기여한다.

이상의 논의를 일괄적으로 조망하기 위해 도표화하면 아래와 같다.

	연작 『난장이가 쏘아올린 작은 공』	비고
죽음 속성	'가진 자'와 '못 가진 자'의 뚜렷한 이분법적 죽음 '못 가진 자'들의 죽음을 통해 그들의 절망적 삶을 전경화하여 화해 불가능한 암울한 전망과 세계관 표출	
미시적 문체	단문의 문장 길이, '았/었'의 과거 선어말 어미의 일관된 사용, '은/는'의 차이를 나타내는 특수조사의 사용, '못 가진 자'들의 삶과 '가진 자'들의 삶이 연결고리 없이 나란히 병치하는 문장 배치 기법 등의 사용으로 이분법적 세계상 및 그 영속성을 드러냄	죽음 속성과 일치

거시적 문체	시간 기법	①순서-시간역전, 무시차, 시간 변조의 지속적 개입 　　　'못 가진 자'들의 과거를 서술함으로써 그들의 절도, 살인, 테러 등의 범죄 행위를 정당화 함 ②지속-과거는 요약 압축을 통해 빠른 속도로 전달함 ③'못 가진 자'들의 시간을 반복적으로 기술	죽음 속성과 일치
	공간 기법	'가진 자'들의 주택가와 '못 가진 자'들의 주거지, 작업 공간을 극단적 대조	죽음 속성과 일치
	시점 기법	'가진 자'들의 화자에 비해, '못 가진 자'들에게 상대적으로 많은 진술적·모방적 자격을 부여함으로써, 공적 화자의 저항 담론을 구체적으로 형상화함	죽음 속성과 일치

　　연작 『난장이가 쏘아올린 작은 공』은 텍스트 전체가 커다란 한 편의 액자식 구성을 하고 있다. 제일 마지막 단편에 「에필로그」를 배치함으로써, 첫 단편인 「뫼비우스의 띠」와 조응하게 함으로써 외부 액자를 형성하며, 나머지 열 편의 단편은 각각 내부 액자를 구성하고 있다. 이들 각 단편들은 난장이 가족을 둘러싼 일련의 중심 사건에 다른 인물들의 사건이 종속되기에, 연작 『난장이가 쏘아올린 작은 공』은 결말지향형인 선형 구조에 해당한다.[136] 선형 구조는 각 편이 연결되는 원리가 대등한 관계에 의한

---

136) 연작 소설은 연결되는 서사 구조들의 연관성을 중심으로 볼 때 중심 사건에 다른 사건들이 종속되는 시간성에 의존하는 결말지향형과, 각 편들의 연결원리가 대등한 관계에 놓이는 공간적 원리를 따르는 상황중심형, 각 편은 일정한 주제를 반복적으로 되풀이하는 주제지향형으로 볼 수 있다. 이 서사 구조들을 각각 선형 구조, 편형 구조, 환형 구조로 유형화할 수 있다.
　　권영민, 『소설의 시대를 위하여』, 앞의 책, 79쪽.
　　김주희, 『한국 현대 연작 소설 연구』, 앞의 글, 16쪽.

것이라기보다는 중심 사건에 다른 사건이 종속된다. 작중 세계는 각 단편이 시간적으로 지속되는 동안 계기성과 인과적 과정을 드러내어 스토리라인이 단절되지 않고 지속된다. 이런 선형 구조는 첫 단편이 문제를 제기하는 성격을 띠고, 다음 편에서 그 문제에 대한 여러 방식의 해결이 모색되거나, 문제가 심화되었다가 마지막 편에서 결말을 맺는 구성 방식이 도입된다. 연작 『난장이가 쏘아올린 작은 공』은 선형 구조의 대표적 작품이다.[137] 각 단편은 완결된 상태이면서도, 에피소드 형식으로 다음 편에서 지속되면서 문제의식을 심화시켜 개개의 연속체들이 서로 연결되어 하나의 전체적 이야기를 형성한다.

연작 소설은 기존의 단편 소설과 장편 소설의 중간 장르라고 할 수 있다. 단편 소설은 '단일성'을, 장편 소설은 '총체성'을 그 본질적 속성으로 한다. 따라서 중간 소설인 연작 소설은 단편 소설과 장편 소설의 속성을 함께 갖춘 과도기적 중간 형태로, 단일성을 지양하여 연작 『난장이가 쏘아올린 작은 공』은 70년대 개발 독재로 인해 파괴된 사람으로 인해 '총체성'이 존재할 수 없었던 시대의 삶에 관한 이야기이다.

조세희 연작 『난장이가 쏘아올린 작은 공』은 개발 독재의 그늘하에 고통받는 도시 하층민과 노동자의 비참한 삶을 형상화한다. 작가는 개별적인 경우인 '난장이' 가족을 둘러싼 사회적 죽음의 속성을 통해서, 특정한 역사 발전 단계에 하층민과 노동자의 비참한 삶을 형상화한다. 또한 개발 독재의 현황에 대해 현실적으로 존재하는 찬/반의 두 견해를 연작 소설의

---

137) 김주희, 위의 글, 29쪽.

형태를 빌어 세부적으로 형상화한다. 결국 『난장이가 쏘아올린 작은 공』에 형상화된 죽음이 지향하는 바는 '더 이상 아'닌 현실과 '구체적 전망 부재'의 현실임을 작가는 의식적으로 형상화한다. 이로 인해 텍스트는 '현실에서 인간을 구제하기 위한 투쟁에서 후위(後衛)가 벌이는 전투로서의 성격'[138]을 지니며, 이는 루카치의 중편 혹은 연작 소설이 지향하는 장르적 특성과 일치한다고 할 수 있다.

작가 조세희는 연작 『난장이가 쏘아올린 작은 공』에 형상화된 죽음과 그 문체 기법을 통해 지배 이데올로기의 병폐를 고발하고 있다. 이것은 작가가 자기 당대의 사회적 문제들에 대한 예술적 책임과 사명감에서 기인한 결과라고 할 수 있다. 계층 간의 대립과 갈등이 극단적으로 치닫는 당대 사회에서 자행되는 숱한 사회적 죽음의 속성을 통해 작가는 방향전환 및 자기 갱신의 당위성을 인지시킴으로써 미래로 가는 이정표의 역할을 한다. 작가는 텍스트 내에서 어휘를 비롯한 미시적 문체소 및 시공간 기법, 시점 기법 등 거시적 문체적 기법들을 자신의 목표 완수를 위해 집약시킨다. 노동자인 난장이들은 자신들의 상황을 자세히 진술할 기회를 봉쇄당한 채 실어증을 앓고 있다. 또한 작가는 경제적 타자들의 모든 상황을 진술하는 문장 다음에는 반드시 그와 반대되는 가진 자들의 상황을 병치시킴으로써 계층 간의 대립을 극명하게 형상화시킨다. 노동자들은 생존에 꼭 필요한 삶의 터전마저 상실하고, 그들의 노동의 시간은 철저하게 관리된다. 반면 파행적 근대를 주도하는 세력인 사용자들은 노동자에

---

138) Lukács, *Solzhenisyn*, 앞의 책, p.13.

대한 자신들의 억압 및 규제의 정당함을 장황한 언술을 통해 전달한다. 그들은 산업화의 병폐인 오염된 공간에서 벗어나 산림으로 우거진, 쾌적한 주택에서 자율적으로 시간을 관리한다. 이러한 극단적 대립이 존재하는 파행적 근대에서 작가가 의도하는 방향 전환은 시점 기법에서도 표출된다. 작가는 현실의 부당함을 고발하는 노동자들의 진술에 이데올로기적이며 도덕적 권위를 부여하는 반면, 사용자들의 진술엔 여러 가지 장치를 도입해 서술자로서의 자격을 박탈한다. 뿐만 아니라 모든 등장인물들의 설정 및 역할, 상징 및 환상 공간 등의 디테일은 고도의 사회적 의미를 지님으로써, 개발 독재의 병폐를 구체적으로 형상화한다. 또한 비록 구체적으로 형상화시키고 있지는 않지만, 이 모든 것들은 항상 미래의 진정한 삶, 진정한 인간 사회에 대한 갈망과 항상 관련되어 있다. 즉 일체의 구체적 전망을 삼가는 암울한 현실 속에의 자기 입증과 모든 좌절들은 인간관계의 진정한 삶을 지향한다.

조세희의 『난장이가 쏘아올린 작은 공』은 1960, 70년대 군부 독재와 벌이는 문학적 대결이다. 조세희는 1960, 70년대 고속 성장이라는 화려한 현실 이면에 소외되고 은폐된 '난장이'들의 현재를 형상화한다. 간결한 문장, 낙원구 행복동 및 은강시에서 벌어지는 사회적 죽음들을 통해 비참한 현실 이상의 형상화는 포기함으로써, 전망부재의 현실을 제시한다. 이는 중편 소설의 장르적 특성으로 일회적·개별적 갈등과 그 직접적 결말만 서술할 뿐, 소설의 결말이 그와 관련된 사람들의 삶 속에서 어떻게 계속 영향을 미치는지에 관해서는 암시조차 없다. 그럼에도 불구하고 연작 소설 『난장이가 쏘아올린 작은 공』은 자본주의, 개발 독재라는 사회적 상황 속에서 진정한 인간다움의 삶을 모색한다. 이것이 바로 루카치가 솔제니친의 일련의 중편 소설, 즉 '노벨레'라는 장르에서 본 희망과 전망이다.[139] 진정한 양식은 작가들이 자기 당대의 삶에서 그 삶을 가장 깊이 특징짓고 있는 저 특수한 역학적·구조적 형식을 간파해낼 때, 그리고 그들이 당대의 가장 심오하고도 전형적인 특성이 적절하게 표현되는 당대와 등가적인 반영 형식을 발견할 수 있을 때 생겨난다. 이러한 관점에서 볼 때 조세희의 연작 「난쏘공」은 6, 70년대 한국 사회의 구조적 모순과 가장 적합한, 즉 '당대의 등가적인 반영 형식'이라고 할 수 있을 것이다.

---

139) Lukács, 위의 책, p.30.

제 V 장
결 론

문체론은 언어에 대한 관심이나 언어학의 도움, 즉 주로 글의 형식적 측면에 관한 관심에서 출발한다. 문학은 언어를 통한 형상적 사유이기에, 문학의 문학다움은 문학의 언어적 조건을 바탕으로 논의하여야 하는 것은 당연하다. 그러나 문체 연구를 통해서 해명하고자 하는 것은 결국 문학 작품의 세계, 즉 주제이다. 또한 이러한 주제는 문체를 통해 언어적으로 형상화된다. 만일 소설 연구가 주제 및 주제의식에만 치우치게 된다면, 소설은 역사나 철학으로 환원될 것이며, 만일 언어의 형상성만을 내세우게 되면 소설은 이미지의 세계로 확산되고 만다. 따라서 소설에서의 문체 연구는 주제와 형상성, 즉 내용과 형식적 요소를 통합할 수 있는 방법론을 지향해야만 한다. 또한 소설의 언어는 자율성을 띤 유기체라기보다는, 현실에 대한 문학적 대응이다. 따라서 문체론의 연구는 작품에 나타난 언어 현상뿐만 아니라, 구성 및 시점 등 거시적 문체 영역을 포괄하면서 그것을 사회학적인 분석과 비평으로 해명하고자 노력해야만 한다.

이 책은 현대 문체 연구가 지향하고자 하는 바, 내용과 형식과의 연결 접점을 모색하고, 언어학적 방법론에 국한된 미시적 문체론을 극복 지양하여 거시적 문체론의 차원의 새로운 방법론을 확립하고자 하였다. 또한 문체와 시대적 상황과의 상동 관계를 규명함으로써, 기존 담론으로서의 문체 연구를 구체화하고, 심화시켜 문체론의 학문적 맥락을 이어가고자 하였다. 그 구체적 방법으로서는 ①기존 문체론의 주된 연구 방법이었던 미시적 문체 연구 방법을 지양하여 담론으로서의 문체를 연구할 수 있는 미시적 문체 연구 방법과 거시적 문체 연구 방법을 결합한 문체론 연구 방법의 확립과 ②내용과 형식의 상호 관계를 규명할 수 있는 구체적이고 새로운 문체론 연구 방법의 확립이 필수적이었다.

죽음은 사랑과 함께 문학의 핵심적 주제로 거의 모든 소설에서 다루어지고 있다. 각 소설 속에 형상화된 죽음의 속성을 분석하고 그 의미를 추적함으로써, 우리는 작가의 죽음에 대한 관념 나아가 인생관과 세계관을 추론해 낼 수 있고, 이는 주제와 밀접한 관계를 형성한다. 내용과 형식의 일원론을 주장한 헤겔을 비롯한 여러 학자들의 견해에 의하면, 이러한 '내용'은 '형식'을 통해서 구체적으로 형상화된다. 즉 죽음이라는 속성과 그 의미, 그리고 죽음이 생산되는 사회적 기제 등은 문학 작품 속에서 문장, 시공간, 구성 방식 등 다양한 문체적 요소들을 통해 비로소 그 의미가 달성되는 것이다. 이렇게 볼 때 죽음은 단순히 '모티프(motif)'의 차원을 넘어서 텍스트의 구성원리로 작용되기도 한다고 할 수 있을 것이다. 따라서 '죽음'이라는 것은 단순히 내용에만 한정되는 주제적 요소임을 넘어서 텍스트의 문체를 결정하는 '중핵'이다. 또한 장 보드리야르나 바타이유의 견해에 의하면 '죽음'은 당대 시대적 담론과 밀접한 관련을 가진 요소이기에, 죽음과 문체와의 상관 관계에 관한 연구는 텍스트가 생산되는 사회적 상황 및 작가의 이데올로기를 살펴볼 수 있는 중요한 계기가 된다. 이런 관점에서 볼 때 죽음은 텍스트 속에 존재하는 사회·역사와의 관계를 드러내는 '이념소(idéologème)'라고 할 수 있다.

한국 근대 소설의 죽음 속성과 문체와의 상관 관계를 분석하기 위한 틀을 ①미시적 문체론에 따른 분석 ②거시적 문체론에 따른 분석 1 - 시간 기법 ③거시적 문체론에 따른 분석 2 - 공간 기법 ④거시적 문체론에 따른 분석 3 - 시점 기법이라는 네 가지 차원을 설정하였다. 이는 형식 연구에만 치우쳐져 있었던 당시 문체관에 반대하여 문체를 '외적인 것과 내적인 것의 일치성'을 규정하였던 카이저(W. Kayser)가 산문 텍스트의 문체 분석의 요소로 제시한 '이야기하는 사람, 이야기하는 태도, 자세, 공간과 시간의 관찰 형식, 모든 언어적 수단' 등의 견해에 근거를 두었다. 이어 카이저(W. Kayser)는 '한 완전한 예술 작품이 모든 측면에서 일치하는 것을 문체라고 부른다'고 규정함으로써 미시적·거시적 문체 기법이 상호 연관되어 있음을 명시하고 있다. 이는 언어를 네 층위로 구분(언어, 의미, 정형화된 각 서사 기법, 텍스트)하여 그 상호 침투 관계를 밝힌 로만 인가르덴의 관점과도 상통하는 관점이다. 이 네 가지 분석틀을 통해 박상륭의 연작 「뙤약볕」과 조세희의 연작 『난장이가 쏘아올린 작은 공』의 죽음 속성의 문체화 양상과 그 의미 및 의의를 밝힘으로써, 새로운 문체 연구의 방법론의 실효성과 가능성을 검증해 보았다.

연작 「뙤약볕」에서는 각 단편마다 죽음의 속성이 변이됨을 알 수 있었다. 「뙤약볕」(1)에서는 '체제 전복을 위한 죽음', 「뙤약볕」(2)에서는 '타자를 도구화한 죽음 및 자기 파괴', 「뙤약볕」(3)에서는 '통과제의적 죽음 및 구도적 살해' 등 죽음이 지향하는 의미가 각각 변이되어 간다. 이에 '달성된 내용'으로서의 문체상의 특징 역시 각 단편에 따라 다각화되어 나타난다.

「뙤약볕」(1)에서는 다섯 가지의 죽음의 속성이 지배 이데올로기를 해체하는 양상으로 진행되고 있었고, 미시적 문체 역시 〈말〉을 해체하는 방향으로 나아가고 있음을 알 수 있다. 「뙤약볕」(2)에서는 강자와 약자의 문체가 뚜렷하게 구별되는 이분법적 문체가 사용됨으로써, '주체의 생존을 위한 타자의 도구화'로서의 죽음이라는 내용과 일치함을 알 수 있다. 「뙤약볕」(3)에서의 통과제의적 죽음과 구도적 살해라는 죽음의 속성과 그 문체적 특질 역시 일치함을 보여준다. 이상에서 살펴볼 때, 연작 「뙤약볕」에서 사용된 미시적 문체소들은 죽음의 속성의 변모에 따라 각각 적절한 용어들로 변모되었음을 알 수 있다.

연작 「뙤약볕」에서의 공간은 죽음의 속성과 함께 변모되어 감을 알 수 있다. 「뙤약볕」(1)에서는 해체의 공간, 「뙤약볕」(2)에서는 파멸의 공간, 「뙤약볕」(3)에서는 재생의 공간으로 변모되는데, 이는 연작 「뙤약볕」에서 보이는 죽음의 양상과 일치함을 알 수 있다. 그러나 시간 기법 특히 순서와 빈도에 있어서는 모두가 순차적 기법이고, 모든 사건을 1회식 서술하는 등의 동일한 양상을 보이고 있었다. 단지 템포에 있어서 각 단편마다 변모가 있었으나, 「뙤약볕」(1)에서는 과거는 요약적으로 빠른 템포로 서사를 진행하는 반면, 죽음의 속성이 나타나는 부분에 있어서는 장면을 통해 느리게 진행한다. 「뙤약볕」(2)에서는 전반적으로 요약을 통해 빠른 템포로 서사를 진행하고, 「뙤약볕」(3)에서는 장면을 통해 느린 템포로 서사를 진행한다. 이러한 '지속'의 시간 기법은 죽음의 양상과 관련된 일관성을 유지하지 않으므로, 죽음 속성과 시간 기법과의 일치성을 찾을 수 없는 문체상의 특징을 가지고 있었다.

박상륭의 연작 「뙤약볕」에 나타나는 죽음의 속성들은 각 단편 모두가 진술적 권위와 모방적 권위가 확고하며 절대적 '자격'을 부여받는 '초점화자'에 의해 기술된다. 피화자는 수동적이기에, 화자와 피화자와의 '접촉'은 고려되지 않은 채, 진술되기에 초점화자의 입지는 강화된다. 화자는 각 죽음의 속성이 지향하고자 하는 바를 '지배적'이고 '강화'된 목소리를 통해 전달함으로써, 근대 사회에 만연해 있는 이데올로기에 '대립'하는 자신의 '이데올로기적 입장'을 선명히 밝힌다. 이러한 화자의 서술 방식은 각 단편마다 동일한 방식으로 서술되어, 변별점을 찾을 수 없다. 따라서 연작 「뙤약볕」에서는 "기존 진서의 해체-죽음-재탄생"이라는 각 단편에 따른 죽음의 속성에 따른 변모에도 불구하고, 이를 동일한 시점 기법으로 진술하고 있는 문체적 특질을 보여주고 있다.

연작 『난장이가 쏘아올린 작은 공』에서의 죽음은 '가진 자'와 '못 가진 자'의 죽음으로 뚜렷이 구분된다. '가진 자'들의 죽음은 '못 가진 자'들에 의한 테러에 의한 죽음이고, '못 가진 자'들의 죽음은 절망적 현실에 좌절한 자살이나, 산업화의 병폐로 인한 사고사 및 테러의 결과로 인한 사형 등이 있다. 화자는 '못 가진 자'들의 죽음을 '전경화'함으로써 그들의 입장에서 테러 및 살인의 동기 및 과정을 세밀하게 제시함으로써 그들의 범죄 행위를 정당방위로 긍정한다. 미시적 문체상의 특질은 단문, 접속사의 부재 등 여러 가지 논의가 기존 연구자들에 의해 지적되어왔으나, 이 글에서는 죽음과 관련된 문체적 특질만을 고려해 볼 때 어떤 상황을 묘사할 때 '가진 자'들의 삶과 '못 가진 자'들의 삶을 나란히 병치하여 기술하는 문장 배치 방법을 통해 두 계층 사이의 극단적 대비를 이루게 하는 점에 주목하여 살펴보았다. 시간 기법에 있어서 과거와 현재 사건이 아무런 표지 없이 교차되는 '시간 역전' 및 '시간 변조' 기법이 주로 사용되어, 못 가진 자들의 선량하지만 비참했던 과거사가 반복적으로 기술된다. 공간 역시 '가진 자'들의 주거지 및 '못 가진 자'들의 주거지와 작업 공간이 뚜렷하게 대조를 이룸으로써 이분법적 세계상을 부각시킨다. 이 모든 시간과 공간 기법은 '못 가진 자'들이 '가진 자'들에게 행하는 살인과 테러가 생존하기 위해 어쩔 수 없이 감행한 최후의 수단임을 전달한다. 시점 역시 '가진 자' 및 '못 가진 자' 그리고 '중간자' 등 다양한 계층을 내세워 이분법적 사회에 대한 여러 가지 견해가 교차함을 보여주지만, '중간자'들은 자신들의 패배를 시인하거나 절망하고, '가진 자'들의 기술은 진술적·모방적 권위를 박탈함으로써 화자의 자격에 의심을 가지게 한다. 그리하여 '못 가진 자'들의 진술을 전경화하고 부각시킴으로써, 공적 작가가 지니고 있는 이데올로기적 입장, 즉 '무슨 일이 있어도 파괴를 견디고 따뜻한 사랑과 고통받는 피의 이야기'를 독자에게 효과적으로 전달시킨다.

1960~70년대의 한국의 사회 변화는 개인의 일상 구석구석에 침투하여 그 시공간의 경험을 근본까지 뒤흔들어 놓는다는 점에서 가장 근본적

인 사회 변화의 시대라고 할 수 있을 것이다. 특히 분단 상황과 냉전 체제를 정치적 억압의 도구로 악용하는 유신정권으로 인해 불안·가치관 혼란·주체성 상실 등은 이 시기 담론에 빈번하게 등장하는 상투어이다. 1960~70년대 연작 소설은 이러한 근본적 사회 변화 및 억압의 상황 속에서 내적·외적 사유로 닫혀버린 기존 장르에 대한 문학적 대응책이다. 즉 기존에 존재하는 단편 소설의 완결성과 장편 소설을 총체성으로는 당대 시대적·사회적 현상을 재현하기에는 한계점에 도달한 것이다. 이런 관점에서 본다면 1960~70년대 연작 소설의 성행은 당시 파편화된 시대적·사회적 상황을 보다 심도 있고 다각적으로 재현하기 위한 문학적 선택이었다고 할 수 있다.

박상륭 연작 「뙤약볕」과 조세희의 연작 『난장이가 쏘아올린 작은 공』은 억압과 폭력의 시대인 1960~70년대에 '세계를 변화시키기 위한 대안'이라고 할 수 있다. 박상륭 연작 「뙤약볕」에서 '죽음'은 인위적이고 허상적인 지배 이데올로기를 해체하고, 새로운 대안을 모색하는 주된 수단으로 그 속성을 드러낸다. 조세희 연작 『난장이가 쏘아올린 작은 공』에서 '죽음'은 개발 독재 및 파행적 근대가 초래한 가진 자와 못 가진 자의 대립상 및 모순을 극명하게 폭로한다. 이러한 각 작가들의 시대의식과 주제의식을 포함하는 담론으로서의 '죽음'은 텍스트 내부에서 미시적·거시적 문체소와 상관성을 지닌 채 치밀하게 형상화되고 있었다. 또한 각 단편에 드러난 죽음의 속성들은 각각의 단편 내부에서 완결된 의미와 속성을 가질 뿐만 아니라, 그 상위 차원인 연작의 서사 구조에 통합됨으로써, 현실에 대한 총체적 전망을 제시하는 장편 소설의 속성을 지향한다. 이는 단편 소설과 장편 소설의 중간 장르로서의 연작 소설이 지니는 특성에 해당한다.

그러나 여기서 주목해야 할 점은 연작 「뙤약볕」이나 연작 『난장이가 쏘아올린 작은 공』에서 지향하는 총체성은 현실에 결코 존재하지 않는 '거짓 총체성'이라는 점이다. 박상륭은 연작 「뙤약볕」에서 이러한 '거짓 총체성'을 시공간 기법이라는 거시적 문체 기법으로 형상화한다. 연작 「뙤약볕」에서 죽음과 재생이 감행되는 공간을 '섬'과 '바다'라는 원형적 공간으로 설정하고, 허위적 〈말〉을 해체하고 진정한 〈말〉의 실체를 탐색하는 모든 죽음의 행위가 진행되는 시간을 근대적으로 정밀하게 수치화된 계량적이고 과학적인 현실 시간이 아닌 추상적 시간을 설정함으로써 당대 보편적 현실을 총체적으로 형상화해내지 못한다. 조세희는 연작 『난장이가 쏘아올린 작은 공』에서 자본가와 노동자의 갈등이라는 중심 서사를 노동자의 편에서만 서술하는 '경향성'을 죽음 속성과 각 문체 기법을 통해 편파적으로 기술한다. 또한 외부 액자에서 교실의 상황을 설정함으로써 기존의 담론 체계나 인식 체계에 대한 전복적 성찰이라는 작가의 의도를 여과없이 전달해 낸다. 또한 '달나라', '릴리푸트읍' 등과 같은 이상 공간의 설정이나 '사랑'과 같은 추상적 가치를 그 대안으로 내세움으로써 암울한 현실과 그 전망을 형상화시킨다. 이런 점을 볼 때 조세희의 연작과 박상륭의 연작에서 지향하는 총체성은 서구 리얼리즘의 총체성과 엄연히 구별된다. 즉 당시 시대적 현실을 반영하는 총체성에 도달하지는 못하고 있기에, 이는 분명히 '거짓 총체성'이라고 할 수 있다.

이는 부르주아적 서사시로서의 장편 소설적 총체성을 지향할 수 없는 당시 60~70년대 파편화된 시대 현실에서 그 원인을 찾아 볼 수 있다. 즉 박상륭과 조세희는 그들의 연작 소설에서 장편 소설이 지향하는 총체성을 획득하지 못하는 죽음의 속성과 그를 언어적으로 형상화하는 문체적 기법을 통해, 오히려 총체적 전망을 획득할 수 없는 당대 현실과의 접점을 모색하고 있다. 따라서 박상륭과 조세희는 그들의 연작에서 죽음의 속성을 문체와의 상관성을 지닌 채 형상화함으로써, 당대 현실에 비판적으로 개입하면서, 성찰과 대안을 모색하는 문제 제기 형식으로 존재한다는 점에서 그들 작품의 문학적 의의를 찾아 볼 수 있을 것이다.

이 책에서는 박상륭의 연작 「뙤약볕」과 조세희의 연작 『난장이가 쏘아 올린 작은 공』의 죽음 속성과 문체화의 분석을 통해 새로운 문체론의 방법을 시도하고 그 의미를 분석해 보았다. 기존의 문체론 연구 방법은 주로 문장의 구성 성분 및 품사, 문장 길이 등의 주로 미시적 문체론의 방법에 의존해 왔다. 이는 언어 예술로서의 텍스트가 갖는 예술성이나 형상성 등을 규명하는 것에 도움이 되지만, 해당 텍스트가 가지는 세계와의 대응 관계를 간과하게 되는 결과를 초래하게 되는 한계점을 도출하였다. 이러한 미시적 문체론의 한계를 극복하기 위해서는 문학 텍스트의 문체 분석이 궁극적으로 텍스트의 이데올로기의 표현이라든지 세계관의 제시 또는 현실 대응력의 방향을 드러내는 담론의 차원에까지 도달해야만 한다.

그 구체적 방법으로서의 우선 시공간 및 시점 분석을 통한 거시적 문체론의 방법론과 언어 예술로서의 형상성 및 예술성을 동시에 포착할 수 있는 미시적 방법론을 통합한 새로운 문체론의 방법론을 제안하였다. 뿐만 아니라 텍스트의 각 문체 요소들을 텍스트 안에 갇힌 존재로 파악하기보다는, 텍스트가 이념의 대화적·사회적 실천의 측면임을 고려하여 각 문체 요소들을 파악하고 해석함으로써 텍스트의 본질적 의미 및 기능을 규명하려 하였다. 본고에서 제안한 새로운 문체론의 연구 방법인 죽음 속성의 문체론적 연구는 미시적 문체론에 국한되어 있던 기존 문체론의 방법을 거시적 문체론과 통합함으로써 텍스트의 다양한 층위의 상호 유기적 관계를 보다 선명하게 드러낼 수 있었다. 또한 소설의 핵심 주제이자 구성요소인 '죽음' 문체론 분석에 도입함으로써, '달성된 내용'으로서의 형식의 실체를 검증할 수 있었다. 뿐만 아니라 죽음이 사회 역사와의 관계를 통해 새로운 의미를 부여받는 담론으로서의 죽음, 즉 '이념소(idéologème)' 중 하나임을 밝혀, 텍스트의 언어가 지니는 시대·역사적 연관 관계 및 역동성 또한 살펴볼 수 있었다. 또한 상동성에 입각한 장르론의 측면에 고찰한 죽음 속성의 문체론적 연구는 사회적 실천의 장(場)으로서의 소설 장르의 본질을 한층 심화하여 규명할 수 있는 계기가 될 수 있을 것이다.

1. 자료

박상륭, 『열명길』, 문학과지성사, 1986.

박상륭, 『죽음의 한 연구』, 문학과지성사, 1997.

박상륭, 『평심』, 문학과지성사, 1999.

조세희, 『난장이가 쏘아올린 작은 공』, 이성과 힘, 2000.

조세희, 『시간여행』, 문학과지성사, 1983.

조세희, 『침묵의 뿌리』, 열화당, 1985.

2. 단행본

⟨국내 논저⟩

강만길 외, 『자주·민주·통일을 향하여』, 한길사, 1994.

강상희, 『한국 모더니즘 소설론』, 문예출판사, 1999.

강영안, 『주체는 죽었는가』, 문예출판사, 1996.

강운석, 『한국 모더니즘 소설 연구』, 국학자료원, 2000.

구인환, 『한국문학, 그 영상과 지표』, 삼영사, 1982.

권영민, 『한국현대문학사 1945－1990』, 민음사, 1993.

김병익, 『상황과 상상력』, 문학과지성사, 1979.

김사인, 『박상륭 깊이 읽기』, 문학과지성사, 2001.

김상태, 『문체의 이론과 해석』, 새문사, 1882.

김윤식, 『80년대 우리 소설의 흐름(Ⅰ), (Ⅱ)』, 서울대 출판부, 1989.

＿＿＿, 『90년대 한국소설의 표정』, 서울대 출판부, 1994.

김정자, 『한국근대소설의 문체론적 연구』, 삼지원, 1985.

김준오, 『한국현대쟝르비평론』, 문학과지성사, 1990.

김중하, 『소설분석노트』, 세종출판사, 1990.

김치홍, 『김동인평론전집』, 삼영사, 1984.

김 현, 『르네지라르 혹은 폭력의 구조』, 나남출판사, 1996.

김형효, 『베르그송의 철학』, 민음사, 1991.

나병철, 『모더니즘과 포스트모더니즘을 넘어서』, 소명출판사, 1999.

문학사와 비평연구회 편, 『1970년 문학연구』, 예하, 1994.

박갑수, 『문체론의 이론과 실제』, 세운문화사, 1977.

_____, 『문체』, 동아출판사, 1990.

_____, 『현대문학의 문체와 표현』, 집문당, 1998.

박 진, 『서사학과 텍스트이론 : 토도르프에서 데리다까지』, 랜덤하우스 중앙, 2005.

박태상, 『한국 문학과 죽음』, 문학과지성사, 1993.

서동욱, 『차이와 타자』, 문학과지성사, 2000.

소광휘, 『시간의 철학적 성찰』, 문예출판사, 2001.

우한용, 『채만식소설 담론의 시학』, 개문사, 1992.

_____, 『한국 현대소설 담론 연구』, 삼지원, 1996.

이동희, 『한국소설문체론고』, 국학자료원, 1997.

이상신, 『소설의 문체와 기호론』, 느티나무, 1990.

이인모, 『한국 현대 작가 연구 – 문체론』, 동화문화사, 1975.

이종오, 『문체론』, 살림, 2006.

이진경, 『근대적 시공간의 탄생』, 푸른숲, 2002.

이태준, 임형택 해제, 『문장강화』, 창비, 2005.

임금복, 『박상륭 소설의 창작 원류』, 푸른사상, 2004.

정한기, 『문체와 문학』, 태학사, 1994.

정한모, 『현대작가 연구』, 범조사, 1959.

최병두, 『근대적 공간의 한계』, 삼인, 2002.

황도경, 『문체로 읽는 소설』, 소명출판사, 2002.

한국철학사상연구회 편, 『철학대사전』, 동녘, 1989.

한용환, 『소설학사전』, 고려원, 1992.

〈국외 논저〉

Bachelard, G., 이가림 역, 『물과 꿈』, 문예출판사, 1992.

Bakhtin, M., 김희숙 · 박종소 역, 『말의 미학』, 도서출판 길, 2006.

Bal, M., 한용환 · 강덕화 역, 『서사란 무엇인가』, 문예출판사, 1999.

Bataille, G., 조한경 역, 『에로티즘』, 민음사, 1996.

Baudrillard, J., 정연복 역, 『섹스의 환도』, 솔, 1993.

_____, 배영달 역, 『테러리즘의 정신』, 민음사, 2003.

Chatman, S., 김경수 역, 『영화와 소설의 서사구조』, 민음사, 1999.

Frazer, J.G., 김상일 역, 『황금가지』, 을유문화사, 1996.

Genette, G., 권택영 역, 『서사담론』, 교보문고, 1992.

Goldmann, L., 이춘길 역, 『계몽주의 철학』, 지양사, 1985.

Ingarden, R., *The Literary Work of Art*, Northwestern Univ. Press, 1973.

Kayser, W., *Das Sprachliche Kunstwerk*, (Bern/München Francke Verlag), 1965.

Lanser, S. S., 김형민 역, 『시점의 시학』, 좋은날, 1998.

Linn, M. L., *Studien zur Deuschen Rhetorik und Stilstik im 19. Jahrhundert*, Marburg, 1963.

Levinas, E., 강영안 역, 『시간과 타자』, 문예출판사, 1994.

Lukács, G., 반성완 역, 『소설의 이론』, 심설당 1985.

_____, *Solzhenisyn*, Willian David Graf trans, THE MIT PRESS, Cambridge/Massachusetts, 1971.

Marcuse, H., 이인석 역, 「죽음의 이데올로기」, 『죽음의 철학』, 청람, 1986.

Mendilow, A. A. 최상규 역, 『시간과 소설』, 예림기획, 1998.

Meyerhoff, H., 이종철 역, 『문학과 시간의 만남』, 자유사상사, 1994.

Nietzsche, F. W., 황문수 역, 『짜라투스트라는 이렇게 말했다』, 문예출판사, 1986.

Rimmon-Kenan, S., 최상규 역, 『소설의 현대 시학』, 예림기획, 1999.

Riffaterre · Levin · Leech, 양희철 · 김상태 공편역, 『일탈문체론』, 보고사, 2000.

Schramke, J., 원당희 · 박병화 역, 『현대소설의 이론』, 문예출판사, 1995.

Schorer, M., *20th Century Literary Criticism*, London, 1972.

Sowinski, B., 이덕호 역, 『문체론』, 한신문화사, 1999.

Stanzel, F. K., 김정신 역, 『소설의 이론』, 탑출판사, 1990.

Swingewood, A., 정혜선 역, 『문학과 사회』, 한길사, 1986.

Todorov, T., 곽광수 역, 『구조시학』, 문학과지성사, 1985.

_____, 신동욱 역, 『산문의 시학』, 문예출판사, 1992.

Vierne, S., 이재실 역, 『통과제의와 문학』, 문학동네, 1996.

Volishinov, V. N. · Bakhtin, M., 송기한 역, 『마르크스주의와 언어철학』, 한겨레, 1988.

아지자 · 올리비에리 · 스크트릭, 장영수 역, 『문학의 상징 · 주제 사전』, 청하, 1989.

3. 논문

강상대, 「1970년대 소설에 나타난 일탈구조 연구」, 중앙대 박사학위논문, 2000.

강성천, 「설화적 체험과 '말'의 상징」, 『현대한국단편문학 36』, 금성출판사, 1984.

구광본, 「문학적 연대기 — 유년과 역사에로의 여행」, 『작가세계』, 1990. 겨울.

구인환, 「문체론적 비평고」, 『동악어문논집』, 1970.

_____, 「문체와 주제의 설정방법」, 『창조문예』 100, 2005. 5.

권영민, 「개화기소설의 문체연구」, 『현대문학연구』 14집, 1975.

_____, 「연작 소설의 새로운 가능성」, 『소설의 시대를 위하여』, 이우출판사, 1983.

김경수, 「소설의 정치학 : 조세희론」, 『현대소설연구』 제16호, 한국현대소설학회, 2000. 6.

김선진, 「1970년대 이후 노동소설에 나타난 계급의식에 관한 연구」, 연세대 박사학위논문, 1992.

김승민, 「1970년대 중편소설의 서사 구성원리에 관한 연구」, 서울대 석사학위논문, 2002.

김병익, 「대립적 세계관과 미학」, 『문학과 지성』, 1978. 가을.

_____, 「사랑, 분노 그리고 관용」, 『세계의 문학』, 1985. 겨울.

_____, 「역사에의 분노 혹은 각성의 눈물」, 『문예중앙』, 1983. 가을.

김상환, 「탈근대 사조의 공과」, 『현대비평과 이론』 제13호, 1997. 봄 · 여름호.

김영민, 「한국 소설의 문체와 근대성의 발현」, 『海芝論叢』 16, 연세대 매지학술연구
　　　소, 1999. 2.

김완진, 「문학과 언어」, 『韓國學硏究選書』 7권, 탑출판사, 1979.

김윤식, 「'난장이' 문학론」, 『소설문학』, 1984. 12~1985. 1.

_____, 「문학사적 개입과 논리적 개입」, 『문학과 사회』, 1991. 11.

김명신, 「말씀의 우주에서 마음의 우주로의 편력」, 『박상륭 깊이 읽기』, 문학과지성
　　　사, 2001.

김주희, 「한국 현대 연작 소설 연구」, 청주대 박사학위논문, 1995.

김지영, 「조세희 소설의 서사 기법 연구」, 서울대 석사학위논문, 2003.

김정자, 「모티브 구조로 본 김정한·이주홍 소설의 문체적 특성」, 『박지홍 교수 회갑
　　　기념논총』, 1984.

_____, 「epiphany와 vector의 관계로 본 문체」, 『한국문학논총』 제4집, 1981.

_____, 「소설에 나타난 아이러니 문체」, 『부산대 인문논총』 제20집, 1981.

김치수, 「산업사회에 있어서 소설의 변화」, 『문학과 지성』, 1979. 가을.

_____, 「문체의 특징-한국 소설 문체의 세 가지 전형」, 『문학과 지성』, 1979. 가을.

김　현, 「인신의 고뇌와 방황-이루어짐의 도식」, 『현대문학』, 1976. 4.

방민호, 「리얼리즘의 새로운 모색 속에서 보는 '난장이'」, 『내일을 여는 작가』, 1997.
　　　11~12.

박권우, 「언어변화와 문체」, 『부산대 언어연구』 제4집, 1981.

소두영, 「이효석의 문체 연구」, 『숙대논문집』, 숙명여대, 1977.

신명직, 「조세희의 '난장이가 쏘아올린 작은 공' 연구-'환상성'을 중심으로」, 연세대
　　　석사학위논문, 1997.

신지윤, 「조세희 소설의 미적 근대성 연구」, 부산대 석사학위논문, 2001.

양애경, 「조세희의 '난장이가 쏘아올린 작은 공' 분석」, 『한국언어문학』 33집, 1994.

염무웅, 「도시-산업화시대의 문학」, 『민중시대의 문학』, 창작과비평사, 1979.

오세영, 「사랑의 입법과 사법」, 『세계의 문학』, 1989. 봄.

우남득, 「한국현대소설의 죽음과 갈등에 대한 고찰」, 이화여대 석사학위논문, 1977.

_____, 「〈뙈약볕〉의 기호론적 공간 분석」, 『소설읽기의 새로움』, 이가출판사, 1993.

우찬제, 「대립의 초극미, 그 카오스모스의 시학」, 이성과 힘, 2000.

이동휘, 「한국 근대 소설의 문체론적 연구」, 단국대 박사학위논문, 1985.

이문구, 「박상륭, 그는 어떤 사람인가」, 『한국문학』, 1975. 5.

이병헌, 「한국 현대소설의 문체 분류 시론」, 『한국문학연구』 3호, 고려대 민족문화연구원 한국문학연구소, 2002.

이상신, 「김정한의 문체연구」, 『이화어문논집』 9호, 1987.

_____, 「이효석 문체의 기호론적 연구」, 이화여대 박사학위논문, 1989.

_____, 「소설 문체의 다성성과 이야기 구조의 다원논리」, 『외국문학』 22, 열음사, 1990. 9.

이세영, 「사회변동이 소설형식에 미치는 영향에 대한 연구」, 연세대 석사학위논문, 2000.

이유식, 「1920년대 한국소설의 죽음의 결말 연구」, 한양대 석사학위논문, 1983.

이재선, 「죽음에의 인력과 견제력」, 『한국현대소설사』, 홍성사, 1981.

_____, 「현대소설과 타나톱시스의 문제」, 『한국단편소설연구』, 일조각, 1975.

조세희, 「파괴와 거짓 희망, 모멸의 시대」, 『문학과 사회』, 1996. 가을.

장백일, 「김동인 문학의 폭력적 죽음 문제 연구」, 『어문학』 3집, 국민대 어문학연구소, 1984.

정미진, 「조세희 '난장이가 쏘아올린 작은 공' 연구 – 다성성을 중심으로」, 경상대 석사학위논문, 2005.

정해성, 「박상륭 소설의 '죽음' 변이 양상 연구」, 부산대 석사학위논문, 1999.

천이두, 「박상륭의 〈열명길〉 – 가상적 세계와 그 형상화」, 『월간문학』, 1968. 11.

최호석, 「더 큰 절망 속으로의 후퇴」, 『문학사상』, 2000. 10.

최유찬, 「'난장이'의 구조와 리얼리즘적 성과」, 『내일을 여는 작가』, 1997. 11~12.

한귀은, 「'난장이가 쏘아올린 작은 공'의 이야기와 화자 연구」, 『한국문학논총』 제32집, 2002.

한미선, 「문체분석의 구조주의적 연구」, 서울대 석사학위논문, 1986.

황순재, 「조세희 소설연구(1) – '난장이가 쏘아올린 작은 공'을 중심으로」, 『한국문학논총』 제18집, 1996. 7.

한용환, 「한국소설에 표현된 죽음의 사상」, 『한국소설의 반성』, 이우출판사, 1984.

푸른사상 현대문학연구총서 **20**

문체 연구 방법의 이론과 실제

인쇄 · 2012년 2월 24일 | 발행 · 2012년 2월 29일

지은이 · 정해성
펴낸이 · 한봉숙
펴낸곳 · 푸른사상
주간 · 맹문재 | 편집 · 김재호 | 마케팅 · 박강태

등록 · 1999년 7월 8일 제2-2876호
주소 · 서울시 중구 초동 42번지 아시아미디어타워 502호
대표전화 · 02) 2268-8706(7) | 팩시밀리 · 02) 2268-8708
이메일 · prun21c@hanmail.net / prun21c@yahoo.co.kr
홈페이지 · http://www.prun21c.com

ⓒ 2012, 정해성

ISBN 978-89-5640-901-6 93810
값 20,000원